Robert Asprin

Das Chaos-Casino

Science Fiction Roman

Ins Deutsche übertragen
von Ralph Tegtmeier

BASTEI
LÜBBE

BASTEI-LÜBBE-TASCHENBUCH
Band 23 132

Erste Auflage:
November 1992
Zweite Auflage:
November 1993

Deutsche Lizenzausgabe 1992
Bastei-Verlag Gustav H. Lübbe
GmbH & Co., Bergisch Gladbach
Originaltitel: Phule's Paradise
Lektorat: Wolfgang Neuhaus/
Reinhard Rohn
Titelillustration: Robert Grace
Umschlaggestaltung:
Quadro Grafik, Bensberg
Satz: KCS GmbH,
2110 Buchholz/Hamburg
Druck und Verarbeitung:
Brodard & Taupin, La Flèche,
Frankreich
Printed in France

ISBN 3-404-23132-5

Der Preis dieses Bandes
versteht sich einschließlich der
gesetzlichen Mehrwertsteuer.

Prolog

Der Blick aus General Blitzkriegs Fenster ließ sich bestenfalls als trostlos bezeichnen; er zeigte einen überfüllten Parkplatz und eine kahle Mauer, die dringend neu angestrichen oder abgerissen werden mußte. In gewissem Sinne war er allerdings typisch für das Ansehen der Weltraumlegion oder vielmehr den Mangel an Ansehen. Unentwegt mit Geldsorgen kämpfend, waren sogar die Räumlichkeiten für ihr Hauptquartier nur angemietet, und in dieser Gegend waren die Mieten außerordentlich niedrig. Die Tatsache, daß Blitzkriegs Büro überhaupt über ein Fenster verfügte, war Indiz für seinen herausragenden Rang innerhalb dieser Organisation.

»Entschuldigung, Sir.«

Der General wandte den Blick vom Fenster ab und musterte den Adjutanten, der nun in der Bürotür stand.

»Ja?«

»Sie baten um Benachrichtigung, sobald Frau Oberst Streitaxt ihren Urlaub angetreten hat«, sagte der Adjutant ohne jede Förmlichkeit. Wie auch die Weltanschauung, waren militärische Ehrenbezeigungen jedermann in der Legion freigestellt und wurden entsprechend selten erboten.

»Sind Sie sicher, daß sie fort ist? Haben Sie selbst gesehen, wie sie abgereist ist?«

»Na ja, Sir, ich habe ihren Shuttle abheben und ohne sie wiederkehren sehen. Das Schiff, auf dem sie reserviert hatte, hat inzwischen die Umlaufbahn verlassen, daher nehme ich an, daß sie an Bord ist.«

»Gut, gut«, murmelte der General, und ein seltenes Lächeln huschte über sein Gesicht. »Und sie wird mindestens sieben Monate in Urlaub sein.«

Obwohl man schon mit Überlichtgeschwindigkeit flog, war der Raumflug eine zeitaufwendige Sache, weshalb Urlaube auch immer ziemlich lange währten; daher sah der Adjutant in Streitaxts Freistellungsdauer auch nichts Ungewöhnliches, vor allem wenn man bedachte, daß sie sich die Zeit über Jahre aufgespart hatte. Was den Adjutanten jedoch wunderte, war die Einstellung des Generals und sein Interesse an dieser Sache. Es war überraschend, daß Blitzkrieg als einer der drei Leiter der Weltraumlegion sich derart intensiv mit dem überfälligen Urlaub einer bloßen Obristin befaßte.

»Man wird sie bestimmt vermissen«, bemerkte der Adjutant und warf damit die Angel nach weiteren Informationen aus.

»Von manchen mehr, von manchen weniger«, erwiderte Blitzkrieg finster, und sein Lächeln verspannte sich etwas.

»Sir?«

»Die Frau Oberst ist eine ausgezeichnete Offizierin und Verwaltungsbeamtin«, fuhr der General fort, »um keinen Deut schlechter als die Leute, die man in der regulären Armee findet. Aber trotzdem, sie ist ein Mensch – noch dazu eine Frau – und neigt dazu, Bindungen zu bestimmten Individuen und Einheiten unter ihrem Kommando zu entwickeln. Es ist nur natürlich, daß sie ihre Position dazu nutzt, hier im Hauptquartier deren Interessen zu vertreten und sie zu decken, wenn sie Mist bauen.«

»Ich denke schon, Sir«, antwortete der Adjutant, dem plötzlich unbehaglich bei dem Gedanken wurde, die Leistungen einer vorgesetzten Offizierin beurteilen zu sollen.

»Nun, das wird sich ja jetzt ändern«, verkündete der General und ließ sich in den Sessel hinter seinem Schreibtisch sinken. »Während sie auf Urlaub ist, wird der größte Teil ihrer Pflichten von anderen Offizieren hier im Oberkommando wahrgenommen werden. Aber ich habe auch dafür gesorgt, daß eine ganz bestimmte Einheit im besonderen während ihrer Abwesenheit direkt an mich Meldung macht.«

»Welche Einheit ist das, Sir?«

Blitzkrieg fixierte einen Fleck auf der gegenüberliegenden Wand wie eine hungrige Kröte, die eine Fliege verfolgt.

»Ich spreche von Hauptmann Joker und seinem Omega-Haufen.«

Plötzlich begriff der Adjutant glasklar, worum es ging.

Es war im Hauptquartier allgemein bekannt, daß General Blitzkrieg es sich erst vor kurzem zum Anliegen gemacht hatte, Hauptmann Joker wegen seiner Vorgehensweise bei der Übernahme einer Omega-Kompanie vor das Kriegsgericht zu bringen – einer Kompanie, die ausdrücklich aufgestellt worden war, um sämtliche Militärkrüppel aufzunehmen, die nicht einmal den lockeren Vorgaben und Richtlinien der Legion entsprachen. Man kannte zwar keine genauen Einzelheiten, doch war der widerspenstige Hauptmann aus der Angelegenheit nicht nur unbeschadet hervorgegangen, er hatte auch noch eine Belobigung für sich selbst und seine ganze Einheit eingeheimst. Es gab jede Menge wilde Spekulationen darüber, wie er das geschafft hatte, obwohl viele den Verdacht hegten, daß es wohl mit der Tatsache zusammenhängen mußte, daß der Hauptmann, bevor er sich zur Legion gemeldet und den Namen ›Joker‹ angenommen hatte, ein gewisser Willard Narrisch gewesen war, einer der jüngsten Megamillionäre des Universums und künftiger Alleinerbe des riesigen Narrisch & Damlack-Imperiums. Dieser Teil der Information war bekanntgeworden, als Joker die Tradition der Anonymität per Pseudonym, wie die Legion sie im allgemeinen praktizierte, ignoriert und den Medien seine wahre Identität und Herkunft offenbart hatte, wodurch sich in bis dahin nie gekanntem Ausmaß das öffentliche Interesse auf ihn, seine Einheit und die Legion als Ganzes richtete. Die Medien waren davon begeistert gewesen, der General anscheinend nicht.

»Sagen Sie der Fernmeldeabteilung Bescheid«, fuhr Blitzkrieg fort, ohne Tonfall oder Lächeln zu verändern. »Die sollen mir Hauptmann Joker an die Strippe hole. Ich habe einen neuen Auftrag für ihn und sein Lumpenpack.«

»Jawohl, Sir«, antwortete der Adjutant zackig und verließ eiligst das Büro.

Dem Adjutanten machten verschiedene Dinge Sorgen, als er sich auf den Weg zum Fernmelderaum begab, um dem Befehl des Generals Folge zu leisten.

Zum einen hatte er selbst daran gedacht, um eine Versetzung

in Jokers Kompanie zu bitten, und hatte bisher nur den richtigen Zeitpunkt abgewartet, um die dafür erforderlichen Unterlagen einzureichen. Jetzt schien ihm allerdings nicht der richtige Zeitpunkt zu sein – das legte weder die Laune des Generals nahe noch die Tatsache, daß es so aussah, als hätte er für diese Einheit und ihren Kommandanten etwas Unangenehmes im Sinn.

Zum anderen fragte er sich, ob Hauptmann Joker überhaupt wußte, wie feindselig der General gegen ihn eingestellt war, und ob er, sollte er es tun, dazu in der Lage sein würde, mit dem Unannehmlichkeiten, die gerade auf ihn gezielt wurden, zurechtzukommen oder sie zu vermeiden.

Und schließlich fiel dem Adjutanten noch etwas ein, was der General anscheinend übersehen hatte: Wenn der Omega-Haufen während Oberst Streitaxts Abwesenheit dem General direkt unterstehen sollte, dann würde Blitzkrieg schlußendlich auch für alles die Verantwortung zu tragen haben, was sie bei diesem neuen Auftrag unternehmen sollten.

Der Adjutant gelangte zu dem Schluß, daß es wohl das beste wäre, sich für eine Weile als Beobachter im Abseits zu halten – und *nicht* in unmittelbarer Nähe des eigentlichen Geschehens und/oder seiner Konsequenzen.

Kapitel 1

Tagebucheintrag # 171

Im Gegensatz zu dem Eindruck, den der erste Band dieser Aufzeichnungen vermittelt haben mag, sind Butler weder allgegenwärtig noch allwissend, nicht einmal solche, die, wie es bei mir der Fall ist, durch jahrelange Erfahrung gereift sind.

Um diese Feststellung zu bekräftigen, möchte ich hiermit einräumen, daß ich nicht anwesend war, als der Anruf vom Hauptquartier der Weltraumlegion eintraf, der ein neues Kapitel in der Karriere meines Arbeitgebers innerhalb dieser Organisation eröffnen sollte. Tatsächlich war ich noch nicht einmal im ›Club‹, wie seine gegenwärtigen Untergebenen den umgebauten Komplex zu nennen pflegen. Vielmehr befand ich mich, da es mein freier Tag war, in der Siedlung oder, wie die Legionäre es nennen, ›in der Stadt‹. Ich kann mir allerdings nicht einmal in den wildesten Phantasien meines Egos einbilden, daß meine Nichtanwesenheit irgendeine Bedeutung für den Zeitpunkt dieses Anrufs gehabt haben könnte, war sich das Hauptquartier doch meiner genauen Rolle im Verhältnis zu meinem Arbeitgeber im unklaren und wußte man dort doch nicht das geringste über meine Arbeitszeiten. Es war also bestenfalls ein unglücklicher Zufall.

Nun stellt Abwesenheit für jemanden in meiner Position natürlich keine Entschuldigung dafür dar, daß er seinen Herrn aus den Augen verliert. Ich bin der einzige Zivilist, der das Privileg besitzt, einen jener Armbandkommunikatoren tragen zu dürfen, die unter dem Kommando meines Arbeitgebers zum Markenzeichen der Kompanie wurden, und habe große Anstrengungen unternommen, um einen engen Rapport zu jener geradezu tödlich schüchternen Legionärin (von allen liebevoll ›Mutter‹ genannt) herzustellen, die alle Fernmeldevorgänge beaufsichtigt. Folglich erfuhr ich von der Existenz des Anrufs, sobald er vermittelt worden war.

Es bedarf keiner weiteren Erwähnung, daß ich meinen Frei-

zeitvertreib sofort abbrach und in aller Eile in den Club zurückkehrte, wo ich die Kompanie in hellem Aufruhr vorfand.

Die Legionäre unter dem Kommando von Hauptmann Joker, aufgrund seiner Medienenthüllung bekannter unter dem Namen Willard Narrisch, waren zu passablen, in einigen Fällen sogar hervorragenden Schützen geworden. Das lag zu einem nicht geringen Teil an der Tatsache, daß sich die noblen Kasernen um eine zentrale Anordnung von Bar/ Swimmingpool/ Schießstand scharten, wo die Truppe mit Vorliebe die Freizeit verbrachte. Da sie selten häufiger als einmal die Woche Dienst hatten, bedeutete dies, daß sie eine erhebliche Zeit damit verbrachten, abwechselnd an Drinks zu nippen, in den Pool zu springen und auf dem Schießstand herumzuballern, sei es aus Spaß oder im Rahmen freundschaftlicher Wettveranstaltungen.

Heute beherrschte allerdings nicht die Frage das Gespräch, wer unter den Versammelten besser oder schneller schießen konnte oder gar bei den Wetten am besten dastand, sondern vielmehr der unerwartete Holophonanruf aus dem Hauptquartier der Legion.

Militäreinheiten sind für Gerüchte noch anfälliger als Firmenbüros, und der Omega-Mob war keine Ausnahme. Die Tatsache, daß niemand genau wußte, worum es bei dem Anruf gegangen war, stachelte die Spekulation eher an als sie zu dämpfen.

Manche glaubten, daß ihr Kommandant vors Kriegsgericht mußte . . . zum wiederholen Mal. Nun hatte es zwar keinen ungewöhnlichen Anlaß gegeben, der eine solche Maßnahme gerechtfertigt hätte, doch gab es *immer* Aspekte ihres Normalbetriebs, die verschiedene Grade des Druckes hätten provozieren können, wären sie den Justizbehörden, den zivilen oder denen der Legion, zu Ohren gekommen.

Eine andere Fraktion erging sich in Mutmaßungen, daß ihr Kommandant kurz vor der Versetzung in eine andere Einheit stehen könnte – ein Gedanke, der bei jenen Legionären, die diese Möglichkeit ernsthaft in Erwägung zu ziehen bereit waren, ein gewisses Entsetzen auslöste. Wenn die Kompanie inzwischen auch eine zusammenhängende Einheit geworden war, deren einzelne Mitglieder sich aufrichtig umeinander sorgten, gab es doch keinen Zweifel, daß es ihr Hauptmann gewesen war, der sie überhaupt erst zusammengeführt hatte, und so fürchteten sie die Folgen, falls sie ihn verlieren sollten.

»Meinst du wirklich, daß die den Hauptmann in eine andere Einheit versetzen?« fragte einer der Legionäre besorgt, während er beiläufig Stückchen von seinem inzwischen leeren Plastikbecher puhlte.

Sein Gefährte schnitt eine Grimasse und ließ die Füße im Pool baumeln. »Na klar. Sie haben ihn uns doch als Strafmaßnahme zugeteilt, nicht? Na ja, und damit die Angelegenheit nicht auf den Kopf gestellt wird, müssen sie ihn einfach mit einem neuen Auftrag rausziehen.«

»Niemals«, warf einer von den Tischen am Schwimmbecken ein. »Habt ihr nicht das Gesicht des Generals gesehen, als er wieder in den Shuttle gestiegen ist? Was das Hauptquartier betrifft, ist der Hauptmann immer noch im Straflager.«

»Ich weiß nicht.« Der erste Fragende zog eine Schnute. »He, Top! Was meinst du denn, was hier läuft?«

Brandy, der amazonenhafte Hauptfeldwebel der Einheit, hatte sich an einen der Tische am Beckenrand hingefläzt und füllte Sitz und Badeanzug mehr als üppig aus. Sie hielt einen Drink in der Rechten und eine Handfeuerwaffe in der Linken, was dieser Tage ihre Lieblingspose war, und gab im Sitzen ab und an einen Schuß auf den Schießstand ab, ohne dabei ihren Stuhl oder ihr Getränk im Stich zu lassen.

»Was fragst du mich?« Sie zuckte die Schultern, wobei ein Riemen ihres Badeanzugs seine lockeren Halt verlor und herabrutschte. »Ob mit oder ohne Streifen, ich bin auch nur ein Schlammschwein wie du. Mir sagt niemand was, bis es an die Befehlsausgabe geht. Warum fragst du nicht unsere Furchtlosen Führer?«

Der Legionär schoß Rembrandt und Armstrong, den beiden Leutnants der Kompanie, einen Blick zu, doch diese Würdenträger waren am gegenüberliegenden Ende des Pools gerade in ihr eigenes Gespräch vertieft, und so zuckte er nur die Schultern und kehrte zu seiner ursprünglichen Diskussion zurück.

Einen Tisch weiter beugte sich eine massige Gestalt vor, um sich mit der Figur zu besprechen, die, kaum halb so groß wie er, mit ihm den Tisch teilte.

»Mücke. Glaubst du, der Hauptmann stimmt einer Versetzung zu?«

Supermücke, das kleinste Mitglied der Kompanie, wandte sich ihrem Voltronenpartner zu. Schoppen-Hauer hatte erst kürzlich damit begonnen, an den Zusammenkünften am Schwimmbecken teilzunehmen, weil die grelle Sonne seinen marmorgleichen Nachtaugen weh tat und der Geruch, den seine haarige Brust, sein Rücken, die behaarten Arme und der Kopf von sich gab, höflich ausgedrückt, nicht einmal ihm selbst sonderlich angenehm war. Doch indem er sich vom Wasser fernhielt und eine improvisierte Sonnenbrille trug, konnte er nun an den mehr gesellschaftlich orientierten Freizeitaktivitäten der Kompanie teilnehmen.

»Was ist, Hauer? Oh. Nein, ich glaube nicht . . . sofern man ihm überhaupt die Wahl läßt. Tut mir leid. Ich mache mir ein wenig Sorgen wegen Top. Bin ich es selbst oder trinkt sie in letzter Zeit mehr?«

»Brandy?« Schoppen-Hauer knackte mit seinem riesigen, warzenschweinähnlichen Schädel, als er sich zu dem Hauptfeldwebel umdrehte. »Ich glaube, sie sorgen wegen Hauptmann. Sie ihn lieben, weißt du.«

»Ach ja?« fragte seine winzige Partnerin und richtete ihre volle Aufmerksamkeit auf ihn. »Das wußte ich nicht.«

Obwohl sie sich schon lange an das nichtmenschliche Aussehen des Voltronen gewöhnt hatte, täuschte sein gebrochenes Englisch leicht darüber hinweg, daß er mit Abstand einer der intelligentesten Legionäre der Kompanie war, mit Sicherheit auch einer der aufmerksamsten. Doch immer, wenn sie an diese Tatsache erinnert wurde – so wie jetzt –, reagierte sie mit gesundem Respekt für seine Beobachtungen.

»Das ist in Ordnung«, sagte Schoppen-Hauer und verzerrte seine Miene zu einem seiner seltenen Lächeln. »Hauptmann weiß auch nicht.«

Doch bevor Supermücke das Thema weiter vertiefen konnte, ertönte plötzlich Getöse am Beckenrand.

»He! Hier ist der Mann, der es uns sagen kann!«

»Beeker!«

»He, Beek! Hast du eine Sekunde Zeit?«

Der Butler des Kommandanten, Beeker, war soeben eingetreten, um die übliche Abkürzung über das Becken-/Schießstandgelände zum Quartier des Hauptmanns zu nehmen. Das war jedoch vielleicht nicht unbedingt seine weiseste Entscheidung. Obwohl der Butler berüchtigt dafür war, daß er Vertraulichkeiten, die er mit seinem Arbeitgeber teilte, mit größter Diskretion behandelte, war die Mannschaft doch schnell dabei, nach jeder Möglichkeit zu greifen, Informationen zu erhalten, und so stürzten sich alle auf ihn wie ein Heuschreckenschwarm auf die letzte Maisstaude des Planeten.

»Was gibt's Neues, Beeker?«

»Ist das HQ wieder hinter dem Hauptmann her?«

»Wird er versetzt?«

Beeker wollte sich schon mit dem Rücken an die Wand drücken, als Brandy, die trotz ihrer geringen Körpergröße äußerst schnell war, plötzlich zwischen ihm und der herannahenden Horde materialisierte.

»Ab mit euch! Alle!«

Die zweite Bemerkung richtete sich, zusammen mit einem bösartigen Funkeln, gegen die beiden Leutnants, die sich gerade der Menge hatten anschließen wollen, nun aber belämmert an ihre Sitzplätze zurückkehrten.

»Laß den Mann in Ruhe! Er weiß nicht mehr als wir ... und wenn er mehr wüßte, dürfte er es uns nicht sagen. Ihr kennt die Regeln. Offizielle Legionsangelegenheiten laufen über den Dienstweg und *nicht* über Beeker! Und nun tretet zurück und laßt den Mann gefälligst seine Arbeit tun!«

Die Versammlung grollte und fluchte verhalten, gab aber

Boden frei und löste sich wieder in ihre bisherigen Gruppen auf, die nun ihren ursprünglichen Spekulationen weiter nachgingen.

»Danke, Brandy«, murmelte der Butler leise. »Für einen Augenblick ist es hier ganz schön häßlich geworden.«

Der Hauptfeldwebel nahm die Dankesbezeugung kaum zur Kenntnis und blickte weiterhin mit finsterer Miene den Legionären nach. Als sie sprach, tat sie es, ohne die Lippen zu bewegen oder Beeker direkt anzusehen.

»Und *haben* Sie irgend etwas gehört, Beek? Irgendwas, das Sie uns sagen können?«

Der Butler zögerte; dann gab er nach.

»Nur, daß ein Anruf aus dem Hauptquartier der Legion gekommen ist«, antwortete er. »Ich bin selbst auf der Suche nach weiteren Informationen.«

»Na schön, dann können Sie vielleicht unseren Furchtlosen Anführer daran erinnern, daß sich hier draußen ein paar Leute aufhalten, die ein wenig neugierig sind, was eigentlich los ist.«

»Ich werde mein Bestes tun . . . und . . . Brandy? Noch einmal, danke.«

Natürlich hatte Brandy recht gehabt. Beeker war kein Glied der Befehlskette der Legion, da er in einem privaten Arbeitsverhältnis zu Narrisch stand, so daß er gleich doppelt an der Weitergabe von Informationen gehindert war – sowohl durch die militärischen Dienstwege als auch durch sein Berufsethos als Butler. Seine Position gewährte ihm freilich ein Privileg, über das die Legionäre nicht verfügten, indem er nämlich freien Zugang zum Privatquartier des Kommandanten hatte, ohne dazu ausdrücklich aufgefordert zu werden. Von diesem Recht machte er nun freien Gebrauch, wobei er nach dem Anklopfen nur kurz innehielt, bevor er die Tür öffnete.

»Oh. Hallo, Beeker. Komm rein. Ich wüßte gerne deine Meinung.«

Willard Narrisch hatte sich in einen Sessel gelümmelt; seine schlaksige Gestalt war ein Inbild lockerer Entspanntheit. Seinem Butler jedoch vermittelte diese Pose eine ihrem Anschein genau entgegensetzte Botschaft. Normalerweise war Narrisch tagsüber die Verkörperung nervöser Energie selbst, schritt die ganze Zeit auf und ab und fuchtelte herum, während er versuchte, ein Dutzend Dinge auf einmal zu erledigen oder zu bedenken. Wenn er sich still hinsetzte, wie er es gerade tat, mußte das eine Krise von monumentalem Ausmaß bedeuten, eine, die sämtliche anderen Sorgen und Pflichten auf Sparflamme herunterfuhr, während er sich dem unmittelbaren Problem widmete. Kurzum, jedesmal, wenn er sich körperlich zu entspannen schien, bedeutete das, daß er im Geist einer wilden Hetzjagd nachging.

»Gibt es ein Problem, Sir?« ermunterte Beeker ihn und schloß mit betonter Geste die Tür hinter sich.

»Das könnte man sagen. Ich habe soeben einen Anruf aus dem Hauptquartier mit einem neuen Auftrag für uns erhalten, und . . .«

»Ist das ein neuer Auftrag für die ganze Kompanie oder nur für uns beide?« unterbrach ihn der Butler.

»Wie? Ach so. Für die ganze Kompanie. Weshalb?«

»Vielleicht möchten Sie das Ihrem Kommando sobald wie möglich mitteilen, Sir. Als ich soeben über das Schwimmbeckengelände kam, schienen die Leute ziemlich besorgt zu sein.«

»Ich weiß nicht«, meinte Narrisch und rieb sich nachdenklich das Kinn. »Ich hatte eigentlich vor, mit der Ankündigung solange zu warten, bis ich mehr zu diesem neuen Auftrag sagen kann. Es ist immer besser, wenn man erst einmal selbst über alle Informationen verfügt, bevor man das Podium für Fragen und Antworten freigibt.«

»Wenn Sie mir den Einwand gestatten, Sir, so meine ich, daß Sie *wirklich* etwas sagen sollten, um sie zu beruhigen. Sie wissen, daß ein Anruf aus dem Hauptquartier gekommen ist, und viele von ihnen machen sich Sorgen, daß man Sie des Kommandos dieser Einheit entheben könnte.«

»Ich verstehe. Nun, dem werde ich sofort ein Ende setzen.«

Noch während er sprach, hob Narrisch seinen Armbandkommunikator an den Mund und betätigte einen Knopf.

»Mutter?«

»Jawohl, Hauptmann«, kam sofort die Antwort, ohne daß diese Legionärin erst ihr übliches Uzen abgespult hätte.

»Sind alle in Reichweite für einen allgemeinen Rundspruch?«

»Ganz bestimmt ja. Um die Wahrheit zu sagen, die hängen hier alle so dicht herum, daß Sie wahrscheinlich nur etwas lauter zu sprechen brauchten und Batterien sparen könnten.«

Ein kurzes Lächeln huschte über das Gesicht des Kommandanten.

»Ich denke, ich werde trotzdem die übliche Vorgehensweise einhalten . . . nur, um in Übung zu bleiben. Geben Sie mir einen Funkkanal.«

»Sie haben ihn schon, Großer Paps. Wir sind ganz Ohr.«

Ohne nachzudenken, nahm Narrisch eine tiefere, förmlichere Stimme an, als er mit seiner Ansage begann.

»Wenn ich einen Augenblick um Ihre Aufmerksamkeit bitten darf . . . Mir wurde mitgeteilt, daß einige von Ihnen sich Sorgen wegen des jüngsten Anrufs vom Legionshauptquartier machen. Ich kann Ihnen im Augenblick nur soviel mitteilen, daß wir einen neuen Auftrag bekommen. Ich wiederhole, wir bekommen einen neuen Auftrag . . . das heißt, die ganze Einheit. Weitere Einzelheiten werden bei einer offiziellen Lagebesprechung heute abend um zwanzighundert Uhr folgen. Offiziere bitte in Bereitschaft. Es wird schon bald eine Strategiebesprechung stattfinden, die Ihre Anwesenheit erforderlich macht. Das ist alles.«

Mit einem Klicken schaltete er sein Sprechgerät ab und lehnte sich zurück, wobei er seinem Butler zuzwinkerte.

»So. Ich denke, das dürfte genügen.«

»Ganz und gar. Danke, Sir.«

»Schön, und nachdem das erledigt wäre, habe ich etwas, das ich dir zeigen möchte.«

Narrisch winkte Beeker zu seinem Sessel, während er selbst aufstand und an der Holoeinheit nestelte, die den größten Teil einer seiner Quartierwände einnahm. Er hatte sie als Ergänzung zu dem Gerät erworben und installiert, das der Kompanie standardmäßig zur Verfügung gestellt wurde, um den Empfang von Anrufen aus dem Hauptquartier zu erleichtern. Wie das Dienstmodell auch, besaß dieses Gerät die Möglichkeit der Aufnahme und Wiedergabe.

»Das ist die Wiedergabe des Anrufs, den ich soeben erhalten habe«, erklärte er. »Ich möchte wissen, was du davon hältst.«

Noch während er sprach, erschien das Abbild von General Blitzkrieg im Zimmer, wie er an seinem Schreibtisch saß, auf die Ellenbogen gestützt, die Hände vor sich verschränkt.

»Guten Morgen, Hauptmann Joker.« Das Abbild lächelte. »Tut mir leid, daß ich Sie so früh wecken muß.«

»Eigentlich«, ertönte die Phantomstimme des Hauptmanns, »ist es hier Nachmittag, Sir.«

Wenn die interstellare Kommunikation inzwischen auch zum Alltag gehörte, war das Problem der Koordinierung von Tagen, erst recht aber von Stunden zwischen weit voneinander entfernten Siedlungen immer noch nicht aus der Welt geräumt.

»Wie auch immer.« Der General zuckte die Achseln. »Ich habe gute Nachricht für Sie, Hauptmann. Sie und Ihre Kompanie bekommen einen neuen Auftrag. Die entsprechenden Befehle werden gerade zusammengeschnitten und mit dem ausführlichen Informationsmaterial an Sie geschickt, aber ich dachte, ich sollte Sie erst einmal persönlich anrufen, um Ihnen mitzuteilen, was auf Sie zukommt.«

»Das ist freundlich von Ihnen, Sir. Was ist das für ein neuer Auftrag?«

»Eine recht hübsche Arbeit.« Der General lächelte. »Objektschutz, um genau zu sein. Das Schöne daran ist, daß Sie das Fette Chance bewachen werden – das neueste, größte Casino auf Loreley. Ein lauer Lenz im Paradies, wenn Sie mich fragen. Was halten Sie davon?«

»Meine erste Reaktion müßte natürlich lauten: ›Warum wir?‹ . . . Sir.«

Das Lächeln des Generals begann ins Verkniffene abzugleiten.

»Hauptsächlich deswegen, weil der Besitzer ausdrücklich Sie und Ihre Truppe angefordert hat, Hauptmann. Ich schätze, daß der ganze Medienrummel, den Sie bisher veranstaltet haben, langsam Dividenden auszuschütten beginnt.«

»Was ich meinte, Sir, war folgendes: Warum sich überhaupt an die Weltraumlegion wenden? Wir sind erheblich teurer als jeder andere uniformierte Wachdienst. Wer ist überhaupt der Besitzer?«

»Es steht hier«, sagte der General und zeigte auf ein Blatt Papier, das vor ihm auf dem Schreibtisch lag. »Ja. Hier ist es. Der Vertragspartner heißt Gunther Rafael.«

»Es fällt mir schwer, das zu glauben.«

»Wie war das, Hauptmann?«

»An der Sache sind zwei Dinge faul, General«, fügte Narrisch eilig hinzu. »Zunächst einmal bin ich Herrn Rafael zwar noch nie persönlich begegnet, kenne aber seinen Ruf. Er war schon immer ein erklärter Gegner des Glücksspiels in jeder Form. Deshalb fällt es mir schwer zu glauben, daß er ein Casino besitzen soll.«

»Ich verstehe.« Der General furchte die Stirn. »Und die zweite Sache?«

»Die zweite Sache ist die, daß Gunther Rafael vor fast einem Jahr gestorben ist.«

»Ach ja?« Inzwischen blickte Blitzkrieg ausgesprochen finster drein, während er sein Papier studierte. »Ach so! Da liegt das Problem. Das war mein Fehler, Hauptmann. Es ist Gunther Rafael junior, der Sie anheuert. Anscheinend teilt der Sohn die Abneigung seines Vaters gegen Glücksspiel nicht. Beantwortet das Ihre Frage?«

»Nicht die erste: Warum wir?«

»Vielleicht glaubt er, daß es mehr Publicity bringt, Sie anzuheuern. Das müssen Sie schon Herrn Rafael fragen«, erwiderte der General. »Aber ich möchte Sie warnen, Hauptmann. Es gehört nicht zur Politik der Legion, Klienten davon *abzuhalten*, uns anzuheuern. Haben Sie mich verstanden?«

»Jawohl, Sir.«

»Also gut. Wie ich sagte, Ihr Marschbefehl folgt noch. Es

wurde eine andere Kompanie der Legion abgestellt, um Ihre
»Jawohl, Sir.«

»Also gut. Wie ich sagte, Ihr Marschbefehl folgt noch. Es wurde eine andere Kompanie der Legion abgestellt, um Ihre gegenwärtigen Aufgaben zu übernehmen. Sie und Ihre Kompanie werden sofort nach Eintreffen der entsprechenden Befehle nach Loreley in Marsch gesetzt. Ist das klar?«

»Jawohl, Sir.«

»Schön. Genießen Sie Ihren neuen Auftrag, Hauptmann Joker. Blitzkrieg Ende.«

Narrisch schaltete die Holoeinheit aus und ließ sich in einen Sessel sinken.

»Also schön, Beeker«, sagte er. »Was stimmt an diesem Bild nicht?«

Der Butler schürzte nachdenklich die Lippen.

»Nun«, sagte er, »abgesehen von den offensichtlichen Fragen, die sich dadurch aufdrängen, daß Sie Ihren Auftrag unmittelbar von General Blitzkrieg und nicht Oberst Streitaxt erhalten, die doch Ihre unmittelbare Vorgesetzte in der sogenannten Befehlshierarchie ist, lassen sich meine Gefühle, wie ich meine, in einer einzigen Frage zusammenfassen: Warum lächelt dieser Mann?«

Der Kommandant vollführte kleine Kreisbewegungen mit der Hand.

»Führe das doch bitte einmal aus.«

»Ich habe den deutlichen Eindruck gewonnen«, setzte der Butler nach, »daß der General nicht gerade die allergrößte Hochachtung für Sie empfindet. Ja, es ließe sich sogar mit einiger Sicherheit sagen, daß er lieber auf gemahlenem Glas herumkauen würde, als Ihnen einen unbeschwerten Dienst zu ermöglichen oder Ihnen gar einen Gefallen zu tun. Folglich gehe ich davon aus, daß man mit einiger Sicherheit annehmen darf, daß dieser Auftrag, wenn der General sich schon die Zeit nimmt, sie persönlich darüber in Kenntnis zu setzen, aller Wahrscheinlichkeit nach wesentlich unwünschenswerter ist, als er es vorgibt.«

»Genau.« Narrisch nickte. »Etwas weitschweifig vielleicht, aber genau auf den Punkt gebracht.«

»Sie hatten mich ja gebeten, die Sache auszuführen, Sir«, sagte Beeker, vom Vorwurf der Weitschweifigkeit leicht pikiert.

»Das Problem ist«, fuhr der Kommandant fort, als hätte sein Butler gar nichts erwidert, »wie wir herausfinden sollen, um welche Falle es sich handeln könnte, *bevor* wir hineintreten.«

»Wenn ich mir eine Anmerkung erlauben darf, Sir, so glaube ich, daß der General Ihnen die Antwort auf diese Frage schon selbst gegeben hat.«

»Wie das?«

»Sie könnten die Aufzeichnung natürlich noch einmal daraufhin überprüfen, aber meiner Erinnerung nach hat er Sie ausdrücklich angewiesen, weitere Einzelheiten über den Auftrag unmittelbar beim Besitzer des Casinos zu erfragen.«

»Das hat er tatsächlich, nicht wahr?« Narrisch lächelte; dann hob er noch einmal seinen Armbandkommunikator.

»Mutter?«

»Jawohl, Erhabener?«

»Stellen Sie mir eine Verbindung her. Ich will mit Gunther Rafael *junior* sprechen . . . im Casino Fette Chance auf Loreley.«

Es dauerte fast eine Stunde, bis die Verbindung hergestellt war, wenngleich der größte Teil dieser Zeit anscheinend dabei draufging, den Aufenthaltsort des Empfängers zu ermitteln. Als Gunther Rafael den Anruf schließlich entgegennahm, machte das Abbild, das da vor Narrisch erschien, nicht gerade einen ermutigenden Eindruck.

Die holographische Projektion zeigte einen unter Akne leidenden Jugendlichen, der nicht so aussah, als sei er überhaupt alt genug, in ein Casino eingelassen zu werden, ganz zu schweigen davon, eins zu besitzen.

»Herr Narrisch?« fragte das Abbild und schielte auf einen etwas links von Narrisch gelegenen Punkt. »Hallo. Hier Gunther Rafael. Mann, bin ich froh, daß Sie angerufen haben ... Ich warte schon lange darauf, von Ihnen zu hören.«

»Tatsächlich?« Narrisch reagierte etwas verblüfft.

»Na ja. Ich habe Ihre Dienste schon vor fast einem Monat angefordert, und die Weltraumlegion hat auch fast sofort zugesagt.«

Aus dem Augenwinkel bemerkte Narrisch, wie Beeker sich in seinem Sessel zurücklehnte und die Decke anstarrte, was ihm sagte, daß dem Butler die Verzögerung zwischen der Annahme des Kontrakts und ihrer Benachrichtigung über seine Existenz nicht entgangen war.

»Ich verstehe«, erwiderte der Legionär. »Nun, ich habe den Auftrag erst kürzlich erhalten, und ich hoffe, daß Sie mir mit ein paar weiteren Einzelheiten aushelfen könnten, damit ich meine Truppe entsprechend einweisen kann, bevor wir eintreffen.«

Der Jüngling legte die Stirn in Falten. »So schwer ist das nicht zu begreifen. Ich dachte, ich hätte die Sache in meinem Gesuch deutlich genug gemacht. Ich möchte, daß Sie diese ganzen Drecksäcke daran hindern, mein Casino an sich zu reißen, und es ist mir egal, wenn Sie dazu jeden von denen über den Haufen schießen müssen!«

Beeker saß plötzlich kerzengerade in seinem Sessel, starrte das Bild ungläubig an. Natürlich waren die Kameras so angebracht, daß in dem Gerät der Gegenseite nur Narrischs Bild erschien, der gerade eine beschwichtigende Hand erhoben hatte.

»Herr Rafael ...«, fing er an.

»Ach, bitte, sagen Sie doch ›Gunther‹«, unterbrach ihn der Jugendliche mit einem flüchtigen Lächeln.

»Also schön« – Narrisch nickte – »und Sie nennen mich dafür einfach ›Joker‹.«

»Joker? Aber sind Sie denn nicht ...«

»Das ist mein Name in der Legion«, erklärte Narrisch achselzuckend. »Wie dem auch sei ... Gunther ... die Informationskanäle in der Legion können manchmal sehr langsam sein und verzerren oft auch die Einzelheiten des ursprünglichen Gesuchs, weshalb ich Sie auch direkt anrufe. Um sicherzugehen, daß wir beide auf derselben Wellenlänge funken – könnten Sie mir den Auftrag vielleicht kurz umreißen ... so, als erführe ich zum ersten Mal davon?«

»Nun, seit Paps gestorben ist, habe ich seine Gesellschaften zu Geld gemacht, um mir endlich meinen Traum zu erfüllen: Das größte und beste Hotel und Casino auf Loreley zu besitzen und zu leiten ...«

»Haben Sie denn schon jemals ein Casino besessen oder in einem gearbeitet?« unterbrach Narrisch.

»Nein ... aber ich weiß, wie das geht! Ich kann bessere Spielchancen anbieten als jedes andere Casino auf Loreley, und *trotzdem* noch Gewinn machen. Als ich auf dem College war, habe ich alles genau berechnet. Außerdem kann ich das Gros der Touristen anlocken, wenn die erst einmal wissen, daß sie bei mir die besten Gewinnchancen haben und die Spiele ehrlich verlaufen.« Begeisterung leuchtete in Gunthers Augen.

Narrisch dagegen war ungerührt.

»Aber Sie haben noch nie tatsächlich in einem Casino *gearbeitet.«*

»Nein, habe ich nicht«, räumte der Jugendliche mit einer Grimasse ein. »Deshalb habe ich auch einen erfahrenen Casinochef angeheuert, Huey Martin, der das Geschäft für mich führen soll, während ich dazulerne.«

»Ich verstehe«, sagte der Legionär und prägte sich den Namen ein. »Fahren Sie fort.«

»Nun, vor einer Weile erfuhr ich, daß Kriminelle möglicherweise versuchen würden, sich mein Geschäft unter den Nagel zu reißen, wenn es erst einmal eröffnet ist, und ich wußte nicht, was ich dagegen tun soll. Die Polizei hier auf Loreley mag zwar großartig dafür geeignet sein, die Touristen vor Überfällen zu beschützen, aber bei so etwas sind die völlig überfordert. Da habe ich die Berichte darüber gelesen, wie es Ihnen gelungen ist, mit einer Handvoll Soldaten eine fremde Invasion abzuwehren, und habe mir gedacht, daß Sie, wenn Sie so etwas können, bestimmt auch dazu in der Lage wären, gewöhnliche Ganoven daran zu hindern, mein Casino zu übernehmen.«

»Das ist also der Auftrag«, sagte Narrisch schleppend und ignorierte beharrlich Beeker, der inzwischen in seinem Sessel zusammengesunken dasaß, die Arme vor der Brust verschränkt und eine Hand über die Augen gelegt. »Ihr Casino gegen eine ungewollte Fremdübernahme durch eine Verbrecherbande zu schützen.«

»Genau.« Gunther strahlte.

»Ich dachte mir, wenn Sie mit Ihren uniformierten Soldaten dort für jedermann sichtbar herumstehen, dann fühlten sich die Kunden bestimmt sicherer, und diese Schleimbeutel werden es sich zweimal überlegen, bevor sie versuchen, handgreiflich zu werden.«

»Also gut ... es gibt da einige Dinge, die ich brauchen werde, Gunther, und ich würde es sehr schätzen, wenn Sie mir diese Dinge sobald wie möglich nach Haskin senden könnten. Ich brauche Kopien der Lagepläne und Bauzeichnungen für das Hotel – vor allem des Casinotrakts –, die auch die elektrischen Leitungen und Alarmanlagen wiedergeben. Ferner möchte ich Kopien der Personalakten sämtlicher Angestellter haben, angefangen bei Huey Martin, und ... haben Sie gesagt, daß Sie noch nicht eröffnet hätten?«

»Nun, Teile des Casinos sind zwar schon geöffnet, aber ich mache noch eine Menge Umbauten. Es wird noch eine große Eröffnungsfeier für den neuen Betrieb geben.«

»Wir könnten unseren gegenwärtigen Auftrag nicht beenden, bevor Entsatz eingetroffen ist«, bemerkte Narrisch, als würde er mit sich selbst sprechen, »dann ist da noch die Transitzeit und ... Gunther, können Sie Ihre Galaeröffnung auf eine Woche nach unseren Eintreffen verschieben?«

»Ich ... glaube schon. Warum wollen Sie meine Personalakten?«

»Sagen wir nur, daß ich gerne eine Vorstellung davon hätte, wer sich in unserem Rücken befindet, während wir Wache stehen ... Ach ja, und da wir gerade von Personal sprechen, haben Sie schon für die Unterkunft meiner Mannschaft Sorge getragen?«

»Na klar. Ich wollte sie in einem der kleinen Hotels auf dem Strip unterbringen.«

»Das streichen sie mal. Ich will, daß sie Zimmer im Fette Chance bekommen. Einhundert Zimmer und ein Penthouse.«

»Aber die Zimmer im Fette Chance kosten . . .«

»Die Leute sollen doch angeblich Ihr Hotel und Casino bewachen«, meinte Narrisch spitz. »Das können sie ja wohl schlecht tun, wenn sie gerade woanders sind, sobald der Ärger losgeht, oder?«

»Ich . . . nein, das stimmt wohl. Also gut. Bei über tausend Zimmern kann ich wohl hundert entbehren. Ist das alles?«

Narrisch nickte. »Für den Augenblick. Ich werde mich wahrscheinlich schon bald wieder bei Ihnen melden, um weitere Dinge anzufordern, aber damit kann ich schon mal loslegen.«

»Okay. Ich will Ihnen sagen, Herr Joker, daß ich jetzt sehr viel ruhiger schlafen werden, seit ich weiß, daß Sie den Job übernehmen.«

Das Bild des Jugendlichen verschwand, als die Verbindung unterbrochen wurde.

Narrisch und Beeker sahen einige Augenblicke stumm auf die Stelle, die es im Raum besetzt hatte. Schließlich räusperte sich der Kommandant.

»Wie um alles in der Welt ist jemand, der so ignorant und naiv ist, Multimillionär geworden?«

»Ohne das Offensichtliche strapazieren zu wollen, Sir«, antwortete Beeker leise, »glaube ich, daß er geerbt hat.«

Narrisch verzog angewidert die Nase. Obwohl er sich selbst auch von seinem Vater, dem Munitionsbaron, Startkapital geborgt hatte, hatte er alles schon vor langer Zeit mit Zins und Zinseszins zurückbezahlt und betrachtete sich als Selfmademan. Als solcher hatte er nur wenig Toleranz für Leute übrig, die ihren Reichtum geerbt hatten und erst recht keine für solche, die mit ihrem Geld töricht umgingen.

»Na ja«, meinte er schließlich, »es gibt eben die unterschiedlichsten Leute ... schätze ich. Jedenfalls wissen wir jetzt, womit wir es bei diesem Auftrag zu tun haben.«

»Mit einem ignoranten Grünschnabel, der versucht, mit Hilfe von Buchtheorien und bezahlten Experten ein Casino zu leiten«, rezitierte Beeker grimmig. »Das dürfte ja nun wohl kaum die ruhige Kugel eines Wachdienstes im Paradies sein, die dort General Blitzkriegs Schilderung zufolge zu schieben wäre, nicht wahr, Sir? Ach ja ... und vergessen wir auch nicht die Möglichkeit eines versuchten kriminellen Übergriffs.«

»Weiß du, dieses Problem macht mir die größten Sorgen.« Der Kommandant runzelte die Stirn. »Sag mir deine Meinung, Beek ... du bist besser auf dem laufenden als ich. Wenn Verbrecher heutzutage, ob organisiert oder anders, ein Geschäft übernehmen wollen, tun die das dann mit knatternden Bleispritzen?«

Der Butler gab ein leises, aber unhöfliches Geräusch von sich, bevor er antwortete.

»Meines Wissens nicht, Sir. Soweit ich informiert bin, besteht die gängige Taktik darin, die Firma in finanzielle Schwierigkeiten zu bringen, um sie dann billig aufzukaufen – oder wenigstens die Anteilsmehrheit zu bekommen.«

Narrisch nickte. »Das meinte ich auch. Eher wie eine unfreundliche Übernahme der Aktienmehrheit. Nun, mit so etwas hatte ich schon öfter zu tun.«

Der Butler warf ihm einen scharfen Blick zu.

»Wenn ich mir den Hinweis erlauben darf, Sir, so liegen die Methoden, derer sich die kriminellen Elemente bedienen, um eine Firma finanziell unter Druck zu setzen, weit außerhalb des zivilen Rahmens. Ich möchte der Empfehlung Ausdruck verleihen, daß es klug wäre, Ihre Gegner nicht zu unterschätzen.«

»Ich danke dir für deinen wohlgemeinten Rat, Beeker«, sagte Narrisch, »aber zu deiner Information – der Haufen, mit dem *ich* gewohnt bin herumzuspielen, hat ziemlich wenig Respekt vor dem Zivilrecht. Ich habe meine Erfolge in der Vergangenheit bestimmt nicht errungen, indem ich einen Gegner unterschätzte ... oder indem ich mich selbst unterschätzte.«

»Ja, Sir. Entschuldigen Sie, Sir.«

»Genug davon«, bemerkte der Kommandant. »Es wird Zeit, an die Arbeit zu gehen. Ich hoffe, du hast ausgeruhte Finger, Beek, denn es gibt da etwas Nichtlegionärsarbeit, mit der ich dich betrauen möchte. Wir werden ein paar Leute anheuern müssen, und ich möchte, daß du die Anfangsarbeit übernimmst und mir bis morgen mittag deine Empfehlungen auf den Schreibtisch legst.«

»Sehr wohl, Sir.« Der plötzliche Wandel von Stimmung und Thema verwirrte den Butler nicht. Die beiden Männer hatten schon lange miteinander zu tun. »Und welches wären unsere Anforderungen . . .?«

»Als erstes brauche ich einen soliden Casino-Sicherheitsmann – jemanden mit Erfahrung und unfragwürdigen Referenzen. Ein Topgehalt für den richtigen Mann. Außerdem möchte ich mindestens ein halbes Dutzend Lehrer, die die Tischspiele unterrichten können. Frag bei den Croupierschulen an – kaufe ein, wenn es sein muß –, aber ich muß sie alle hier haben. Und dann sollst du ein Schiff chartern, bevor unser Entsatz eintrifft. Biete allen einen halben Jahreslohn. Aber wir werden sie nur vom Zeitpunkt des Anheuerns bis zu dem Augenblick benötigen, da unser Transport den letzten großen Haufen vor Loreley erreicht hat . . . Welcher wäre das?«

»Port Lowe, Sir.«

»Richtig. Als nächstes . . .« Narrisch gestattete sich ein leises Lächeln. »Das könnte für dich etwas ungewöhnlich werden, Beek, aber ich muß eine Vorsprechaktion durchführen.«

»Sir?«

»Vorsprechen. Stell fest, welchen Ort wir als erstes nach dem Start anlaufen. Dann nimm den Computer und sammle Daten über sämtliche zur Verfügung stehenden Schauspieler und Schauspielerinnen an diesem Ort – nur Kleindarsteller. Wir können keine Gesichter gebrauchen, die man wiedererkennt.«

»Sehr wohl, Sir. Darf ich fragen, was Sie in der Zwischenzeit zu tun gedenken . . . Nur für den Fall, daß ich Sie in diesen Angelegenheiten zu Rate ziehen müßte?«

»Ich?« Der Kommandant lächelte. »Ich werde meine Hausaufgaben machen . . . feststellen, was ich über organisiertes Verbrechen in Erfahrung bringen kann. Ich denke, ich werde mal in die Siedlung fahren und unserem alten Freund Chief Goetz meine Aufwartung machen.«

»Das wird nicht erforderlich sein, Sir.«

»Wie bitte, Beek?«

»Ich glaube, Sie werden Chief Goetz hier im Club am Schwimmbecken vorfinden. Er hat mich aus der Siedlung hierher zurückgefahren und läßt nur selten eine Gelegenheit verstreichen, sich unter Ihre Soldaten zu mischen.«

»Du hast den Polizeichef dazu gebracht, für dich den Taxifahrer zu spielen?« Narrisch wirkte ehrlich beeindruckt.

»Eigentlich hat er sich selbst erboten, Sir. Ich befand mich zu diesem Zeitpunkt nämlich bei ihm zu Hause.«

»Bei ihm zu Hause?«

»Jawohl, Sir. An meinen freien Tagen habe ich seinen Sohn in Algebra unterrichtet.«

Der Kommandant lachte und schüttelte den Kopf.

»Beeker«, sagte er, »was würde ich nur ohne dich tun?«

Der Butler lächelte. »Das weiß ich auch nicht, Sir.«

Kapitel 2

Tagebucheintrag # 173

Wie ich schon an früherer Stelle bemerkte und berichtete, ist mein Arbeitgeber, wiewohl insgesamt mehr als effektiv, weit davon entfernt, unfehlbar zu sein. Nicht nur, daß Umstände ihn gelegentlich unvorbereitet antreffen, es gibt auch Zeiten, da sein Urteil sich als kurzsichtig oder schlichtweg falsch erweist.

Das war auch bei seiner Einschätzung der Fall, wie die Legionäre unter seinem Kommando auf ihren neuen Auftrag reagieren würden.

Wie es dem üblichen Vorgehensmodus entsprach, blieb ich von der eigentlichen Lagebesprechung ausgeschlossen, da ich kein Mitglied der Legion bin. Wie es wiederum meinem *üblichen Vorgehensmodus entsprach, hielt ich mich über die Aktivitäten meines Arbeitgebers auf dem laufenden, indem ich die Sitzung mit Hilfe der Zweiweg-Sprechanlage des Clubs verfolgte ...*

Im Messesaal und Aufenthaltsraum des Clubs herrschte eine Atmosphäre der Erregtheit und Erwartung, als sich die Kompanie zur Lagebesprechung einfand. Natürlich waren die Spekulationen über das genaue Wesen ihres neuen Auftrags Gegenstand eines Großteils der vereinzelten Gespräche, standen aber hinter dem Hauptstoß ihrer Emotionen zurück. Die Legionäre waren fast ausnahmslos begierig, ihre neuerworbenen Fertigkeiten, die durch Hunderte von Stunden der Übung poliert worden waren, zum Einsatz zu bringen. Wenn auch niemand ernsthaften Protest vorgebracht hatte, hatten sie doch alle schon seit geraumer Zeit das Gefühl, zu Höherem berufen zu sein als dazu, einmal in der Woche die Sumpfschürfer des Planeten zu beaufsichtigen, und es schien, als stimmte die Legion endlich auch mit dieser Auffassung überein.

Natürlich waren nicht alle begeistert.

»Wird großartig sein, endlich von diesem Felsen hier zu verschwinden und mal *echte* Kampfhandlungen mitzuerleben, nicht wahr, Schoko?«

Schokoladen-Harry, der massige, birnenförmige Versorgungsfeldwebel der Kompanie, drehte dem Legionär, der ihn solcherart angesprochen hatte, in herrscherlicher Langsamkeit das Gesicht zu, um ihn durch seine flaschenbodendicken Brillengläser zu mustern. Harry, einer der wenigen Schwarzen in der Kompanie, hätte auch schon noch eine imposante Figur gemacht, wenn er nicht seinen widerspenstig-borstigen Bart getragen hätte, der sein kurz geschorenes Haar besonders hervorhob, oder wenn er sich nicht die Ärmel von seiner Uniformjacke gerissen hätte, um die kräftigen Oberarme zur Schau zu stellen; doch auch so reichte sein kalter Blick, um die Begeisterung des Fragenden schon zu dämpfen, bevor Harry auch nur ein Wort gesagt hatte.

»Vielleicht«, meinte er schließlich schleppend. »Obwohl ich persönlich nicht scharf darauf bin, mein ganzes Inventar verlegen zu müssen ... vor allem, weil ich ernsthaft daran zweifle, daß unser neues Quartier auch so luxuriös sein wird wie unser jetziges.«

Der Legionär, dem er damit antwortete, warf einen furchtsamen Blick durch den Raum, als würde dieser sich gleich auflösen. Er hatte sich bisher noch nicht überlegt, daß diese Versetzung an einen anderen Standort bedeuten würde, den geliebten Club der Kompanie zurücklassen zu müssen.

»Und außerdem«, fuhr Harry fort, »gibt es da ein großes Problem mit den ›echten Kampfhandlungen‹, wie du das nennst. Im Gegensatz zu den Zielen, die ihr hier alle ständig in Fetzen geschossen habt, pflegen die Ziele bei *echten* Kampfhandlungen zurückzuschießen. Was glaubst du, wie viele von den Leuten hier schon jemals unter Feuer lagen? Ich will dir was sagen, Soldat, das ist kein Vergnügen.«

Der Legionär, der das Gespräch begonnen hatte, fuhr sich mit der Zunge über die Lippen und schluckte schwer. Tatsache war, daß *er* noch nie unter Feuer gelegen hatte, und nun, da er die Möglichkeit ernsthaft in Erwägung zog, verblaßte seine Begeisterung für echte Kampfhandlungen sehr schnell.

»Nun, *ich* habe schon unter Feuer gelegen«, sagte Brandy und mischte sich in das Gespräch ein, »sowohl als Zivilistin als auch in der Legion. Und was mich betrifft, so finde ich es um einiges besser, wenn man selbst zurückschießen kann ... vor allem dann, wenn man über eine überlegene Feuerkraft und Teamkameraden verfügt, auf die man sich verlassen kann und die einem den Rücken decken.«

Seinem vorhergehenden Mißmut zum Trotz, mußte der Versorgungsfeldwebel ein kurzes, bellendes Lachen ausstoßen.

»Das hast du schon richtig formuliert, Top. Das hast du wirklich.«

Er schlug dem erleichterten Legionär freundlich auf die Schulter.

»Mach dir keine Sorgen, kleiner Kumpel. Die Chancen stehen gut, daß man dich völlig ignorieren wird, bei zwei so großen, leicht zu erwischenden Zielen wie Top und mir. Du mußt dich einfach nur immer ganz dicht an einen von uns halten, dann bemerken die dich überhaupt nicht.«

Der Legionär gewährte ihm ein Nicken und ein schwaches Lächeln, bevor er davonschlenderte, um sich ein anderes, nervenschonenderes Gespräch zu suchen.

»Hör auf, die Truppe in Angst und Schrecken zu versetzen, Schoko« sagte der Hauptfeldwebel leise. »Laß wenigstens ein bißchen locker, bis wir mit Sicherheit wissen, wo man uns hineinstürzt. Bisher hat unser Hauptmann ziemlich gute Arbeit dabei geleistet, auf uns aufzupassen. Also sollten wir ihm dafür eine Weile einen Vertrauensbonus geben – jedenfalls solange, bis wir was Genaueres hören.«

Es war eine Auszeichnung der persönlichen Managementtechniken des Kommandanten, daß Brandy, die einst die größte Zynikerin der Kompanie, wenn nicht sogar der gesamten Weltraumlegion gewesen war, sich nun als Hauptverfechterin eines wie vorsichtig auch immer geäußerten Optimismus hervortat.

»Oh, du brauchst dir keine Sorgen zu machen, daß ich ihm nicht den Rücken stärken würde, Top«, versicherte Harry. »Was mich betrifft, so hat mich der Hauptmann bisher wirklich gut behandelt, und ich vergesse niemanden, der mir mal die Hand gereicht und ausgeholfen hat, als ich gerade am Boden lag. Ich werde nur ein bißchen unduldsam, wenn mir Kinder ohne Narben erzählen wollen, wie großartig das Kämpfen ist.«

Brandy zuckte die Schultern. »Das werden die schon früh genug begreifen. Und außerdem, wenn zu viele von denen zu früh schlau werden, stehen am Ende *wir* noch an vorderster Front, wenn das Geballer losgeht.«

»Gott im Himmel!« rief Schoko und rollte die Augen in übertriebenem Entsetzen, um dann wieder loszulachen. »So habe ich die Sache noch gar nicht gesehen. Also gut, Brandy, du hast gewonnen. Ich halte vor den Soldaten solange den Mund, bis sie alle selbst das Licht geschaut haben.«

»Gut.« Der Hauptfeldwebel nickte. »Ich sehe das nämlich so, wenn die Unteroffiziere nicht . . .«

»Aaaach-TUNG!«

Soeben war der Kompaniechef mit seinen beiden untergebenen Offizieren eingetreten, und wenn militärische Grußbezeigungen in der Weltraumlegion auch eine Sache der Freiwilligkeit waren, achteten und schätzten die Kompaniemitglieder ihren Hauptmann doch so sehr, daß sie sich gemeinsam erhoben und salutierten, bis er die Geste erwidert hatte.

»Stehen Sie bequem . . . weitermachen«, sagte er und winkte sie zu ihren Sitzen. »Wir haben heute abend eine Menge zu besprechen.«

Die Legionäre begaben sich wieder an ihre ursprünglichen Plätze, und das mit einem Minimum an Fußgescharre und gemurmelten Bemerkungen, wenn sie auch zahlreiche neugierige Blicke auf die jüngeren Offiziere der Kompanie warfen. Wie Kinder, die die Frage stellten, worum es bei einem Holofilm gehe, während bereits der Vorspann lief, hielten sie in den Mienen ihrer Vorgesetzten Ausschau nach irgendwelchen Hinweisen auf die Art ihres neuen Auftrags, doch die dieser Art betrachteten Würdenträger bemühten sich um einen möglichst neutralen Gesichtsausdruck.

Die älteren Legionäre begannen darüber nachzugrübeln. Die Erfahrung hatte sie gelehrt, daß die nichtssagende Miene eines Offiziers meistens schlechte Nachricht bedeutete. Gäbe es gute Nachrichten, würden sie lächeln und vielleicht das eine oder andere Augenzwinkern austauschen. So aber . . .

»Sie wissen ja bereits alle, daß wir versetzt werden«, begann der Kompaniechef ohne Einleitung. »Und wenn es da auch noch zahllose Einzelheiten gibt, die erst noch erarbeitet werden müssen, hielt ich es für das Beste, mit ihnen wenigstens eine Vorbesprechung durchzuführen, um die Spekulationen auf ein Minimum zu beschränken.

Doch bevor ich mich mit dem Auftrag selbst befasse, möchte ich erst auf die Frage eingehen, was mit diesem Standort geschehen wird, nachdem wir umgezogen sind. Wie Sie alle wissen, ist der Club mein persönliches Eigentum. Ich habe das Grundstück und die Gebäude erworben, als ich hier eintraf, habe alles umbauen lassen und habe es zur Zeit an die Legion vermietet. Ursprünglich hatte ich vor, den Besitz wieder zu veräußern, wenn wir ihn verlassen sollten, und tatsächlich habe ich auch mehrere konkrete Angebote von Interessenten, die gerne einen Landclub aus meiner Anlage machen würden. Aber ich habe es mir anders überlegt. Ich brauche im Augenblick nicht dringend zusätzliches Kapital, und daher habe ich beschlossen, diesen Standort hier auch nach unserem Ausrücken zu behalten. Ich habe mir gedacht, daß er als Heimatbasis für die Kompanie dienen könnte und vielleicht auch als Erholungsort für ihre Mitglieder, die auf Urlaub sind. Sollten wir feststellen, daß es sich dabei um ein angenehmes Arrangement handelt, können wir noch über die Möglichkeit verhandeln, das Anwesen aus Mitteln der Kompanie von mir zu erwerben . . . wodurch es formal und dauerhaft zum Eigentum der Kompanie selbst würde. Sollte das geschehen, werden Sie wohl feststellen, daß der Preis, den ich dafür verlange, mehr als vernünftig ist.«

Der Kommandant gestattete, daß der Hauch eines Lächelns über sein Gesicht huschte, als die Legionäre grinsten und sich bei seiner Ankündigung gegenseitig erfreut in die Rippen stießen.

»So, und nun zum eigentlichen Auftrag«, fuhr er fort und hob dabei leicht die Stimme, worauf die Kompanie verstummte. »Ich denke, man kann ihn als gute-schlechte Nachricht bezeichnen. Die schlechte Nachricht lautet, daß wir wieder Wache schieben müssen, und ich weiß, daß das für jene unter Ihnen eine Enttäuschung sein wird, die auf irgendeine Art von Kampfauftrag gehofft haben.«

Narrisch hielt einen Augenblick inne, bis sich erwartungsgemäß die inzwischen schon zur Tradition gewordene Stimme aus dem hinteren Teil des Raumes flötend zu Wort meldete.

»Und die gute Nachricht?«

»Die gute Nachricht«, erwiderte er und bemühte sich angestrengt um eine ausdruckslose Stimme und Miene, »betrifft das Objekt, das wir bewachen sollen: das Casino Fette Chance auf Loreley. Sie werden mir darin zustimmen, daß das schon eine Stufe besser ist, als im Sumpf Wache zu schieben. Um das Hauptquartier wörtlich zu zitieren, es ist ›ein lauer Lenz im Paradies‹.«

Ein paar Herzschläge lang herrschte Stille; dann explodierte der Raum. Die Legionäre krähten und johlten, schlugen einander begeistert auf den Rücken.

Aber Narrisch bemerkte auch, daß sich nicht alle an dieser Ausgelassenheit beteiligten. Einige der Kompaniemitglieder, vor allem die älteren, erfahreneren Legionäre, schienen unbewegt oder in einigen Fällen sogar mißtrauisch und nachdenklich.

»Entschuldigen Sie, Herr Hauptmann«, rief Schokoladen-Harry und erhob sich, »aber vor wem oder was sollen wir dieses Casino eigentlich bewachen? Ich meine, für Türsteher sind wir doch wohl ein bißchen zu hochgerüstet.«

»Das habe ich mich auch gefragt, Schoko«, erwiderte der Kommandant mit einem Lächeln, obwohl er innerlich die

Scharfsinnigkeit einer solchen Frage verfluchte, weil sie ihn daran hinderte, die Situation in seinem eigenen Tempo darzulegen. »Und deshalb habe ich den Besitzer angerufen. Es hat den Anschein, daß seine Hauptsorge und auch der Grund dafür, weshalb er ausdrücklich um unsere Dienste ersucht hat, darin besteht, daß gewisse kriminelle Elemente versuchen könnten, sein Casino zu übernehmen. Unsere Aufgabe ist es, sie daran zu hindern.«

Bei dieser Nachricht verschwand das feierliche Lächeln von den Mienen der Legionäre und sie fingen an, untereinander zu murmeln.

»Gewisse kriminelle Elemente«, wiederholte Harry in dramatisch aufgeputztem Tonfall. »Sagen Sie mir, Hauptmann, ist das der Ausdruck reicher Leute für ›organisiertes Verbrechen‹?«

»Organisiertes Verbrechen, ja, egal *wer* es ausdrückt, Schoko«, bestätigte Narrisch grimmig.

Das Gemurmel und die Gespräche in den Reihen verstärkten sich merklich. Für einige war organisiertes Verbrechen eine legendäre Macht, die sie nur aus sorgfältig formulierten Medienmeldungen kannten, während einige Mitglieder der Kompanie etwas engere Tuchfühlung mit diesem Untergrundzweig der Gesellschaft gehabt hatten. Doch ob ihr Wissen aus Gerüchten oder persönlicher Erfahrung stammen mochte, allen war plötzlich klar geworden, daß ihr neuer ›lauer Auftrag‹ soeben ein paar gefährliche Dornen entwickelt hatte.

»Nun braucht man kein Genie zu sein, um darauf zu kommen, daß uniformierte Wachmannschaften gegen diese Art von Opposition keine sonderlich große Abschreckung darstellen«, hakte Narrisch nach, bevor die Versammlung ihm gänzlich aus den Händen glitt. »Ebensowenig wie uniformierte Streifenbullen das organisierte Verbrechen aus einer Stadt fernhalten können.«

Er mußte innehalten und tief durchatmen, bevor er sich an den nächsten Teil machte.

»Deshalb habe ich entschieden, daß einige von Ihnen für die Dauer dieses Auftrags verdeckt arbeiten werden, unabhängig und ohne Uniform, um das normale Hotel- und Casinopersonal zu infiltrieren und für den Rest unserer Truppe Informationen zu sammeln. Aus diesem Grunde werde ich nach Beendigung dieser Versammlung um Freiwillige für diesen Auftrag bitten.«

Sein Blick suchte den großen Voltronen, der in der Versammlung nicht schwer ausfindig zu machen war.

»Schoppen-Hauer, Sie sind von diesem Dienst befreit . . . wie übrigens auch die Sinthianer, Louie und Spartacus. Ich habe erfahren, daß Vertreter nichthumanoider Rassen auf Loreley immer noch eine Rarität darstellen, deshalb wären sie für jede Aufgabe mit Ausnahme unserer offenen Präsenz ungeeignet. Wer sich von Ihnen sonst für diesen Spezialauftrag melden möchte, kommt bitte in mein Büro, wenn wir hier fertig sind.«

»An wie viele haben Sie gedacht, Herr Hauptmann?«

Narrisch machte sich nicht einmal die Mühe, festzustellen, wer die Frage gestellt hatte.

»Ich schätze, daß wir für ein effizientes Spionagenetz etwa vierzig oder fünfzig Leute brauchen, die über die verschiedenen Hotelabteilungen und -schichten verteilt werden.«

Die Legionäre blickten sich an. Vierzig oder fünfzig Leute bedeutete, daß ungefähr jeder vierte bei diesem Auftrag nicht mit dem Rest des Teams zusammenarbeiten würde.

»Das ist aber ein kräftiger Happen von unserer Streitmacht, Sir«, wandte Brandy von ihrem Sitz in der vordersten Reihe laut ein. »Befürchten Sie nicht, daß es jemandem auffallen könnte, wenn wir derart unterpersonalisiert auftreten?«

»Das würde tatsächlich geschehen . . . wenn wir nur in Teilstärke aufträten«, bestätigte der Kommandant. »Deshalb müssen wir ein paar Lückenbüßer anheuern, die an die Stelle jener Legionäre treten, die verdeckt arbeiten. Ich gebe Leutnant Rembrandt den Auftrag, die erforderliche Anzahl von Schauspielern und Schauspielerinnen zu rekrutieren – ich sollte eigentlich sagen, anzuhören –, damit unsere Uniformierten in Sollstärke auftreten können.«

Narrisch war das als logische Alternative erschienen. Rembrandt war mit ihrem künstlichen Auge am besten dazu geeignet, die Stellvertreter auszusuchen, während Armstrong mit seiner strengen Erziehung in der Regulären Armee der geeignete Mann dafür war, den eigentlichen Umzug an den neuen Standort der Kompanie zu organisieren und zu beaufsichtigen.

Die Legionäre jedoch nahmen diese Mitteilung in erschrockenem Schweigen zur Kenntnis. Wenn ihnen bei dem Gedanken schon unbehaglich zumute geworden war, sich mit der unvertrauten Gefahr durch das organisierte Verbrechen befassen zu müssen, schien die Vorstellung, ihre Kräfte teilen zu sollen, sie vollends zu lähmen.

»Sie wollen ... unsere Uniform Leuten geben ... die nicht Kompanie gehören? Nicht mal Legion?«

Es war Schoppen-Hauer, der das Schweigen brach ... und damit wußte Narrisch auch, daß er in Schwierigkeiten war. Der große Voltrone war einer seiner ergebensten Anhänger, der nur selten einen Befehl in Frage stellte, wenn überhaupt. Wenn Schoppen-Hauer sich darüber beschweren sollte, daß Außenstehende Legionärdienst taten, würde Narrisch äußerst überzeugend auftreten müssen, um zu verhindern, daß der Rest der Kompanie sich zur offenen Meuterei erhob.

»Das ist richtig, Schoppen-Hauer«, sagte er. »Ich bin zwar auch nicht wild darauf, aber so muß es eben sein.«

Schnell richtete er seine Aufmerksamkeit wieder auf die Gruppe als Ganzes, bevor weitere Fragen zur Sprache kommen konnten.

»Also, bevor Sie sich jetzt wegen der Nachteile dieser Operationen alle auf mich stürzen, möchte ich doch einmal die Grenzen definieren. Man hat uns eine ziemlich haarige Aufgabe vor die Füße geworfen. Ich habe nicht darum gebeten. *Wir* haben nicht darum gebeten, aber wir haben sie nun einmal bekommen. Wenn man bedenkt, welch zweifelhafte Meinung das Hauptquartier von uns hat, dürfte das eigentlich niemanden überraschen.«

Das löste in der Kompanie vereinzeltes Lächeln und Rippenknuffe aus. Narrischs Kommando, dessen Mitglieder einst als die Verlierer und Versager der Legion gegolten hatten, hatte inzwischen einen perversen Stolz auf seinen minderwertigen Status entwickelt.

»Im Prinzip bin ich davon überzeugt, daß General Blitzkrieg die Sache für einen unmöglichen Auftrag hält und daß er ihn uns in der eindeutigen Erwartung gegeben hat, daß wir dabei auf den Arsch fallen werden.«

Einige der Zuhörer antworteten mit einem Knurren auf diese Feststellung, aber Narrisch setzte sofort nach.

»Und wissen Sie was? Er könnte recht behalten. Vielleicht können wir tatsächlich keine Übernahme durch das organisierte Verbrechen verhindern, aber wir werden unser Bestes geben. Erinnern Sie sich daran, was ich Ihnen sagte, als ich hier das Kommando übernahm? Wie ich davon sprach, daß man in jeder Situation das Beste leistet, dessen man fähig ist? Nun, um in *dieser* Situation unser Bestes zu geben – um überhaupt eine Erfolgschance zu haben –, müssen wir einen Teil unseres Teams in den Untergrund schicken. Sie müssen Ihre hübschen Uniformen aufgeben *und* das Selbstvertrauen, das sie Ihnen verleihen, und müssen Ihren Dienst allein leisten. Damit Sie überhaupt eine Chance haben, müssen wir es auch hinnehmen, daß sich in unseren Reihen Ersatzleute aufhalten. Und außerdem müssen wir diese Ersatzleute als Gleichrangige behandeln . . . sie müssen *wirklich* mit uns verschmelzen. Denn wenn wir es nicht tun . . .«

Er ließ seinen strengsten Blick durch den Raum schweifen. »Wenn *irgend jemand* auf den Gedanken kommen sollte, daß nicht jeder Mann in unserer uniformierten Show echt ist, wird er sich auf die Suche nach den *richtigen* Legionären machen. Und wenn die Leute das tun sollten, wenn sie den Trick durchschauen sollten, den wir gegen sie einsetzen, dann werden Ihre Mannschaftskameraden und in einigen Fällen Ihre Partner stehende Ziele auf einem verdammt gnadenlosen Schießstand sein.«

»Unsere Partner?« Nicht einmal sein gebrochener Akzent konnte das Entsetzen in Schoppen-Hauers Stimme verbergen.

Stumm verwünschte Narrisch seinen Ausrutscher. Nachdem er bemerkt hatte, wie betroffen die Kompanie auf die Vorstellung von Ersatzleuten reagierte, hatte er eigentlich beschlossen, diese besonders schlechte Nachricht für später aufzuheben, aber nun war die Katze aus dem Sack.

»So ist es«, sagte er geradeheraus. »Angesichts der Tatsache, daß wir Freiwillige für die Untergrundarbeit brauchen und die Ersatzleute mit echten Legionären zusammentun müssen, rechne ich damit, daß eine ganze Reihe der gewohnten Partnerschaften innerhalb der Kompanie aufgelöst werden müssen.«

Tiefes Schweigen breitete sich im Raum aus.

Narrisch wußte, daß von allen Informationen, die er an diesem Abend weitergegeben hatte, diese wahrscheinlich die beunruhigendste war. Eine der ersten Maßnahmen, die er bei Antritt seines Kommandos in der Kompanie ergriffen hatte, war die Einteilung der Legionäre zu Partner-Duos oder ›Flügelleuten‹ gewesen. Wenn es am Anfang auch einigen Widerstand gegeben hatte – die Kompanie hatte sich an das System gewöhnt, und die Teampartner waren mehr als Freunde geworden. Den Legionären mitzuteilen, daß die Teams auseinandergerissen würden, war angesichts der anderen schlechten Nachrichten gleichbedeutend damit, von ihnen zu verlangen, daß sie sich die Arme abhackten.

»Hören Sie«, sagte er und bemühte sich nicht einmal, das Bedauern aus seiner Stimme fernzuhalten. »Ich weiß, daß das viel verlangt ist ... und ich erwarte von Ihnen nicht, daß es Ihnen gefällt. Um die Wahrheit zu sagen, mir gefällt es auch nicht besonders. Dennoch, es ist die einzige Möglichkeit ... wenn wir bei diesem Auftrag auch nur die *geringste* Erfolgschance haben wollen. Ich zumindest möchte die Sache zumindest *versuchen*, bevor wir die weiße Fahne hissen.«

Langsam ließ er den Blick über die versammelte Kompanie schweifen; dann seufzte er und nahm wieder Haltung an.

»Nun, das ist erst einmal das grobe Gerüst ... bitter und süß. Wie ich schon sagte, es müssen noch sehr viele Einzelheiten ausgearbeitet werden. Denken Sie darüber nach ... Besprechen

Sie es miteinander. Wenn irgend jemand von Ihnen sich freiwillig melden möchte, ich bin in meinem Büro. Das wär's fürs erste.«

Und mit diesen Worten verließ er in einem hastigen, aber ehrenvollen Rückzug die Versammlung.

Kapitel 3

Tagebucheintrag # 174

Es schien, daß wenn mein Arbeitgeber die Reaktion seiner Legionäre auf seinen Plan auch gründlich unterschätzt hatte, er ebenso gründlich die unbeirrbare Loyalität unterschätzte, die sie ihm entgegenbrachten . . . Eine Loyalität, die, wie ich hinzufügen darf, unentwegt größer zu werden schien.

Sollte der geneigte Leser den Eindruck haben, daß diese Berichte alle mit scheinbar endlosen Sitzungsreihen und Gruppen- wie Einzelversammlungen beginnen, so kann ich dagegen nur einwenden, daß dies der besondere Handhabungsstil meines Arbeitgebers ist. Wann immer möglich, zieht er es vor, sich mit jenen zu beraten, die bei ihm angestellt sind oder unter seinem Befehl stehen, sowohl um sie zu informieren wie auch, um ihre Reaktionen auf seine Pläne kennenzulernen. Tatsächlich habe ich den geneigten Leser eher mit der Langeweile der Zusammenkünfte und Diskussionen verschont, die er wöchentlich und manchmal auch täglich mit Legionären veranstaltete, indem ich sie in diesen Tagebuchaufzeichnungen ausließ. Doch jene Gespräche, die entscheidend wichtige Ereignisse beeinflußten, müssen um der Vollständigkeit meines Berichts willen Erwähnung finden.

Zudem sollte ich wohl anmerken – wie nach Lektüre dieses Abschnitts auch deutlich werden dürfte –, daß ich zwar nach wie vor nur einen individuellen Arbeitsvertrag mit meinem Arbeitgeber und nicht mir der Weltraumlegion habe, im Zuge dieses Auftrags jedoch eine über das normale Maß hinausreichende Rolle spielte.

Beeker hob fragend eine Augenbraue, als Narrisch ins Büro stürmte.

»Schwierige Versammlung, Sir?«

»Schwierig?« fauchte Narrisch. »Wie wär's mit der Umschreibung ›offene Revolte‹?«

»Ehrlich gesagt, Sir, klingt es unglaublich«, antwortete der Butler und zog es vor, den rhetorischen Charakter der Frage seines Arbeitgebers zu ignorieren. »Wenn Ihre Soldaten auch hin und wieder unglücklich über Ihre Befehle sein mögen, so bezweifele ich doch ernsthaft, daß Sie jemals Ihre Position als Befehlshaber in Frage stellen würden. Ihr Respekt Ihnen gegenüber grenzt schon an Ehrfurcht.«

Narrisch atmete tief ein; dann stieß er die Luft aus.

»Das stimmt«, sagte er. »Aber unglücklich *waren* sie.«

»Verzeihen Sie meine Frage, Sir«, fuhr Beeker gnadenlos fort, »aber war es nicht das, was Sie erwarteten? In Anbetracht der Anstrengungen, die Sie unternommen haben, um innerhalb der Kompanie Kameradschaft und Familiensinn aufzubauen, scheint es mir nur natürlich, wenn die Leute schockiert und panisch reagieren ... angesichts eines Auftrags der von ihnen verlangt, sich voneinander zu trennen.«

Narrischs Miene verzog sich gegen seinen Willen zu einem schiefen Grinsen, als er seinen Butler mit schräggelegtem Kopf musterte.

»Willst du mir damit sagen, daß ich zu gute Arbeit geleistet habe, Beek?«

»Nicht ausdrücklich, Sir«, erwiderte der Butler tonlos. »Ich möchte damit lediglich meinen Ratschlag zum Ausdruck bringen, daß Sie *weiterhin* Ihre Arbeit tun sollten. Im Augenblick bedarf Ihre Kompanie eines Führers, der entschlossen seine Entscheidungen trifft, wie unangenehm sie auch sein mögen ... und keines überempfindlichen Anfängers, der sich Gedanken um seine Popularitätskurve macht ... Sir.«

»Aua.« Narrisch schnitt eine Grimasse. »Aua und *touché*. Also gut, Beek. Ich halte den Mund und beiße die Zähne zusammen. Aber es macht dir doch nichts aus, wenn ich hin und wieder mal ein wenig jammere? Sofern es gerade in den Dienstplan paßt?«

»Das ist *Ihr* Privileg, Sir. Ich werde es Sie wissen lassen, wenn ich das Ausmaß für übertrieben halten sollte.«

»Davon bin ich überzeugt.« Der Kommandant lachte. »Ach ja, Beeker – danke.«

»Ich tue nur *meine* Arbeit, Sir«, erwiderte der Butler. »Falls Sie sich jedoch von Ihren Strapazen erholt haben sollten, gibt es *tatsächlich* eine Angelegenheit, die ich mit Ihnen zu besprechen wünsche ... sofern Sie einen Augenblick Zeit haben.«

Narrisch blickte im Reflex auf seine Uhr. »Nun, es sieht nicht so aus, als würden mir die Freiwilligen gerade die Tür einrennen ... jedenfalls noch nicht. Was gibt es denn, Beek?«

»Wenn ich mich nicht irren sollte, Sir, habe ich noch ein wenig Urlaubszeit gut, nicht wahr?«

»Genaugenommen hast du *sehr viel* Urlaubszeit gut. Warum fragst du?«

»Ich hatte mir überlegt, daß ich vielleicht ein bißchen Urlaub nehmen könnte, bevor wir auf Loreley eintreffen ... sofern es keine Umstände bereiten sollte.«

Narrisch furchte die Stirn.

»Ich kann nicht gerade behaupten, daß es mir paßt«, meinte er, »vor allem nicht angesichts unserer Vorbereitungen vor einer großen Verlegung. Aber trotzdem ... was ist los, Beek? Falls dir die Frage nichts ausmachen sollte.«

»Ich nehme an, daß Ihre Pläne vorsehen, daß Leutnant Rembrandt frühzeitig abreist? Um eine Gruppe von Schauspielern und Schauspielerinnen vorsprechen zu lassen, die jene Legionäre ersetzen sollen, die verdeckt arbeiten werden?«

Narrisch nickte. »Das ist richtig.« Er hatte sich noch nie gefragt, woher sein Butler immer seine Pläne und Entscheidungen kannte, ohne daß er sie ihm mitgeteilt hatte ... hauptsächlich deswegen, weil er sich nicht sicher war, ob er es wirklich genau wissen wollte, wie ein derartiges Wunder zustande kam.

»Nun, Sir, ich habe mir überlegt, daß ich die Leute vielleicht auf ihrer Mission begleiten könnte. Wenn ich auch davon überzeugt bin, daß Frau Leutnant mehr als fähig ist, den Auftrag allein auszuführen, scheint mir doch, daß es eine Vielzahl nichtmilitärischer Einzelheiten und Arrangements zu erledigen gilt. Dinge, mit denen sie möglicherweise nur sehr wenig Erfahrung haben könnte. Während ich auch dafür Sorge tragen würde, daß unsere eigene Ausrüstung verpackt und verschickt wird, bevor ich selbst abreise, bin ich doch offengestanden der Ansicht, daß ich ihr in den kommenden Wochen größere Dienste leisten könnte als Ihnen.«

»Ich verstehe«, meinte Narrisch mit geschürzten Lippen. »Nun, ich wüßte nicht, was dem entgegenstehen sollte. Laß mich darüber nachdenken, dann werde ich dir meine Entscheidung mitteilen.«

»Sehr gut, Sir. Aber wenn ich noch etwas hinzufügen darf, so vermute ich, daß Leutnant Rembrandt im Zuge ihrer Mission Zivilkleidung tragen wird?«

Der Kommandant nickt. »Darüber habe ich zwar noch nicht nachgedacht, aber du hast recht, Beeker. Das muß sie. Sonst bekommen die Medien Wind davon und wir haben uns schon verraten, bevor wir überhaupt angefangen haben.«

»Nun, Sir, ich für meinen Teil habe die Frau Leutnant bisher noch nie in einem anderen Aufzug als ihrer Legionsgarderobe gesehen. Wenn ich auch keinen Grund habe, an ihrer Fähigkeit zu zweifeln, sich angemessene Zivilkleidung zuzulegen, so habe ich andererseits auch keinen Grund, diesbezüglich zuversichtlich zu sein.«

»Ich verstehe, was du meinst, Beeker. Wie ich schon sagte, ich denke darüber nach. Vergiß nur nicht . . .«

Ein Klopfen an der Tür unterbrach sie.

»Hoppla! Ich denke, das wird mein erstes Opfer sein. Laß es herein, ja, Beek? Beim Hinausgehen?«

»Jawohl, Sir . . . Aber vorher, Sir . . .«

»Ja?«

»Wenn ich Ihre Aufmerksamkeit auf die Uhrzeit richten dürfte?«

Wieder blickt Narrisch auf die Uhr. »Na und?«

»Gehe ich recht in der Annahme, daß Sie heute nacht mit an die fünfzig Freiwilligen zu sprechen gedenken?«

»Sofern so viele aufkreuzen, ja.«

»Darf ich mir den Hinweis erlauben, Sir... falls jedes Gespräch auch nur zehn Minuten dauern sollte, werden insgesamt acht Stunden vergehen, bis Sie damit fertig sind.«

Narrisch seufzte matt.« Ich weiß. Aber es ist wichtig, daß ich die Angelegenheit so schnell wie möglich in Angriff nehme... wie du ja selbst vor kurzem erst bemerkt hast.«

»Selbstverständlich, Sir. Ich wollte lediglich die Empfehlung aussprechen, daß Sie angesichts des zeitlichen Gesamtaufwands die Gespräche vielleicht so kurz wie möglich gestalten sollten... also der Versuchung widerstehen sollten, heute nacht noch Einzelheiten zu klären, die sich im Laufe der nächsten Tage bequemer erledigen ließen. Auch wenn ich mir bewußt bin, daß ich diese Schlacht immer wieder verliere, brauchen Sie *doch* gelegentlich etwas Schlaf... Sir.«

Wieder klopfte es, diesmal drängender.

»Ich werde es im Auge behalten, Beek... aber ich mache keine Versprechungen. Manchmal muß ich mich dem Strom eben anpassen.«

»Ich weiß, Sir.« Der Butler seufzte. »Aber ich war doch der Auffassung, daß ich es wenigstens versuchen sollte.«

»'n Abend, Haup'mann.«

Schokoladen-Harry, der Versorgungsfeldwebel der Kompanie, lehnte schräg im Türrahmen und schoß seinem Kommandant mit einem ausgestreckten Finger einen kurzen militärischen Gruß entgegen.

»Ich mach' es kurz. Sieht nämlich ganz so aus, als würde sich da draußen 'ne hübsche Menschenmenge zusammenballen. Tragen Sie mich einfach als einen Ihrer Pfadfinder ein.«

»In Ordnung, Schoko.« Narrisch nickte und machte sich eine Notiz. »Ich muß allerdings zugeben, daß mich das etwas überrascht. Ich hatte geglaubt, daß Sie sich nicht von Ihrem Inventar trennen lassen würden.«

»Ich gebe zu, daß ich nicht sonderlich wild darauf bin«, erwiderte Harry, »aber ich schätze, daß der größte Teil davon bei diesem Auftrag ohnehin verstaut bleibt, und damit können meine Jungs schon umgehen. Außerdem glaube ich kaum, daß es irgend jemanden in dieser Truppe gibt, der besser als Zivilist durchgeht als ich ... Vor allem wenn es darum geht, sich unter den weniger legalen Elementen der besseren Gesellschaft zu bewegen.«

Dabei zwinkerte er heftig. Während es in der Legion normal war, seinen Lebenslauf vor Eintritt in die Truppe geheimzuhalten, war Harry immer sehr offen mit der Tatsache umgegangen, daß er bei seinem Eintritt auf der Flucht vor Partnern gewesen war, die, sofern sie tatsächlich keine ausgesprochenen Kriminellen sein sollten, doch zumindest außerhalb der Gesetze standen.

Der Kommandant erwiderte das Lächeln nicht.

»Das wirft aber eine interessante Frage auf, Schoko. Nämlich die nach Ihrer Sicherheit, wenn Sie ohne Uniform operieren.«

»Darüber hab' ich auch schon 'n bißchen nachgedacht, Herr Haup'mann«, gestand der Feldwebel. »Auf Loreley sollte es keinen besonderen Ärger geben ... und wenn doch, dann wird es für mich ohne Uniform auch nicht gefährlicher werden als mit.«

Narrisch zögerte einen Augenblick; dann nickte er knapp.

»Also gut. Kommen Sie in den nächsten paar Tagen noch einmal zu mir, dann arbeiten wir eine Tarnexistenz für Sie aus.«

»Oh, machen Sie sich darüber mal keine Sorgen«, sagte Harry und schlängelte sich aus dem Türrahmen, als er sich zum Gehen umwandte. »Mit Ausnahme von 'n paar Reisespesen denke ich, daß ich mir lieber selbst 'nen Job besorge. Falls sich das HQ später darüber beschweren sollte, dann kann man Sie wenigstens nicht als Komplizen belangen.«

»Feldwebel Escrima ... meldet sich freiwillig ...«

Als er den steifen militärischen Salut erwiderte, fiel es Narrisch nicht schwer zu lächeln. Er empfand eine echte Zuneigung für den reizbaren kleinen Küchenfeldwebel der Kompanie, obwohl die Bezeichnung ›reizbar‹ vielleicht eine arge Untertreibung sein mochte. Escrima war sicherlich mit Abstand der tödlichste Kämpfer der Kompanie, vor allem mit Stöcken oder Stichwaffen.

»Stehen Sie bequem, Feldwebel«, sagte er. »Ich gebe zu, daß es mich freut, Sie als Freiwilligen zu haben. Ich hatte sogar darauf gehofft.«

»Hmmm . . . Kompanie wohnt in Hotel, hat Koch nichts zu tun.« Escrima zuckte die Schultern, entspannte sich dabei aber nur wenig.

»Ganz meine Meinung.« Der Kommandant nickte, machte sich eine weitere Notiz auf seinem Block. »Ich nehme an, Sie interessieren sich für eine Beschäftigung in der Küche des Restaurants?«

Der Koch nickte sofort. »In Küche kann viel schiefgehen – viel zuviel. Brauchen jemanden dort, der aufpaßt auf« – er gestikulierte leicht mit der Rechten, als er das passende Wort suchte – »zu viele Unfälle. Schlecht für Essen . . . Schlecht für Geschäft.«

Narrisch lehnte sich zurück.

»Aber Sie sind sich doch sicher darüber im klaren, daß Sie nicht gleich Chefkoch des Casinohotels werden . . . daß Sie wahrscheinlich jemand anderem Rede und Antwort stehen müssen.«

Escrima zögerte einen Augenblick; dann nickte er wieder.

»Gut«, sagte er und ließ ein leises Lächeln aufblitzen. »Manchmal ist besser, nicht das Sagen zu haben. Manchmal . . . wie sagt man . . . zur Abwechslung mal was dazuzulernen.«

Der Kommandant schüttelte leicht den Kopf. »Ich dachte eher an mögliche Konfliktstoffe«, meinte er. »Nehmen wir einmal an, daß Ihnen beispielsweise jemand sagt, Sie sollten etwas tun, was Sie nicht machen wollen, oder daß jemand sogar Ihre Kochkunst kritisiert.«

Escrimas dunkle Augen begannen für einen Moment zu glitzern. Das Temperament des Kochs war allgemein gefürchtet, und besonders empfindlich reagierte er auf jede Kritik an seinen Küchenkünsten. Tatsächlich war seine Anwesenheit in der einstigen Problemkompanie der Legion das Ergebnis mehrerer solcher lebhafter Diskussionen ... die ausnahmslos damit geendet waren, daß seine Kritiker im Krankenhaus landeten.

»Ich verspreche, Hauptmann. Kein Ärger ... Ich fangen *nie* Ärger an.«

»Haben Sie etwas dagegen, wenn wir die Sache zusammen angehen, Hauptmann? Ich denke, das erspart uns Zeit.«

Narrisch konnte seine Überraschung nicht verbergen.

»Brandy ... Supermücke. Klar. Kommen Sie zusammen herein, wenn sie wollen.«

Die beiden Frauen traten nacheinander ins Büro und gaben nur die leiseste Andeutung eines militärischen Grußes von sich, bevor sie vor dem Schreibtisch ihres Kommandanten Platz nahmen. Obwohl sie einander mit Distanz begegneten, hatten sie seit der Umorganisation und Umorientierung der Kompanie eine enge Freundschaft entwickelt.

»Der Grund, weshalb wir beide zusammen hier sind«, sagte Brandy und ergriff damit das Wort, »ist der, daß Sie wahrscheinlich denselben Einwand gegen uns beide als Freiwillige haben werden. So brauchen wir die Sache nur einmal durchzugehen ... Sieg oder Niederlage.«

Der Kommandant nickte. »Also gut. Fahren Sie fort.«

»So, wie wir das sehen«, sprach der weibliche Hauptfeldwebel weiter, »werden Sie wahrscheinlich einwenden, daß wir nicht in den Untergrund können, weil wir mit Mutter dieses Pinup-Faltblattfoto gemacht haben – so daß man uns als Mitglieder der Kompanie wiedererkennen würde.«

»Das ist ein Faktor, den ich berücksichtigen muß«, pflichtete Narrisch ihr bei. »Hinzu kommt die Tatsache, daß Supermücke uns im Fechtturnier gegen die Red Eagles vertreten hat, über das in den Medien berichtet wurde.«

»Da habe ich die meiste Zeit eine Gesichtsmaske getragen«,

versetzte Supermücke und wischte den Einwand mit einer Handbewegung weg.

»Richtig, aber während der Fotositzung haben Sie keine getragen ... und auch sonst nicht sonderlich viel, wie ich mich erinnere.«

»Darüber wollten wir mit Ihnen ja auch sprechen«, unterbrach Brandy hastig. »Wir wollten darauf hinweisen, daß Frauen ihr Aussehen grundlegend verändern können, wenn sie etwas an Frisur oder Haarfarbe tun, an Make-up oder Garderobe.«

»Oder auch einfach, indem wir uns anziehen«, fügte Supermücke mit einem derben Zwinkern hinzu. »Mal ganz ehrlich, Sir. Wenn Sie sich eines von diesen Nackedei-Faltblättchen anschauen, wieviel Zeit verbringen Sie dann wirklich damit, das *Gesicht* der Frau anzusehen? Würden Sie die wirklich wiedererkennen, wenn Sie ihr auf der Straße begegneten? Ohne Heftklammern im Nabel?«

»Ich ... ich gebe zu, daß ich noch nicht viel über diese Angelegenheit nachgedacht habe«, räumte Narrisch ein. Obwohl er versuchte sich nichts anmerken zu lassen, bereitete ihm das Gespräch Unbehagen ... wie es auch das Faltfoto getan hatte, als es erschienen war. »Wenn wir mal für einen Augenblick annehmen, daß Sie Ihr Aussehen hinreichend verändern, um ein Wiedererkennen zu vermeiden, stellt sich immer noch die Frage, was Sie dann vorhaben. Haben Sie irgendwelche bestimmten Tarnexistenzen im Sinn?«

Die Mücke zuckte die Schultern. »Das ist kein Problem. Ich habe früher gelegentlich gekellnert, sowohl in Restaurants als auch in Cocktailbars. Wenn ich die Wahl hätte, würde ich das Cocktailkellnern wahrscheinlich vorziehen. Dann kommt man nämlich durch das ganze Casino und steht nicht immer nur im Speisesaal bereit. Und die Art von Action, mit der Sie rechnen müssen, dürfte wohl eher an den Spieltischen beginnen und nicht bei einer Mahlzeit. Außerdem geben die Leute an der Bar höhere Trinkgelder.«

»Ich dachte mehr daran, beim Hauspersonal zu arbeiten«,

ergänzte Brandy. »Dieses Fotofaltblatt hat zwar Spaß gemacht, aber ich kann drauf verzichten, tagaus tagein in irgendwelchen durchsichtigen Fummeln rumzulaufen. Und es wäre auch nicht schlecht, einen glaubwürdigen Vorwand zu haben, die Zimmer der Gäste betreten zu können.«

Sie blickten den Kommandanten erwartungsvoll an.

»Eigentlich«, sagte er schleppend und starrte dabei auf seinen Notizblock, »war das Problem des Wiedererkennens nicht meine Hauptsorge. Mit Supermücke dürfte das schon klar gehen, aber ...« Er zögerte, zuckte dann die Schultern und blickte seinen Hauptfeldwebel geradeheraus an. »Der Gedanke, daß *Sie* in den Untergrund gehen könnten, behagt mir nicht sonderlich, Brandy. Ich hatte eigentlich darauf abgezielt, daß Sie mir dabei zur Hand gehen, die Kompanie bei ihrem normalen Dienst zu führen. Wissen Sie, Schokoladen-Harry und Escirma haben sich bereits gemeldet, und selbst wenn Sie bleiben sollten, sieht die Liste der erfahrenen Kader auch so schon ziemlich dünn aus. Und wenn Sie auch noch gehen ...« Er verstummte, schüttelte den Kopf.

»Ich kann schon verstehen, daß das ein Problem geben könnte, Herr Hauptmann. Aber ...« Brandy zögerte; dann beugte sie sich leicht vor. »Darf ich offen sprechen, Sir?«

Narrisch nickte knapp.

»Nun, Sie wissen doch sicherlich noch, wie Sie mir bei Ihrem Antritt zugesetzt haben, weil ich zynisch wäre und nichts zu ändern versuchte? Das ist das erste Mal in ... herrje, ich weiß selbst nicht in wie vielen Jahren, daß ich mich für *irgend etwas* freiwillig gemeldet habe. Und jetzt, da ich schon in Bewegung bin, möchte ich die Sache auch zu Ende führen. Ich bin mir nicht sicher, ob ich nur versuche, Ihnen oder mir etwas zu beweisen, aber ich würde es gerne anpacken.«

Der Kommandant schürzte die Lippen und blickte wieder nachdenklich auf seinen Notizblock, bis ihm klar wurde, daß es hier tatsächlich nichts zu entscheiden gab. Wenn es darum ging, sich die Sache entweder selbst leichter zu machen oder

Brandy dabei zu helfen, ihr Selbstwertgefühl zu stärken, gab es nur eine Wahl, die für *ihn* akzeptabel war.

»Also gut«, sagte er und hob den Blick, um sie beide direkt anzusehen. »Dann werden wir Sie vorläufig als Freiwillige für die Untergrundarbeit führen. Allerdings möchte ich vor der endgültigen Entscheidung noch eine Demonstration dieser Haar- und Make-up-Geschichte sehen. Sagen wir morgen nachmittag?«

»Kein Problem, Sir ... Und danke, Sir.«

Die beiden Frauen standen auf und salutierten und drehten sich erst zur Tür, nachdem er den Gruß erwiderte hatte.

»Da wäre noch eine Sache ... Supermücke?«

Die kleine Legionärin blieb an der Tür stehen, als sie ihren Kommandanten sprechen hörte.

»Sir?«

»Haben Sie die Angelegenheit schon mit Schoppen-Hauer besprochen? Ich will mich ja nicht einmischen, aber er hat sehr viel für Sie übrig.«

Supermückes normalerweise überquellendes Selbstvertrauen geriet ins Wanken, als er ihren Partner erwähnte.

»Ich ... ich weiß, Sir ... Nein, habe ich nicht. Ich wollte erst einmal feststellen, ob Sie mich für geeignet hielten ... Ich werde jetzt zu ihm gehen und mit ihm sprechen. Ich denke, er wird Verständnis dafür haben. Er mag zwar viel für mich übrig haben, aber *Sie* betet er geradezu an. Sie waren es, der um Freiwillige gebeten hat, und ich gehe jede Wette ein, daß er bereit wäre, seine Hand bis zum Ellenbogen ins Feuer zu schieben, wenn Sie ihn darum bäten. Mag sein, daß es ihm nicht gefällt, wenn ich mich freiwillig melde, aber wohl hauptsächlich deshalb, weil er selbst es dann nicht auch kann. Geben Sie ihm etwas Zeit, dann wird er darüber hinwegkommen ... Und selbst wenn nicht, wird er nicht zulassen, daß es seine Leistung beeinträchtigt.«

Anstatt beruhigt zu sein, empfand Narrisch erneutes Unbehagen bei dieser Aussage.

»Also gut, Mücke. Ich überlasse es Ihnen. Sagen Sie mir nur Bescheid, falls ...«

»Äh ... Herr Hauptmann ... Entschuldige, Mücke.«

Brandy schob noch einmal den Kopf durch die Türöffnung und unterbrach das Gespräch.

»Was ist, Top?«

»Ich habe gerade darüber nachgedacht, was Sie gesagt haben – daß unser Kaderpersonal für den Routinedienst ziemlich ausgedünnt ist. Jedenfalls ist mir eingefallen, daß Sie vielleicht Moustache eine Chance geben sollten, als Kompaniefeldwebel einzuspringen.«

»Moustache?« Der Kommandant runzelte die Stirn und zermarterte sein Gedächtnis.

»Er ist kurz vor Ihnen hierher versetzt worden«, erklärte Brandy. »Es überrascht mich nicht, daß Sie sich nicht sofort an ihn erinnern können. Die meiste Zeit fügt er sich sozusagen ein und verschmilzt mit seinem Hintergrund. Ich hab' allerdings den Verdacht, daß er schon früher in der Regulären Armee gedient hat, und höchstwahrscheinlich nicht nur als einfacher Soldat.«

»Ich werde es im Auge behalten, Brandy. Danke!«

»Soll ich ihn gleich holen? Er steht hier draußen in der Freiwilligenschlange.«

»Schon in Ordnung. Ich spreche mit ihm, wenn er an der Reihe ist.«

»Na ja, jedenfalls dachte ich mir, daß Sie mich vielleicht als Toilettenaufseher oder Portier gebrauchen könnten, Sir. Ich wäre wahrscheinlich ein bißchen weniger auffällig als die meisten Burschen – bei meinem Alter und so.«

Narrisch musterte die Gestalt, die vor ihm saß; er achtete mehr auf Einzelheiten als auf die Worte des Legionärs.

Der Mann war überdurchschnittlich groß und hatte einen Brustkorb wie ein Faß, obwohl seine strenge Körperhaltung wahrscheinlich beides überbetonte. Sein Kopf war so unbehaart wie eine Billardkugel – bis auf den hellroten Bürstenschnurrbart, der sein Gesicht beherrschte und ihm seinen Legionsnamen eingetragen hatte. Narrisch fiel auf, daß dieser Gesichtsschmuck zweifellos gefärbt war; denn wenn man das Alter bedachte, das in der Akte des Mannes eingetragen war, hätte der Bart eigentlich schlohweiß sein müssen. So aber war der einzige Hinweis auf Moustaches fortgeschrittenes Alter die faltige Haut an seinem Hals ... doch selbst das war kaum zu bemerken, wenn man nicht ganz gezielt hinschaute.

»Hmmm?« Der Kommandant kniff die Augen zusammen, als er plötzlich merkte, daß der Legionär seine Vortrag beendet hatte und nun auf eine Antwort wartete. »Entschuldigen Sie, Moustache. Da bin ich gerade für einen Augenblick abgeschweift. Um ehrlich zu sein, ich habe darüber nachgedacht ... Sind Sie sicher, daß Sie sich freiwillig zur Untergrundarbeit melden wollen? Sie ... äh, scheinen in einer Uniform doch sehr viel mehr zu Hause zu sein.«

Es war ein unbeholfener Schachzug, aber Narrisch wurde langsam müde und mußte unbedingt eine taktvolle Möglichkeit finden, das Gesetz der Legion zu umgehen, nie nach der Vorgeschichte eines Legionärs fragen. Zum Glück machte Moustache es ihm leicht.

»Da haben Sie mich wohl durchschaut, wie, Sir?« Und er lächelte plötzlich. »Na ja, ich denke, es war wohl doch nur eine Frage der Zeit, bis das herauskommen würde. In einem derart engen Gefüge wie diesem können sich Geheimnisse nicht lange halten.«

»Soll das bedeuten, daß Sie vor Ihrem Eintritt in die Weltraumlegion bereits militärische Erfahrung gesammelt haben?« hakte der Kommandant nach.

»So könnte man es ausdrücken, Sir. Fast vierzig Jahre in der Regulären Armee, bevor man mich gefeuert hat – Zwangspensionierung, um genau zu sein.«

Verblüfft sah Narrisch wieder in die Akte des Mannes. Den Unterlagen zufolge hatte Moustache schon eine Menge Jahre auf dem Buckel, aber wenn er schon vierzig Jahre in der Regulären Armee gedient hatte, dann mußte er ja mindestens ...

»Bevor Sie irgend etwas sagen, Sir, ich habe *tatsächlich* meinen Geburtstag um ein paar Jahre geschönt, als ich meine Verpflichtungspapiere ausfüllte. Es heißt zwar, daß die Legion jeden Bewerber annimmt, aber ich wollte doch nicht das Risiko eingehen, abgelehnt zu werden.«

»So scharf drauf waren Sie, in unseren Verein zu kommen?«

»Ehrlich gesagt, Sir, war es meine letzte Hoffnung. Wissen Sie, Sir, als die Reguläre Armee mich in den Ruhestand schickte, dauerte es nicht lange, bis ich feststellen mußte, daß es im Zivilleben keinen richtigen Platz für mich gibt. Ich war zu alt, um zur Polizei zu gehen, und eine Existenz als Nachtwächter ist mir immer wie ein Wettlauf vorgekommen, wer wohl zuerst Staub und Spinnweben ansetzt: der Wächter oder das Zeug, das er bewachen soll.«

»Ich nehme an, daß es wohl nicht auf Ihrer Optionsliste stand, das Leben nunmehr ruhig anzugehen und Ihre Pensionierung zu genießen?«

»Verdammt unwahrscheinlich«, schnaubte der Legionär. »Die Armee hat mich immer auf Trab gehalten – das heißt, bis einer ihrer Computer anfing, meine Geburtstage zusammenzurechnen. Nach Jahren der Arbeit – selbst mit Aufträgen, die nur Beschäftigungstherapie waren – klang mir die Vorstellung, nichts mehr zu tun, allzu sehr nach Tod. Ich meine, Sir, unaktiv bleibt unaktiv, ob man nun in einem Schaukelstuhl sitzt oder sich sechs Fuß tiefer aufhält.«

»Es hört sich so an, als hätten Sie irgendeinen Dienstgrad gehabt, bevor Sie pensioniert wurden«, bemerkte Narrisch vorsichtig.

»Sagen wir einfach, daß ich einen Unteroffiziersdienstgrad innehatte und belassen wir es dabei, Sir. Ich habe mich darum bemüht, meine Erfahrung nicht sonderlich herauszustellen. Habe zu viele Burschen miterlebt, die in eine neue Mannschaft kamen und gleich die Missionsglocken läuteten und den Heiden Predigten hielten, wie sie was zu machen hätten. Die Unteroffiziere, die Sie hier haben, scheinen wirklich gute Arbeit zu leisten, erst recht, seitdem Sie sie wieder richtig in Schwung gebracht haben. Die Wahrheit ist, daß es für mich in den unteren Dienstgraden richtig angenehm war – dann konnten die anderen das Denken übernehmen, und ich brauchte nur Befehle zu befolgen.«

»Ich verstehe«, sagte Narrisch; dann griff er nach seinem Notizblock. »Nun, Moustache, ich fürchte, Ihr Urlaub ist ab sofort zu Ende. Ich lehne Ihr Gesuch einer freiwilligen Meldung ab, und erteile Ihnen statt dessen hiermit den Auftrag, für die Dauer dieses Unternehmens als Kompaniefeldwebel einzuspringen. Wenn alles vorbei ist, wollen wir mal sehen, ob wir das vielleicht zu einer dauerhaften Stellung machen können.«

»Jawohl, Sir. Sehr gut, Sir.«

Der Legionär vollführte einen brettsteifen Exerzierplatzsalut, doch Narrisch erwiderte ihn nicht sofort.

»Nur noch eine Sache, Moustache. Entschuldigen Sie die Frage, aber was ist das für ein Akzent, den Sie sprechen?«

»Holofilm, Sir«, erwiderte der Legionär mit einem weiteren aufblitzenden Lächeln. »Irgendwie habe ich es nie geschafft, dieses südamerikanische Gegurre zu meistern, das unter den Offizieren so beliebt ist. Da habe ich mich eben mit dem Nächstbesten zufriedengegeben. Habe jedes Kriegsholo studiert, das ich nur auftreiben konnte – jedes, in dem ein richtiger britischer Sergant vorkam. Es mag zwar nicht authentisch sein, aber nach vierzig Jahren ist es mir zur Gewohnheit geworden . . . Sir!«

Und so ging es weiter, Stunde um Stunde, Freiwilliger um Freiwilliger.

Beekers Prognose entsprechend, wurde es bei allen Bemühungen, die Gespräche kurz zu halten, selbst für Narrischs Verhältnisse sehr spät. Als er endlich wieder allein war, versuchte er, noch einmal seine Notizen durchzugehen, legte sie aber beiseite, als die Augen ihm den Dienst versagten.

Er brauchte die Liste auch nicht wirklich zu lesen, um sich zu bestätigen, was er ohnehin schon wußte. Wenn er auch mehr als genug Freiwillige hatte, um eine volle Truppe zusammenzustellen, fehlte doch ein Name auf der Liste, mit dem er fest gerechnet hatte, seit ihm der Auftrag übertragen worden war.

Er sah auf die Uhr und rang mit sich, ob er die Nacht nicht besser für beendet erklären und sich am Morgen mit dem Problem befassen sollte. Um diese Zeit würde der Legionär, um den es ging, wahrscheinlich schon schlafen, und . . .

Er mußte sich zwingen, eine Art geistigen Kompromiß zu akzeptieren. Er würde ganz einfach nur am Zimmer des Legionärs vorbeigehen, und sollten dort die Lichter aus sein, würde er sich schlafen legen.

»Kommen Sie herein, Herr Hauptmann. Ich habe Sie schon erwartet.«

Sushi legte das Buch beiseite und winkte seinen Kommandanten durch die offenstehende Tür in einen Sessel.

»Tut mir leid, daß ich noch so spät hereinplatze«, brachte Narrisch hervor und nahm Platz, »aber es haben sich sehr viele Freiwillige gemeldet – viel mehr, als ich erwartet hatte.«

»Mehr als Sie brauchen?«

»Nun . . . ja und nein«, wich der Kommandant aus und blickte sich im Zimmer um. »Wo ist Ihr Partner?«

»Schubidu? Der ist in die Stadt gegangen, um ein bißchen zu feiern. Es ist schon spät. Wahrscheinlich wird er erst am Morgen wieder hier sein.«

»Gut, gut«, bemerkte Narrisch zerstreut. Nun, da er Sushi gefunden hatte, wußte er nicht so genau, was er ihm sagen sollte. »Ich, äh . . . wollte mit Ihnen sprechen.«

»Ich will Ihnen die Sache erleichtern, Herr Hauptmann«, sagte der Legionär mit erhobener Hand. »Sie möchten wissen, warum ich mich nicht freiwillig gemeldet habe. Stimmt's?«

»Nun . . . Ja. Falls Sie das nicht als Einmischung empfinden, wie ich hinzufügen möchte. Ich hätte gedacht, daß der Auftrag gewissermaßen wie für Sie geschaffen ist. Wenn man bedenkt . . .«

Er verstummte und ließ ungesagt, was beiden längst bekannt war.

Narrisch kannte Sushi – oder hatte zumindest eine flüchtige Bekanntschaft mit ihm – aus der Zeit, bevor beide sich zur Weltraumlegion gemeldet hatten. Sie hatten in denselben oder ähnlichen Kreisen verkehrt, kamen beide aus außerordentlich reichen Familien. Narrisch wußte auch, was nur wenigen in der Kompanie bekannt war, daß Sushi nämlich Unterschlagungen begangen und daß er mit dem größten Teil des gestohlenen Geldes seine Casinospielleidenschaft finanziert hatte.

»Ich denke, die Antwort liegt wohl auf der Hand.« Sushi zuckte die Schultern. »Ich bin ein zwanghafter Spieler. Ich liebe hohe Einsätze und Risiken, wie der Alkoholiker die Flasche liebt. Es war schon schlimm genug, so lange ich nur mein eigenes Geld und meinen eigenen Ruf verlieren konnte – oder den der Firma meiner Familie, wie sich herausstellte. Aber den Ruf *unserer* Kompanie aufs Spiel zu setzen, von meiner Selbstkontrolle anhängig zu machen ...« Er schüttelte den Kopf. »Ich denke, es wäre insgesamt das sicherste, wenn ich normalen Dienst schiebe und mich gänzlich von den Spieltischen fernhalte. Die einzige sichere Methode, mit dem Spielen aufzuhören, ist die, gar nicht erst anzufangen.«

Narrisch lehnte sich in seinen Sessel zurück und musterte für einen Moment die Zimmerdecke, die Stirn nachdenklich in Falten gelegt.

»Das hier ist *tatsächlich* ein Freiwilligenunternehmen«, sagte er schließlich, »und ich möchte Sie bestimmt nicht mit vorgehaltener Waffe dort hineintreiben, Sushi, schon gar nicht, wenn das bedeuten würde, von Ihnen zu verlangen, gegen eine Entscheidung zu handeln, die Sie zu Ihrem eigenen Besten gefällt haben. Das Problem ist nur ... Machen wir uns nichts vor, Sie sind wahrscheinlich der einzige in der Kompanie, der Casinos wirklich als *Spieler* kennt. Ich hatte eigentlich darauf gehofft, daß Sie die Rolle eines dieser Spitzenspieler übernehmen würden – die Spieler, die immer nur um hohe Einsätze spielen und für die die Casinos die roten Teppiche ausrollen. Dann könnten

Sie sich freier bewegen als die Teammitglieder, die wir ins Personal einschleusen, denn die bleiben mehr oder weniger auf die Grenzen beschränkt, die durch ihre jeweilige Tätigkeit bestimmt wird. Außerdem hätten Sie ein besseres Gespür dafür, wann etwas normal abläuft und wann an den Tischen etwas geschieht, das eine genauere Untersuchung verdient hätte.«

»Hört sich so an, als hätten Sie eine Hauptrolle für mich im Sinn gehabt«, bemerkte Sushi und kaute leicht auf seiner Unterlippe.«

»Das habe ich auch«, gestand Narrisch. »Trotzdem, ich habe Verständnis für Ihr Zögern. Dann werde ich eben irgendeinen anderen Weg finden müssen, um . . .«

»Machen Sie sich nicht die Mühe, Herr Hauptmann«, unterbrach ihn Sushi. »Ich tue es unter einer Bedingung. Wenn ich das Gefühl habe, daß ich die Kontrolle verliere, oder wenn *Sie* meinen sollten, daß ich es übertreibe, ziehen Sie mich ab, auch wenn es bedeuten sollte, mich unter Bewachung in einem Raum einzusperren, um mich von den Tischen fernzuhalten. Einverstanden?«

»Einverstanden.« Narrisch nickte lächelnd. »In Ordnung. Da fällt mir ein großer Stein vom Herzen. Mal sehen . . . Sie werden ein gewisses Startkapital brauchen . . . Sagen wir, erst einmal einhunderttausend?«

»Entschuldigen Sie, Hauptmann, aber falls – und ich betone, *falls* – ich gut abschneiden sollte, wer bekommt dann die Gewinne?«

»Na ja . . . darüber habe ich noch nicht nachgedacht, aber ich denke mir, wenn Sie mit dem Geld der Kompanie spielen, dann sollten etwaige Gewinne auch in diesen Topf zurückgehen.«

»In diesem Fall«, sagte Sushi mit einem Schuljungengrinsen, »denke ich, daß ich mein eigenes Spielkapital zur Verfügung stellen werde, wenn Sie nichts dagegen haben. Ich habe mir ein paar Dollar zur Seite gelegt, bevor ich mich verpflichtete, nur für den Fall, daß es einmal nötig sein könnte – wie jetzt.«

Kapitel 4

Tagebucheintrag # 197

Ich will gar nicht erst versuchen, die zahllosen Einzelheiten festzuhalten, die das Verpacken und Verstauen im Zuge der Kompanieverlegung zwangsläufig mit sich brachte. Zum einen sind sie langweilig und ermüdend; zum anderen haben sie nur wenig zur Schilderung dieser besonderen Mission beizutragen. Am schwerwiegendsten dürfte allerdings das schlichte Faktum sein, daß ich während dieser Vorgänge nicht anwesend war. So möge der Hinweis genügen, daß ich angesichts der Tatsache, daß mein Arbeitgeber die Angewohnheit hatte, allem seinen eigenen Stempel aufzudrücken, während Leutnant Armstrong dazu neigte, überförmlich und penibel nach den Vorschriften vorzugehen, wenn er Befehle ausführte, wie unbedeutend diese auch sein mochten, eher froh darüber war, daß ich mich zur fraglichen Zeit anderweitig aufhielt, jedenfalls so lange, bis ich den Zustand der Garderobe meines Arbeitgebers begutachten mußte, nachdem ich sie der Obhut anderer hatte überlassen müssen.

Ich selbst war natürlich anderweitig beschäftigt, um genau zu sein auf dem Planet Jewell, wo ich Leutnant Rembrandt bei ihren Bemühungen behilflich war, die erforderlichen Schauspieler zu suchen und zu rekrutieren, die jene Legionäre ersetzen sollten, welche für die Dauer dieses Auftrages verdeckt arbeiten würden.

Wie es nach meiner Beobachtung unter Führungskräften häufig der Fall ist, hatte mein Arbeitgeber die Schwierigkeiten, die damit zusammenhingen, daß er eine bestimmte Aufgabe an eine Untergebene delegierte, erheblich unterschätzt oder es auch vorgezogen, sie einfach zu ignorieren, wobei er seine eigene Unterstützung und seinen Rat auf den knappen Satz zu beschränken beliebte: »Tun Sie es einfach. Okay? Bringen Sie die Sache in Gang!« Wiewohl dies eine erfolgreiche Methode für besagte Führungskraft sein mag, die Verantwortung für eine Aufgabe von den eigenen auf andere Schultern abzuwälzen, konfrontiert es doch die auserwählte Untergebene mit der Tatsache, für die Art der Handhabung wie auch für die Ergebnisse ihrer Bemühungen geradestehen zu müssen.

Mit meiner bescheidenen Unterstützung gelang es Leutnant Rembrandt jedoch, ihren Auftrag vor dem Eintreffen der Kompanie auf Jewell auszuführen; vielleicht sollte ich aber auch formulieren; zum größten Teil *auszuführen.*

Narrisch hätte seinen Leutnant kaum wiedererkannt, als er am Raumhafen von Jewell aus dem Shuttle stieg. Tatsächlich hätte er sie fast übersehen, wenn sie nicht neben Beeker im Wartetrakt gestanden hätte.

Rembrandt hatte ihre gewohnte Pferdezopffrisur abgelegt, und ihr dunkles braunes Haar bedeckte nun fast die Hälfte ihres Rückens. Von ihrer üblichen schwarzen Legionsuniform war ebensowenig zu sehen, denn sie trug eine trügerisch einfache weiße Bluse und einen dunklen Rock, dazu einen kamelfarbenen Pullover, den sie sich wie einen Umhang um die Schultern gelegt hatte, die Ärmel vor dem Hals verknotet. In Kombination mit dem Aktenstapel, den sie in beiden Händen hielt, und dem Bleistift, der hinter ihrem Ohr stak, vermittelte ihre Garderobe den Eindruck einer jungen Assistentin in der Unterhaltungsbranche – und genau das war es ja auch, was sie damit anstrebte.

»Leutnant ... Beeker«, sagte Narrisch und blieb vor ihnen stehen. »Das ist aber ein sehr neues Äußeres für Sie, nicht, Rembrandt?«

Rembrandts überlicherweise blasse Gesichtsfarbe explodierte plötzlich zu einem Hellrosa.

»Entschuldigung, Sir. Beeker meinte ... ich meine, ich dachte ... Na ja, Sie haben gesagt, daß niemand erfahren sollte, daß ich bei der Weltraumlegion bin, deshalb glaubte ich ...«

»Holla! Halt, die Musik!« sagte der Kommandant und hob abwehrend die Hand. »Es gibt keinen Grund, sich zu entschuldigen, Leutnant. Ich habe Sie nur ein wenig aufgezogen. Sie sehen prima aus . . . wirklich. Genaugenommen finde ich, daß Sie in dieser Kleidung hervorragend aussehen. Sie sollten öfter Röcke tragen.«

Anstatt erleichtert zu wirken, wurde Rembrandts Gesichtsfarbe immer dunkler, bis sie sich schließlich dem Rot einer Tomate in einem Samenkatalog angenähert hatte.

»Danke, Sir«, murmelte sie mit abgewandtem Blick. »Beeker hat dabei geholfen, die Sachen auszusuchen.«

Da er sich peinlich bewußt war, daß seine Bemühungen, die Stimmung aufzuheitern, alles nur noch verschlimmerte, hielt Narrisch verzweifelt nach einem Vorwand Ausschau, das Thema zu wechseln.

»Tja . . . was haben Sie denn da für mich?« fragte er und musterte betont die Mappen, die Rembrandt krampfhaft festhielt.

»Das sind die Lebensläufe der Schauspieler und meine Anmerkungen, zu Ihrer Überprüfung, Sir«, antwortete der Leutnant, dankbar, wieder den vertrauten militärischen Tonfall anschlagen zu können, als sie ihren Stapel dem Kommandanten entgegenhielt.

»Hervorragend«, erwiderte Narrisch, nahm den Stapel und schlug den ersten Ordner auf, um beiläufig den Inhalt zu mustern. Damit erwachte das dreidimensionale Holofoto im Innendeckel, ein unverzichtbarer Bestandteil eines jeden Schauspielerexposés, zum Leben und projizierte das Bild einer winzigen Person, die nun auf der Mappe zu stehen schien. Er ignorierte es und überflog statt dessen die gedruckten Seiten. »Ich nehme an, daß alle bereit sind, heute abend zu packen und an Bord zu gehen?«

Rembrandt fuhr sich nervös mit der Zunge über die Lippen.

»Ich . . . das sind nur meine Abschlußempfehlungen, Sir. Ich habe die endgültigen Vertragsabschlüsse von Ihrer Zustimmung abhängig gemacht.«

Der Kommandant hob mit einem Ruck den Kopf. »Soll das heißen, daß man diesen Leuten nicht mitgeteilt hat, sie sollten sich für den Abmarsch bereithalten?«

»Na ja, in Bereitschaft habe ich sie schon versetzt, aber ich habe ihnen auch erklärt, daß *Sie* die Endauswahl bestätigten müßten, deshalb ...«

Narrisch schlug den Deckel zu, womit er das Bild des Schauspielers zusammenquetschte.

Er gab Rembrandt den gesamten Stapel zurück und unterbrach sie mitten im Satz.

»Holen Sie sie an die Strippe, und teilen Sie ihnen mit, daß sie engagiert sind«, sagte er bestimmt.

»Aber Sir! Wollen Sie nicht erst ...«

»Leutnant«, schnitt der Kommandant ihr das Wort ab, »ich habe Ihnen diesen Auftrag erteilt, weil ich auf Ihr Urteilsvermögen vertraue. Wenn Sie sagen, daß das hier die besten Kandidaten sind, dann werden wir davon ausgehen, daß dem so ist.«

»Aber bei ein paar von denen bin ich mir nicht sicher, Sir. Ich hatte gehofft, daß Sie ...«

»Sich sicher zu sein ist ein Luxus, den man sich als Offizier nur selten erlauben kann, Leutnant. Man muß in der zur Verfügung stehenden Zeit so gut wie möglich erraten, was geschehen soll, und dann *sorgt man dafür,* daß es die richtige Entscheidung war.«

»Aber ...«

»Der wichtigste Punkt ist, daß die Schauspieler in die Uniformgrößen passen, die wir auf Lager haben. Darüber hinaus sind sie überwiegend Schaufensterdekoration. Und was die Persönlichkeit betrifft ... na ja ..., falls Sie sich erinnern, war diese Kompanie am Anfang auch ein ziemliches Durcheinander. Ich bezweifle, daß irgendeiner von den Schauspielern uns vor größere Probleme stellen kann als die Legionäre, mit denen wir ohnehin schon zu tun haben. Einverstanden?«

»Ich ... ich glaube schon, Sir.«

»Prima. Wie ich schon sagte, Rembrandt, Sie müssen entschiedener sein. Ich habe nicht die Zeit, Ihre Arbeit zu wiederholen – und Sie übrigens auch nicht, wenn wir den neuen Leuten genug Zeit geben wollen, ihre Sachen zu packen und noch vor dem Start an Bord zu gehen. Ich schlage vor, Sie setzen sich in Bewegung.«

»Jawohl, Sir!«

Für einen Augenblick vergaß Rembrand ihre Zivilistenkleidung, nahm Habachtstellung ein und salutierte zackig, bevor sie sich wieder auf den Weg machte.

»Nun, Beek«, sagte Narrisch und wandte sich endlich seinem Butler zu, »und wie laufen die Dinge sonst, davon mal abgesehen?«

»Um einiges besser als bei Ihnen, wie es den Anschein hat ... Sir.« Beekers Stimme hatte nicht die leiseste Spur von Wärme.

»Wie bitte?« Narrisch furchte die Stirn. »Stimmt irgendwas nicht, Beek?«

»Alles in Ordnung, Sir. Es ist mir immer ein Vergnügen, die Finesse und das Mitgefühl zu erleben, die Sie beim Umgang mit Ihren Untergebenen an den Tag legen. Natürlich ist mir *durchaus* aufgefallen, daß Ihre Leistungsfähigkeit auf diesem Gebiet sich immer direkt proportional zu der Schlafmenge verhält, die Sie bekommen haben ... Sir ...«

Der Kommandant warf einen Blick in die Richtung, in der Rembrandt verschwunden war.

»Was du mir auf deine traditionell subtile Weise mitteilen möchtest, ist natürlich, daß du glaubst, daß ich Rembrandt gerade ein wenig hart angefaßt habe. Richtig?«

»Ich nehme an, Sir, daß Sie aus Ihrer eigenen Sicht schon recht tolerant waren«, bemerkte der Butler ausdruckslos. »Ich meine, Sie hätten sie ja auch an die Wand stellen und erschießen lassen können.«

»Das interpretiere ich als ›ja‹.« Narrisch seufzte schwer. »Ich schätze ...«

»Aber Auspeitschen verfehlt natürlich auch nie seine Wirkung, wiewohl es vielleicht ein wenig altmodisch sein dürfte«, fuhr Beeker fort, als hätte sein Arbeitgeber nichts gesagt.

»Schon gut, schon gut! Ich habe verstanden! Ich nehme an, ich war in letzter Zeit ein wenig abgespannt. Die Verlegung der Kompanie bedeutete doch mehr Mühe, als ich erwartet hatte.«

»Ich weiß nicht so recht, Sir«, meinte Beeker mit leisem Achselzucken. »Was ich allerdings *sehr wohl* weiß, ist, wie sehr Leutnant Rembrandt sich angestrengt hat, den Auftrag auszuführen, den Sie ihr so beiläufig aufgebürdet haben, *und* wieviel Sorgen sie sich gemacht hat, ob Sie ihre Bemühungen auch billigen würden, von den Ergebnissen einmal ganz zu schweigen.«

»Und deshalb wollte sie auch, daß ich ihre Entscheidungen noch einmal durchgehe, bevor wir sie endgültig machen«, beendete Narrisch den Gedankengang. »Und natürlich hat mein Geschnauze ihr Selbstvertrauen nur noch weiter verwundet, anstatt es zu stärken, was wiederum das genaue Gegenteil dessen ist, was ich wollte.«

»Es fällt schwer zu erkennen, daß Ihre gegenwärtige Haltung irgend etwas Positives hervorbringen wird . . . sofern ich meine eigene bescheidene Meinung kundtun darf, Sir«, bestätigte der Butler gnadenlos.

Narrisch seufzte wieder, fuhr sich mit der Hand durch das Gesicht, als wollte er Wasser wegwischen, und schien in sich selbst zusammenzusacken.

»Tut mir leid, Beek«, sagte er. »Ich scheine in letzter Zeit etwas müde zu werden. Weißt du, als ich die Mannschaft, die verdeckt arbeitet, zum letztenmal einwies, mußte Armstrong mich darauf hinweisen, daß ich redundant wurde – daß ich die Bedienungsprozedur dreimal erläutert hatte, obwohl keiner irgendwelche Fragen dazu hatte. Kannst du dir so etwas vorstellen? *Armstrong? Muß mich* daran hindern, mich vor versammelter Mannschaft zum Idioten zu machen?«

»Leutnant Armstrong hat sich sehr entwickelt«, bemerkte Beeker, »aber ich begreife, worauf Sie hinauswollen. Ich denke allerdings, daß Ihre Soldaten ebenso wie ich selbst eher dazu neigen dürften, sich Sorgen zu machen, als irgendwelche kleinen Verfehlungen in Ihrem Auftreten zu kritisieren.«

»Ja. Das ändert allerdings nichts an der Tatsache, daß ich nicht mit optimaler Effizienz vorgehe, vor allem in der Abteilung Manieren. Was soll ich sagen, außer, daß es mir leid tut?«

»Sie könnten versuchen, genau das zu sagen – nur zu Leutnant Rembrandt«, schlug der Butler vor. »Schließlich ist sie es, und nicht ich, die in dieser Situation die Verletzung davongetragen hat.«

»Richtig.« Narrisch nickte und blickte wieder den Gang entlang, als erwartete er, daß sein Leutnant schon bei Nennung ihres Namens erscheinen würde. »Vielleicht kann ich sie erwischen, bevor ...«

»Was mich selbst betrifft«, fuhr Beeker fort, »so würde ich von Ihnen wohl am liebsten hören, daß sie vorhaben, etwas Schlaf nachzuholen ... Sir ...«

»Wie bitte? Was war das, Beek?« fragte der Kommandant und widmete dem Butler wieder seine Aufmerksamkeit.

»Sie hatten eine rhetorische Frage gestellt, Sir«, erläuterte der Butler. »Ich habe es lediglich dazu genutzt, meiner Meinung Ausdruck zu verleihen.«

»Ach so.«

»Und nach *meiner* Meinung, Sir, ist es im Augenblick nicht vorrangig, daß Sie sich für vergangene Fehlurteile entschuldigen, sondern daß Sie sich etwas Schlaf genehmigen, um die Gefahr zu reduzieren, die Situation durch spätere Fehler weiter zu verkomplizieren.«

Narrisch runzelte die Stirn.

»Du meinst also, ich soll mich hinlegen?« fragte er schließlich und reduzierte Beekers Aussage auf ihren schlichtesten Kern.

»Das scheint mir angebracht zu sein, Sir. Sie haben selbst eingeräumt, daß Sie ›müde‹ würden.«

»Das geht nicht – jedenfalls jetzt noch nicht«, widersprach Narrisch kopfschüttelnd. »Ich habe zu viel zu tun, bevor heute abend die Einweisung der Schauspieler stattfindet. Ich kann es mir zeitlich nicht leisten.«

»Wenn ich diesen Hinweis anbringen darf, Sir, so glaube ich nicht, daß Sie es sich leisten können, *nicht* zu schlafen – *vor allem*, wenn Sie eine wichtige Einweisung vorhaben. Vielleicht könnten Sie einige Ihrer geplanten Vorbereitungen auch delegieren?«

Narrisch überlegte einen Augenblick; dann nickte er langsam.

»Ich glaube, du hast recht, Beek. Es ist schon schlimm genug, wenn ich die Leute anschnauze, die ich kenne, aber wenn ich mit den neuen auch so umgehe . . .« Er schüttelte wieder den Kopf, diesmal energischer. »Also schön, ich werde versuchen, ein bißchen zu schlafen. Aber nur, wenn du mir versprichst, mich zwei Stunden vor der Besprechung zu wecken.«

»Sie dürfen das Versprechen als gegeben betrachten, Sir.«

»Und – Beeker? Es ist gut, Sie wieder dabei zu haben. Trotz Sarkasmus und allem.«

»Es ist gut, wieder dabei zu *sein*, Sir.«

Die Einweisung der Schauspieler verlief reibungslos . . . weitaus besser, als ich je zu hoffen gewagt hatte, besonders wenn man die Umstände bedachte.

Da ihre Arbeit geheim sein sollte, hatte Leutnant Rembrandt ihnen keine Einzelheiten über die ›Rollen‹ mitgeteilt, um die sie sich bewarben; sie hatte lediglich die erforderlichen Warnungen formuliert, daß es möglicherweise etwas gefährlich werden könnte. Und sie hatte auch darauf hingewiesen (was den Schauspielern augenscheinlich viel wichtiger war), daß es keine ›Plakatnennungen‹ oder andere Würdigungen ihrer einzelnen Leistungen geben würde. Kurzum, der einzige Lohn, den die Schauspieler sich erhoffen dürften, würde finanzieller Art sein. Wie angesichts des Stils meines Arbeitgebers, Probleme zu lösen, nicht anders zu erwarten, war die Bezahlung großzügig, so daß sich trotz mangelnder Information und Geheimnistuerei mehr als genug Bewerber einfanden.

Dennoch muß es wenigstens für einige unter ihnen ein nicht geringer Schock gewesen sein zu erfahren, daß die ›Truppe‹, für die sie vorgesprochen hatten, ausgerechnet die Weltraumlegion war, oder daß sie sich durch ihre Einwilligung tatsächlich zum Wehrdienst verpflichtet hatten. Die Lockerheit, mit der sie diese Nachricht aufnahmen und verinnerlichten, war ein Tribut an ihre Professionalität . . . oder an ihre Habgier.

»Soviel erst einmal zur Grundinformation, die ich bei der ersten Zusammenkunft abhandeln wollte«, sagte Narrisch mit einem letzten Blick auf seine Notizen. »Ich bin sicher, daß Sie alle Fragen haben. Ich möchte Sie jedoch daran erinnern, daß uns noch viel Zeit zur Verfügung stehen wird, bis wir Loreley erreichen, und daß spezifische Informationen zum Dienstplan im Zuge späterer Einweisungen der gesamten Kompanie zur Sprache kommen werden. Einige Ihrer Fragen sollten vielleicht auch besser privat gestellt und beantwortet werden. Die Leutnants Rembrandt, die Sie bereits kennengelernt haben, und Armstrong werden während der Reise zur Verfügung stehen. Falls Ihnen das lieber sein sollte, können Sie aber auch mit Feldwebel Moustache oder mir sprechen.«

Er machte eine Pause, um auf die erwähnten Personen zu zeigen, die im Augenblick in Rührt-euch-Stellung rechts und links von ihm standen, die Vorstellungen noch einmal bekräftigend, die er zu Beginn der Versammlung gemacht hatte.

»Also gut«, fuhr er fort, »gibt es irgendwelche Fragen, die Sie vor versammelter Mannschaft stellen möchten? Dinge, die alle Legionäre auf Zeit betreffen?«

Die Schauspieler, die an einem Ende des Ballsaals des Raumtransporters in Zuschauerformation saßen, tauschten für ein paar Momente Blicke aus. Seitdem die Führer der Kompanie in ihren unerwarteten schwarzen Uniformen erschienen waren, um mit der Besprechung zu beginnen, hatte Schweigen geherrscht, und auch jetzt noch schienen alle zu zögern.

»Herr Narrisch?«

»Für die Dauer des Auftrags heißt das ›Hauptmann Joker‹

oder einfach nur ›Hauptmann‹.« Der Kommandant lächelte leise. »Ja? Sie haben eine Frage?«

»Sie haben gesagt, daß wir auch aussteigen könnten, wenn wir wollten, nun, da wir die ganze Geschichte gehört haben. Wie würde das genau funktionieren? Ich meine, jetzt, da wir gestartet und schon unterwegs sind, wäre es doch wohl ein bißchen schwierig, nach Jewell zurückzukehren?«

»Man würde Ihnen eine Rückfahrkarte nach Jewell aushändigen – natürlich auf unsere Kosten –, und zwar *nachdem* wir unseren Auftrag beendet haben«, erklärte Narrisch. »In der Zwischenzeit würden Sie auf Loreley von allen Verbindungen mit der Außenwelt abgeschnitten bleiben. Sie wären zwar unsere Gäste, wir würden für sämtliche Spesen aufkommen und Ihnen auch ein kleines Handgeld geben. Sie sollten aber bedenken, daß Ihr Verdienst dann erheblich niedriger wäre, als wenn Sie zu Ihren Verträgen stehen und bei uns Dienst leisten würden.«

Bei dieser Erklärung setzte ein Geraune in der Versammlung ein, doch Narrisch hob Schweigen gebietend die Hand.

»Glauben Sie mir, ich bedauere es, diese Maßnahme ergreifen zu müssen, aber wir können nicht das Risiko eingehen, daß zu viele Leute herumlaufen, die von der Ersatzaktion wissen, die wir hier versuchen. Das würde eine Gefahr für unsere verdeckt arbeitenden Mitglieder bedeuten. Aber auch für jene von Ihnen, die *tatsächlich* Dienst leisten, wenn sich herumspräche, daß nicht alle Legionäre, die das Casino bewachen, eine Kampfausbildung genossen haben. Ich kann die Notwendigkeit der Geheimhaltung diese Auftrages gar nicht genug betonen. Nun wäre es uns selbstredend lieber, Sie würden sich bereit erklären mitzumachen, aber wir haben auch Verständnis dafür, wenn Sie jetzt einen Rückzieher machen wollen. Ich kann mich nur dafür entschuldigen, daß die Lage es erforderlich machte, Sie so lange im dunkeln zu lassen, wie wir es getan haben. Nehmen Sie sich Zeit und überlegen Sie es sich. Ich würde es allerdings schätzen, wenn Sie es mich umgehend wissen ließen, wie Sie sich entschieden haben, damit wir uns gegebenenfalls um Ersatz bemühen können.«

»Wie gefährlich wird der Dienst tatsächlich sein, Hauptmann?»«

»Nicht sehr«, erwiderte der Kommandant entschieden. »Wir haben noch nicht zusammengearbeitet, deshalb können Sie meinen persönlichen Stil nicht kennen. Lassen Sie mich Ihnen jedoch versichern, daß ich Sie nicht in diese Lage bringen würde, wenn ich der Meinung wäre, daß auch nur die durchschnittliche Wahrscheinlichkeit einer Gefahr bestünde. Bisher haben wir nur ein unbestätigtes Gerücht in der Hand, daß es seitens des organisierten Verbrechens einen Versuch geben könnte, das Casino an sich zu reißen. Selbst wenn das stimmen sollte, würde ich eher eine finanztechnische Attacke erwarten als irgendwelche physischen Belästigungen. Diese Möglichkeit gibt es allerdings, so daß es unehrlich von mir wäre, Ihnen diese Information zu verheimlichen, solange Sie damit befaßt sind, sich zu entscheiden; ich will auch einräumen, daß die Bezahlung, die Ihnen angeboten wurde, um Sie für diese Aufgabe zu gewinnen, die mögliche Gefahr bereits berücksichtigt.

Außerdem kann ich Sie beruhigen, daß wir nicht gänzlich planlos sind, sollte es *tatsächlich* etwas heftig werden. Ich sage ausdrücklich *etwas* heftig, da das organisierte Verbrechen meines Wissens schon vor langer Zeit bewaffnete Konfrontationen aufgegeben hat, weil das unerwünschte rechtliche Folgen und Publizität mit sich bringt. Jeder von Ihnen wird einem erfahrenen Legionär zugeteilt, und ich schlage vor, daß Sie sich im Falle von Schwierigkeiten zurückziehen und es diesen Fachleuten überlassen, die Lage so zu handhaben, wie ihre Ausbildung es ihnen ermöglicht. Und sollten einige von Ihnen immer noch beunruhigt sein, so gibt es während der Reise Gelegenheit zur Nahkampfausbildung. Wenn Sie das auch nicht gerade zu Experten machen dürfte, so sollten Sie dadurch doch wenigstens die Grundfertigkeiten entwickeln, die erforderlich sind, um sich aus brenzligen Situationen zu retten. Offen gestanden stellen wir Sie nicht als Kampftruppe, sondern nur zur Tarnung ein. Sollte die Lage sich tatsächlich bedenklich zuspitzen, so haben Sie meine persönliche Garantie, daß Ihre Verträge unsererseits ›fristlos gekündigt‹ werden, und daß es Ihnen freigestellt sein wird zu gehen.«

Er ließ den Blick über die Versammlung schweifen.

»Weitere Fragen?«

Die Schauspieler blickten sich ebenfalls um, aber es gab für sie keine Zuschauer.

»Also gut.« Narrisch nickte. »Ich werde im Zuge der Reise versuchen, mit jedem von Ihnen individuell und formlos etwas Zeit zu verbringen, damit ich Sie besser kennenlerne. Wenn Sie bis dahin erst einmal Feldwebel Moustache folgen wollen, dann erhalten Sie jetzt Ihre Uniformen und werden Ihren Mannschaftskameraden zugeteilt. Wenn Sie so freundlich sein würden, Ihre neuen Uniformen anzulegen und sich in einer Stunde wieder hier zu melden.«

Er ließ ein leises Lächeln über sein Gesicht huschen.

»Ich gebe eine Cocktailparty, um sie dem Rest der Kompanie vorzustellen und Sie in unseren Reihen willkommen zu heißen. Das wird eine gute Gelegenheit sein, einander besser kennenzulernen.«

Trotz der guten Absichten meines Arbeitgebers war seine Cocktailparty nicht gerade ein rauschender Erfolg.

Während sich die regulären Legionäre schon vor langer Zeit in das Unabwendbare ihres neuen Auftrags gefügt, ja sich sogar an die Notwendigkeit gewöhnt hatten, ihre gewohnten Zwei-Mann-Teams aufzulösen, hatten sie sich doch noch nicht mit dem Gedanken angefreundet, daß nun ›Außenseiter‹ mit ihnen zusammen auf einer Grundlage der Gleichberechtigung Dienst tun sollten. Wenn sie es auch sorgfältig vermieden, ihre Gefühle vor ihrem Kommandanten zu verbergen, blieb es dem aufmerksamen Beobachter doch nicht verborgen, daß sie für ihre neuen ›Kollegen‹ nur wenig Wärme übrig hatten.

Das wurde besonders bei der Cocktailparty deutlich ... wenngleich es für einen dezidierten Menschenbeobachter meines Schlages wohl fast ebenso interessant war mit anzusehen, wie die Schauspieler damit begannen, untereinander eine Hackordnung aufzubauen. Der Inhalt der verschiedenen Gespräche wäre ohne eklatantes Lauschen nicht in allen Einzelheiten zu ermitteln gewesen, doch der allgemeine Tenor ließ sich unschwer durch Beobachtung der jeweiligen Körpersprache feststellen . . .

Tiffany war es nicht gewöhnt, daß man sie ignorierte. Nicht daß sie im klassischen Sinne schön gewesen wäre – um als Schauspielerin überleben zu können, bedurfte es einer brutalen Ehrlichkeit, die ihr diese Illusion verbot –, aber ihre Mähne rotbraunen Haars, die leicht geschrägten Katzenaugen und die üppigen Kurven strahlten eine erdhafte Sinnlichkeit aus, die normalerweise garantierte, daß Männer ihr in jedem Gespräch Platz einräumten. Daher wuchs ihre Verwirrung, als sie sich in einem Raum, der vom männlichen Geschlecht beherrscht wurde, so gut wie unsichtbar fühlen mußte.

Gegen ein Stirnrunzeln ankämpfend *(Davon bekommt man nur Falten, Liebling!)*, musterte sie die Versammlung erneut. Man hatte die Stühle nach der vorangegangenen Besprechung an die Wand geschoben, wodurch ein offener Raum entstanden war, in dem die Legionäre in kleinen Gruppen umherstanden – in kleinen, *geschlossenen* Gruppen, die alle anderen im Raum vergessen zu haben schienen mit Ausnahme der jeweiligen Gesprächspartner.

Nachdem sie sich erst zaghaft mehreren dieser Gruppen genähert hatte, um schließlich wieder davonzuschlendern, als niemand ihre Anwesenheit zur Kenntnis nahm, war Tiffany nun zu einer neuen Taktik bereit. Mit einer kontrollierten Treibbewegung manövrierte sie sich neben die Mini-Bar an einem Ende des Raumes und ging dort in Stellung . . . wie jedes Raubtier, das in der Nähe eines Wasserlochs seiner Beute auflauerte.

Tatsächlich brauchte sie auch nicht lange zu warten. Zumindest *das* hatten die Schauspieler mit den Legionären gemeinsam: Keine der beiden Gruppen würde die Gelegenheit ungenutzt verstreichen lassen, sich an einer offenen Bar zu freien Drinks zu verhelfen.

Einer der Legionäre löste sich von seiner Gruppe und kam zur Bar herübergeschlendert.

»Scotch, doppelt, rocks«, teilte er dem Barkeeper in den universalen Kürzeln des gewieften Salonlöwen mit.

Tiffany leerte den Rest ihres Drinks und stellte sich hinter ihn in eine Schlange.

»Hallo«, sagte sie fröhlich und ließ ihr schönstes Lächeln aufblitzen. »Ich bin Tiffany.«

Der Legionär sah zu ihr herunter. »Hallo.«

Als sie merkte, daß der Mann *seinen* Namen nicht nennen würde, wechselte sie schnell die Konversationstaktik.

»Hmmm . . . sind Sie schon lange in der Weltraumlegion?«

»Ja.«

Wieder verschlug ihr die Knappheit der Antwort die Sprache.

»Hmmm . . .«

»Ihr Drink, Sir«, unterbrach der Barkeeper und schob das Getränk über die Theke.

Zu Tiffanys Überraschung griff der Legionär in seine Tasche.

»Sie bezahlen?« platzte es aus ihr heraus. »Ich dachte, die Getränke wären umsonst.«

»Es gibt keinen Grund, das Personal zu kurz kommen zu lassen, nur weil der Hauptmann die Drinks bezahlt. Wie der Herr Hauptmann sagt: ›Man zerbricht einem anderen nicht die Reisschale.‹«

Mit diesen Worten warf er einen Geldschein auf die Theke, nahm sein Getränk und ging fort, um sich wieder zu seiner Gruppe zu gesellen.

»Was darf es sein, Fräulein?« fragte der Barkeeper spitz.

»Schierling, pur«, murmelte sie, als sie ihrem davongehenden Opfer nachblickte.

»Wie bitte?«

»Nichts. Geben Sie mir einen Rum mit Cola. Viel Rum, wenig Cola, keine Zitrone.«

Es war eindeutig, daß die Nummer ›fröhlich und freundlich‹ nicht funktionierte. Sollte sie es einmal mit ›schmollend und etwas geil‹ versuchen?

»Ziemlich kalt heute abend, nicht?«

Tiffany sah sich um.

»Lex! Ich wußte doch, daß du das warst bei der Versammlung. Ach, Liebster, es ist gut, mal ein freundliches Gesicht zu sehen. Ich dachte schon, ich hätte plötzlich eine Warze auf der Nase oder so was.«

»Das geht nicht nur dir so«, versicherte ihr Erlöser. »Die scheinen auf keinen von uns abzufahren – nicht mal auf mich!«

Das ›nicht mal auf mich‹ war natürlich typisch für Lex. Er war ein männliches Model gewesen, das die Schauspielerei entdeckt hatte, und sein Erfolg hatte die ohnehin schon beachtlich hohe Meinung, die er von sich selbst hatte, nur noch gesteigert. Das einzige, was noch größer war als sein Ego, war sein Talent. Wenn er gut drauf war, hatte er die Gabe, den Eindruck zu erwecken, als würde er dem anderen seine vollste Aufmerksamkeit schenken, so daß dieser sich als wichtigste, interessanteste Person des ganzen Universums fühlte. Dieser Eindruck wurde sogar dann noch vermittelt, wenn der ›andere‹ eine Kameralinse oder eine Bühnenwand war, was Lex die Fähigkeit verlieh, ein Publikum derart zu fesseln, wie es kaum ein anderer Schauspieler vermochte. Nur im entspannten Zustand ließ er seine wahre Verachtung für andere durchblicken, was die meisten dazu brachte, ihn sich lieber als Bekannten und nicht als Freund zu halten.

Tiffany kannte ihn nur von einer Produktion her, bei der sie mal zusammengearbeitet hatten, und wäre ihm normalerweise aus dem Weg gegangen. Selbst jetzt noch, da sie geradezu verzweifelt darauf aus war, mit jemandem sprechen zu können, konnte sie der Versuchung nicht widerstehen, ihn ein wenig aufzuziehen.

»Ja ja, *einige* von uns scheinen aber doch ganz gut über die Runden zu kommen«, widersprach sie und zeigte mit dem Kinn in eine Ecke an der anderen Seite des Raumes, wo ein lieblich-kleines junges Mädchen gerade in ein Gespräch mit einem riesigen Legionär mit gewaltigem Warzenschweinkopf vertieft war.

Lex folgte ihrem Blick.

»Wer? *Die?*« Es gelang ihm, allein durch die Betonung gleichzeitig Ekel und Widerspruch auszudrücken. »Die gehört nicht wirklich zu uns. Die hat nur ein paar kleinere Sachen gemacht, alles Amateurkram. Das hier ist sogar ihr erster großer Versuch, den Durchbruch als professionelle Schauspielerin zu schaffen.«

Tiffany hob eine Augenbraue.

»Woher weiß du das alles?«

»Ich habe vorhin mit ihr gesprochen, nach der Einweisung.«

»Und sie hatte wohl keine Lust, mit dir im Gebüsch zu verschwinden, wie?« beendete sie für ihn den Gedankengang und grinste.

»Nun werde nicht gleich biestig, Tiffany«, erwiderte Lex ungerührt, »nur weil ich dir nicht gleich als erste nachgestiefelt bin, gibt es keinen Grund, pampig zu werden.«

»Sag mal... was tust du hier überhaupt?« fragte sie und gönnte sich ein leises Stirnrunzeln. »Ich dachte, die suchen relativ unbekannte Leute. Habe ich nicht neulich gehört, daß du eine Rolle in einer Holo-Seifenoper bekommen hast?«

»Die habe ich in meinen Bewerbungsunterlagen nicht eingetragen«, sagte Lex und blickte sich nervös um. »Und ich würde es zu schätzen wissen, wenn du den Mund darüber hieltest. Meine Rolle wurde nach einem halben Dutzend Folgen gestrichen, und außerdem wurde sie sowieso nur planetenweit ausgestrahlt. Ich schätze, daß unsere getarnte Rekrutiererin sich keine Seifenopern anschaut... was nur gut für mich ist. Ehrlich, Tiff, ich brauch Geld. Als ich die Rolle bekam, habe ich ein bißchen leichtsinnig mit meinem Geld um mich geworfen. Ich war so aufgeregt, daß ich mir den Vertrag nicht genauer angeschaut habe. Die ›Rollen-Streichklausel‹ hatte ich völlig übersehen.«

»Mann, das ist hart«, sagte Tiffany mitfühlend und meinte es ehrlich. Auch wenn sie Lex als Person nicht mochte, war es doch immerhin ein Berufskollege, und sie konnte sich vorstellen, wie es sein mußte, wenn man glaubte, endlich den Durchbruch geschafft zu haben, nur um dann plötzlich wieder ins Nichts gestürzt zu werden. »Keine Bange, ich verrate nichts.«

Lex lächelte sie dankbar an; dann ließ er den Blick wieder über die Partygäste schweifen.

»Und was hältst du bisher davon?« fragte er, die Menge musternd. »Bleibst du dabei, oder sitzt du die Sache lieber aus?«

»Oh, ich werde *ganz bestimmt* daran arbeiten«, antwortete Tiffany. »Und was den Job selbst betrifft . . . wenn diese Komiker nicht ein bißchen lockerer werden, kann das noch eine reichlich lange Reise werden, wenn du weißt, was ich meine.«

»Ach. Die sind doch nicht anders als wir«, mischte sich ein schlaksiger Mann ein, der gerade an die Bar getreten war und Tiffanys Bemerkung mitbekommen hatte. »Stell sie dir einfach wie eine Truppe vor, die schon lange zusammenarbeitet. Wir sind die neuen Ersatzleute, und da geben die uns natürlich keine Vorschußlorbeeren, bevor wir nicht gezeigt haben, was wir können.«

»He, Doc!« rief Lex und bedeutete ihm mit einem Winken, daß er sich zu ihnen gesellen sollte. »Hatte vorhin keine Gelegenheit, hallo zu sagen. War das dein Sohn, der da bei dir war?«

»Allerdings.« Er rief durch den Raum: »He! Junior! Komm doch mal einen Augenblick her.«

Der schlaksige Teenager, den Tiffany schon früher bemerkt hatte, erhob sich von dem Stuhl, den er gerade an den Boden drückte, und kam auf sie zugeschlendert.

»Der ist aber groß geworden«, machte Lex die obligatorische Bemerkung.

»Kann man wohl sagen«, stimmte der Neue ihm zu. »Ich hab' mir schon überlegt, ihn gelegentlich als Ersatzmann für *mich* bei einigen der haarigen Auftritten einzusetzen.«

Obwohl sie den Mann nicht sonderlich attraktiv fand, war Tiffanys Neugier doch angestachelt. Lex hielt sich normalerweise von seinen Kollegen fern und hatte in der Regel überhaupt kein Interesse an Männern, sofern es nicht Produzenten, Regisseure oder sonstige wichtige Leute waren, die seiner Karriere hätten förderlich sein können. Diese Möglichkeit aber genügte, um ihre ungeteilte Aufmerksamkeit zu wecken.

»Ich glaube, wir kennen uns noch nicht«, sagte sie und streckte ihm die Hand entgegen. »Ich bin Tiffany.«

»Tut mir leid«, sagte Lex und schlug sich melodramatisch mit der flachen Hand gegen die Stirn. »Ich dachte, jeder kennt Doc ... na ja, jedenfalls jeder, der zählt. Tiffany, das ist Doc. Das ist die Abkürzung für ›Szenedoktor‹. Immer wenn wir zusammengearbeitet haben, hat er mich *richtig* gut aussehen lassen.«

»Wie das?« fragte Tiffany, doch da mußte sie feststellen, daß sie plötzlich nur noch mit Docs Hinterkopf sprach.

Er hatte nämlich den Hals gereckt und versuchte, die Szene genauer zu beobachten, die sich wenige Schritte entfernt anzubahnen begann, als ein Legionär, der in der Schlange auf seinen Drink wartete, seinen Sohn aufhielt. »Siehst ziemlich jung aus für einen Legionär, Söhnchen.«

Der Jüngling zuckte ungerührt die Schultern.

»Die Besetzungsleiterin – ich meine, der Leutnant – schien nicht dieser Meinung zu sein«, sagte er lässig.

»Ach ja?« Der Legionär schnaubte. »Sag mal ... hast du schon jemals einen Menschen umgebracht?«

»Nein«, gestand der Jüngling. »Aber einmal war ich nahe dran.«

»Wirklich?« fragte sein Herausforderer, von der unerwarteten Antwort verblüfft. »Wie ist denn das passiert?«

»Ich hätte ihn um ein Haar mit einem Gabelstapler überfahren.«

Eine mehrsekündige Pause – dann lief der Legionär rot an. »Willst du etwa frech werden, Bürschchen?«

»Immer mit der Ruhe«, sagte Doc, trat vor und legte seinem

Sohn einen Arm um die Schulter. »Er hat nur versucht, Ihre Frage wahrheitsgetreu zu beantworten. Sie brauchen sich auch keine Sorgen zu machen, daß er nicht zurechtkommen könnte. Er macht seinen Job genauso gut wie jeder andere, und besser als die meisten. Schauen Sie mal, ich zeig' es Ihnen.«

Mit diesen Worten ballte er die freie Hand zur Faust und schlug seinem Sohn plötzlich ins Gesicht. Ein dumpfer Knall, als Fleisch auf Fleisch prallte, und der Jüngling ging zu Boden.

Mit einem Mal verstummten alle Gespräche im Raum, als hätte es sich dabei nur um eine Bandaufzeichnung gehandelt, die jemand durch Ziehen des Steckers zum Verstummen gebracht hatte.

»Meine Güte!« keuchte der Legionär mit aufgerissenen Augen und starrte die Gestalt auf dem Boden an. »Warum haben Sie denn das gemacht? Ich habe doch bloß . . .«

»Rührt euch!«

Nach dem gebrüllten Kommando entspannten sich die anderen etwas und nahmen ihre Gespräche wieder auf, obwohl die Gruppe nun viele versteckte und neugierige Blicke erntete.

»O nein!« sagte der Legionär leise, und es war fast ein Stöhnen.

Der Kompaniechef kam gerade auf sie zu, die Miene eine grimmige Maske, während seine jüngeren Offiziere und einige seiner Feldwebel sich aus der Menge lösten und ihm in zwangloser Reihe folgten.

Der Trupp blieb vor der unruhestiftenden Gruppe stehen, worauf der Kommandant sie nacheinander mit stahlhartem Blick musterte, bis er sich dem belämmert dreinblickenden Legionär widmete.

»Nun? Muß ich erst fragen?« sagte er in einem Tonfall, der mindestens so eisig war wie das Nichts jenseits der Raumschiffhülle.

»Ich habe *nichts* getan! Wirklich nicht, Herr Hauptmann!« protestierte der Legionär verzweifelt. »Wir haben nur hier gestanden und uns unterhalten und . . .«

»Keine große Sache, Sir«, sagte Doc und trat vor. »Mein

Sohn und ich haben den anderen hier nur eine kleine Demonstration gegeben. Habe ich nicht erwartet, daß das hier alle Mann aufregen könnte.«

»Eine Demonstration?«

»Das ist richtig.«

Doc reichte seinem Sohn die Hand; der ergriff sein Handgelenk und sprang behende auf die Füße. Er schien unverletzt zu sein.

»Ich nehme an, Sie hatten noch keine Gelegenheit, sich unsere Akten durchzusehen, Hauptmann«, fuhr Doc munter fort. »Junior und ich sind nämlich Stuntmen.«

»Ich verstehe«, erwiderte der Kommandant und taute etwas auf. »Nun, ich würde es begrüßen, wenn Sie sich weiteren ›Demonstrationen‹ enthielten. Oder uns wenigstens vorher warnten. Wir versuchen, Schlägereien oder auch nur den Anschein von Schlägereien bei gesellschaftlichen Zusammenkünften zu unterbinden.«

»Kein Problem ... Sir.« Doc zuckte die Schultern. »Tut mir leid, aber wir müssen erst noch lernen, wie es bei dieser Mannschaft zugeht.«

»Das werden Sie schon«, antwortete der Kommandant und entspannte sich lächelnd. »Sollten Sie Interesse haben, wäre ich Ihnen sogar sehr verbunden, wenn Sie irgendwann eine Demonstration für die ganze Kompanie geben könnten, und vielleicht sogar ein paar Unterrichtsstunden, falls Sie ...« Er brach plötzlich ab, und seine Augen verengten sich, als ihm etwas einfiel. »Übrigens«, sagte er mit gezwungener Beiläufigkeit, »bevor wir uns zu weit vom Thema entfernen, darf ich fragen, was der Anlaß für diese kleine Demonstration war?«

»Ich ... ich habe gesagt, daß der J- ... der *Herr* hier etwas jung für einen Legionär zu sein scheint, Sir.«

Der Kommandant musterte den Jungen mit schnellem, abschätzendem Blick.

»Unsinn«, sagte er entschieden. »Er mag vielleicht jung *aussehen*, Soldat, aber er ist genauso alt wie Sie. Nicht wahr?«

»Ist er?«

»Nicht wahr?«

»Ach so . . . jawohl, Sir!«

»Denn wenn er es nicht wäre, könnte er mit uns keinen Dienst in einem Casino ableisten. Verstanden?«

»Jawohl, Sir. Verstanden, Sir.«

»Sehr gut.« Der Kommandant nickte. »Und sorgen Sie dafür, daß es sich bei den anderen herumspricht.«

»Sofort, Sir.« Der Legionär salutierte und floh in die Deckung seiner ursprünglichen Gruppe.

»Tut mir leid, wenn das ein Problem sein sollte«, meinte Doc, »aber seit seine Mutter gestorben ist, ist Junior immer mit uns unterwegs. Wir lassen uns immer als Team engagieren, als eine Art Kaufpaket. Die Frau Leutnant meinte, daß sie nicht sicher sei, ob sie uns nehmen kann. Aber ich ging davon aus, sie hätte es mit Ihnen geklärt, bevor sie uns schließlich zugesagt hat.«

Über das Gesicht des Kommandanten huschte ein eigenartiger Ausdruck, der aber schon wieder verschwunden war, bevor man ihn richtig bemerken konnte.

»Es gibt nichts, was wir nicht hinbekämen.« Er lächelte. »Außerdem scheint er mir so solide zu sein wie alle unsere regulären Soldaten, wenngleich manchen das vielleicht nicht unbedingt als Kompliment verstehen würden. Ich bin jedenfalls froh, ihn an Bord zu haben . . . und das gilt übrigens für Sie alle. Wenn Sie mich jetzt entschuldigen würden, ich muß noch ein wenig die Runde machen.«

»Viel Glück, Hauptmann«, zirpte Tiffany, als er sich zum Gehen wandte.

»Danke . . . äh . . .«

»Tiffany«, antwortete sie mit einem Lächeln und reckte leicht den Rücken.

Der Kommandant ließ den Blick über sie schweifen, diesmal etwas langsamer als bei Docs Sohn.

»Richtig«, sagte er. »Tja, dann . . . bis später.«

»Wisch dir mal das Kinn ab, Tiffany«, sagte Lex leise und stieß ihr in die Rippen, als sie dem Kommandanten nachblickte. »Wirklich! Ich dachte immer, du stehst auf Kerle mit etwas breiteren Schultern.«

»Er hat was anderes zu bieten«, gurrte die Schauspielerin und folgte dem Hauptmann mit einem Raubtierblick.

»Ach? Was denn?«

Sie sah ihn mit echtem Erstaunen an.

»Soll das heißen ... du weißt es nicht?« fragte sie. »Mein Gott, ich habe ihn schon erkannt, als er zur Besprechung hereinkam. Er hat uns doch sogar *gesagt,* wer er ist.«

Lex zuckte die Schultern. »Schön, er ist reich. Na und?«

»Reich ist eine mehr als dürftige Umschreibung«, versetzte Tiffany. »*Das da,* meine Herren, ist Willard Narrisch, der viertreichste Mann im Universum, unter fünfundvierzig, weder schwul noch verheiratet, aber monogam.«

Doc legte die Stirn in Falten. »Woher weißt du das?«

»Woher weiß eine Mücke, daß es regnen wird?« erwiderte Lex trocken. »Ja, langsam beginne ich zu begreifen, warum du auf ihn abfährst, Tiff.«

»He, Mann, als Mädchen muß man auch an die Zukunft denken«, antwortete die Schauspielerin. »Unser Geschäftskapital ist das Aussehen, und Make-up kann nur für begrenzte Zeit die Spuren übertünchen, die der Zahn der Zeit hinterläßt. Tja, also, bis später, Jungs. Ich muß unserem Hauptmann noch ein paar Fragen stellen – nur um sicherzugehen, daß er nicht vergißt, wer ich bin.«

Kapitel 5

Tagebucheintrag # 203

Trotz des zweifelhaften Beginns verbesserten sich die Beziehungen zwischen Legionären und Schauspielern/Ersatzleuten im Laufe unserer Reise nach Loreley merklich. Wenn sie ihre neuen Kameraden auch nicht gänzlich in ihren Reihen akzeptieren mochten, so schien die Kompanie doch wenigstens dazu bereit zu sein, sie nicht als Gruppe pauschal zu verurteilen, sondern als Maßstab zu ihrer Einschätzung ihr individuelles Leistungsvermögen und ihre jeweiligen Charaktereigenschaften heranzuziehen.

Dafür war zweifellos auch die gemeinsame Erfahrung des Unterrichts in Glücksspiel und Setztechniken mitverantwortlich, die Tullie Bascom und das Lehrpersonal seiner Croupierschule während des Fluges erteilten.

Ich möchte gar nicht erst versuchen, die Techniken des Falschspiels und seiner Aufdeckung im einzelnen hier so wiederzugeben, wie sie in diesen Lektionen behandelt wurden, da es mein Anliegen ist, Chronist der Karriere meines Arbeitgebers zu sein und nicht, ein Handbuch für den Betrug am Casinotisch zu verfassen. Daher möge der Hinweis genügen, daß der Unterricht hinreichend herausfordernd und intensiv war, um die Truppe zusammenzuschmieden; teilweise, um miteinander zu üben, teilweise aber auch, um Geschichten von peinlichen Ausrutschern und Pannen auszutauschen.

Angesichts des Eifers, mit dem die Kompanie ihre Lektionen in Angriff nahm, mußte ich mich allerdings gelegentlich fragen, ob die Mannschaft sich tatsächlich nur auf den bevorstehenden Auftrag vorbereitete, oder ob sie nicht möglicherweise in erster Linie begierig Informationen zum persönlichen Gebrauch hamsterte.

Anscheinend war ich nicht der einzige, der auf diesen Gedanken kam ...

Tullie Bascoms Bericht war lang, sehr viel länger, als jedermann erwartet hatte, da er ohne Notizen zur Besprechung gekommen war. Doch fünfundzwanzig Jahre Casinoarbeit, davon den überwiegenden Teil als Tischchef, hatten sein Auge und sein Erinnerungsvermögen so weit entwickelt, daß er sich nur selten etwas notierte – weder Namen noch Zahlen. Statt dessen schien er alles aus dem Stegreif hervorzuspulen, rasselte stundenlang weiter, während der Kommandant und die beiden jüngsten Offiziere neben ihm auf ihren Notizblöcken Seite um Seite mit Bascoms fachmännischen Kommentaren füllten.

Es war eine geschlossene Veranstaltung, die in der Kommandantenkabine stattfand, und es war höchstwahrscheinlich auch die letzte Zusammenkunft, bevor Tullie und seine Mannschaft das Schiff im vorletzten Hafen vor Loreley verlassen würden.

Nachdem der letzte Legionär durchgegangen worden war, warf Narrisch seinen Bleistift auf den Notizblock und lehnte sich zurück, streckte verkrampfte Muskeln, die er bis gerade eben nicht einmal bemerkt hatte.

»Danke, Tullie«, sagte er. »Ich bin sicher, daß ich für alle spreche, wenn ich sage, daß Sie sehr beeindruckende Arbeit geleistet haben – sowohl was den Unterricht betrifft als auch, was Ihren Bericht über die Fortschritte angeht, die die Kompanie gemacht hat.«

Er hielt inne, um seine beiden Leutnants zu mustern, die nur nickten und murmelnd zustimmten, immer noch etwas benommen von der Datenfülle, die sich gerade über sie ergossen hatte.

»Sie haben ein Spitzenhonorar bezahlt, folglich haben Sie auch Spitzenleistung bekommen«, erwiderte Tullie und wischte die Bemerkung mit einem Achselzucken weg.

»Mir fällt keine Frage zu einzelnen Mitgliedern unserer Truppe ein, die Sie nicht bereits ausführlich beantwortet hätten«, fuhr der Kommandant fort. »Aber wenn es nicht zuviel verlangt sein sollte ... könnten Sie uns vielleicht Ihren Eindruck von der Truppe als Ganzes schildern?«

»Sie gehört zu den besten Gruppen, die ich je unterrichtet

habe, obwohl ich es vorziehen würde, wenn Sie den Leuten erst mitteilen, daß ich es gesagt habe, nachdem ich gegangen bin«, gestand der Ausbilder freimütig ein. »Natürlich geschieht es nicht häufig, daß ich Schüler bekomme, die an mehreren Sitzungen hintereinander teilnehmen können, Tag für Tag, wie wir es auf dieser Reise getan haben. Meistens bilde ich Leute aus, die ihren Unterricht neben ihrem Beruf in ihrer Freizeit nehmen müssen, zumindest solange, bis sie ihr Diplom haben.«

»Glauben Sie, daß die Leute fähig sind, in einem Casino mit professionellen Spielern und Gaunern fertig zu werden?« hakte Narrisch nach.

Tullie kratzte sich hinter dem rechten Ohr und grübelte einen Augenblick, bevor er antwortete.

»Die Alltagsbetrüger werden sie schnell aufspüren«, meinte er. »Was die Profis betrifft, weiß ich es nicht. Ihre Jungs sind gut, aber die Langfinger, die ihnen *wirklichen* Schaden zufügen können, haben jahrelang an ihrem Handwerk gefeilt. Manche von denen kann man selbst dann nicht ausmachen, wenn man genau weiß, wonach man Ausschau hält.«

»Wie ein guter Taschenspieler oder Bühnenzauberer«, bemerkte Armstrong.

»Ganz genau«, bestätigte Tullie. »Einige von diesen Mechanikern zeigen Ihnen sogar genau, was sie jetzt gleich machen werden – daß sie beispielsweise eine Karte ›zweimal geben‹, und sie sagen auch, wann sie es tun – und *trotzdem* bekommt man es nicht mit, falls sie es mit normaler Geschwindigkeit tun. Das kann nicht einmal ich, und ich habe mein Auge jahrelang geschult.«

Der Kommandant runzelte die Stirn. »Wie kann man die dann erwischen?«

»Manchmal kann man es gar nicht«, gestand der Ausbilder. »Wenn sie nicht gerade habgierig werden – wenn sie nur ein-, zweimal zuschlagen und dann weiterziehen –, kommen sie damit ungeschoren durch. Es gibt praktisch nur eine Möglichkeit, so etwas festzustellen, indem man nämlich auf die Muster achtet. Wenn ein Spieler regelmäßig gegen alle Chancen gewinnt, oder wenn ein Tisch häufiger verliert, als es für eine normale Pechsträhne üblich ist, dann wissen Sie, daß Sie in Schwierigkeiten stecken. Lassen Sie sich nur nicht davon aufhalten, herausfinden zu wollen, *wie* die das anstellen. Sie können eine Menge Geld verlieren, wenn Sie erst auf Beweise warten. Wenn irgend etwas faul erscheint, schließen Sie den Tisch oder schmeißen Sie den großen Gewinner aus dem Casino. Wenn Ihr Stab aus erfahrenen Croupiers und Tischchefs besteht, sollten die so etwas auch ohne Ihre Anleitung können.«

»Wenn Sie meinen«, antwortete Narrisch und verzog das Gesicht. »Ich wünschte nur, wir müßten uns nicht so sehr auf Leute verlassen, die eigentlich nicht zu unserer Truppe gehören.«

»Na ja . . . eins kann ich mit Sicherheit sagen: daß Ihre Jungs jeder Casino-Wachmannschaft überlegen sind, die ich je gesehen habe«, warf Tullie ein. »Die meisten Wachen dienen nur zur Zierde – sie sollen die Leute entmutigen, sich ihr Geld zurückzuholen, indem sie versuchen, den Laden aufzumischen. Ich würde sagen, daß jedes Team von Profis, das Ihre Mannschaft als bloße Schaufensterdekoration betrachtet, ein paar böse Überraschungen erleben dürfte. Mag sein, daß Ihre Leute nicht *jeden* Trick bemerken, aber wenn die Gegenseite auch nur ein *bißchen* nachlässig werden sollte, werden sie es sofort mitbekommen.«

»Ich schätze, mehr kann man nicht erwarten.« Narrisch seufzte. »Ich wünschte nur, sie hätten etwas bessere Karten.«

»Die haben sie doch«, widersprach der Ausbilder. »Ich habe Ihnen ja schon gesagt, dieses kleine Mädchen aus Ihrer Mannschaft, Mutter, wird es jedermann verdammt schwer machen, den Schlaumeier zu spielen. Die ist *herausragend.* Und so was sage ich nicht über viele Leute. Sie ist mit Sicherheit das schärfste Himmelsauge von allen, mit denen ich je zu tun hatte. Selbst meine eigene Mannschaft hatte Schwierigkeiten, mit Tricks durchzukommen, solange sie zusah. Ehrlich gesagt würde ich gerne vor meiner Abreise noch einmal mit ihr sprechen, weil ich sie einstellen möchte, wenn ihre Dienstzeit beendet ist . . . sofern Sie nichts dagegen haben.«

»Sie können gerne *versuchen*, mit ihr zu sprechen«, meinte Narrisch lächelnd. »Aber ich bezweifle, daß Sie sehr weit damit kommen. Wenn es um Gespräche von Angesicht zu Angesicht geht, ist sie von geradezu tödlicher Schüchternheit. Deshalb haben wir überhaupt die ganze Kamera- und Mikrofonanlage installieren lassen. Wenn Sie wirklich mit ihr sprechen wollen, empfehle ich Ihnen, sich einen unserer Kommunikatoren auszuleihen und es damit zu versuchen.«

»Dabei fällt mir ein«, sagte Tullie und schnippte mit den Fingern. »Ich wollte nicht versäumen, Ihnen für diese verrückte Kamera und die Mikrofonanlage zu danken. Ich habe noch nie etwas so Seltsames erlebt, aber es hat funktioniert wie eine Eins. Ich lasse mir sogar durch den Kopf gehen, das auch in meiner eigenen Schule einzuführen und das ›Himmelsauge‹ in den Lehrplan aufzunehmen. Dafür bin ich Ihnen etwas schuldig. Ich glaube nicht, daß irgendeine andere Schule diese Art von Training anbietet.«

Damit bezog Tullie sich auf das Spezialtraining, das Narrisch für die Kommunikationsspezialistin der Kompanie, Mutter, eingerichtet hatte. Weil er wußte, daß ihre Schüchternheit ihre Effizienz in der Öffentlichkeit beeinträchtigen würde, hatte er ihr vorgeschlagen, sie in der Überwachungszentrale einzusetzen – ein Vorschlag, den sie dann auch angenommen hatte. Das war der Raum, in dem die Überwachungskameras, die über verschiedenen Spieltischen in den Saaldecken eines Casinos versteckt waren, ausgewertet wurden. Die Kameras besaßen Teleobjektive, um jeden Croupier, Spieler und jede Karte genauer betrachten zu können, und stellen eine der Hauptabwehrmaßnahmen gegen Betrüger beider Seiten dar.

In seinen Bemühungen, Mutter für diese Aufgabe auszubilden, hatte Narrisch ein halbes Dutzend Überwachungskameras und Mikrofone angemietet und sie über den Tischen angebracht, wo die Legionäre ihren Unterricht erhielten, damit Mutter in ihrer vertrauten Abgeschiedenheit alles mithören und -ansehen konnte. Tullie hatte anfangs mit Skepsis reagiert, bis Narrisch ihm einen Kopfhörer gab, damit er im Zuge des Unterrichts auch mit Mutter sprechen konnte. Selbst der zynische Ausbilder war beeindruckt von der Schnelligkeit, mit der Mutter die Tischregeln aufnahm und jede Abweichung bemerkte, obwohl es nicht ganz klar war, was ihn mehr beeindruckte: das neuartige Ausbildungssystem oder Mutter selbst.

»Soll das heißen, daß ich mit einem Rabatt auf Ihre Dienstleistungen rechnen darf?« fragte Narrisch unschuldig.

Tullie gewährte ihm ein Lächeln.

»Ich verstehe schon, weshalb Ihre Soldaten Sie mögen, Herr Narrisch«, sagte er. »Einem solchen Sinn für Humor wie dem Ihren begegnet man nicht alle Tage.«

»Das meinen meine Leute auch«, erwiderte der Kommandant und lächelte, um zu zeigen, daß er nicht wirklich damit gerechnet hatte, daß der Ausbilder auf seinen Gewinn verzichten würde. »Nun, falls es keine weiteren Fragen geben sollte, dürften wir wohl so ziemlich alles abgehandelt haben.«

Er sah seine Leutnants an, um sich seine Feststellung bestätigen zu lassen, doch es war Tullie, der noch einmal das Wort ergriff.

»Wenn Sie nichts dagegen haben, Herr Narrisch, habe ich selbst noch eine Frage.«

»Und welche, Tullie?«

»Nun, wie ich schon sagte, im Laufe dieses Fluges haben Ihre Jungs eine Menge über das Falschspiel gelernt, und ein Teil unserer Abmachung bestand darin, daß sie in den Unterlagen meiner Schule nicht als Schüler geführt werden dürfen, nicht wahr?«

»Das ist richtig.« Narrisch nickte. »Worauf wollen Sie hinaus?«

»Woher wollen Sie wissen, daß Sie nicht dafür bezahlt haben, einen neuen Haufen von Trickbetrügern auszubilden? Was soll sie daran hindern, ihre neuerworbenen Kenntnisse dazu zu nutzen, selbst ins Geschäft einzusteigen, nachdem sie die Legion erst einmal verlassen haben? Und damit meine ich nicht das Eröffnen einer Croupierschule.«

»Herr Bascom«, erwiderte Narrisch bedächtig, »wir bilden

unsere Soldaten auch im Gebrauch von Feuerwaffen aus, obwohl sie das dergestalt erworbene Wissen auch dazu benutzen könnten, im Zivilleben zu manischen Killern zu werden. Wir geben den Leuten die Ausbildung, die sie für ihren Dienst in der Weltraumlegion brauchen, und darüber hinaus müssen wir ihnen vertrauen, daß sie diese Ausbildung nicht mißbrauchen, wenn ihre Dienstzeit beendet ist.«

»Ihnen vertrauen? Diesem Haufen von Ganoven?«

Armstrong ließ den Notizblock fallen und musterte furchtsam seinen Kommandanten, der seinen Blick auf den Croupierausbilder geheftet hatte.

»Entschuldigen Sie«, sagte Narrisch mit gefährlich sanfter Stimme. »Das habe ich nicht richtig verstanden.«

Tullie zuckte die Achseln. »Ich meine nur, daß ich noch niemals so viele offensichtliche oder potentielle Kriminelle auf einen Haufen . . .«

»Ich glaube, was der Hauptmann damit sagen möchte, Herr Bascom«, unterbrach Rembrandt hastig, »ist . . . ob Sie Ihre Aussage vielleicht *umformulieren* könnten?«

Endlich bemerkte der Ausbilder den warnenden Unterton in ihrer Stimme. Der Kommandant der Weltraumlegion wußte zweifellos, was für Leute ihm unterstellt waren, aber es waren immer noch *seine* Soldaten, und so war jede abwertende Bemerkung über sie, so zutreffend sie auch sein mochte, reichlich unklug.

»Ich . . . ääh . . . wollte nur sagen, daß Ihre Jungs eine wahre . . . *Begeisterung* für das Falschspiel gezeigt haben«, meinte Bascom in einem hastigen Rückzugsmanöver. »Ich habe mir nur Sorgen gemacht . . . Na ja, es gibt ja immer mal die *Möglichkeit,* daß sie in Versuchung geraten könnten, zu mißbrauchen, was ich ihnen beigebracht habe. Das ist alles.«

»*Ich* vertraue ihnen«, verkündete Narrisch mit einer Stimme, die besser zu einem brennenden Busch gepaßt hätte. »Ende der Durchsage. Noch Fragen?«

»Nein. Ich . . . nein«, antwortete Tullie. »Das wäre alles.«

»Also gut«, fuhr der Kommandant fort. »Wenn Sie uns jetzt

entschuldigen wollen, ich habe noch ein paar Dinge mit den Leutnants zu besprechen. Ich möchte Ihnen noch einmal für Ihre Arbeit mit der Kompanie danken. Versäumen Sie bitte auch nicht, Ihren Ausbildern meinen Dank und meine Anerkennung auszusprechen.«

»Das werde ich tun«, antwortete Bascom und ergriff dankbar die Flucht.

»Kann man so etwas glauben?« schnaufte Narrisch, nachdem Tullie gegangen war. »Der Mann hegt tatsächlich den Verdacht, daß unsere Soldaten keine wackeren, rechtschaffenen Staatsbürger sein könnten!«

Die drei Offiziere sahen sich einen Augenblick an; dann explodierten sie vor Gelächter.

Ihr Frohsinn hatte auch einen Hauch Hysterie an sich, was bei Leuten, die allzu lange ohne Schlaf hatten auskommen müssen und unter ständigem Druck standen, nicht weiter verwunderte: Es war eine Form des Dampfablassens.

»Schätze, der wird noch nie mit der Weltraumlegion gearbeitet haben«, prustete Armstrong und rang nach Luft.

»Na, jedenfalls bestimmt nicht mit *unserer* Mannschaft, soviel steht fest«, pflichtete Rembrandt ihm bei und wischte sich eine Lachträne aus dem Auge.

»Aber im Ernst«, warf der Kommandant ein und riß sich wieder zusammen, »Tullie hat ja nicht unrecht. Sorgen Sie dafür, die Kompanie entsprechend zu vergattern, daß die Leute die Hände in den eigenen Taschen lassen sollen, zumindest bis zum Ende dieses Auftrages. Keine Prahlerei, kein Griff nach Kleingeldkassen. Wir sollen hier schließlich das Wachpersonal stellen. Da können wir es nicht gebrauchen, wenn einer von uns genau wegen jener Vergehen hopsgenommen wird, vor denen wir das Casino schützen sollen. Für eine derartige Form von Medienwirksamkeit haben wir keine Verwendung. Außerdem halte ich es taktisch gesehen für das klügste, gar nicht erst durchblicken zu lassen, wieviel wir schon oder noch nicht wissen.«

»Verstanden, Chef«, erwiderte Rembrandt und salutierte mit

dem Zeigefinger. »Sollen wir es den Leuten als Gruppe oder einzeln sagen?«

»Beides«, entschied Narrisch. »Für die meisten dürfte zwar eine allgemeine Ankündigung ausreichen, aber ich denke doch, daß der eine oder andere von einer persönlichen *Erinnerung* profitieren dürfte, daß wir ihnen auf die Finger schauen und diesmal keinen Unsinn durchgehen lassen werden.«

»Was gibt es noch, Hauptmann?« fragte Armstrong und nahm seinen Notizblock auf.

»Eigentlich nichts mehr.« Narrisch streckte die Arme. »Ich dachte mir nur, daß ich Ihnen beiden Gelegenheit geben wollte, irgendwelche Fragen zu stellen, die Tullie nicht mitbekommen sollte. Okay, ich lasse Ihnen etwas Zeit, Ihre Notizen noch einmal durchzugehen, bevor wir die genaue Schichteinteilung angehen. Und legen Sie sich ein bißchen aufs Ohr. Sie beide haben sich im Laufe dieser Reise wirklich außerordentlich angestrengt.«

Rembrand stieß ein Schnauben aus.

»Eins, zwei, drei – wer spricht denn da?« antwortete sie. »Sie sollten sich lieber selbst etwas schlafen legen, sonst tut Ihnen Beeker noch irgendwas ins Essen.«

»Beeker glaubt *nie*, daß ich jemals genug Schlaf bekäme.« Mit einem Achselzucken wechselte Narrisch das Thema. »Nach einer Weile gewöhnt man sich an das Gemecker. Also, möchte einer von Ihnen noch irgend etwas besprechen? Irgendwas? Es muß nicht nur um Tullies Bericht gehen.«

»Nö. Im Augenblick fällt mir nichts ein, Sir«, sagte Armstrong mit einem letzten Blick auf seine Notizen. »Soweit ich das erkennen kann, haben wir alles abgehakt.«

Der Kommandant nickte. »Ich weiß. Um ganz ehrlich zu sein, das macht mir etwas Sorgen.«

»Wieso?«

»Na ja, im Geschäftsleben gibt es einen alten Spruch«, erklärte Narrisch mit einem schiefen Lächeln. »Wenn man glaubt, man hätte alles abgehakt, heißt das, daß man irgend etwas übersehen hat.«

»Aufmunternder Gedanke«, bemerkte Rembrandt trocken, dann blickte sie ihren Kommandanten mit spitzbübischem Zwinkern im Auge an. »Tja, offen gestanden, ich habe eine Frage an Sie, Sir – falls Sie *wirklich* das Wort freigeben wollen.«

»Schießen Sie los.«

Rembrandt warf ihrem Partner ein verstohlenes Zwinkern zu. »Ich habe mich nur gefragt, wie es um Ihre Erfolge bei der Abwehr des Roten Gifts steht?«

Das Rote Gift war der Spitzname, den die Legionäre Tiffany gegeben hatten, hauptsächlich aufgrund ihrer offensichtlichen und grobschlächtigen Versuche, Narrisch in ihr Bett zu bugsieren. Sprachen sie direkt mit ihr, wurde der Name natürlich zu ›Rote‹ abgekürzt.

»Finden Sie nicht, daß das eine reichlich persönliche Frage ist, Leutnant?« knurrte der Kommandant mit gespielter Strenge.

»Ja und nein, Sir«, mischte Armstrong sich mit einem Grinsen ein. »Sie müssen wissen, daß die Truppe bereits Wetten abschließt, wie lange Sie durchhalten, so daß man sagen könnte, daß es die Moral der ganzen Kompanie betrifft – und *die* geht uns sehr wohl etwas an, wie Sie ja immer wieder betonen.«

»Ach, wirklich?« lachte Narrisch. »Wie stehen denn die Wettchancen?«

Armstrong blinzelte und blickte Rembrandt an, der nichts anderes übrig blieb, als mit einem Achselzucken ihre eigene Unwissenheit einzugestehen.

»Ich ... ich weiß es nicht genau, Sir«, stammelte er. »Ich habe nur davon gehört. Warum? Ist das wichtig?«

»Nun, wenn sich der Einsatz lohnen sollte, könnte ich mich selbst an dem Geschäft beteiligen und dann den ganzen Topf einheimsen – wenn Sie verstehen, was ich meine«, erklärte Narrisch gähnend.

Als er keine Antwort erhielt, musterte er seine Leutnants, nur um festzustellen, daß sie ihn fassungslos anstarrten.

»He! Das war ein Scherz. In Ordnung?« stellte er klar. »Sie wissen doch, daß ich nicht mit Frauen herummache, die unter meinem Kommando stehen – jedenfalls *sollten* Sie es inzwischen wissen.«

Die Leutnants rissen sich zusammen, obwohl ihr verspätetes Lachen gezwungen klang.

»Natürlich«, meinte Rembrandt grinsend, »könnte man argumentieren, daß die Große Rote mit ihrem befristeten Vertrag eigentlich nicht *wirklich* unter Ihrem Kommando steht.«

»Für die Dauer des Auftrags tut sie das sehr wohl«, konterte Narrisch grimmig, »und wenn sie danach irgendwelche Pirschaktivitäten entfalten sollte...«

Sie wurden von einem Klopfen an der Tür unterbrochen, und als sie den Kopf hoben, erblickten sie Schoppen-Hauer im Türrahmen.

»Entschuldigung, Hauptmann«, grollte der riesige Voltrone. »Muß mit Ihnen sprechen... bald.«

Narrisch winkte ihm zu. »Kommen Sie herein, Schoppen-Hauer. Wir sind gerade fertig. Sagen Sie mal, wie macht sich denn Ihre neue Partnerin – wie heißt sie noch gleich –, Melissa?«

»Nettes Mädchen. Sehr klug«, erwiderte der Legionär. »Aber nicht Kämpferin wie Supermücke. Nicht sorgen, Hauptmann. Ich passe auf sie auf.«

»Davon bin ich überzeugt«, bestätigte der Kommandant. »Also, was führt Sie zu mir? Können die Leutnants dabeisitzen, oder geht es um etwas Persönliches?«

»Nichts Persönliches... Kompaniesache.«

»Okay. Was haben Sie auf dem Herzen?«

Der Voltrone hob eine kleinen Papierstapel hoch, den er in den Händen hielt.

»Sie mich gefragt... soll mir Akten anschauen von Casinoangestellten? Sehen, wo angeheuert?«

»Das ist richtig.«

Schoppen-Hauer litt unter Schlaflosigkeit und war eine Leseratte, was Narrisch genutzt hatte, indem er ihn zum Kompanieschreiber machte, der den gewaltigen Papierkrieg erledigte, der bei der Führung einer Kompanie und der Verbindung mit dem Hauptquartier anfiel. Vor kurzem hatte der Kommandant den Voltronen gebeten, im Zuge des Planes, das Casino mit verdeckt arbeitenden Legionären zu infiltrieren, die Personalakten der gegenwärtigen Casinoangestellten durchzusehen und eine Liste der verschiedenen Personalvermittlungsagenturen zu ermitteln, über die man sie eingestellt hatte. Mit Hilfe dieser Informationen würde es relativ leicht werden, einen computerisierten Einbruch auszuführen, um sorgfältig vorbereitete Lebensläufe und Referenzen in die entsprechenden Akten einzuschmuggeln.

»Schauen Sie an, Hauptmann«, sagte der Voltrone und reichte Narrisch den Stapel. »Alle von derselben Agentur. Agentur Goldene Dienste.«

»Na schön«, brummte der Kommandant, während er die Seiten durchblätterte. Er vertraute Schoppen-Hauer vollkommen, und wenn der Voltrone sagte, daß sie alle aus derselben Quelle stammten, konnte er sicher sein, daß es stimme. »Und wo liegt das Problem?«

»Sie nicht existieren. Keine solche Agentur.«

Narrisch ruckte hoch, als hätte jemand seinen Stuhl soeben an die Steckdose angeschlossen.

»Sind Sie sicher?« fragte er und starrte die Blätter an, als würden sie gleich von selbst zu sprechen anfangen.

»Jawohl, Hauptmann. Sonst Sie nicht belästigen. Viele Male überprüft. Keine solche Agentur ... niemals.«

»Das verstehe ich nicht, Sir.« Rembrandt runzelte die Stirn. »Wie können so viele Angestellte dieselbe gefälschte Referenz benutzen?«

»Das bedeutet, daß wir nicht die einzigen sind, die ihre Leute beim Personal einschleusen«, knurrte der Kommandant. »Das ist eben das Problem, wenn man von seiner eigenen Klugheit zu sehr beeindruckt ist. Dann vergißt man leicht, daß es hinter den Bergen auch noch Leute gibt.«

»Alle Referenzen von selber Person abgezeichnet. Huey Martin«, ergänzte Schoppen-Hauer, dem der Name etwas Schwierigkeiten bereitete.

»Der neue Casinomanager«, erklärte Narrisch grimmig. »Wenn *der* ein krummer Hund sein sollte, dann haben wir wirklich einen harten Job vor uns. Gute Arbeit, Schoppen-Hauer! Wenn Sie das nicht herausbekommen hätten, wären wir möglicherweise voll gegen eine Drehtür gelaufen.«

»Danke, Hauptmann«, erwiderte der Riese und richtete sich ein Stück auf, bis er noch größer wirkte.

»Gut, dann machen wir da weiter... und – Schoppen-Hauer? Erzählen Sie niemanden davon. In Ordnung?«

»Kann Geheimnis wahren, Hauptmann. Keine Sorge.«

Nachdem Schoppen-Hauer gegangen war, saßen die Offiziere einige Minuten stumm da.

Schließlich stieß Narrisch ein Seufzen aus.

»Erinnern Sie sich, was ich darüber gesagt habe, was es bedeutet zu glauben, alles in der Hand zu haben?« fragte er.

»Dieser Auftrag wird von Tag zu Tag besser«, sagte Armstrong verbittert. »Wenn ich mir die Bemerkung erlauben darf, Sir, so läßt die Vorstellung des Hauptquartiers von einem lauen Lenz im Paradies doch einiges zu wünschen übrig!«

»Was werden wir tun, Herr Hauptmann?« fragte Rembrandt. »Sollen wir den Besitzer benachrichtigen, daß er einen Holzwurm im Gebälk hat?»«

»Noch nicht«, widersprach Narrisch nachdenklich. »Eines wissen wir noch nicht mit Sicherheit, was nämlich Brüderchen Huey vorhaben mag. Vielleicht praktiziert er ja nur ein wenig die alte Federbett-Nummer.«

»Die Federbett-Nummer, Sir?«

»Vetternwirtschaft«, erklärte Armstrong.

»Wir werden erst dann Alarm schlagen, wenn wir Gelegenheit hatten, an Ort und Stelle alles zu überprüfen«, fuhr der Kommandant wie an sich selbst gewandt fort. »Zum Glück hat uns Schoppen-Hauers Wachsamkeit eine Liste der Leute beschert, vor denen wir auf der Hut sein müssen.« Mit einem Lächeln klopfte er auf die Personalliste. »Leutnant Rembrandt, sorgen Sie dafür, daß diese Aufstellung *und* die vollständigen Personalakten von jedem, der auf dieser Liste steht, an Mutter weitergeleitet werden. In der Zwischenzeit werde ich mich an die Arbeit machen und einen gewissen Huey Martin genauer durchleuchten.«

»Was, wenn sich herausstellt, daß er *tatsächlich* ein faules Ei ist, Sir?« wollte Armstrong wissen. »Er und die Leute, die er eingestellt hat?«

»Dann legen wir ihm die Schlinge um den Hals«, erwiderte Narrisch grimmig. »Aber erst kurz vor der Galaeröffnung. Sollte er *tatsächlich* Teil irgendeines Plans sein, lassen wir ihn in dem Glauben, daß dieser Plan funktioniert, um ihm den Teppich erst unter den Füßen wegzureißen, wenn es zu spät ist, auf einen anderen Plan umzusteigen.«

»Wir können doch nicht so lange warten bis *alle* auf dieser Liste feuern«, protestierte Rembrandt. »So kurzfristig kann das Casino unmöglich so viele Einsatzleute beschaffen.«

»Das Casino nicht, aber wir«, erwiderte der Kommandant fröhlich. »Es wird allerdings ein bißchen weh tun. Ich werde mit Tullie und seinen Ausbildern neu verhandeln müssen, damit sie uns als Lückenbüßerreserve zur Verfügung stehen – und das, nachdem ich ihm gerade erst um eines billigen Lacheffekts willen ziemlich eingeheizt habe.« Reumütig schüttelte er den Kopf. »Ich *liebe* es, mit Leuten verhandeln zu müssen, die sowieso schon sauer auf mich sind.«

»Vielleicht sollten Sie lieber etwas abwarten, bevor Sie mit ihm sprechen, Sir«, schlug Armstrong vor. »Vielleicht ist es einfacher, wenn er Gelegenheit gehabt hat, die letzte Runde zu vergessen . . . und wenn Sie selbst etwas Gelegenheit gehabt haben, um zu schlafen.«

»Das ist zwar ein verlockender Gedanke«, räumte Narrisch ein und stand auf, »aber ich denke, ich sollte es lieber sofort mit ihm klären. Ich glaube ohnehin nicht, daß ich jetzt schlafen könnte, solange diese Gefahr über unseren Köpfen schwebt.«

Ein gemütlicher Spaziergang durch die beliebteren Treffpunkte an Bord förderte keinen Tullie Bascom zutage, so daß sich Narrisch daran machen mußte, die weniger gut besuchten Aufenthaltsorte abzugrasen.

»Entschuldigen Sie... Gabriel, nicht wahr?« sprach er einen Legionär an, der in einem der kleineren Aufenthaltsräume saß.

»Sir?« erwiderte der Mann und stand auf.

»Weitermachen«, sagte Narrisch und winkte ihn auf seinen Stuhl zurück. »Ich wollte nur wissen, ob Sie Tullie Bascom vor kurzem gesehen haben.«

»Ich glaube, ich habe ihn vor einer Weile vorbeikommen hören«, meldete der Legionär. »Ich habe mich zwar nicht umgedreht, aber er erzählte gerade jemandem, daß er in seine Kabine gehen wollte, um ein bißchen zu schlafen.«

»In Ordnung. Danke.« Der Kommandant seufzte und begab sich in den Gang, der zu seiner eigenen Unterkunft führte.

So viel zu diesem Vorhaben. Vielleicht war es besser so. Wahrscheinlich sollte er doch erst einmal ein paar umfangreiche Recherchen anstellen, um festzustellen, wie erforderlich Tullies Mannschaft tatsächlich war, bevor er zu verhandeln begann. Außerdem hatten seine Leutnants recht – er konnte *tatsächlich* etwas Schlaf gebrauchen, um wieder einen klaren Kopf zu bekommen. Vielleicht sollte er Beeker...

Plötzlich blieb Narrisch abrupt stehen, als ihm etwas einfiel.

Der Legionär, Gabriel, hatte ganz allein im Aufenthaltsraum gesessen.

Wenn Narrisch und Schoppen-Hauer auch nicht die einzigen Nachteulen der Kompanie waren, so waren die Legionäre doch im großen und ganzen Gesellschaftstiere, die sich in ihrer Freizeit gern zusammentaten, und seines Wissens war Gabriel da keine Ausnahme. Anstatt sich aber an einem der gängigeren Aufenthaltsorte zu befinden, hatte der Legionär einfach nur allein dagesessen, ohne ein Buch oder irgendeine sichtbare Arbeit zur Hand zu haben – ja nicht einmal mit einem Kartenspiel.

Der Kommandant schob seine Schlafpläne beiseite und kehrte in den Aufenthaltsraum zurück.

Gabriel saß noch immer dort, in einen Liegestuhl geflegelt, den Kopf weit in den Nacken gelegt, und starrte an die Decke.

»Geht es Ihnen gut, Gabriel?« fragte der Kommandant sanft.

Während manche Legionäre die reinsten Hypochonder waren, verhielten andere sich wie die Kinder und verheimlichten es, wenn sie krank waren, anstatt den Schiffsarzt aufzusuchen.

»Wie? Oh. Nein, ich fühle mich gut, Sir«, antwortete Gabriel, als er plötzlich merkte, daß er mit seinen Gedanken nicht mehr allein war.

»Gibt es irgend etwas, das Sie bedrückt?« hakte Narrisch nach. »Irgend etwas, worüber Sie vielleicht sprechen möchten?«

Der Legionär zögerte. »Es ist ... na ja ... ich habe Angst, Sir. Davor.«

Er machte eine ausladende Geste.

»Ich ... ich bin mir nicht sicher, ob ich Sie verstehe.« Der Kommandant blickte ihn fragend an. »Wovor fürchten Sie sich? Vor dem neuen Auftrag?«

»Nein ... *hiervor«*, antwortete der Mann und wiederholte seine Geste. »Sie wissen schon ... Raumfahrt.«

»Ich verstehe«, sagte der Kommandant. In der Vergangenheit waren ihm schon öfter Leute begegnet, die Schwierigkeiten mit dem Reisen hatten, in letzter Zeit allerdings nicht mehr. Deshalb war er davon ausgegangen, daß jedermann ebensosehr an den Raumflug gewöhnt sein müßte wie er selbst. »Sind Sie denn noch nie in einem Raumschiff gereist?«

»Natürlich«, erwiderte der Legionär. »Ein paarmal. Aber es hat immer dieselbe Wirkung auf mich. Ich denke ständig darüber nach, was wohl geschieht, falls irgend etwas schiefgeht. Die Rettungsboote mögen zwar für interplanetare Reisen geeignet sein, aber im interstellaren Raum hätten wir nicht die geringste Überlebenschance. Wir hätten lediglich die Wahl, ob wir lieber schnell oder langsam sterben.«

Narrisch überlegte einen Moment; dann seufzte er.

»Tut mir leid, Gabriel«, sagte er. »In diesem Fall kann ich Ihnen auch nicht helfen.«

»Das ist in Ordnung, Sir«, meinte der Legionär und ließ den Kopf etwas hängen. »Es ist wahrscheinlich sowieso eine ziemlich alberne Angst, ausgerechnet jetzt und in meinem Alter.«

»Das habe ich nicht gesagt!« erwiderte der Kommandant. Dann fuhr er sich mit einer Hand über die Augen. »Legen Sie mir bitte keine Worte in den Mund, Gabriel. Ich bekomme schon genug Probleme mit dem, was ich *tatsächlich* den ganzen Tag lang sage.«

»Tut mir leid, Sir.«

»Es *gibt* keine albernen Ängste«, fuhr der Hauptmann fort. »Wenn Sie vor etwas Angst haben, dann ist das *wirklich*, und das beeinflußt Ihr Denken und Ihre Leistungsfähigkeit, egal wie gerechtfertigt oder unzulässig das einem anderen erscheinen mag. Es gibt ja schließlich auch keinen *kleinen* Schmerz, wenn es Ihrer ist. Wenn es weh tut, tut es weh. Sie müssen herausbekommen, wie Sie damit umgehen, und nicht Ihre Energien darauf vergeuden zu entscheiden, ob es wirklich ist oder nicht.«

Narrisch lehnte sich gegen die Wand, verschränkte die Arme vor der Brust, bis er sich fast selbst umarmte.

»Tja, also, ich kann Ihnen nichts sagen, was Sie beruhigen wird. Es hat keinen Zweck, Ihnen zu erklären, daß Ihre Angst unbegründet ist. Ich könnte Ihnen zwar mitteilen, daß keine Gefahr droht, aber wir wissen beide, daß etwas schieflaufen *kann*. Ich könnte Ihnen die Raumfahrtstatistiken aufzählen, um Ihnen zu zeigen, wie niedrig die Unfallquote im Schnitt ist, aber das wissen Sie selbst, und es hat Ihnen trotzdem nicht geholfen. Also kann ich nur eins tun, nämlich selbst die Flucht ergreifen – zu meinem eigenen Schutz.«

»Zu ihrem eigenen Schutz, Sir?«

»Angst ist ansteckend«, erläuterte der Kommandant achselzuckend. »Wenn ich mit Ihnen Vergleiche über die Gefahren des Raumflugs anstelle, wäre es möglich, daß ich selbst anfinge, mir Sorgen zu machen, und das kann ich mir nicht leisten.

Sehen Sie, Gabriel, in unserem Leben gibt es viele Gefahren, an die wir kaum einen Gedanken verschwenden – Verkehrsunfälle, verdorbene Nahrung –, Gefahren, die zwar nur eine geringe Wahrscheinlichkeit besitzen, dafür aber – wenn sie denn eintreffen – verheerende Folgen haben können. Alles, was ich tun kann – alles, was jeder Mensch tun kann – ist, mein Bestes zu tun, um nicht daran zu denken. Das mag vielleicht so aussehen, als würde man vor der Angst den Kopf in den Sand stecken, aber die einzige andere Möglichkeit, die ich sehe, besteht darin, sich von seinen Ängsten auffressen zu lassen – sich bis zu einem Punkt lähmen zu lassen, ab dem man aufhört zu funktionieren. Und nach meinem Verständnis bedeutet das, daß man dann tot ist, ob man noch atmen mag oder nicht. Ich möchte mich lieber auf die Dinge konzentrieren, gegen die ich etwas *tun* kann. Ich kann das Universum nicht von Gefahren befreien oder auch nur für meine eigene persönliche Sicherheit garantieren. Ich kann nicht mit Sicherheit sagen, wie lange ich leben werde, aber ich bin entschlossen, solange ich lebe, ein Mensch der Tat zu bleiben, ein Arbeiter – und kein tatenloser Sorgenmensch.«

Er brach ab, merkte, daß seine Übermüdung ihn zur Weitschweifigkeit verleitete.

»Wie dem auch sei«, sagte er, um zum Abschluß zu kommen, »es tut mir leid, daß ich Ihnen bei Ihrem Problem nicht helfen konnte, Gabriel, aber das liegt ehrlich gestanden außerhalb meiner Reichweite.«

»Eigentlich haben Sie das doch getan, Hauptmann.« Der Legionär lächelte.

»So?«

»Na ja, wenigstens haben Sie mir etwas zum Nachdenken gegeben. Danke, Sir.«

Merkwürdigerweise war es von allen Problemen, die ihn an diesem Tag belagert hatten, ausgerechnet dieses letzte Gespräch mit Gabriel, das Narrischs Geist heimsuchte und ihn am Einschlafen hinderte, als er es schließlich damit versuchte. Obwohl der Legionär behauptet hatte, daß das Gespräch mit dem Kommandanten ihm geholfen habe, hatte Narrisch doch das Gefühl, daß seine Hilfe und sei Rat unzureichend gewesen waren.

Gruppendynamik, persönliches Image, Militärstrategie und natürlich Finanzen – auf allen diesen Gebieten fühlte der Kommandant sich qualifiziert, den Leuten unter seinem Kommando zu helfen und sie darin auszubilden. Aber tiefergehende Probleme? Seelische Angelegenheiten?

Mit einer plötzlichen Einsicht entschied Narrisch zu tun, was er schon immer getan hatte, wenn er mit Problemen kämpfte, die seine persönlichen Fähigkeiten überforderten: sich einen Experten zu suchen. Er glitt von seiner Pritsche, schritt zum Schreibtisch hinüber, aktivierte seinen Port-A-Brain-Computer und formulierte eine persönliche Anforderung an das Hauptquartier der Legion. Wenn seine Legionäre spirituelle Führung brauchten, dann würde er ihnen, so wahr Gott ihm half, einen spirituellen Experten besorgen. Einen Feldkaplan!

Der Stein, der ihm vom Herzen fiel, als er die Sendetaste betätigte, war fast physisch zu greifen, doch dicht auf dem Fuß folgte das erdrückende Gewicht der Erschöpfung. Er taumelte wieder durch seine Kabine, ließ sich auf die Pritsche fallen und versank in einen tiefen, traumlosen Schlummer.

Kapitel 6

Tagebucheintrag # 209

Die Ausbildung und der Unterricht, die mein Arbeitgeber für die Dauer des Fluges organisierte, hatten der Kompanie die Zuversicht verliehen, bestens für ihren neuen Auftrag gerüstet zu sein. Diese Meinung wurde selbstredend von ihrem Kommandanten und seinen Offizieren unterstützt, die sorgfältig darauf achteten, ihre eigenen Befürchtungen und Vermutungen vor ihren Soldaten zu verbergen. Und so geschah es, daß die Legionäre bei ihrer Ankunft begierig darauf waren, ihren Dienst anzutreten, während die Kompanieführung bereits zu diesem Zeitpunkt aufgrund ihrer Sorgen unter extremem Schlafmangel litt.

Doch keine Vorbesprechung, keine Informationsbänder und keine Broschüren hätten sie auf das vorbereiten können, was Loreley selbst zu bieten hatte.

Die Raumstation, die in der gesamten Galaxie unter der Bezeichnung ›Loreley‹ bekannt war, galt offiziell als Antiquität. Es war eine der ersten Raumstationen im Privatbesitz, und sie hatte ursprünglich die Bezeichnung ›Oase‹ getragen. Sie war nach dem alten Speichenradmuster angelegt worden und hatte als Außenposten gedient, um die weit auseinander liegenden Kolonien und die noch tiefer ins All strebenden Forschungsschiffe zu versorgen – zweifellos ein sehr teurer Außenposten, weil es keine Konkurrenz gab, die die Preise gedrückt hätte.

Mit der Ausdehnung der Zivilisation verschoben sich allerdings auch die Grenzen, bis die Station schließlich mit einer ständig wachsenden Zahl von Raumhäfen und Versorgungsdepots im Wettbewerb stand – Anlagen von neuerer Konstruktionsart und demzufolge geringeren Wartungskosten. In dieser Periode gab es nur eins, was die Station vor der Verschrottung rettete: Ihr Ruf und ihre Tradition als ›Freihafen‹. Dies bedeutete, daß die Leute – selbst wenn sie in anderen Kolonien und Raumhäfen arbeiteten und lebten – zum Glücksspiel oder im Urlaub die Oase aufsuchten.

Es waren ihre Betreiber und nicht die Regierung, die auf Oase die Gesetze machten, und so gab es nur wenig, was verboten oder ungesetzlich gewesen wäre, sofern es die Geldschränke der Station füllen konnte. Daher konnte es nicht überraschen, daß zu den Freizeitaktivitäten, die dort nicht nur ausdrücklich gestattet, sondern erwünscht waren, auch das Glücksspiel zählte.

Schließlich erkannte eine Investorengruppe das Potential der Station und kaufte sie dem ursprünglichen Eigentümer ab. Es wurden einige hundert Millionen in ihren Umbau und ihre Modernisierung gesteckt, ganz zu schweigen von einem ausgedehnten Werbefeldzug, der das Image der Station als *den* Erholungs- und Familienurlaubsort aufbauen sollte, und zugleich wurde sie in ›Loreley‹ umbenannt.

Der Grund für diese Namenwahl lag teilweise am Leuchtturm der Station, von dem es hieß, daß er über eine derart hohe Leistung verfüge, daß er sogar in den benachbarten Sonnensystemen Interferenzen hervorrufen konnte. Wenn die allgegenwärtige Werbung nicht ausreichte, so sorgte der Peilstrahl mit Sicherheit dafür, daß niemand durch diesen Raumsektor kam, ohne vom Zauber der Station Loreley zu erfahren. ›Wenn Sie Loreley besuchen‹, lautete der hintersinnige Werbespruch, ›wollen Sie nie wieder weg!‹

Die Wirklichkeit sah etwas trostloser aus. Wenn man Loreley erst einmal besucht hatte, konnte es sein, daß man nicht mehr *dazu in der Lage war,* wegzugehen. Nicht, daß es sich dabei um ein physische Gefahr gehandelt hätte . . . dies hätte nur schlechte Publicity bedeutet. Die wirkliche Gefahr auf Loreley waren vielmehr ihre berühmten, vampirhaften Casinos.

Das Innere der Radstruktur war ausgebaut und bemalt worden, um wie ein riesiges Rouletterad auszusehen, das nicht nur einen Blickfang für die Schiffe mit Sichtluken darstellte, sondern auch eine praktische Funktion hatte. Bei der Außenfläche des Rades handelte es sich in Wirklichkeit um eine riesige Solarzelle, die unendlich viel Energie aus den Sternen bezog und sie an die Casinos weiterleitete ... und die brauchten sie auch!

Die Casinos waren die schiere Glitzerpracht und wirkten geradezu ehrfurchtgebietend; jedes Casino versuchte, seine Konkurrenten zu übertreffen. Obwohl es auf der Station kein ›Sonnenlicht‹ gab, bedurfte der kreisförmige, riesige Mittelgang keiner Straßenlaternen, ebensowenig wie die elektrischen Pendelfahrzeuge, die die Touristen von einem Fahrtziel zum nächsten brachten, Scheinwerfer brauchten. Und die künstliche Schwerkraft, die die Gebäude daran hinderte, mehr als vier Stockwerke zu tragen – was die Casinos dazu zwang, eher in die Breite als in die Höhe zu gehen –, erwies sich als Segen, was die Gestaltung ihrer Außenlichtreklame betraf. Oberhalb der Gebäude, wo die Gravitation abrupt geringer wurde und die physikalischen Beschränkungen der Ingenieurskunst keine Geltung mehr hatten, wiesen die Casinos spektakuläre Leuchtdekorationen auf, die beinahe völlig frei in der ›Luft‹ schwebten und um die Aufmerksamkeit der vorbeiziehenden Touristen buhlten. Diese Reklamen um den ›Strip‹ sorgten dafür, daß das Innere fast taghell war – aber eben nur fast, da die Wattzahl sorgfältig ausgesteuert wurde, um oberhalb der Casinos die Illusion der Dunkelheit zu erzeugen, was wiederum die Lichteffekte verstärkte. Es gab auf Loreley weder Tag noch Nacht, nur ein ewiges Zwielicht, durch das Touristen, Urlauber und natürlich auch Spieler gingen, fuhren oder schließlich als Folgeerscheinung ihrer Vergnügungen auch taumelten. Die einzige Konzession an die Normalität bestand darin, daß die Zimmer der Casinohotels Verdunkelungsvorhänge besaßen, damit man das Licht wenigstens dann aussperren konnte, falls und wenn man schlafen wollte.

Natürlich wurde auf Loreley große Sorgfalt auf die Pflege der Illusion verwandt, daß niemand jemals schliefe. Die Casinos schlossen nie; ebensowenig die Restaurants oder Läden.

Anstelle festgelegter Spielpläne wurden Unterhaltungsveranstaltungen ›alle drei Stunden‹ angekündigt, deren Zweck darin bestand, die Leute von einem Casino ins andere zu locken. Kurzum, auf Loreley herrschte eine Atmosphäre der Rast- und Zeitlosigkeit – und das aus einem bestimmten Grund. Je länger die Leute spielten, um so besser für die Casinos. Wenn es auch gelegentlich ›Glückstreffer‹ oder gar eine ›Glückssträhne‹ gab, brauchten die Spieler nur lange genug ihre Einsätze zu tätigen, bis die Bankchancen dafür sorgten, daß nicht nur ihre etwaigen Gewinne, sondern auch alles andere Kapital, das sie zu verlieren bereit waren, in den Casinotresoren endeten.

Das war die wirkliche Falle des Gesangs der Loreley, und viele, die in einem privaten Raumschiff eingetroffen waren, verließen den Planeten mit öffentlichen Verkehrsmitteln. Andere, die sich nicht einmal das mehr leisten konnten, wurden vom Arbeitsmarkt der Station absorbiert, bis sie genug Geld verdient hatten, um davonzukommen, was aber nur selten geschah, da sie meistens immer wieder den Versuchungen der Spieltische erlagen und verzweifelt versuchten, ihr Kapital ›aufzustocken‹, während die Häuser angesichts dieser Bemühungen nur gelangweilt gähnten und ihre Ersparnisse einstrichen. Wer es tatsächlich schaffte, mit dem feierlichen Eid zu entkommen, nie wieder hierher zurückzukehren, wurde schnell durch die nächste Schiffsladung williger Gesichter und dicker Brieftaschen ersetzt, die jeweils ihr Vergnügen suchten und darauf hofften, durch ein glückliches Kartenblatt über Nacht ein Vermögen zu machen.

Es schien einen schier endlosen Nachschub dieser Ersatzleute zu geben, weil die Publicity-Maschine von Loreley gnadenlos effizient und unermüdlich in ihrem Streben war, dem Publikum immer wieder neue Verlockungen für einen Besuch auf Loreley zu bieten. Daher konnte es Kenner nicht überraschen, daß die Medien aufmerksam geworden waren und bereits warteten, als der Omega-Mob oder die Chaos-Kompanie, wie man ihn auch nannte, schließlich auf Loreley eintraf.

»Verzeihen Sie, Herr Narrisch.«

Der Legionskommandant blieb stehen, keine zehn Schritt von der Gangway entfernt, und blinzelte überrascht die Gestalt an, die ihm den Weg versperrte. Der teigige Mann trug einen grün fluoreszierenden Einteiler mit großer blauer Fliege, was auf den ersten Blick den Eindruck machte, als hätte man es mit einem preisgekrönten Frosch zu tun.

»Genaugenommen heißt das ›Hauptmann Joker‹, wenn ich im Dienst bin«, berichtigte Narrisch ihn sanft.

»Aber Sie *sind* doch Willard Narrisch? Der Megamillionär, der zum Soldaten wurde?«

Narrisch zuckte leicht zusammen, wie er es stets tat, wenn er in der Öffentlichkeit mit seinem reichtumsbegründeten Ruhm konfrontiert wurde, und warf der Kompanie einen schnellen Blick zu. Die Legionäre kamen gerade aus dem Schiff; einige von ihnen starrten die Lichtreklamen der Casinos an, während andere in Gruppen näher kamen, um nachzusehen, was mit ihrem Kommandanten geschah.

»Das ist richtig«, antwortete er ruhig.

»Großartig!« rief der Mann, ergriff Narrischs Hand und drückte sie überschwenglich. »Ich bin Jake Herkamer. Ich möchte Sie fragen, ob ich einige Minuten Ihrer Zeit in Anspruch nehmen darf, um mit Ihnen ein kurzes Interview über Ihren neuen Auftrag zu führen.«

Beim Sprechen vollführte er eine Taschenspielergeste, worauf ein Mikrofon in seiner Hand erschien. Gleichzeitig flammten die tragbaren Flutlichter auf, was Narrisch vor den Holokameras warnte, die bis dahin unbemerkt geblieben waren.

»Äh ... kann das nicht warten, bis ich meine Soldaten im Hotel untergebracht habe?« versuchte er Zeit zu schinden.

»Guter Einwand! Hey, Jungs! Macht mal schnell ein paar Aufnahmen von den Soldaten, bevor sie uns nachher im Hotel noch flötengehen!«

Narrisch spürte, wie seine Muskeln sich verspannten, als die Kameramannschaft gehorsam die sich versammelnden Legionäre bestrich, die ganz nach persönlicher Neigung wütend oder finster in die Objektive starrten. Wenn Narrisch auch die ganze Zeit über gewußt hatte, daß die gegenwärtige Aufgabe seine Truppe mehr denn je ins Licht der Öffentlichkeit rücken würde, wußte er doch zugleich auch, daß zahlreiche Legionäre gerade deshalb in die Truppe eingetreten waren, um vor ihrem früheren Leben zu fliehen, weshalb es sie ziemlich nervös machte, wenn die Medien ihr Konterfei und ihren gegenwärtigen Aufenthaltsort verbreiteten.

»Rembrandt ... Armstrong!«

»Sir!«

»Hier, Sir!«

Die beiden Leutnants erschienen zu seiner Seite.

»Lassen Sie die Kompanie antreten, und zwar dort drüben, während ich mich hier um die Angelegenheit kümmere. Sollte es länger als ein paar Minuten dauern, marschieren Sie zum Hotel hinüber. Bringen Sie die Leute von den Kameras weg.«

Als seine Offiziere sich abwandten, drehte er sich wieder zu dem Reporter um und lächelte ihn gezwungen an.

»Ich glaube, ich kann ein paar Minuten erübrigen«, sagte er.

»Großartig!« meinte der Reporter strahlend. »He, Jungs! Hierher! Fangt an zu schießen. Jetzt!«

Er beugte sich zum Mikrofon vor und zeigte dabei eine beeindruckende Anzahl von Zähnen.

»Heute sprechen wir mit Willard Narrisch oder, wie er in der so sehr um Geheimhaltung bemühten Weltraumlegion genannt wird, Hauptmann Joker. Er ist mit seiner berühmten Eliteeinheit von Legionären soeben auf Loreley eingetroffen. Sagen Sie mir, Herr Hauptmann, sind Sie und Ihre Truppe beruflich oder zum Vergnügen hier?«

Selbstredend habe ich keine Möglichkeit festzustellen, wie die Zuschauer das Interview kurz nach unserem Eintreffen aufnahmen, weil es sternenweit ausgestrahlt wurde und ich, wie ich schon zuvor erwähnte, nicht allgegenwärtig bin.

Wenn man die späteren Ereignisse berücksichtigt, glaube ich allerdings, mit einiger Gewißheit und Präzision die Reaktionen an mindestens zwei Standorten rekonstruieren zu können: Auf Haskins Planet und hier auf Loreley.

»Hey, Jennie! Komm doch mal 'nen Moment her! Ich glaube, das wird dich interessieren.«

Verärgert über die Störung, hob Jennie Higgens den Blick von den Notizen, die sie gerade für die Nachtsendung studierte.

»Was ist los? Ich bin hier ziemlich beschäftigt.«

»Dein Freund hier wird gerade interstellar interviewt, und Jake der Penner hat ihn in der Mangel.«

»Wirklich?«

Jennie entschied, daß ihre Aufzeichnungen noch etwas warten könnten und gesellte sich zu der kleinen Gruppe der Mitarbeiter in der Nachrichtenredaktion, die sich nun vor der Monitorreihe scharte. Weil sie es in ihrem Geschäft mit vielen Bildschirmen zu tun hatten, waren die Monitore so eingestellt, daß die Sendungen auf Flachbildschirmen wiedergegeben wurden, um das Chaos von Mehrfachprojektionen zu vermeiden.

»Es ist in gewissem Sinne auch ein Experiment«, sagte Narrisch gerade, *»ein Test, um festzustellen, ob die Weltraumlegion auch für alltäglichere, zivile Sicherungsaufgaben geeignet ist. Natürlich ist die Stationierung hier auf Loreley für meine Truppe ein echter Grund zur Freude. Es ist wirklich ein sehr außergewöhnlicher Ort. Können Ihre Kameras vielleicht etwas von den Lichtreklamen hinter uns einfangen?«*

Unbemerkt von ihren Mitreportern, verengte Jennie die Augen ein wenig, als sie diese Bitte hörte. In den Wochen vor dem Abmarsch seiner Truppe hatte sie Narrisch auf Haskin kaum zu Gesicht bekommen, und auch dann war er stets in Eile gewesen – weil er angeblich unter enormem Druck wegen der Vorbereitung auf seinen neuen Auftrag stand. Das war also die schwere Aufgabe, die ihn so mit Beschlag belegt hatte, wie?

»Aber meinen Sie denn nicht, daß die ziemlich massive Feuerkraft einer Kompanie der Weltraumlegion für normale

Wachdienste etwas überzogen sein dürfte?« setzte der Interviewer nach und ignorierte Narrischs Versuch, das Interview von seiner Truppe auf die Lichtreklame der Casinos umzulenken.

»Oh, bei unserem Dienst im Casino werden wir nicht unsere normalen Waffen tragen, Jake.« Narrisch lachte gelassen. *»Aber ich habe immer wieder die Feststellung gemacht, daß es leichter ist, Gerät, über das man verfügt, nicht zu benutzen, als Gerät zu benutzen, das man nicht besitzt, wenn sie verstehen, was ich meine.«* Für den Hauch einer Sekunde flackerte sein Blick vom Interviewer direkt in die Kamera, als würde er persönlich mit einem der Zuschauer sprechen.

»Ich muß zugeben, dein Junge gibt gute Interviews«, bemerkte einer der Reporter zu Jennie. »Er vermittelt den Eindruck, als wäre er ein ganz normaler Typ von nebenan, und trotzdem wirkt er wie jemand, mit dem man sich lieber nicht anlegen möchte. Da ist nichts, was die Touristen verschrecken könnte.«

»Ja, aber schau dir mal ein paar von den häßlichen Burschen seiner Mannschaft an. Da kriege *ich* schon vom bloßen Hinsehen Angst.«

»Das sind nicht die wirklich Bösartigen«, warf Jennie ein. »Wartet nur, bis Ihr erst mal . . .«

Sie verstummte, als sie wieder auf den Monitor schaute, dessen Bild seinen Schwerpunkt nun vom Kommandanten auf die Gestalten verlegte, die gerade hinter ihm angetreten waren. Als würde sie ihre Gedanken lesen, machte die Kamera einen langsamen Schwenk über die Truppe, bestrich sie von einem Ende zum anderen.

Auf der Stirn der Reporterin erschienen Falten, als sie jedes der Gesichter zu mustern begann. Irgend etwas stimmte nicht. Als sie diese Truppe interviewt hatte – ganz zu schweigen von der Zeit, da sie sich mit ihrem Kompaniechef zu Rendezvous getroffen hatte –, hatte sie viele der Legionäre gut genug kennengelernt, um sie wiederzuerkennen – aber in dieser Formation fehlten einige Gesichter!

Wo war Schokoladen-Harry? Der würde in jeder Menge hervorstechen. Und die Frau neben Schoppen-Hauer war zwar klein, aber es war nicht Supermücke. Ach ja, und wo war überhaupt Brandy? Der Kompaniefeldwebel sollte doch eigentlich unmittelbar vor der Formation stehen und gut sichtbar sein. Doch sie war nirgendwo zu erblicken.

»Nimmst du das auf Band auf?« fragte Jennie, ohne den Blick vom Schirm abzuwenden.

»Ja, ich denke, das könnte ganz interessant für den Lokalteil sein, wenn wir es hier ausstrahlen. Warum?«

»Ach, nichts.« Plötzlich war Jennie ein einziges Lächeln der Unschuld. »Ich habe nur vergessen, Willard um ein Bild von sich zu bitten, bevor er fortging, und das wäre doch ein nettes Erinnerungsstück, bis wir uns wiedersehen. Kannst du mir später eine Kopie davon ziehen?«

»Kein Problem.«

Doch als der Techniker sich wieder dem Schirm zuwandte, verschwand das Lächeln aus Jennies Gesicht, und sie entfernte sich rückwärtsgehend von der Gruppe.

»Sidney?« murmelte sie und zog einen der Fotografen beiseite. »Hast du noch deine Aufnahmen von damals, als wir den großen Bericht über die Stationierung der Mannschaft hier gemacht haben? Ich meine alle, nicht nur die, die wir verwendet haben.«

»Na klar. Warum?«

»Dann hol sie und schau mal, ob du auch die Bänder von ihrem Kampf gegen die Red Eagles auftreiben kannst. Dann komm zu mir in den Projektionsraum zwei – und zwar flott.«

»Was ist los?«

»Ich bin mir nicht sicher« – sie lächelte dunkel – »aber wenn mich meine Intuition nicht völlig im Stich läßt, braut sich auf Loreley anscheinend gerade eine tolle Story zusammen.«

In einem Penthouse, das diskret von der Lichtshow der kleineren Casinos auf Loreley abgeschirmt war, waren die Holobilder des Omega-Mobs über das versenkte Wohnzimmer verteilt wie gespenstische Erscheinungen.

Laverna, die auf einem Ende des Sofas saß, musterte sie mit ihrem typischen eingefrorenen Blick, so starr und unbeweglich, daß man sie für einen Teil des Mobiliars hätte halten können. Genaugenommen erinnerte sie an eine Stehlampe, da ihre Haut fast die gleiche Farbe jener schwarzen, gebrannten Emaille aufwies, wie man sie so oft bei diesen Geräten fand, und weil ihr hochgewachsener Körper so dünn war, daß er schon fast skelettartig wirkte. Doch waren ihre Bewegungen, als sie nun aufstand und zu der verschlossenen Schlafzimmertür hinüberging, um hart mit dem Knöchel dagegenzuklopfen, von gelassener, anmutiger Eleganz.

»Maxie?« rief sie mit etwas lauter Stimme, um sich durch die Tür verständlich zu machen. »Du solltest besser mal rauskommen.«

»Was ist?« ertönte die gedämpfte Antwort aus dem Zimmer.

»Es ist wichtig«, sagte Laverna kurz angebunden.

Nachdem sie ihre Nachricht übermittelt hatte, kehrte sie an ihren Platz zurück, ohne weitere Diskussionen oder Kommentare abzuwarten. Sie hatte ihre Meinung kundgetan, und ihre Meinungen wurden nur selten angefochten.

Wenige Sekunden später öffnete sich die Schlafzimmertür und Maxine Pruet trat heraus, in einen Bademantel gehüllt. Sie war eine kleine Frau Anfang Fünfzig, mit hohen, spitzen Wangenknochen, die man in jüngeren Jahren vielleicht als ›deutlich‹ bezeichnet hätte, die sich aber inzwischen in Verbindung mit ihrem stechenden Blick und dem grausträhnigen Haar nur noch als ›streng‹ beschreiben ließen. Aufgrund der Zeitlosigkeit, die auf Loreley herrschte, hatte sie, wie viele andere, die hier lebten, keine geregelten Schlafgewohnheiten, sondern schlief vielmehr nur kurz und nur bei Bedarf. Trotz ihrer Jahre war Maxine sehr vital und aktiv, womit sie für jene, die für sie arbeiteten, ein anstrengendes Tempo vorgab.

»Was ist los, Laverna?« fragte sie ruhig.

»Die neue Sicherheitsmannschaft ist gerade eingetroffen«,

erklärte Laverna ohne Umschweife. »Ich dachte mir, du solltest sie dir vielleicht anschauen.«

»Ich verstehe.«

Maxine trat hinunter in das versenkte Wohnzimmer, wobei sie durch mehrere der Bilder hindurchschritt, als seien sie gar nicht da, was natürlich auch stimmte, und gesellte sich zu ihrer Assistentin auf dem Sofa, musterte die Gestalten schweigend wie eine strenge Tante Kinder bei einem Klavierkonzert zu mustern pflegte, während das Geplapper des Interviews aus den Lautsprechern drang.

»So. Unser Herr Rafael hat also die Armee zu Hilfe gerufen«, meinte sie schließlich. »Ich begreife nicht so recht, warum du das für wichtig hältst. Die Sicherungsmannschaft hat allenfalls geringfügigste Auswirkungen auf meine Pläne. Uniformierte Wachen sind kaum mehr als eine dekorative Abschreckungsmaßnahme.«

»Dann schau dir doch mal ihren Kommandanten an«, ermahnte Laverna sie. »Der da gerade befragt wird.«

Gehorsam drehte Maxine sich wieder um und spähte die hagere Gestalt in Schwarz an.

»Das ist Willard Narrisch«, erklärte Laverna. »Wahrscheinlich der jüngste Megamillionär in der Galaxis. Vielleicht weißt du's noch nicht, aber in Finanzkreisen ist er so etwas wie eine Legende – ein echter Tiger, wenn es um betriebsinterne Konflikte und um Firmenübernahmen geht.«

»Wie interessant«, meinte Maxine und musterte die Gestalt mit neuerwachtem Respekt. »Verzeih mir, Laverna, aber ich bin immer noch etwas müde und schläfrig, da arbeitet mein Verstand im Augenblick ein bißchen langsam. Was möchtest du mir damit *genau* mitteilen?«

Jetzt war Laverna mit dem Achselzucken an der Reihe.

»Für mich verändert sich dadurch das Spiel«, erläuterte sie. »Ob er es selbst weiß oder auch nicht, Rafael hat damit soeben eine wirklich ernstzunehmende Hilfskraft angeheuert. Ich dachte mir, daß du dir möglicherweise dein Vorhaben noch einmal überlegen würdest, was die Casinoübernahme betrifft.«

Wenn Maxine auch den Eindruck machte, eine Großmutter oder vielleicht eine jungfernhafte Tante zu sein, entsprach doch nichts weniger den Tatsachen. Vor Ort war sie unter der schlichten Bezeichnung ›Maxie‹ oder auch ›der Max‹ bekannt. Sie hatte bereits in frühen Jahren ins organisierte Verbrechen hineingeheiratet und später jedermann damit überrascht, daß sie erfolgreich in die Fußstapfen ihres verstorbenen Ehemanns getreten war, nachdem dieser bei einer Schießerei mit unkooperativen Behörden ein vorzeitiges Ende gefunden hatte. Sie hatte den größten Teil der ›Geschäftsinteressen‹ ihres Mannes verkauft und ihre ganze Energie und Finanzkraft auf eine einzige Spezialität konzentriert – Casinos.

Max mochte Casinos, und zwar offiziell wegen ihrer Möglichkeit des Geldwaschens, was ihr ein regelmäßiges Einkommen durch entsprechende Dienste für andere Verbrecherfamilien bescherte, vor allem aber, weil sie den Glitter-Lebensstil liebte, der in solchen Etablissements vorherrschte. Max war ein vertrauter Anblick an den Spieltischen von Loreley, obwohl sie nur selten mehr als das Tischminimum setzte. Die Touristen, die neben Max ihr Glück versuchten, ahnten nie, daß sie fast sämtliche Casinos der Raumstation kontrollierte; aber die permanent Ortsansässigen wußten, wer sie war, und behandelten sie mit der entsprechenden Unterwürfigkeit.

Doch trotz ihrer jahrelangen Erfahrung hinter den Casino-Kulissen hatte Maxine sehr viel Respekt für Laverna, weshalb die schwarze Frau auch gegenwärtig die Lieblingsstellung als Maxis Hauptberaterin und Vertraute innehielt. Nicht nur, daß Laverna hochgradige Abschlüsse in Betriebswirtschaftslehre und Jura besaß, sie war auch mit Abstand die kälteste Analytikerin von Risiken und Chancen, der Max je begegnet war. Wenn sich Maxine auch etwas auf ihre eigene Nüchternheit zugute hielt, konnte es dennoch geschehen, daß sie sich durch Gefühle des Zorns, der Rachsucht oder von ihrem Ego irritieren ließ; Laverna jedoch war so emotionslos wie ein Computer, wog alle Plus- und Minuspunkte jedes Vorhabens gegeneinander ab und sagte geradeheraus ihre Meinung, ob sie damit auf

Gegenliebe traf oder nicht. Die anderen Mitglieder der Organisation nannten sie das »Eisbiest‹ oder auch nur »Eis‹, doch hatte diese Titulierung stets einen respektvollen Unterton. Wenn Laverna meinte, daß dieser uniformierte Herr ihre Pläne beeinflussen könnte, dann wäre Maxine schlecht beraten, Lavernas Worten nicht die gebührende Aufmerksamkeit zu schenken. Und trotzdem blieb Max eine Spielernatur.

»Nein«, sagte sie schließlich kopfschüttelnd. »Ich will dieses Casino haben. Dieser Narrisch mag vielleicht etwas von Zahlen und Firmen verstehen, aber ich verstehe etwas von Casinos. Wenn überhaupt, dann würzt das die Herausforderung allenfalls noch. Wir werden ihm diese Firma unter der Nase wegschnappen, und wenn er sich uns in den Weg stellen sollte, müssen wir ihn eben dazu überreden, beiseite zu treten.«

Laverna warf ihrer Arbeitgeberin einen scharfen Blick zu; dann sah sie wieder weg. Maxies beiläufige Erwähnung des Begriffs ›Überreden‹ war natürlich ein Hinweis auf Gewaltanwendung – das einzige Gebiet, auf dem die beiden Frauen sich nicht einig waren. Davon abgesehen war es alles andere als eine leere Drohung.

Maxine hatte sich schon bei verschiedenen Gelegenheiten als eine mehr als kompetente Anführerin ihrer Truppen erwiesen, als andere Fraktionen innerhalb des organisierten Verbrechens geglaubt hatten, daß ihr Gebiet leicht zu übernehmen sei. Sie war auch nicht abgeneigt, sich persönlich an dem Blutvergießen zu beteiligen.

Die Ärmel von Maxies Bademantel waren weit, wie bei ihrer ganzen Kleidung. Damit konnte sie die spezialangefertigte Pistole in dem Federholster verbergen, die sie stets bei sich trug. Es war ein sehr kleines Kaliber, eine 177er, um genau zu sein, genau so groß wie eine BB, und der Lärm, den sie beim Schießen machte, war nicht lauter als das Fingerschnippen eines Mannes. Die Hohlspitzengeschosse waren so winzig, daß sie in einem Magazin von der Größe einer Streichholzschachtel fünfundzwanzig Schuß unterbringen konnte, und doch waren sie tödlich, wenn sie ein lebenswichtiges Organ trafen – und Max war eine hervorragende Scharfschützin, die alles traf, was sie treffen wollte.

Laverna wußte das alles, und wenn sie sich auch nichts darüber vormachte, welches Gewaltpotential in ihrer beider Berufe vorherrschte, billigte sie es trotzdem nicht.

»Wie du willst«, meinte sie mit erneutem Achselzucken. »Du bezahlst mich für meine Meinung, und die hast du jetzt gehört. Ach, übrigens, wenn du ernsthaft daran denken solltest, diesem Kind gegenüber die Muskeln spielen zu lassen, dann vergiß nicht, daß er selbst über ein paar hundert Soldaten verfügt. Darüber hinaus ist das hier nicht die Reguläre Armee, sondern die Weltraumlegion, und wenn mich nicht alles täuscht, sind das nicht unbedingt große Leuchten, wenn es darum geht, sich an irgendwelche Spielregeln zu halten.«

»Ach ja?« machte Maxine und hob eine Augenbraue. »Na, wir ja wohl auch nicht. Versuch mal, Stilman ausfindig zu machen, und sag ihm, daß ich ihn in ungefähr einer Stunde sehen will. Ich bin immer noch ein bißchen müde. Ich werde auch nicht gerade jünger, mußt du wissen.«

Nachdem sie ihre Entscheidung gefällt hatte, verzog Max sich wieder in ihr Schlafzimmer und ließ Laverna zurück, um erneut allein die Holobilder anzustarren.

Kapitel 7

Tagebucheintrag # 212

Noch während die Kompanie ihr neues Quartier bezog und mit dem Wachdienst begann, infiltrierten ihre Untergrundkollegen bereits die Raumstation.

Ich habe mich darum bemüht, diese Ereignisse so chronologisch wie möglich festzuhalten, um Verwirrung zu vermeiden. Diese Bemühung wurde jedoch durch den umrißhaften Charakter behindert, mit dem mir die Tatsachen – direkt oder indirekt – berichtet wurden, wie auch durch die bereits geschilderte Zeitlosigkeit des Lebens in den Casinos. Ein großer Teil der Schwierigkeit bei der chronologischen Schilderung des Eintreffens der Kompanie auf Loreley ist auf die Tatsache zurückzuführen, daß ihre im Untergrund tätigen Mitglieder unabhängig von der ›offiziellen‹ Gruppe einzeln und mit den unterschiedlichsten Transportmitteln reisten und auf dem Planeten sowohl vor als auch nach dem offiziellen, publik gemachten Eintreffen der Kompanie ihre Aufgaben in Angriff nahmen.

Häufig ist mein einziger Hinweis darauf, ›was wann geschah‹, die zufällige Erwähnung eines Ereignisses, das mir bekannt war oder das der schlichten Logik folgend vor einem anderen Ereignis gelegen haben mußte, von dem ich tatsächlich Kenntnis hatte.

Dergleichen war bei Ankunft von Schokoladen-Harry der Fall...

Obwohl Loreley vor allem für seinen berühmten Strip bekannt war, der sich durch die Mitte der Station erstreckte, gab es doch auch Nebenstraßen. Dort waren die Firmen untergebracht, die für das Funktionieren der Casinos erforderlich waren, etwa Wäschereien und Warenhäuser sowie schäbige Hinterhofhotels, in denen die zu Mindestlöhnen arbeitenden Angestellten wohnten. Hier gab es auch die Minihospitäler und Pfandleihhäuser, die man sorgfältig versteckt hatte, um niemanden unter den Besuchern der Raumstation an die weniger vergnügliche Seite des Lebens auf Loreley zu erinnern. Dieses Gebiet abseits des Strip mochte zwar nach normalem Maßstab angemessen beleuchtet sein, wirkte aber im Vergleich zu den grellen Lichtreklamen auf dem eigentlichen Strip immer etwas dunkler, und man mußte die Touristen nicht erst ermahnen, sich dort nicht lange herumzutreiben, um sich statt dessen an die besser besuchten Gegenden zu halten, die sich ja auch lautstark um ihre Aufmerksamkeit und ihr Geld bemühten. Es war auf einer dieser abseits gelegenen Straßen, wo Harry sein Schwebemotorrad entlang lenkte und die neue Freiheit von seinen gewöhnlichen Legionsverpflichtungen genoß. Obwohl er die Uniformen, die Narrisch für die Kompanie beschafft hatte, wirklich mochte, war es doch auch ein gutes Gefühl, wieder in seinen Jeans zu stecken, die durch langjährigen häufigen Gebrauch zwar fadenscheinig, aber auch samtweich geworden waren.

Harrys Ankunft auf Loreley war überraschend unkompliziert verlaufen, vor allem, wenn man an sein gegenwärtiges, unrühmliches Aussehen dachte. Die einzige Schwierigkeit hatte es mit dem Entladen seines geliebten Schwebemotorrads gegeben. Die Beamten am Raumhafen hatten unverkennbar gezögert, das Gefährt in die Raumstation zu lassen, und Harry hatte mehrere Stunden mit dem Ausfüllen von Formularen und dem Unterschreiben knapp formulierter Listen von Regeln und Vorschriften zugebracht, um schließlich mehr als ein Dutzend Zulassungs- und Zollgebühren sowie Kautionen zu bezahlen, bis man das Fahrzeug schließlich mißmutig freigegeben hatte.

Man brauchte kein Genie zu sein, um zu begreifen, daß der größte Teil dieses Bürokratenkrams reine Schikane war, mit dem Zweck, den Antragsteller so sehr zu entnerven, daß er schließlich bereit gewesen wäre, das Fahrzeug bis zu seiner Abreise einfach einzulagern. Aber Harry hatte schon einmal alle Tricks aus dem Lehrbuch und ein paar neue dazu angewandt, um sein Schwebemotorrad in der Legion behalten zu können, und er hatte nicht vor, ausgerechnet jetzt als Zivilist darauf zu verzichten.

Der Grund für diese ›Duchleuchtung‹ war schnell zu verstehen. Alle Luft auf Loreley wurde durch Wiederverwertung gewonnen, und wenn die Systemkapazitäten auch ausreichten, um das Kohlenmonoxyd zu verarbeiten, das von den Menschen auf der Station produziert wurde, hätte ein exzessiver Fahrzeuggebrauch die Systeme doch schnell überlastet. Folglich gab es außer den Elektrowagen, die die Spieler den Strip hinauf- und hinunterbeförderten, nur wenige Fahrzeuge auf Loreley. Die Formel war ganz einfach: Der begrenzte Luftvorrat konnte entweder nur Menschen oder Fahrzeuge versorgen – aber Fahrzeuge verloren kein Geld an Spieltischen.

Obwohl er so unbekümmert wirkte, wußte Harry ganz genau, wohin er fuhr. Das hatte er sogar schon vor Verlassen des Schiffs gewußt. Er hatte seine Information der Warnung eines der Gepäckträger an Bord des Schiffes entnommen.

»Fliegst nach Loreley, wie?« hatte der Mann gesagt, als sie sich eines Abends unterhielten. »Ich will dir was sagen, Bruder, halt dich dort von einem Schuppen namens Oase fern. Hast du gehört? Ist schon schlimm genug, dein Geld dort zu verlieren, wo sie die ganze Zeit rumlächeln und dich ›Sir‹ nennen, während sie deine Chips abgreifen. In der Oase hängen wirklich miese Typen rum. Das ist mehr Ärger, als sich unsereins leisten kann.«

Beiläufiges Nachhaken hatte zwar keine weiteren Einzelheiten hervorgebracht, da der Mann augenscheinlich nur Gerüchte weitergab, ohne eigene Erfahrungen aus erster Hand gemacht zu haben. Dennoch hatte er Harry damit mitgeteilt, was er wissen mußte.

Als er sein Rad vor dem Gebäude parkte und durch die Tür trat, schien die Oase durchaus harmlos auszusehen. Tatsächlich schien der Schuppen doch um einige Klassen besser zu sein als die Durchschnittskneipe an der Ecke. Das Aussehen entmutigte Harry nicht etwa, sondern beflügelte ihn eher. Nur in Holofilmen sahen die Verbrecherschuppen wie Opiumhöhlen in schlechten Comicstrips aus. Im wirklichen Leben verfügten die Leute, die auf der ungesetzlichen Seite der Straße arbeiteten, über genug Geld und zogen es vor, zum Essen und zum Trinken in einigermaßen gehobener Umgebung auszugehen.

»Eins vom Faß«, sagte er und schlüpfte auf einen Barhocker.

Der Barkeeper zögerte, ließ einen abschätzenden Blick über Harrys Kleidung schweifen, bis der verkleidete Legionär einen dicken Packen Banknoten aus der Tasche zog, eine davon abpellte und sie beiläufig auf die Theke warf. Der Geldschein war groß genug, um an den meisten Orten der Galaxis aufzufallen, aber das hier war Loreley, wo Spieler es oft vorzogen, ihre Einsätze in bar zu tätigen, und so beachtete der Barkeeper den Schein kaum, bevor er losging, um das Getränk zu holen.

Dann erschien das Bier, und im selben Augenblick verschwand auch der Geldschein, dem kurz darauf ein Stapel kleinerer Geldscheine und Kleingeld folgte. Sorgfältig löste Harry einen der Scheine vom Rest, den er wieder in der Tasche verstaute, um ihn als Trinkgeld auf die Theke zu legen. Der Köder wirkte. Der Barmann erschien aufs neue, um die Beute zu beanspruchen.

»Entschuldigung, guter Mann«, sagte Harry in langgezogenem Tonfall, bevor der andere sich wieder zurückziehen konnte. »Wollte nur mal fragen, ob du mir vielleicht aushelfen könntest.«

»Kommt drauf an, was du brauchst«, erwiderte der Barkeeper mit mißtrauischem Blick, blieb aber stehen.

Mit einer langsamen Bewegung zog Harry eine Armbanduhr aus seiner Tasche und legte sie behutsam auf die Theke.

»Wieviel kannst du mir dafür geben?«

Der Mann ließ seinen Blick schnell durch die Bar schweifen; dann nahm er die Uhr und untersuchte sie von vorne und hinten.

»Die kommt von außerhalb der Station, richtig?« fragte er.

»Macht das 'n Unterschied?«

Der Barkeeper musterte ihn mit hartem Blick.

»Ja, das tut es«, sagte er und tippte mit dem Finger auf die

Gravur des Rückendeckels. »Ich nehme mal an, daß du nicht Kapitän Anderson *oder* seine dankbare Mannschaft bist. Wenn du das Ding hier auf Loreley geklaut haben solltest, dann halte ich jetzt 'ne Menge Ärger in den Händen. Hier oben schlagen sie bei Taschendieben und Straßenräubern ziemlich hart zu – ist schlecht für den Tourismus.«

Harry hob beide Hände mit gespreizten Fingern wie ein Bühnenzauberer, dem jemand gerade vorgeworfen hatte, beim Kartenspiel zu betrügen.

»Der Kapitän hat das gute Stück *vor* unserem letzten Halt verlegt«, erklärte er, »und hat ungefähr zwei Tage danach aufgehört, deswegen rumzufragen. Inzwischen dürften er und sein Schiff wieder heil unterwegs sein. Wenn auch nur die leiseste Möglichkeit bestünde, daß er noch nach der Uhr Ausschau hält, würde ich das Ding nicht so rumzeigen.«

Der Barkeeper betrachtete erneut die Uhr.

»Ich will dir was sagen«, meinte er schließlich. »Dafür gebe ich dir zwanzig.«

Harry ruckte auf seinem Barschemel zurück, als hätte der Mann ihm einen Hieb verpaßt.

»Zwanzig?« wiederholte er. »'tschuldigung, aber das ist wirklich 'ne reichlich üppige Spanne. Ich hab ja gewußt, daß ich mit nicht mehr als eins zu zehn rechnen kann, weil ich eben neu hier bin und so weiter, aber das ist ja kaum eins zu hundert!«

»Wie du willst.« Der Barkeeper zuckte die Schultern und legte die Uhr wieder zurück. »Dann behalte das Ding, wenn du glaubst, daß du ein besseres Angebot bekommst. Aber ich will dir auch mal was zeigen.«

Er duckte sich unter die Theke; dann erhob er sich wieder und stellte eine Pappschachtel neben Harrys Bier ab.

»Guck mal«, sagte er.

Die Kiste war zu zwei Dritteln mit Armbanduhren und Schmuck gefüllt.

Der Barkeeper feixte. »Das hier ist Loreley, mein Freund. Die Spieler verhökern oder versetzen alles, um ein Abflugticket bezahlen zu können. Oder, noch häufiger, um noch einen Versuch an den Tischen zu machen. Wenn die Schachtel voll ist, bring' ich sie rüber zu einem der Pfandhäuser, und wenn ich Glück habe, dann krieg' ich vielleicht gerade mal zurück, was ich für den meisten Krempel bezahlt habe. Ich mach' das nur, um meinen Gästen einen Gefallen zu tun.«

Harry machte sich nicht die Mühe, seinem Unglauben Ausdruck zu verleihen, doch fiel es ihm ziemlich schwer zu glauben, daß sich ausgerechnet die Oase einen Pfadfinder hinter die Theke gestellt haben sollte. Höchstwahrscheinlich brachte der Mann seine Beute von der Station fort und teilte sich den Erlös mit seinem Partner, der das Zeug am anderen Ende verkaufte.

Statt dessen hob Harry sein Bierglas, nahm einen Schluck und lächelte.

»Irgendwie sind Zwanzig doch ein gutes Angebot«, meinte er.

Der Mann nahm die Uhr wieder auf und warf sie in die Schachtel, die er erst unter der Theke verstaute, bevor er sich zur Kasse wandte und ein klingendes ›Nichtverkauf‹ eintippte, als er die Zwanzigernote hervorholte.

»Sag mal«, fuhr Harry fort, als er den Schein entgegennahm. »Kriegt man hier irgendwo Arbeit? Ich hab' das Gefühl, daß mein Geldpacken zwischen den Casinos und den hiesigen Preisen ohne Auffrischung nicht allzulange vorhalten wird.«

»Da mußt du mit dem Manager sprechen«, erwiderte der Barkeeper. »Es gibt hier oben zwar eine Menge Umsatz, aber fürs Heuern und Feuern ist der Boß zuständig. Er dürfte ungefähr in einer Stunde da sein, wenn du so lange warten kannst.«

»Ich wüßte nicht, wo ich sonst hin sollte«, erwiderte Harry und ließ die Zähne blitzen. »Kann mein Schwebebock da draußen parken?«

Zum ersten Mal zeigte sich der Barkeeper überrascht und hob eine Augenbraue.

»Hast du ein Schwebemotorrad mit hochgebracht?« fragte er. »Ich dachte mir schon, daß ich eins gehört hätte, bevor du reinkamst, aber ich hab' gedacht, daß das wohl meine Einbildung sein müßte. Oder meine Sehnsucht.«

»Hört sich so an, als wärst du früher selbst gefahren.«

»Und ob.« Der Mann grinste. »Hast du nicht das Ungeziefer zwischen meinen Zähnen gesehen?«

Harry legte den Kopf in den Nacken und stieß ein röhrendes Gelächter aus, wobei er sich mit einer Hand auf den Oberschenkel schlug. Es war wirklich ein *sehr* alter Witz, wahrscheinlich sogar noch älter als die Schweberäder selbst: Woran erkennt man einen glücklichen Radfahrer? Am Ungeziefer zwischen den Zähnen!

Er wurde immer noch erzählt und diente als eine Art Erkennungssignal zwischen Schwebemotorradfanatikern, da sich sonst niemand mehr dran erinnerte und schon gar nicht darüber lachte.

»Das war wirklich lange her«, meinte der Barkeeper und blickte in die Ferne, als er seine Erinnerungen belächelte. »Bin eine Weile bei den Höllenfalken gefahren.«

»Das ist ein guter Club.« Harry nickte anerkennend. »Ich war bei den Renegaten.«

»Im Ernst?« fragte der Mann, als er den Namen eines der ältesten und größten Schwebemotorradclubs der Galaxis vernahm. »Übrigens, ich heiße William. Als ich noch fuhr, war ich der ›Wilde Bill‹.«

»Du kannst mich Schoko nennen«, erwiderte Harry.

Feierlich gaben sich die beiden Männer die Hand, obwohl der verkleidete Legionär wegen seines Patzers innerlich aufstöhnte. Er sollte bei dieser Unternehmung eigentlich einen anderen Namen tragen, hatte sich aber von seiner Begeisterung über Schweberäder dazu hinreißen lassen, seinen Legionsnamen preiszugeben, der mit seinem alten Clubnamen identisch und ihm herausgerutscht war, bevor er darüber nachdenken konnte. Jetzt würde er Mutter benachrichtigen müssen, daß er nicht sein geplantes Alias benutzte, und er konnte nur hoffen, daß die Nachricht über seinen gegenwärtigen Aufenthaltsort sich nicht bis zu den Renegaten herumsprach.

»Ich will dir was sagen«, sagte der Barkeeper und beugte sich vor. »Wenn der Manager reinkommt, laß mich zuerst mit ihm reden ... Vielleicht kann ich ein gutes Wort für dich einlegen.«

»Hey! Das fände ich wirklich klasse.«

»Und laß mich dir bis dahin noch ein Bier spendieren.«

Als der Barkeeper sich abwandte, drehte Harry sich auf seinem Schemel um und musterte die Bar, sein neues Zuhause.

Zur Bar gehörte ein kleiner Eßtrakt, nur ein Dutzend Tische, die dafür aber weit auseinander standen, weshalb Harry vermutete, daß es sich hier eher um einen Treffpunkt als um eine Einnahmequelle handelte. Von den Tischen waren im Augenblick nur wenige besetzt, und ihrer Kleidung und ihrem Gehabe zufolge handelte es sich bei den Gästen wohl eher um Einheimische als um Touristen.

Eine Gruppe zog seine besondere Aufmerksamkeit auf sich. Der einzige Mann am Tisch hatte das breitschultrige, schweinsnackige Aussehen eines Astroballspielers, und er lauschte gerade angespannt einer Frau, die alt genug war, um seine Mutter – wenn nicht gar seine Großmutter – zu sein. Der eigentliche Blickfang jedoch war das dritte Mitglied der Partie: Neben der alten saß eine große, hagere Negerin, deren strenge, kantige Züge nicht die Tatsache verbergen konnte, daß das Gespräch der anderen beiden sie langweilte oder nicht interessierte.

Als spürte sie seinen Blick, sah sie zu Harry hinüber, und ihre Blicke trafen sich. In stummem Prost hob er das Bier und zeigte bei einem freundlichen Lächeln die Zähne. Doch anstatt zu reagieren, stellte sie die Augen auf unscharf, sah mit ausdrucksloser Miene durch ihn hindurch, als sei er überhaupt nicht existent. Ein beinahe körperliches Frösteln überzog Harry wie ein Gletscherwind, und er wandte sich wieder der Theke zu, wo der Barmann gerade sein frisches Bier abstellte.

»Sag mal, Willie«, sagte er. »Was gibt es denn über die Gruppe da hinten an der Wand gegenüber zu sagen? Sehen aus wie Stammgäste.«

»Ich weiß nicht, von wem du sprichst«, erwiderte der Barkeeper, ohne hinzusehen.

»Von dem Monster und den beiden Frauen«, erläuterte Harry, »die dort hinten sitzen, direkt am ...«

Er wollte gerade auf sie zeigen, da ließ William seine Hand vorschnellen und packte sein Handgelenk.

»Ich habe gesagt ›Ich kann niemanden sehen‹«, betonte sein neuer Freund und starrte Harry dabei in die Augen. »Und wenn du hier arbeiten solltest, kannst du es auch nicht. Und *ganz bestimmt* wirst du nicht auf sie zeigen. Hast du kapiert, was ich sagen will?«

»Begriffen.« Harry nickte bedächtig. »Die sind heute abend nicht hier. Sind es nie gewesen, werden es nie sein. Egal, ob man nur plaudert oder unter Eid steht.«

»Gut«, antwortete William und gab sein Handgelenk frei. »Dachte ich mir doch, daß du das verstehen wirst. Tut mir leid, daß ich dich so angepackt habe, aber du hättest dir beinahe echt *großen* Ärger eingehandelt, bevor ich dich richtig einweisen konnte.«

Harry hob sein Bier und stemmte die Ellenbogen auf die Theke.

»Kein Problem«, sagte er locker. »Weiß es zu schätzen, daß du mir ein bißchen den Rücken deckst. Aber da wir gerade bei Einweisungen sind, ganz unter uns: Mein Blick ist sehr viel selektiver, wenn ich genau weiß, was ich da gerade nicht sehe.«

William trat ein paar Schritte beiseite; dann lehnte er sich lässig auf die Theke.

»Na ja«, sagte er im Gefängnisstil, also ohne Harry dabei direkt anzublicken, »was du da gerade *nicht* siehst, ist der Große Zampano der Station.«

Der verkleidete Legionär runzelte leicht die Stirn.

»Komisch. Habe immer gedacht, daß solche Burschen eher im Hintergrund bleiben, aber ich könnte *schwören*, daß ich den schon mal irgendwo gesehen habe. War der irgendwie in den Medien oder so?«

Der Barkeeper schnaubte. »Wenn du Astroball-Fan bist, hast du ihn ganz bestimmt schon mal gesehen. Erinnerst du dich noch an Ward Stilman?«

»Und ob!« bestätigte Harry und warf noch einen verstohlenen Blick auf die Gruppe, wobei er sich allerdings diesmal des

Spiegels hinter der Theke bediente. »Das ist er also, wie? Verdammt! Hab' es immer genossen, ihm zuzusehen, wie er die Leute zu Klump gehauen hat, bis sie ihn aus der Profiliga geschmissen haben.«

»Das ist er«, bestätigte William. »Aber den habe ich nicht gemeint. Die alte Dame ist hier auf Loreley der *richtige* Macher und Durchschüttler. Stilman ist nur ihr Chefmuskel.«

Harry ließ den Blick zu der älteren Frau hinüberflackern, die er bisher ignoriert hatte.

»Die? *Die* soll hier oben der ›Zampano‹ sein?«

»Es nicht glauben heißt sterben«, meinte der Barkeeper mit angespanntem Lächeln. »Vielleicht hast du mal gehört, daß hier jemand namens Max den Laden schmeißt. Na ja, das ist die Abkürzung für »Maxine‹, und das ist sie. Ihr gehört jedes Casino auf dieser Station, und sie ist *wirklich* gut, wenn's darum geht, die Touristen drin- und die Konkurrenz rauszuhalten. Ich will dir was sagen, Schoko, wenn du daran denken solltest, dir dein Taschengeld mit irgendwelchen Mopsereien aufzubessern, dann mußt du dir nicht wegen der Bullen irgendwelche Sorgen machen – sondern wegen Max. Gelegentlich heuert sie übrigens *tatsächlich* Freiberufler an, aber eigentlich hat sie für unabhängig Arbeitende nicht allzuviel übrig – wenn du verstehst, was ich meine.«

»Was ist denn mit der Statuen-Tussi neben ihr?« fragte Harry und brachte das Gespräch wieder auf sein ursprüngliches Interessengebiet.

»Das ist das Eisbiest.« William grinste. »Manche Leute behaupten, daß die der Kopf hinter der Sache ist, andere meinen, sie wäre nur der wandelnde Taschenrechner von Max. Aber *alle* sagen, daß du lieber erst die Prämien deiner Frostbeulenversicherung bezahlen solltest, bevor du versuchst sie anzugraben.«

»Das glaube ich gern«, erwiderte Harry kopfschüttelnd. »Hab' mir gerade schon fast 'ne Erkältung geholt, als ich nur durchs Zimmer geguckt hab' und sie mich ansah.«

Das Lächeln des Barkeepers verdampfte.

»Halt dich bloß von der weg, Schoko«, ermahnte er ihn ernst. »Es ist wirklich das Klügste, sich mit keinem von denen anzulegen. Ich sag' dir eins, wenn die drei sich zusammensetzen – wie sie es gerade nicht tun –, dann heißt das, daß bald irgend jemand durch den Mixer muß. Egal was es kostet, sieh nur zu, daß nicht *du* das bist.«

In der Militärgeschichte wurde zu Recht bemerkt, daß kein Schlachtplan jemals die Berührung mit dem Feind überlebt hat. Das war auch der Fall, als die Opposition ihren ersten Versuch machte, der Truppe meines Arbeitgebers ›auf den Zahn zu fühlen‹.

Die Berichte über diesen Vorfall variieren, was nicht weiter überraschen kann, da es sich dabei um ein kurzes Scharmützel handelte, das fast ebenso schnell vorbei war, wie es angefangen hatte . . .

Huey Martin, der Manager des Casinotrakts im Fette-Chance-Komplex, machte sich nicht die Mühe, seine Abneigung zu verbergen, als er mitansehen mußte, wie die Legionäre durch sein bis dahin unangefochten gewesenes Revier schlenderten. Doch blieben seine Empfindungen unbemerkt, weil es so gut wie unmöglich war, sie von seiner normalen, säuerlichen Miene zu unterscheiden.

Am Anfang hatte er eher furchtsam als widerwillig reagiert, als sein Grünschnabel von Arbeitgeber ihn darüber informierte, daß er eine Kompanie der Weltraumlegion herbeirufen würde, um den Sicherheitsdienst zu übernehmen. Was ihm zunächst wie ein Job als Mädchen für alles erschienen war, schien plötzlich durch einen unbekannten Faktor in Gefahr zu geraten.

Doch seit er die Legionäre vor Ort hatte beobachten können, wichen seine Sorgen zuerst der Erheiterung und schließlich der Verachtung. Sie waren alles andere als erfahrene Casinowächter und schienen auch von den Tischspielen ebenso wenig zu verstehen wie der Durchschnittstourist. Einen nach dem anderen ließ Huey seine eingeschleusten Croupiers wieder mit ihren Abgreifübungen beginnen, und bisher hatten diese uninformierten Komiker noch keinen einzigen von ihnen ertappt, selbst wenn sie an den Tischen saßen und die Nummer buchstäblich vor ihrer Nase abzogen. Statt dessen johlten und applaudierten sie wie kleine Kinder, wenn sie mal ihre Gewinne einstrichen, ohne auch nur zu ahnen, daß diese Gewinnsträhnen von den Croupiers gesteuert wurden, deren Arbeit darin bestand, die Geldschränke des Casinos zu leeren.

Ein leises Lächeln zog über das Gesicht des Managers.

Es wäre eine geradezu köstliche Ironie, die Legionäre dazu einzusetzen, die Bank zu sprengen, aber Max hatte dafür ihren eigenen Zeitplan, und Huey hätte niemals genügend Nerven gehabt, um von ihren ausdrücklichen Befehlen abzuweichen. Außerdem war es leichter, Spielern mit großen Einsätzen auch große Gewinne zuzuschustern, während die Legionäre sich allesamt damit zufriedenzugeben schienen, an den billigen Tischen Niedrigsteinsätze zu tätigen – bis jetzt jedenfalls.

Ein leises Lärmen fesselte seine Aufmerksamkeit, und sein Lächeln verzerrte sich wieder etwas.

Einige der Legionäre, darunter zwei schneckenähnliche Sinthianer, posierten gerade für Aufnahmen, hielten die Gewehre auf einen Geldautomaten gerichtet, während die Kameras ihren Film verschlangen und die Szene festhielten. ›Wachpersonal nimmt Einarmigen Banditen fest.‹ Die Touristen liebten so etwas.

Da erst ein kleiner Teil des Casinos geöffnet war, hatten die Legionäre viel weniger zu tun, als es nach der großen Eröffnung der Fall sein würde. Bis dahin hatten sie jede Menge Zeit, um die Raumstation zu erkunden oder um – was ihnen mehr behagte – im Fette Chance herumzulungern und für die Touristen zu posieren, die neugierig herkamen, um die in den Medien vielbesungene Truppe zu sehen.

Was Huey betraf, so war das auch schon alles, wozu sie taugten, doch selbst auf diesem Gebiet glaubte er fest daran, daß Models in Hula-Röcken den Job besser machen könnten. Fotomodelle wären hübscher anzuschauen und auch billiger.

Eine vertraute Gestalt trat ins Casino, und als Huey sie erblickte, begriff er, daß es Zeit für ihn war, aus dem Gebäude zu schlüpfen und einen Spaziergang zu machen. Es würde klüger für ihn sein, sich nicht auf dem Gelände zu befinden, wenn das geschah, wovor man ihn gewarnt hatte.

Im Gegensatz zu weitverbreiteten Vorurteilen ist geplante Gewalt meist sehr viel effektiver als ihre spontane Berserkervariante. Die Hauptschwierigkeit bestand natürlich darin, Personal zu finden, das zu geplanter Gewalt überhaupt fähig ist. Ward Stilman, Maxines Frontgeneral, wenn es um physische Aktionen ging, hatte lange und angestrengt darüber nachgedacht, bevor er sich entschied, wen er mit dieser Mission betrauen wollte. Lobo war mit Abstand die beste Wahl.

Obwohl er körperlich nicht sonderlich imposant aussah, hatte Lobos Arbeit als Gepäckträger am Raumhafen seinen langen, äffischen Armen eine trügerische Kraft verliehen. Noch viel wichtiger bei diesem Auftrag war jedoch seine geradezu unheimliche Fähigkeit, Hiebe einzustecken, ohne sie offensichtlich zu spüren oder den Kopf zu verlieren. Tatsächlich war er auf Loreley zu einer Art Legende geworden, nachdem er es in einem Kampf mit drei Soldaten auf Urlaub aufgenommen hatte. Die Prügelei hatte fast fünfzehn Minuten gedauert – sehr lange für einen Kampf ohne Regeln –, doch am Ende war Lobo siegreich aus der Schlacht hervorgegangen, wenn auch mehr als nur ein wenig angeschlagen, während seine Gegner im Krankenhaus gelandet waren.

Der Auftrag, den Stilman Lobo gegeben hatte, war einfach, wenn auch etwas verwirrend. Er sollte versuchen, einen der Legionäre in einen Streit zu verwickeln, sowohl um ihre Effektivität als Kämpfer festzustellen als auch um zu ermitteln, wieviel Provokation es bedurfte, bis sie in Aktion traten. Vor allem aber war Lobo mehrfach eingeschärft worden, daß er *nicht* den ersten Schlag tun durfte – und daß er sich auch nicht wehren sollte. Das sollte die Chance verringern, daß die Legionäre zu ihren Handfeuerwaffen mit Betäubungsmunition griffen, die sie mit sich trugen. Statt dessen sollten sie dazu gezwungen werden, Lobo mit bloßen Händen auszuschalten.

Obwohl er sich nicht dahingehend geäußert hatte, war Lobo nicht gerade wild darauf, für irgendeinen uniformierten Trottel den Sandsack zu spielen. Nicht, daß ihm die Aussicht auf Schmerz oder Verletzung etwas ausmachte; es war vielmehr die Vorstellung, sich nicht wehren zu dürfen, die ihm zu schaffen machte. Andererseits hatte Stilman nicht oft Arbeit für ihn, und er war begierig darauf, sich zu beweisen und zu bewähren.

Von Ward Stilman war Lobo so beeindruckt, wie er es selten von irgend jemandem in seinem Leben gewesen war, und er wollte in Stilmans Wertschätzung gern einen höheren Rang als bisher einnehmen. Wenn der Mann von ihm verlangte, daß er ins kalte Wasser sprang, dann würde er es tun; aber er wollte auch sichergehen, daß es so spektakulär wie möglich geschah.

Darüber dachte er gerade nach, als er sich an einen Tisch in der Cocktailbar setzte, die sich auf das Casino öffnete – der einzige Aufenthaltsraum, der während des Umbaus noch geöffnet war. Auch das wurde durch seine Instruktion abgedeckt: Er sollte seine Anwesenheit erst deutlich machen, bevor er anfing, Ärger zu provozieren, damit es nicht so aussah, als sei er bereits mit diesem Ansinnen hereinspaziert.

Lobo hatte Stilmans Karriere im Astroball verfolgt, wie es die meisten taten, die eine Vorliebe für diesen harten Sport hatten, bis die Liga Stilman sperrte, weil er fortgesetzt weit über das von den Regeln zugelassene Maß an Bösartigkeit hinausgegangen war; allerdings war diese Entscheidung zweifellos auch von dem damit verbundenen Medienrummel und zahlreichen Klageandrohungen von seiten jener Spieler beeinflußt worden, die das Unglück gehabt hatten, ihm auf dem Feld zu begegnen. Persönlich war Ward Stilman jedoch noch sehr viel einschüchternder als sein Bild in den Holos. Der Mann hatte die beunru-

Kapitel 8

Tagebucheintrag # 214

ie ich bereits feststellte, bedurfte es einiger Zeit, bis mein rbeitgeber einwandfrei ermittelt hatte, daß das Casino, wel- es unter dem Schutz seiner Truppe stand, tatsächlich Angrif- ausgesetzt war; noch wußte er sofort, wer seine Gegner en.

e Gegenseite hatte indes als Auslöserin der Attacke keine tigen Schwierigkeiten, wenngleich es ihr umgekehrt an ein- en Informationen über die genaue Beschaffenheit und das rament der Kräfte fehlte, die sich gegen sie zusammenge- tten.

cheint es jedoch von besonderem Interesse zu sein, daß r Hauptprobleme, mit denen beide Kommandanten end dieses gesamten Feldzugs zu befassen hatten, von nicht von außen kamen.

ftes Klopfen an der Tür, die gedämpfte Meldung ice‹, und Narrisch öffnete die Tür, um seinen bel einzulassen, die in ihrer Zimmermädchen- n wiederzuerkennen war.

nur wenige Minuten bleiben, Hauptmann«, tig. »Laut Einsatzplan soll ich mich davon über- Betten heute gemacht wurden. Aber wenn ich auche, wird der Rest des Personals Fragen stel-

ndy. Dann bemühe ich mich, es kurz zu e Narrisch angespannt. »Ich nehme an, Sie ückes kleinem Handgemenge gehört?«

n ganzen Hotel herumgesprochen«, sagte nach allem, was ich gehört habe, kein er Kampf gewesen sein kann.«

higende Angewohnheit, auf dem Feld wie abseits, völlig regungslos dazustehen – nicht steif oder verspannt, sondern verhalten, als warte er nur auf das richtige Stichwort, um einem an die Gurgel zu springen. Die Medien hatten sich natürlich auf diese Eigenart gestürzt, hatten ihn ›das Denkmal‹ genannt oder, in Anspielung auf seinen Namen, den ›Stillen Mann‹, doch ihn in einem Stadion oder auch im Holo zu sehen war nicht dasselbe wie der Versuch, entspannt zu bleiben, wenn Stilman einen Auge in Auge anschaute. Immer, wenn sie miteinander sprachen, ertappte Lobo sich dabei, wie er sich sehr langsam und kontrolliert bewegte, in der unterbewußten Hoffnung, daß er durch die Eindeutigkeit seiner eigenen Bewegungen beim anderen nicht aus Versehen einen Angriff auslösen würde. Lobo, der das Gefühl der Furcht nicht kannte, bewunderte und verabscheute zugleich die Wirkung, die Stilman auf ihn hatte, und hoffte auf den Tag, da Stilman ihn als Ebenbürtigen betrachten würde. Das Problem war nur, wie er ihm seine Tapferkeit und seine Fähigkeiten vorführen sollte, wenn er die Hände in den Taschen behalten und sich von irgendeinem Armeeamateur vermöbeln lassen mußte . . .

Die Antwort darauf erhielt er, als zwei Legionäre in die Bar kamen, während Lobo auf seinen Drink wartete. Sofort wußte er, daß er jetzt sein Ziel hatte.

Die Frau machte nicht viel her – kurz, mit den weichen Kurven verbliebenen Babyspecks. Aber ihr Begleiter! Lobo fuhr sich im Geist vor Vorfreude mit der Zunge über die Lippen.

Selbst Stilman würde beeindruckt sein, daß Lobo sich ausgerechnet dieses Ungeheuer ausgesucht hatte, um einen Kampf zu provozieren – vor allem einen Kampf, den er verlieren mußte. Zudem war die Bezeichnung ›Ungeheuer‹ eine präzise Beschreibung des Legionärs, auf den er es abgesehen hatte. Der Typ war irgendeine Art von Alien, von riesigem Wuchs und mit einem großen Warzenschweinkopf und tiefschwarzen Tieraugen. Es war auf den ersten Blick zu erkennen, daß er einer der ›Schwergewichte‹ der Sicherungsmannschaft darstellen mußte.

»Das macht fünf Dollar, Sir«, sagte die Cocktailkellnerin und unterbrach Lobos Gedankengang, als sie ihm den Drink servierte.

Die Gelegenheit war zu günstig, um sie ungenutzt verstreichen zu lassen.

»Was soll das heißen, *fünf* Dollar?« fauchte er und hob dabei die Stimme. »Ich dachte, die Drinks wären in diesen Casinos *umsonst*.«

Obwohl sie sehr klein war, sicherlich nicht größer als die uniformierte Legionärin, die das Ungeheuer begleitete, hielt die Kellnerin die Stellung. Sie war es offenbar gewohnt, mit lautstarken Betrunkenen umzugehen.

»Das ist nur an den Spieltischen so, Sir«, erklärte sie geduldig. »Wenn Sie spielen, gehen die Getränke aufs Haus, aber hier in der Bar müssen wir dafür Bezahlung verlangen. Wenn Sie wünschen, kann ich den Drink wieder mitnehmen.«

»Ach. Zum Teufel ... *hier!*« fauchte Labo und fischte einen Geldschein aus der Tasche, um damit nach ihr zu werfen. »Aber rechne bloß nicht mit einem Trinkgeld!«

Die Kellnerin strich den Schein glatt und überprüfte mit schnellem Blick seinen Wert; dann zog sie sich ohne jedes weitere Wort zurück.

In gespielter Wut ließ Lobo seinen Blick durch die Bar schweifen, bis er die Legionäre sah, die ihn erwartungsgemäß beobachteten.

»Wen stierst du da an, du *Mißgeburt*?« dröhnte er, die Frau ignorierend, um sich gleich mit dem Ungeheuer zu befassen.

Der massige Legionär zuckte die Schultern und wandte sich wieder an seine Gefährtin.

»*Hey!* Schau gefälligst nicht weg, wenn ich mit dir rede, *Mißgeburt!*« setzte Lobo nach, stand auf und ging auf den anderen Tisch zu. »Was hast du überhaupt hier drin zu suchen? Gibt es hier etwa keine Vorschrift, daß *Haustiere* an die Leine gehören?«

Die Frau öffnete den Mund, wollte etwas sagen, doch das Monster legte ihr beruhigend die Hand auf den Arm.

»Entschuldigung ... wollte nicht starren«, erwiderte das

Ungeheuer zögernd. »Meine Augen nicht wie deine. Manch
sieht aus, als ob ich starre.«

»Hey! Der *quatscht* ja sogar komisch!« rief Lobo und
sich um, um Bestätigung bei den anderen Gästen de
erheischen, nur um festzustellen, daß die wenigen z
besetzten Tische inzwischen leer waren, weil die Gä
ihren Getränken eine sichere Umgebung gesucht

»Ich will dir was sagen, Baby«, knurrte Lobo
Legionärin gewandt. »Warum schickst du d
nicht zurück in ihren Zwinger und läßt dir vo
Runde ausgeben?«

»Ich bin ganz zufrieden, wo ich bin, dar
kalt zurück.

»Bei *dem* da etwa?« Lobo lachte
könnte doch nicht mal ihr Militärb
brauchst, ist ein *richtiger* Mann.«

»Nicht so reden«, rumpelte das
»Ach ja?« höhnte sein Peiniger
dagegen unternehmen ... *Mißge*

Natürlich bezog sich der Volt
entging, wie er sich so auf sei
Kellnerin, die ihm seinen Dr
hinten auf ihn zu; in der
Metalltablett.

»Komm schon, Mißge
was du kannst.«

Mit diesen Worten
ster im selben Au
Schnauze, als die K
Tablett hob.

»Nun, haben Sie mit ihr darüber gesprochen?«

»Nur ein paar Worte im Vorbeigehen«, berichtete der Hauptfeldwebel. »Sie scheint unverletzt zu sein. Warum fragen Sie?«

»Haben Sie denn nicht mit ihr darüber gesprochen, daß sie ihre Tarnung preisgegeben hat?« hakte Narrisch nach und ignorierte die Frage.

Brandy zuckte die Schultern. »Kann mich nicht erinnern.«

Narrisch wollte wütend antworten; dann riß er sich zusammen.

»Also gut«, sagte er steif. »Ich möchte, daß Sie sie mal beiseite nehmen ... ihr in meinem Namen den Kopf waschen. Verstanden?«

»Nein, das verstehe ich nicht, Sir«, sagte der Hauptfeldwebel und setzte sich in einer Pose auf die Ankleidekommode des Zimmers, die schon weitaus mehr ihrem gewohnten Legionärsverhalten entsprach. »Was soll sie denn genau ausgefressen haben?«

»Sie machen wohl Witze?« fauchte der Kommandant. »Sie hat sich in ein Handgemenge eingemischt und ihre Tarnung als Cocktailkellnerin in Gefahr gebracht.«

»Das glaube ich nicht, Herr Hauptmann«, konterte Brandy. »Nach allem, was ich darüber gehört habe, hat sie bloß mit einem Tablett zugeschlagen – sie hat also keinen der üblen Tricks angewandt, in denen sie ausgebildet wurde.«

»Der Mann liegt mit Gehirnerschütterung im Krankenhaus«, bemerkte Narrisch spitz.

»Na und? Er hat sich betrunken und versuchte an der Bar eine Prügelei anzuzetteln – noch dazu in einer Casinobar –; da finde ich es nicht überzogen, wenn man ihn etwas aufgemischt hat. Meinen Sie vielleicht, daß *richtige* Kellnerinnen nicht auch bösartig werden können, wenn man ihnen zusetzt?«

»Die rufen normalerweise nach den Sicherheitsleuten«, wandte der Kommandant ein. »Die greifen nicht selbst ein, wenn zwei Leute vom Betriebsschutz direkt vor ihnen sitzen ...«

»... die aber auch nicht das geringste hätten unternehmen

können, ohne daß es den Eindruck erweckt hätte, daß sie auf einen geringfügigen Vorfall überreagieren«, ergänzte Brandy. »Im Ernst, Herr Hauptmann, erwarten Sie wirklich, daß Mücke einfach nur hilflos zusieht, wie jemand Schoppen-Hauer herumschubst? Sie wissen doch, wie nahe die beiden sich stehen . . . *und* was Mücke für ein Temperament hat.«

»Ich schätze, das wäre wohl zuviel verlangt.« Narrisch seufzte und wurde ein Stück kleiner. »Es hat mich nur überrascht, das ist alles. Ich hatte mir nicht überlegt, daß so etwas geschehen könnte.«

»Ob geplant oder nicht, ich denke jedenfalls, daß sich alles zum Besten entwickelt hat«, meinte der Feldwebel lächelnd. »Der Vorfall wurde bewältigt, ohne daß unsere Uniformierten auch nur die Hand zu heben brauchten. Anstelle einer möglichen Klage wird der Bursche die Angelegenheit wohl so schnell wie möglich vergessen wollen. Der hat sich nicht eben mit Ruhm bekleckert, wenn er als Mann von einer Frau, die nur halb so groß wie er selbst ist, bewußtlos geschlagen wurde, da wird er es *mit Sicherheit* nicht gerade an die große Glocke hängen wollen.«

»Wahrscheinlich haben Sie recht, Brandy«, meinte der Kommandant, »aber es macht mir trotzdem Sorgen. Als ich einen Teil der Mannschaft in den Untergrund schickte, da tat ich es in der Absicht, sie als Augen und Ohren der Kompanie fungieren zu lassen und nicht als ihre Fäuste. Informationen zu sammeln ist eine Sache, aber wenn irgend etwas schiefläuft, wenn irgend jemand etwas spitzkriegt, dann hängen sie da draußen ganz allein in der Luft, ohne Unterstützung.«

»Da ich auch zu denen gehöre, Herr Hauptmann«, erwiderte Brandy gedehnt, »möchte ich etwas dazu sagen. Wir waren uns alle darüber im klaren, daß der Auftrag gefährlich ist. Deshalb haben Sie ja auch um Freiwillige gebeten. Außerdem tritt niemand der Weltraumlegion bei, um in Sicherheit zu sein.«

»Schon gut, schon gut! Ich habe ja verstanden«, antwortete Narrisch und hob kapitulierend die Hände. »Aber« – er wandte den Blick ab, als er nach dem passenden Wort suchte – »halten Sie bitte ein Ohr auf, ja, Brandy?« Er sprach so leise, daß es kaum zu verstehen war. »Sollten Sie von irgend jemanden hören, der es auf sie abgesehen hat, dann warten Sie nicht erst, bis Sie die Angelegenheit mit mir besprochen haben. Ziehen Sie sie raus – und zwar schnell!«

»Verstanden, Herr Hauptmann«, bestätigte der Feldwebel und schlängelte sich wieder von der Kommode. »Nun, ich muß jetzt wieder an die Arbeit.«

Sie trat an die Tür; dann blieb sie stehen, den Knauf in der Hand.

»Ach ja, Herr Hauptmann. Vielleicht sollten Sie doch ein bißchen mehr schlafen. Sie sehen furchtbar aus.«

Wie zur Antwort auf ihre Worte ertönte in diesem Augenblick Narrischs Armbandkommunikator.

»Ja, Mutter?« fragte er und aktivierte das Zweiweg-System.

»Tut mir leid, Sie belästigen zu müssen, Furchtloser Führer«, ertönte Mutters vertraute, vergnügliche Stimme, »aber da unten entwickelt sich gerade eine Sache, um die Sie sich wohl besser persönlich kümmern sollten.«

»Einen Augenblick.«

Der Kommandant bedeckte das Mikrofon mit der Hand und zuckte hilflos mit den Schultern, als er Brandy ansah. »Soviel zum Thema Schlaf«, knurrte er und verzog das Gesicht. »Wie Sie schon sagten, ich muß wieder an die Arbeit. Aber trotzdem, danke für Ihre Fürsorge.«

Brandy hatte ihre eigenen Sorgen, als sie aus Narrischs Zimmer kam. Obwohl die Soldaten ihr Bestes taten, um ihren Kommandanten von kleineren Problemen abzuschirmen, indem sie sich an die Offiziere wandten oder die Schwierigkeiten selbst in Angriff nahmen, überanstrengte der Hauptmann sich immer noch bei diesem Auftrag. Es würde Brandy nichts anderes übrigbleiben, als jedermann dazu aufzufordern, sich etwas mehr zusammenzureißen und zu versuchen, selbständiger zu handeln und ihren Kommandanten nicht immer wieder mit dem Spiel »Mutter, darf ich?« zu behelligen.

Ein leises Lächeln kroch über ihr Gesicht.

Sie fragte sich, was der Hauptmann wohl dazu sagen würde, wenn er erführe, daß sie und die anderen vom Hauspersonal ihre Passepartouts und ihre Ausbildung an Dietrichen dazu nutzten, das Gepäck der Gäste auf Anzeichen für betrügerische Vorhaben zu durchsuchen. Er hatte gesagt, daß er Informationen haben wollte, und es war schon immer ein unausgesprochener Befehl gewesen, alles zu nutzen, was zur Verfügung stand, um einen Auftrag auszuführen!

In derselben Bar, wo der ›Vorfall‹ stattgefunden hatte, fand gerade eine andere Versammlung statt, obwohl ein unbedarfterer Beobachter wahrscheinlich nur ein paar Freunde gesehen hätte, die sich gemeinsam bei Drinks entspannten. Die Stimmung bei diesem Treffen war allerdings alles andere als entspannt.

»Er ist noch ein bißchen benommen«, sagte Stilman gerade, »aber er schwört darauf, daß er nicht einmal gesehen hat, wie der Typ zum Schlag ausholte. Nun mag Lobo zwar im Oberstübchen nicht gerade der hellste sein, aber er hat genügend Kämpfe hinter sich, um zu wissen, wovon er redet, und er meint, daß dieser große Wächter der schnellste Bursche ist, mit dem er es je zu tun bekommen hat!«

Er warf einen furchtsamen Blick in jenen Teil der Bar, der sich zum Casino hin öffnete, als erwartete er, daß der Legionär jeden Augenblick erscheinen könnte.

»Ich weiß nicht«, schloß er. »Vielleicht hat Lobo sich einfach nur den falschen Burschen ausgesucht. Vielleicht hat dieser Alien auch schnellere Reflexe als normal. Vielleicht ... ich weiß es nicht.«

»Vielleicht hast du auch nur den falschen Burschen losgeschickt«, meinte Laverna. »Vielleicht hättest du lieber jemanden schicken sollen, der nicht nur kämpfen, sondern auch denken kann.«

»He, halt du dich gefälligst aus der Sache raus, Eis«, fauchte Stilman und wandte den Kopf leicht zur Seite, um sie böse anzufunkeln. »Du magst ja was von Zahlen verstehen, aber wenn es um Handgreiflichkeiten geht, bin *ich* der Experte. Schon vergessen?«

»Sind Sie sich eigentlich der Tatsache bewußt, Herr Stilman, daß Voltronen zwar sehr intelligent sind, aber über langsamere Reflexe verfügen als Menschen?« fragte Maxine vorsichtig, das Nebengeplänkel ignorierend.

»Wirklich?« Der große Mann verzog das Gesicht. »Na ja, vielleicht hat Lobo sich ja ausgerechnet mit einem ihrer Athleten angelegt oder so.«

Maxine seufzte schwer. »Sag es ihm, Laverna«, befahl sie.

»Hör mal zu, Stilman«, ergriff ihre Gefährtin mit einem Feixen das Wort. »Nach allem, was *wir* gehört haben, ist dein Mann überhaupt nicht von dem Wächter zusammengeschlagen worden. Es heißt, daß ihn eine der Cocktailkellnerinnen von hinten erwischt hat.«

»Was?« Stilman versuchte gar nicht erst, sein Erstaunen zu verbergen.

Maxine nickte. »Das ist richtig, Herr Stilman. Der Bericht war sehr detailliert. Anscheinend hat sie ihn mit ihrem Tablett niedergeschlagen.« Ihr Blick bekam ein hartes Glitzern, genau wie ihre Stimme. »Dem Bericht zufolge war Lobo außerdem gerade dabei, den Wächter zu schlagen. Genaugenommen, ihm eine Ohrfeige zu verpassen.«

Stilman veränderte seine Sitzlage – eine seltene Bewegung, die das Ausmaß seines Unbehagens verriet.

»Davon hat Lobo mir nichts erzählt, als ich mit ihm gesprochen habe«, erklärte er. »Ich habe ihm ausdrücklich eingeschärft, *nicht* den ersten Schlag zu führen.«

»Nun, das will ich Ihnen überlassen«, sagte Maxine, »obwohl ich meine, daß der Preis, den er für dieses Fiasko bezahlt hat, schon ziemlich hoch ist. Da wir schon dabei sind, haben Sie sich um seine Krankenhausrechnung gekümmert?«

»Ja, das habe ich«, sagte Stilman hastig, froh, etwas Positives berichten zu können. »Ich habe denen gesagt, sie sollen es Ihnen auf die Rechnung setzen.«

»Gut.« Maxine nickte. »Ob inkompetent oder nicht, wir müssen für die Unseren sorgen. In der Zwischenzeit ...« Sie ließ den Blick hinüber ins Casino schweifen. »Kommen wir zum zweiten Grund, weshalb wir hier sind ... warum ich diesen Platz für unsere Zusammenkunft ausgesucht habe. Ich möchte mir einmal die Cocktailkellnerin anschauen, die sich so wirkungsvoll Ihres Mannes angenommen hat.«

»Seines *handverlesenen* Mannes«, ergänzte Laverna spitz.

Stilman ignorierte sie.

»Wie sieht sie denn aus?« fragte er und suchte das Casino selbst mit seinem Blick ab. »Haben wir eine Beschreibung von ihr?«

»Sie sollte nicht allzu schwer zu entdecken sein«, bemerkte Laverna. »Es heißt, daß sie das kleinste Mitglied des Personals ist. Ich schätze, das macht sie wahrscheinlich dadurch wieder wett, daß sie so schnelle Reflexe hat.«

»Hör mal, Eis«, fing Stilman an, aber Maxine schnitt ihm mit einer Geste das Wort ab.

»Ich fürchte, wir werden unsere Suche wohl vertagen müssen«, sagte sie plötzlich und heftete den Blick auf den Spielsaal. »Ich fürchte, wir müssen uns jetzt erst einmal um ein weitaus größeres Problem kümmern.«

»Welches denn, Maxie?« fragte Laverna und reckte den Hals, um zu sehen, was Maxine gerade musterte.

»Der orientalische Herr am *Pai-gow*-Tisch«, erklärte Maxine, ohne den Blick abzuwenden.

Stirnrunzelnd fragte Stilman: »Welcher?«

Pai-gow war eine Form des Pokers mit Dominosteinen und Würfeln, die auf der Alten Erde in Japan entstanden war. Obwohl fast jedes Casino dieses Spiel in der einen oder anderen Form veranstaltete, empfanden die meisten Spieler aus westlichen Kulturen das *Pai-gow* doch als zu kompliziert, so daß sich an diesen Tischen meistens nur Leute scharten, die damit groß geworden waren.

»Der Mann auf der gegenüberliegenden Seite ... in dem weißen Hemd.«

Stilman folgte ihrem Blick. »Na und?«

»Schauen Sie sich mal seine Arme an«, forderte Maxine ihn auf.

Das Hemd des Mannes bestand aus sehr feiner Baumwolle, und seine Arme waren deutlich sichtbar, wenn man auch einen Augenblick brauchte, um zu begreifen, daß man tatsächlich die Arme vor sich hatte. Denn sie waren von der Schulter bis zum Handgelenk mit bunten tätowierten Wirbeln verziert, die so kräftig leuchteten, daß man meinen konnte, auf ein bedrucktes Unterhemd zu schauen.

Maxine wußte, daß die Bedeutung dieser Dekoration ihren beiden Gefährten nicht verborgen blieb, denn beide reagierten: Laverna mit einem leisen Pfiff und Stilman mit einem Zusammenkneifen der Augen.

»Ich sollte mit diesem Herrn wohl mal ein paar Worte sprechen«, sagte sie. »Könnten Sie ihn wohl zu uns bitten, Herr Stilman?«

»Wie . . . jetzt? Hier?«

»Ja, jetzt. Aber nicht hier«, antwortete Maxine mit einem angespannten Lächeln. »Wir haben hier im Fette Chance eine Zimmerflucht angemietet. Ich dachte mir, daß ich dieses Projekt doch etwas näher und persönlich in Augenschein nehmen möchte.«

»Bitte . . . nehmen Sie Platz«, sagte Maxine zu dem schlanken, jugendlichen Orientalen, als Stilman ihn in die Suite führte. »Es ist sehr freundlich von Ihnen, daß Sie meiner Einladung gefolgt sind.«

Die Miene des Mannes blieb ausdruckslos, doch seine Stimme und Bewegungen verrieten Zorn.

»Es war mir nicht bewußt, daß ich eine andere Wahl gehabt hätte«, erwiderte er und nahm in dem angebotenen Sessel Platz.

Maxine hob in gespieltem Erstaunen die Augenbrauen.

»Herr Stilman«, fragte sie, »haben Sie denn nicht deutlich gemacht, daß ich unseren Gast *eingeladen* habe?«

»Ich habe ihn ganz nett gebeten«, knurrte der große Mann. »Ich habe ihn nicht mal angefaßt.«

»Nun, wie dem auch sei«, fuhr Maxine fort. »Hauptsache, Sie sind jetzt hier. Wir haben vorhin Ihre Armtätowierung bewundert.«

Der Mann sah an sich selbst herunter, wie um sich zu überzeugen, daß die Verzierungen noch an Ort und Stelle waren.

»Ich verstehe«, sagte er.

»Sie sind sehr schön.« Maxine lächelte. »Darf ich fragen, unter welchen Umständen Sie darangekommen sind?«

Der Orientale stand abrupt auf.

»Das ist eine persönliche Angelegenheit«, zischte er. »Nichts, was man mit Fremden bespricht.«

»Nehmen Sie Platz, mein Herr!«

Maxines Stimme krachte wie eine Peitsche, und der Mann reagierte auf die Autorität in ihrem Tonfall, indem er sich schnell wieder hinsetzte.

»Ersparen wir uns die Umschweife, ja?« schnurrte Maxine und beugte sich vor, um das Kinn auf eine Hand zu stützen. »Wenn ich mich nicht irre, weisen diese Tätowierungen Sie als Mitglied der Yakusa aus ... die man manchmal etwas undifferenziert als japanische Mafia bezeichnet. Sollte dem so sein, wäre ich äußerst neugierig darauf, zu erfahren, was Sie auf Loreley tun und weshalb Sie nicht gekommen sind, um mir Ihre Aufwartung zu machen.«

Für einen Moment weiteten sich die Augen des Mannes vor Überraschung; dann verengte er sie wieder mißtrauisch.

»Verzeihen Sie mir«, sagte er mit ausgesuchter Förmlichkeit. »Aber das sind Angelegenheiten, die man nicht mit Fremden bespricht.«

»Es tut mir leid«, antwortete Maxine mit einem Lächeln. »Sie scheinen nicht zu wissen, wer ich bin. Ich hatte angenommen, daß Herr Stilman Sie darüber informiert hätte, bevor Sie hier eintrafen. Gestatten Sie mir, mich vorzustellen. Ich bin Maxine Pruet, obwohl Sie von mir vielleicht auch einfach nur als ›Max‹ gehört haben.«

Der Mann starrte sie einen Augenblick an; dann schien er sich wieder zu fangen und sprang auf.

»Das wußte ich nicht. Mein Vorgesetzter hat mir tatsächlich aufgetragen, Ihnen seine Komplimente zu überbringen«, sagte er mit einer steifen Verbeugung aus der Hüfte. »Verzeihen Sie mir, aber ich habe meine Anweisungen erst vor kurzem erhalten, und sie waren nur sehr knapp und skizzenhaft. Ich dachte ... das heißt, man hat mir nicht mitgeteilt ...«

»... daß ich eine Frau bin?« Maxine lächelte. »Das überrascht mich nicht. Ihre Organisation ist noch fester im Chauvinismus verwurzelt als die meine. Da leuchtet es nur ein, daß man in Gesprächen, in denen mein Name gefallen sein mag, taktvoll vermieden hat, mein Geschlecht zu erwähnen.«

Sie erwiderte seine Verbeugung mit einem leisen Kopfnicken. »Und wer sind Sie?«

»Ich ... in unserer Organisation heiße ich Jonesy.«

»Jonesy?« platzte es aus Laverna, die in einer Zimmerecke saß, heraus.

Der Mann musterte sie und gewährte ihr ein kurzes, reumütiges Lächeln.

»Ich reise viel im Auftrag unserer Organisation«, erklärte er, »und so war man der Auffassung, daß der Name ›Jonesy‹ für Außenstehende leichter auszusprechen und zu merken sei als jener, der ethnisch gesehen der korrektere wäre.«

»Eine interessante Theorie«, bemerkte Maxine. »Sie bringt uns allerdings auf meine ursprüngliche Frage zurück. Was führt Sie nach Loreley, Herr Jonesy? Das Geschäft oder das Vergnügen?«

»Bitte, einfach nur ›Jonesy,«‹ berichtigte der Mann sie sanft. »Ehrlich gesagt, etwas von beidem. Ich war ursprünglich nur auf Urlaub hier, doch wie ich bereits erwähnte, erhielt ich vor kurzem einen Anruf meines Vorgesetzten, der mich beauftragte, für unsere Organisation bestimmte Geschäftsmöglichkeiten zu überprüfen.«

»Und um welche geschäftlichen Möglichkeiten könnte es sich wohl dabei handeln?« setzte Maxie nach. »Ich möchte mich ja nicht einmischen, Herr . . . Jonesy, aber ich hätte doch gern die Versicherung, daß Sie meinen eigenen Interessen nicht zuwiderlaufen.«

»Ich . . .« Jonesy warf Stilman, der sich zwischen ihm und der Tür aufgebaut hatte, einen Blick zu. »Ich erhielt den Auftrag, für unsere Organisation die Möglichkeit zu erkunden, dieses Casinohotel gänzlich oder teilweise zu übernehmen.«

Seine Worte hingen in der Luft wie ein Todesurteil.

»Ich verstehe nicht recht«, sagte Maxine vorsichtig. »Es hat zwischen unseren Organisationen doch stets eine Art Gentleman's Agreement gegeben, was den jeweiligen Gebietsschutz betrifft. Weshalb versuchen Sie dann, in ein Gebiet einzurücken, das anerkanntermaßen in meine Interessensphäre fällt?«

»Mein Vorgesetzter hat mich ausdrücklich angewiesen, Ihnen zu versichern, daß wir nicht gegen *Sie* vorrücken wollen«, erklärte der Mann hastig. »Wir werden weiterhin Ihren gegenwärtigen Besitzstand respektieren, und wir werden uns um *dieses* Besitztum nicht zu Ihnen in Wettbewerb stellen.«

»Was wollen . . .«

»Bitte erlauben Sie mir, die Angelegenheit zu erläutern«, sagte Jonesy und hob eine Hand. »Selbstverständlich rechnen wir damit, daß Sie versuchen werden, auch die Kontrolle über dieses Casino zu erlangen, wie Sie es schon mit den anderen auf Loreley getan haben. Inzwischen wurde allerdings in den Medien darüber berichtet, daß eine neue Sicherheitsmannschaft angeheuert wurde, um diese Institution zu bewachen. Meine Vorgesetzten sind beeindruckt vom guten Ruf dieser Mannschaft und des Individuums, das sie leitet, und sie sind sich nicht sicher, ob Ihre Organisation dazu in der Lage sein wird, ihr Widerstand entgegenzusetzen. Ich bin lediglich instruiert worden, Ihre diesbezüglichen Bemühungen zu beobachten. Sollte es Ihnen nicht gelingen, sich die Fette Chance einzuverleiben, dann glauben meine Vorgesetzten die Freiheit zu haben, sich selbst darum zu bemühen. In diesem Fall würden sie sich in keiner Weise gegen Sie stellen, sondern einfach nur eine günstige Gelegenheit wahrnehmen. Ich möchte jedoch nicht versäumen hinzuzufügen, daß dies nur geschehen wird, falls – und wirklich nur *falls* – Ihre eigenen Bemühungen sich als fruchtlos erweisen sollten.«

»Ich wußte gar nicht, daß Geier Japaner sind«, bemerkte Laverna trocken.

»Das genügt, Laverna«, unterbrach Maxine sie streng. »Vielleicht hätten Sie die Güte, Jonesy, Ihrem Vorgesetzten bei Ihrem nächsten Gespräch meine Würdigung seiner Fürsorge zu vermitteln wie auch seiner Wachsamkeit hinsichtlich der Beobachtung einer vermeintlichen Geschäftsangelegenheit. Versichern Sie ihm aber bitte auch, daß ich jedes Vertrauen in unsere Fähigkeit habe, unseren makellosen Ruf in diesem Gebiet aufrechtzuerhalten, ob mit oder ohne Weltraumlegion.«

»Es wird mir eine Freude sein«, erwiderte der Mann achselzuckend, »doch Worte der Zuversicht verlieren ihre Kraft angesichts tatsächlicher Leistung.«

»Und darf ich Sie vielleicht fragen, wie *das* nun gemeint ist?« antwortete Maxine. »Bitte, Jonesy. Wenn Sie irgendwas zu sagen haben, dann tun Sie es doch bitte geradeheraus. Wir versuchen hier eine Besprechung zu veranstalten und nicht, Texte für Glückskekse zu verfassen.«

»Ich glaube, es gab da einen Zwischenfall in der Bar, an dem einer Ihrer Männer beteiligt war«, erklärte Jonesy gelassen. »Jedenfalls vermuten wir, daß es einer Ihrer Männer war, da die Kosten für seine medizinische Behandlung Ihrem Konto belastet werden. Sollte dem so sein, dann trägt der Ausgang dieser Auseinandersetzung wenig dazu bei, das Vertrauen, das Sie in Ihre Pläne setzen, zu rechtfertigen.«

Maxine stieß ein kurzes, bellendes Lachen aus.

»Darum geht es also nur?« sagte sie; dann beugte sie sich vor und zeigte alle Zähne. »Das war bestenfalls ein Ablenkungsmanöver, Jonesy. Ein kleiner Vorfall, um dem jungen Herrn Rafael zu zeigen, daß die Truppe, die er eingestellt hat, mehr als kompetent ist, um mit etwaigen Schwierigkeiten umzugehen. Tatsache ist, daß wir unseren Mann ausdrücklich *angewiesen* haben, den Kampf zu verlieren – damit das Selbstvertrauen der Wachmannschaft gestärkt wird und wir zugleich Informationen über ihre Operationsmethoden erhalten.«

Der Mann legte die Stirn in Falten. »Ich verstehe.«

»Vielleicht sollte ich Ihnen einmal unsere *tatsächlichen* Pläne erläutern, damit Sie besser dazu in der Lage sind, Ihre Vorgesetzten davon zu überzeugen, daß ihr Interesse nicht nur voreilig, sondern auch zwecklos ist.«

Als Jonesy schließlich in sein eigenes Zimmer zurückkehrte, summte er fröhlich vor sich hin, obwohl es sich bei der Melodie um nichts anderes als einen der Werbesongs des Leuchtturms von Loreley handelte.

Nachdem er die Tür aufgeschlossen hatte, wollte er gerade nach dem Lichtschalter greifen, als ihn eine Stimme aus der Dunkelheit begrüßte.

»Was, zum Teufel, glauben Sie eigentlich, was Sie hier tun, Sushi?«

Erschrocken schaffte Sushi es gerade noch, den Lichtschalter zu betätigen, als er auch schon seinen Kompaniechef vor sich sah, der sich in einen der Sessel gefläzt hatte und nun gegen die plötzliche Helligkeit anblinzelte.

»Guten Abend, Herr Hauptmann. Meine Güte, haben Sie mich erschreckt! Ich hatte nicht damit gerechnet, Sie hier anzutreffen.«

»*Ich* habe *Sie* erschreckt?« bellte Narrisch. »Sie haben die ganze Truppe in Aufruhr versetzt, seit Sie mit diesen Tätowierungen aufgekreuzt sind. Ich mußte rasend schnell alle Hebel in Bewegung setzen, um die anderen daran zu hindern, Ihnen zu Hilfe zu eilen, als dieser Schläger Sie aufgegriffen hat.«

»Ach, wirklich?« fragte Sushi mit erhobenen Augenbrauen. »Dann muß ich mich wohl entschuldigen. Ich hatte nicht die Absicht, jedermann in Panik zu versetzen.«

»Na, *mich* haben Sie jedenfalls gründlich in Panik versetzt!« fauchte der Kommandant. »Also, was hat es mit diesen Tätowierungen auf sich? Warum posieren Sie hier als Mitglied der japanischen Mafia?«

»Was läßt Sie denn glauben, daß das nur eine Pose ist, Herr Narrisch?« konterte der Legionär. »Unsere regulären Uniformen sind langärmlig. Haben Sie schon jemals meine Arme gesehen?«

Narrisch gaffte ihn fassungslos an.

Sushi lachte, als er Narrischs zivilen Namen benutzte. »Sie hatten schon beim ersten Mal recht. Es ist nur eine Verkleidung. Ich wollte Sie lediglich ein bißchen aufziehen, damit Sie etwas lockerer werden. Sie scheinen furchtbar verspannt zu sein.«

»Wollen Sie mir das zum Vorwurf machen?« erwiderte der Kommandant und lehnte sich mit bösen Blick zurück. »Also schön, ich beiße an. Wo haben Sie diese Tätowierungen her?«

»Leutnant Rembrandt hat sie mir gemacht«, erklärte Sushi und hob die Arme, um die Verzierungen vorzuweisen. »Sind Sie nicht großartig geworden? Ich habe ihr gesagt, was ich so ungefähr haben möchte, aber die eigentliche Ausführung stammt von ihr.«

»Wollen Sie mir weismachen, daß Sie diese Maskerade mit Rembrandt abgesprochen haben?« fragte Narrisch.

»Um ehrlich zu sein, Herr Hauptmann, ich glaube, sie wußte nicht so richtig, um was ich sie damit tatsächlich gebeten hatte.« Sushi lächelte. »Ich gebe zu, es sollte eine Überraschung werden.«

»Die ist Ihnen vollauf gelungen«, schnaubte der Kommandant. »Aber ich warte immer noch auf eine Erklärung, weshalb Sie das überhaupt tun.«

»Ist das nicht offensichtlich? Sie haben gesagt, daß Sie wissen wollen, was hier oben los ist, nicht wahr? Ich habe mir einfach überlegt, daß die beste Möglichkeit, an zuverlässige Informationen heranzukommen, der Zugriff auf die Quelle ist – indem man den Gegner infiltriert. Nachdem ich mir dieses Ziel gesetzt hatte, begriff ich, daß die beste Möglichkeit, das zu erreichen, die Maske eines auf Besuch weilenden Würdenträgers einer anderen kriminellen Organisation wäre, und da bot sich die Yakusa als naheliegend an.«

»Ist Ihnen auch in den Sinn gekommen, daß so etwas ziemlich gefährlich werden könnte?« fragte Narrisch, dessen ursprünglicher Zorn nunmehr der Sorge wich.

»Selbstverständlich.« Sushi lächelte. »Erinnern Sie sich noch, was ich gesagt habe, als Sie mich baten, in den Untergrund zu gehen? Daß ich süchtig nach Spielen mit hohem Einsatz bin, aber nicht sicher sein kann, daß ich am Spieltisch nicht die Kontrolle verliere? Nun, ich habe eine Antwort auf dieses Problem gefunden. Verglichen mit dem Spiel, das ich jetzt spiele, sind die Casinotische geradezu harmlos. Um ehrlich zu sein, ich habe seit Jahren schon nicht mehr soviel Spaß gehabt.«

»Spiele? Spaß?« wiederholte der Kommandant, und seine Wut begann wieder aufzuschäumen. »Einmal abgesehen von der Gefahr, daß die Einheimischen ihr Kostümspiel durchschauen könnten – was wollen Sie denn tun, wenn Sie zufällig auf ein Mitglied der *echten* Yakusa treffen sollten? Ich kann mir nicht vorstellen, daß die es sonderlich gern sähen, wenn Sie sich als einen ihrer Vertreter ausgeben.«

»Ich glaube, Sie unterschätzen mich, Hauptmann«, erwiderte der Legionär. »Ich mag es vielleicht als Spiel bezeichnen, aber als Gewohnheitsspieler habe ich die Chancen sehr sorgfältig abgewogen. Es ist zweifelhaft, daß es den Einheimischen jemals in den Sinn kommen könnte, daß ich ein Hochstapler bin, und zwar aus eben jenem Grund, den Sie gerade selbst angeführt haben: Wer würde es schon wagen, sich fälschlicherweise als Mitglied der Yakusa auszugeben? Darüber hinaus ist es außerordentlich zweifelhaft, daß ich auf ein echtes Mitglied dieser Organisation stoße, weil die sich nämlich schon seit Jahren in aller Vorsicht von Loreley fernhält.«

»Woher wollen Sie das wissen?«

»Ich habe ein paar Anrufe getätigt«, erklärte Sushi lächelnd. »Wenn meine Familie auch skrupulös jede kriminelle Unternehmung vermeidet, wobei ich selbst die bemerkenswerte Ausnahme darstelle, ist sie sich des Netzwerks der Unterwelt dennoch voll bewußt und unterhält auch viele Kontakte allein zum Zwecke der Informationsbeschaffung und der Kommunikation. Das bringt uns zu einem weiteren Punkt, Herr Hauptmann.«

Der Legionär ließ sein Lächeln fallen.

»Ich weiß nicht, wie vertraut Sie mit der Yakusa sind, aber tatsächlich handelt es sich dabei nicht nur um eine einzige Organisation. Wie Ihre westlichen Gegenstücke besteht sie in Wirklichkeit aus mehreren Familien, die auf der Grundlage eines gemeinsamen Waffenstillstandsabkommens operieren. Wenn ich *tatsächlich* auf ein Mitglied träfe, würde ich einfach nur behaupten, zu einer anderen Familie zu gehören. Ich bin mit den allgemeinen Erkennungszeichen vertraut.«

Sushis Lächeln weitete sich wieder.

»Mir ist übrigens etwas Interessantes aufgefallen, als ich die Sache plante, Hauptmann: daß sie nämlich sogar fast legitim ist. Denn was Sie mit der Kompanie tun, ist der Bildung eines Yakusa-Clans nicht unähnlich, und bei diesem Auftrag bin ich *tatsächlich* Ihr Vertreter. Und wenn Sie sich meine Tätowierungen einmal genauer anschauen, werden Sie feststellen, daß Rembrandt mehrfach unser Einheitslogo in die Muster hineingearbeitet hat.«

»Da wir wieder bei Ihren Tätowierungen sind«, sagte Narrisch, ohne sie eines Blickes zu würdigen, »gehe ich recht in der Annahme, daß die nicht von Dauer sind? Was passiert, wenn sie sich im falschen Augenblick auflösen?«

»Das kann nicht passieren.« Sushi grinste. »Sie lassen sich nicht mit Wasser entfernen, nur mit Alkohol, und Rembrandt meint, daß sie Monate halten müßten. Sie hat mir für alle Fälle sogar ein Auffrisch-Set mitgegeben.«

»Und wenn jemand seinen Drink auf Ihrem Arm verschüttet?« hakte der Kommandant nach.

Der Legionär sah ihn erschrocken an.

»Ich ... daran habe ich gar nicht gedacht, Herr Hauptmann. Danke für die Warnung. Ich werde in Zukunft noch vorsichtiger sein – oder einfach nur übliche langärmlige Hemden tragen, damit man sie überhaupt nicht sieht.«

Seufzend schüttelte Narrisch den Kopf.

»Es hört sich so an, als seien Sie auf diesen Plan versessen«, sagte er. »Jedenfalls ist es für mich jetzt zu spät, Ihnen diese Sache auszureden.«

»Keine Sorge, Herr Hauptmann. Er funktioniert einwandfrei. Tatsächlich habe ich soeben eine Menge Informationen für Sie erhalten, beispielsweise einen grundsätzlichen Umriß des Plans, nach dem die Gegenseite vorzugehen gedenkt.«

»Ach ja?« plötzlich war Narrisch interessiert. »Dann gibt es also *tatsächlich* einen Versuch, das Casino zu übernehmen?«

»Allerdings«, bestätigte Sushi. »Und der Kopf, der hinter allem steht, ist eine Frau namens Maxine Pruet.«

Wenn der Legionär auf eine überraschte Reaktion gehofft haben sollte, wurde er enttäuscht.

». . . die hier auf Loreley den größten Teil des Verbrechens anführt«, beendete der Kommandant für ihn den Satz. »Ja, den Namen kennen wir bereits. Wir waren uns nur nicht sicher, ob sie tatsächlich die Absicht hat, gegen uns vorzurücken. Dann ist sie also die treibende Kraft hinter Huey Martin, wie? Das ist gut zu wissen. Wir waren uns nämlich nicht sicher, ob Huey nur Teil eines größeren Zusammenhangs ist oder auf eigene Rechnung operiert.«

»Über den Casinomanager wissen Sie auch schon Bescheid?« fragte Sushi etwas geknickt.

»Der Mann ist so krumm wie eine Schlange, und die Croupiers, die er eingestellt hat, sind es auch«, erwiderte Narrisch gelassen. »Wir haben festgestellt, daß sie von Anfang an bereits Gewinne abschöpften und nur auf den richtigen Augenblick gewartet haben, um in vollem Ausmaß loszuschlagen. Wenn das deren großartiger Plan sein soll, dann sind wir darauf vorbereitet.«

»Oh, es steckt noch sehr viel mehr dahinter, Herr Hauptmann«, informierte ihn Sushi. »Zum ersten sagt Max, daß sie in den Casinocomputer eingedrungen sind.«

»Was?«

Narrisch saß plötzlich kerzengerade in seinem Sessel.

»Und das ist noch nicht das Schlimmste«, fuhr der Legionär fort. »Wissen Sie noch, wie Sie gesagt haben, daß wir das organisierte Verbrechen daran hindern müssen, einen Fuß in die Tür zu setzen, was den Besitz des Casinos angeht? Nun, dafür ist es bereits zu spät. Die haben den Fuß schon drin.«

Kapitel 9

Tagebucheintrag # 215

In früheren Eintragungen habe ich gelegentlich im Nebenzug das Temperament meines Arbeitgebers erwähnt. Wenn er auch wie jeder andere Mensch dazu neigt, ein gelegentliches Aufflackern der Gereiztheit oder Verärgerung zu entwickeln, sind diese doch bedeutungslos verglichen mit seinem wirklichen Zorn.

Jeder, der einmal im Brennpunkt gestanden hat, wenn er sich in einer solchen Stimmung befindet, unternimmt gemeinhin größte Anstrengungen, diese Erfahrung nicht wiederholen zu müssen, was auch auf mich selbst zutrifft. Glücklicherweise ist er im Normalfall nicht schnell zu erzürnen, und solange bestimmte Themen und Situationen vermieden werden, ist die friedliche Koexistenz mit ihm nicht nur möglich, sondern sogar wahrscheinlich.

Eine Situation jedoch, die unter Garantie eine Explosion auszulösen vermag, liegt dann vor, wenn er, sofern der geneigte Leser mir den Kalauer verzeihen möge, das Gefühl hat, zum Narren gehalten worden zu sein.

Gunther Rafael blickte von seinen Unterlagen auf, als die Tür zu seinem Büro mit ausreichender Wucht zugeschlagen wurde, um das Papier von seinem Schreibtisch zu wehen. Man brauchte kein Diplom zu haben, um zu erkennen, daß die schwarzgekleidete Gestalt, die soeben eingetreten war, sich in einem Zustand des Zorns befand.

»Stimmt etwas nicht, Herr Narrisch?«

»Warum haben Sie mir nicht gesagt, daß Maxine Pruet Mitgesellschafterin des Fette Chance ist?« bellte der Legionskommandant ihn ohne Umschweife an, während sich auf seinem Gesicht Gewitterwolken den Platz streitig machten.

Der Jugendliche zuckte zusammen. »Ich . . . ich dachte nicht, daß es wichtig wäre. Ist es das?«

»Nicht *wichtig?«* tobte Narrisch. »Um Gottes Willen, *sie* ist der Kopf der Bande, die versucht, Ihre Firma zu übernehmen! Das organisierte Verbrechen, vor dem wir *Sie* eigentlich *schützen* sollen!«

»Das kann nicht sein«, widersprach Rafael stirnrunzelnd. »Sie gehört zu den angesehensten Geschäftsleuten hier auf Loreley. Ich glaube, sie besitzt sogar einige der hiesigen Casinos.«

»Sie hat in *allen* Casinos die Beteiligungsmehrheit außer Ihrem, und auf diese arbeitet sie gerade hin!«

»Aber sie war es doch, die . . . oh, mein Gott!«

Der bestürzte Ausdruck, den der Junge nun zur Schau trug, da ihm alles klar wurde, genügte, um Narrischs Zorn etwas zu besänftigen.

»Hören Sie, Gunther«, sagte er ruhig, »Warum erzählen Sie mir nicht ganz genau, was passiert ist?«

»Da gibt es nicht viel zu erzählen«, stammelte Rafael, immer noch erschüttert. »Sie hat mir einen Kredit für meinen Umbau gegeben – ja, sie hat ihn sogar vorgeschlagen. Sie hat mir ihre Aufwartung gemacht, um mich als neuen Besitzer willkommen zu heißen, und schien den Betrieb durchaus zu schätzen, meinte aber, daß er etwas Renovierung vertragen könnte.«

»Und als Sie dann sagten, daß Sie dafür wohl nicht genug Geld hätten, hat Sie Ihnen angeboten, es Ihnen zu leihen«, ergänzte der Legionär.

»Das ist richtig«, bestätigte Rafael. »Sie sagte, daß sie eine zeitlich befristete Investitionsmöglichkeit suche, um etwas Geld vor der Steuer zu verstecken. Es erschien mir damals als gutes Geschäft. Sie hat mir sogar einen Zinssatz geboten, der unter dem lag, was die Banken verlangten.«

»Das hat sie getan?« knurrte Narrisch. »Was waren noch für Bedingungen an den Kredit geknüpft? Und ich will *alle* wissen.«

»Nun, ich kann mich zwar nicht an alle erinnern, aber ich habe hier die Vertragskopie«, antwortete der Junge und wühlte hastig in seiner Schreibtischschublade. »Kurz zusammengefaßt hat sie mir das Geld für einen fünfundzwanzigprozentigen Anteil am Fette Chance geliehen. Wenn ich es zurückgezahlt habe, sinkt ihr Anteil auf fünf Prozent Dauerverzinsung.«

»Fünfundzwanzig Prozent?« wiederholte Narrisch. »Das klingt nicht richtig. Nach allem, was ich gehört habe, arbeitet sie normalerweise auf die Mehrheit hin. Zeigen Sie mir den Vertrag.«

»Ich begreife immer noch nicht, wie er ...«, fing Rafael an, aber Narrisch schnitt ihm das Wort ab.

»Da ist es!« verkündete er und zeigte auf eine Stelle mitten in dem Dokument. »Der Abschnitt über ›Zahlungsverzögerung‹. Wenn Sie den Kredit nicht rechtzeitig abbezahlen, verlieren Sie demnach nicht nur Ihr Anrecht, Ihre Aktien zurückzukaufen, sondern sie bekommt weitere Anteile bis zur Höhe von ...«

»Neunundvierzig Prozent«, erwiderte der Junge. »Ich weiß. Aber selbst dann wäre es noch keine Mehrheit. Ich weiß jedoch nicht, worüber Sie sich Sorgen machen. Der Kredit wird erst eine Woche nach unserer Galaeröffnung fällig, und die sollte schon allein genug Geld einbringen, um sie auszubezahlen.«

»Vorausgesetzt, daß es mit der Eröffnung keine Probleme gibt«, knurrte Narrisch und musterte weiterhin das Dokument. »Das Problem ist, daß Ihr Casinomanager auf Maxines Gehaltsliste steht und daß er Ihre Tische mit betrügerischen Croupiers besetzt hat. Ich gehe jede Wette ein, daß die im Augenblick, da Sie die Tore öffnen, nicht mehr arbeiten werden, um Geld im Interesse des Hauses zu schaufeln – abführen werden sie es!«

Gunther blinzelte. »Huey gehört auch dazu?«

»Das ist richtig. Wo haben Sie den überhaupt her?«

»Na ja, Maxine hat ihn empfohlen ... ach so!«

»Verstehe«, meinte der Legionär kopfschüttelnd. »Jetzt paßt langsam alles zusammen. Und was für eine Abmachung haben Sie mit *ihm*?«

»Der arbeitet eigentlich ziemlich billig für mich«, protestierte der Junge. »Kaum mehr als der Mindestlohn und – o mein Gott!«

»Sagen Sie es mir nicht, lassen Sie mich raten.« Narrisch seufzte. »Ein Gehalt *und* zwei Prozent vom Fette Chance. Stimmt's?«

Gunther nickte niedergeschlagen. »Maxine hat die Bedingungen für mich ausgehandelt.«

»Das habe ich mir gedacht«, meinte der Kommandant und warf den Vertragstext wieder auf Rafaels Schreibtisch. »*Da* wird sie die fehlenden zwei Prozent holen, die ihr die Mehrheit einbringen. Huey wird bei jedem Beschluß für sie stimmen . . . wenn er ihr seinen Anteil nicht ohnehin schon vollständig übertragen haben sollte.«

Der Junge lehnte sich kopfschüttelnd zurück.

»Ich kann es immer noch nicht glauben«, sagte er. »Maxine. Sie war wie eine Mutter zu mir.«

»Sie sollten es aber besser glauben«, erwiderte Narrisch grimmig. »Ihre ›Mutter‹ hat Ihnen einen Anker samt Kette um den Hals gehängt und steht im Begriff, sie vom Ende der Pier zu schubsen. Ich schlage vor, daß Sie langsam schwimmen lernen.«

»Aber wie?« fragte Gunther, und es war fast ein Flehen. »Wenn Sie recht haben und sie die Tische sabotiert hat, werde ich das Darlehen nie zurückzahlen können.«

»Wegen der Tische brauchen Sie sich keine Sorgen zu machen«, sagte der Kommandant. »Wir haben zufälligerweise einen Trupp ehrlicher Croupiers in Bereitschaft . . . *und* einen neuen Casinomanager. Das wird zwar eine Stange Geld kosten, aber höchstwahrscheinlich können wir das Haus noch rechtzeitig säubern, um das Casino zu retten. Ich denke, Sie werden mir zustimmen, daß der beste Zeitpunkt, um zuzuschlagen, unmittelbar *vor* Ihrer großen Eröffnung ist. Auf diese Weise verringern wir die Chance, daß Maxine einen Alternativplan fährt.«

»Sie meinen, wir können sie schlagen? Sie haben das Problem gelöst?«

»Nicht so schnell«, sagte Narrisch und hob abwehrend die Hand. »Wir haben auch noch andere Sorgen, nicht nur die

Tische. Wann haben Sie das letzte Mal Ihre Computerprogramme überprüfen und warten lassen?«

»Den Computer?« Rafael legte die Stirn in Falten. »Der wurde kurz vor Ihrer Ankunft überprüft. Warum?«

»Wir haben in Erfahrung gebracht, daß es zu Maxines Plan gehört, Ihren Computer zu manipulieren«, erklärte der Legionär. »Wer hat den Computer für unbedenklich erklärt?«

»Es gibt hier auf Loreley eine Firma, die sich auf die Überprüfung von Casinocomputern spezialisiert hat«, erläuterte Gunther. »Die sind völlig zuverlässig und vereidigt. Huey hat sogar gesagt . . .«

»Huey?« unterbrach Narrisch.

»Genau!« keuchte der Junge. »Huey war es, der sie empfahl. Wenn der natürlich gegen uns arbeitet . . .«

»Dann ist es höchstwahrscheinlich, daß Ihr Computer jetzt die reinste Zeitbombe ist«, beendete der Kommandant den Satz grimmig. »Also gut, gehen wir einmal davon aus. Was kontrolliert Ihr Computer noch alles?«

»Der ganze Komplex hängt daran. Das Hotel . . . sogar die Bühnenbeleuchtung für unsere Unterhaltungsveranstaltugnen.«

»Ist das Casino auch daran angeschlossen?«

»Nein, ich glaube . . . *doch*! Der Computer steuert die Video-Geldautomaten!«

»Alle?« knurrte Narrisch. »Auch die mit den Multimillionen-Jackpots?«

Der Casinobesitzer konnte nur noch nicken.

»Das könnte eine Katastrophe bedeuten«, meinte der Legionär. »Was geschieht, wenn wir den Stecker rausziehen? Wenn wir die Automaten einfach abschalten, bis die Sache vorbei ist?«

Gunther schüttelte den Kopf. »Das können wir nicht. Die Automaten sind eine unserer größten Attraktionen – in jedem Casino –, ganz zu schweigen davon, daß sie auch das meiste Geld bringen. Wenn wir die abschalten, können wir gleich die ganze Eröffnung sausen lassen.«

Narrisch seufzte. »Dann müssen wir die Programme korrigieren. Und das bedeutet... Mist, wie ich so etwas verabscheue!«

»Was?« wollte der Casinobesitzer wissen.

»Was? Oh... Entschuldigung. Es bedeutet, daß ich etwas tun muß, was ich wirklich *sehr* ungern tue: meinen Vater um einen Gefallen zu bitten!«

Einer der Schriftsteller der Alten Erde, ich glaube, es war Hemingway, soll die Bemerkung verfaßt haben: »Reiche Leute sind genauso wie alle anderen... nur reicher.«

Im Laufe der Verbindung zu meinem Arbeitgeber habe ich gelernt, die Wahrheit dieser Worte immer mehr zu würdigen. Die wahrhaft Reichen sind insofern anders, als sie in Krisenzeiten Geld und Macht reflexartig in einem Maßstab einsetzen, der dem Durchschnittsmenschen so fremdartig erscheint, daß er das Gefühl hat, mit einer anderen Gattung zu tun zu haben. (Es sollte hier bemerkt werden, daß ich mich selbst immer noch als ›Durchschnittsmenschen‹ betrachte. Wiewohl es schon Erwähnung gefunden hat, daß ich finanziell recht annehmbar dastehe, ist dieser Zustand doch noch vergleichsweise jung, weshalb es mir an den oben erwähnten Reflexen der wahrhaft Reichen gebricht. Dieser Geisteszustand bedarf einer lebens- wenn nicht gar generationslangen Konditionierung.)

Wirklich *wie jeder andere Mensch sind sie, was die Probleme betrifft, denen sie begegnen... zum Beispiel im Umgang mit ihren Eltern...*

»Hallo... Paps? Ich bin es. Willard... dein Sohn.«

Für dieses Gespräch hatte sich der Legionskommandant in die relative Abgeschiedenheit seines eigenen Zimmers zurückgezogen, weil er lieber nicht von Gunthers Büro aus mit seinem Vater sprechen mochte. Das war an sich schon ein Hinweis auf seine Unsicherheit, was den voraussichtlichen Verlauf des Gesprächs betraf.

»Ich weiß«, erwiderte die Holoprojektion in seinem Zimmer gruffig. »Sonst hätte auch niemand den Nerv, mich mitten aus einer Geschäftsverhandlung zu holen.«

In einer Zimmerecke hatte Beeker, der sich außerhalb der Kamerareichweite aufhielt, den Vorzug, die seltene Gelegenheit zu nutzen, die beiden Männer vergleichen zu können.

Paul Narrisch sah viel eher aus wie ein Militärkommandant als sein Sohn – oder auch als die Mehrheit aller aktiven Offiziere, wenn man es genau bedachte. Sein Gehabe und seine Körperhaltung offenbarten, was sein Erbfolger in reiferen Jahren einmal entwickeln mochte. Während sein Sohn nur schlank war, hatte der ältere Narrisch das hagere, durchtrainierte Aussehen eines Wolfs. Seine Züge wiesen die scharfen, kantigen Flächen einer Granitklippe auf, während die seines Sohnes noch die Weichheit der Jugend zeigten. Tatsächlich wies nur das graue Haar an seinen Schläfen auf sein Alter hin, doch selbst das wirkte eher wie ein Indiz seiner Kraft als wie ein Hinweis auf seine Senilität. Alles in allem würde jeder, der Paul Narrisch zu Gesicht bekäme, zu dem durchaus richtigen Schluß gelangen, daß mit diesem Mann nicht gut Kirschen essen war, vor allem dann nicht, wenn er verärgert wirkte, was augenblicklich der Fall zu sein schien.

»Na schön, jetzt hast du mich«, knurrte das Bild. »Was hast du denn *diesmal* für ein Problem?«

»Problem?« wiederholte der Kommandant. »Weshalb glaubst du, daß es ein Problem gibt?«

»Vielleicht deshalb, weil du mich immer nur anrufst, wenn du in irgendeiner Klemme steckst«, wies sein Vater ihn zurecht. »Es würde dich ja nicht gerade umbringen, gelegentlich mal eine Zeile zu schreiben, weißt du.«

»Wenn ich mich richtig erinnere«, erwiderte der Kommandant gereizt, »so habe ich dich das letzte Mal wegen des Waffenhandels mit den Zenobiern angerufen. Das ist ja wohl nicht sonderlich schlecht für dich ausgegangen, oder? Die Exklusivrechte für eine neuartige Waffenkonstruktion im Austausch gegen etwas wertloses Sumpfland?«

»Eine Abmachung, die du bereits getätigt hattest, *bevor* du das Sumpfland unter Kontrakt hattest, wie ich mich erinnere«, verteidigte sich der ältere Narrisch. »Aber ich will es gelten lassen. Tut mir leid, wenn ich ein bißchen schnell auf hundert bin. Diese Verhandlung läuft sehr viel schwieriger, als ich es erwartet habe, und das geht mir auf die Nerven. Das Irritierende dabei ist, daß ich etwas Besseres anbiete, als die haben wollen, aber sie geben nicht nach. Es ist zwar eine Versuchung, nachzugeben, aber du weißt ja, was am Schluß dabei rauskommt, wenn ich es tue.«

»Dann werden sie behaupten, du hättest sie reingelegt«, ergänzte der jüngere Narrisch. »Mann, ganz schön hart, Paps.«

»Wie auch immer«, meinte Paul Narrisch. »Das ist jedenfalls mein Problem, und ich sollte nicht zulassen, daß es sich zwischen uns schiebt. Also, *warum* rufst du mich denn nun an?«

Von seinem Beobachterposten konnte Beeker sehen, wie sein Arbeitgeber leicht zusammenzuckte, bevor er antwortete, weil er erkannte, daß er sich ungewollt selbst in die Ecke gedrängt hatte.

»Ich fasse mich kurz, weil du mitten in einer Konferenz steckst«, sagte der Kommandant. »Es läuft darauf hinaus, Paps, daß ich mir deine Kammerjäger ausborgen will. Sie mieten, um genau zu sein.«

Es sprach für den älteren Narrisch, daß er jetzt nicht auf Kosten seines Sohnes mit einem »Siehst du! Habe ich es nicht gleich gesagt?« antwortete. Statt dessen widmete er sich einfach dem anstehenden Problem.

»Meine was?« fragte er stirnrunzelnd.

»Deine Kammerjäger«, wiederholte der Legionär. »Jedenfalls hast du sie immer so genannt. Du weißt doch, Alberts Mannschaft – die Computerprüfer.«

»Ach so. Die.« Paul Narrisch nickte. »Tut mir leid, mein Sohn. Da kann ich dir nicht helfen.«

»Ach, komm schon, Paps«, warf der Kommandant ein. »Du weißt doch, daß ich nicht darum bitten würde, wenn ich sie nicht *wirklich* brauchte. Und was den Preis anbelangt, haben wir ja wohl beide keine Spielchen nötig. Ich mache mein Angebot bei unserem nächsten Geschäft zwei Prozent günstiger, aber darüber hinaus . . .«

»Hoppla! Hör mal auf, Willie«, unterbrach der ältere Narrisch und hob dabei beschwichtigend die Hand. »Ich habe nicht gesagt, daß ich dir nicht helfen *will*. Ich habe gesagt, daß ich es nicht *kann*! Albert und seine Mannschaft arbeiten nicht mehr für mich. Sie haben sich von mir getrennt und ihre eigene Firma gegründet. Wenn ich sie heutzutage brauche, muß ich sie selbst erst unter Vertrag nehmen.«

»Ich verstehe«, sagte der Legionär nachdenklich. »Sag mal, war es eine freundschaftliche Trennung?«

»Was meinst du damit?«

»Stehen du und Albert noch auf freundschaftlichem Fuß, oder geht der gleich in die Grätsche, sobald man nur den Namen Narrisch erwähnt?« erläuterte der Kommandant. »Es sieht nämlich ganz danach aus, daß ich ihn selbst ansprechen muß, und ich möchte nur wissen, ob ich dafür besser einen Mittelsmann bemühe oder nicht.«

»Oh, es gab keine Ressentiments – jedenfalls nicht von seiner Seite«, erklärte Paul Narrisch. »Aber es ist nicht leicht, mit ihm ins Geschäft zu kommen. Er gewährt nicht einmal *mir* einen Rabatt auf seine Dienstleistungen, obwohl ich dafür aufgekommen bin, als er seine Mannschaft rekrutierte und ausbildete.«

»Na ja, du hast ihn ja schließlich nicht wegen seines Charakters eingestellt«, erwiderte der Legionär glucksend. »Und warst nicht du es, der immer sagte, daß man sich Loyalität nur verdienen, aber nicht kaufen kann?«

»Fang nur nicht an, mit meinen Zitaten um dich zu werfen, wenn ich dir nicht auch ein paar um die Ohren hauen soll«, warnte der ältere Narrisch ihn düster. »Also, gibt es noch irgendwelche anderen *Nichtprobleme*, bei denen ich dir helfen kann? Wie ich schon sagte, ich stecke mitten in einer Verhandlung.«

»Nein, das wär's. Wenn du mir nur noch sagen könntest, wo ich Albert erreiche, dann krieche ich dir wieder aus dem Pelz.«

»Bleib dran, meine Sekretärin wird dir die Adresse durchgeben«, wies der ältere Narrisch ihn an. »Ich muß mich jetzt beeilen. Du weißt ja, wie deine Großmutter ist, wenn man sie zu lange warten läßt.«

»Oma?« der Legionär blinzelte. »Hast du die Verhandlung mit *ihr*?«

Paul Narrisch zog eine Grimasse. »In der Tat. Und sie ist gerade in einer ihrer ›Kreuzzugsstimmungen‹. Du weißt ja, was das heißt.«

Der Kommandant gab ihm ein übertriebenes Schaudern zur Antwort.

»Na, dann viel Glück, Paps«, sagte er. »Ist nicht böse gemeint, aber es hört sich so an, als könntest du es gebrauchen. Grüß sie schön von mir, wenn du meinst, daß es helfen könnte.«

»Damit ich mir wieder ihre Tiraden über dich und dein Pfadfinderfähnlein anhören muß?« fragte der ältere Narrisch. »Danke, nein. Kein Bedarf. Muß jetzt los ... meine besten Grüße an Beeker.«

»Das ist also, kurz zusammengefaßt, die Situation, Albert«, schloß Narrisch. »Können Sie mir helfen?«

Das Holoabbild des Computerspezialisten nickte bedächtig. Er hatte die fahle, unreife Hautfarbe eines Menschen, der gewohnheitsmäßig eine Kathodenröhre als Höhensonne benutzte.

»Ich muß dazu zwar ein paar Leute von anderen Aufträgen abziehen, aber ich denke, wir kriegen es hin.«

»Gut«, sagte der Kommandant. »Wann dürfen wir Sie erwarten?«

»Ich muß mir natürlich erst die Flugpläne anschauen, aber ich schätze, wir können in etwa zwei Wochen dort sein. Es ist nicht sehr weit entfernt von unserem gegenwärtigen Standort.«

»Das ist nicht schnell genug«, widersprach Narrisch kopfschüttelnd. »Wir müssen die Sache vor der Galaeröffnung über die Bühne bringen, und die findet in einer Woche statt. Chartern Sie ein Schiff, wenn es sein muß, aber . . .«

»Unmöglich«, unterbrach Albert ihn kopfschüttelnd. »Wir könnten vielleicht in einer Woche *dort* sein, aber Programmierprobleme auch nur zu diagnostizieren, läßt sich in einem derart eng gesteckten Zeitrahmen nicht bewältigen, und schon gar nicht, sie zu beheben.«

»Doppelte Bezahlung«, erwiderte der Kommandant flach.

»Wenn Sie uns allerdings«, fuhr der Analytiker fort, ohne mit der Wimper zu zucken, »die Programme uploaden können, dann können wir sie während des Flugs bearbeiten und brauchen vor Ort nur noch die Revision aufzurufen. Das wäre zwar ziemlich eng, aber ich schätze, daß wir es schaffen könnten.«

»In Ordnung.« Narrisch nickte. »Ist ein Vergnügen, mit Ihnen Geschäfte zu machen, Albert.«

Seufzend unterbrach er die Verbindung.

»Na, wenigstens hätten wir *das* erledigt.«

»Wenn Sie meinen, Sir.« Der Kommandant musterte seinen Butler mit hochgezogener Augenbraue.

»Diesen Ton kenne ich, Beek«, sagte er. »Was gibt es für ein Problem?«

»Erlauben Sie mir, Ihnen eine Frage zu stellen, Sir?«

»Du meinst, warum ich Rafael nicht einfach das Geld borge, um Maxine auszuzahlen?« Der Kommandant schüttelte den Kopf. »Abgesehen von der ethischen Frage, ob wir uns aus einem Problem dieser Größenordnung einfach freikaufen dürfen, gibt es auch das Problem der reinen Logistik. Eine Summe, wie wir sie benötigen, habe ich nicht auf die Schnelle in bar zur Verfügung. Das würde bedeuten, daß ich einige meiner längerfristigen Anlagen liquidieren müßte, was ich nicht tun will. Und selbst wenn ich es täte, würde es mehr Zeit brauchen, als wir haben. Max will das Casino, und sie wird Rafael nur von der Leine lassen, wenn er ihr das Geld bar auf die Kralle gibt.«

»Ich verstehe, Sir«, erwiderte Beeker. »Das war allerdings, wenn ich das so sagen darf, nicht die Frage, die ich stellen wollte.«

»Wie?«

»Wenn ich richtig gehört habe, haben Sie Albert und seine ... Kammerjäger instruiert, ihre Aufmerksamkeit in erster Linie darauf zu richten, etwaige programmtechnische Inkonsistenzen hinsichtlich der Video-Geldautomaten im Casino zu ermitteln und zu berichtigen. Ist das korrekt?«

»Da liegt unsere größte Verwundbarkeit. Ja.«

»Nun, Sir, ich kann nicht umhin, mich zu fragen, ob es klug wäre, die anderen Gebiete völlig außer acht zu lassen, die von einer Computermanipulation betroffen sein könnten. Meiner Erfahrung nach sind die Leute, die Computer programmieren, den Maschinen, mit denen sie zu tun haben, sehr ähnlich, was ihre Behandlung der Anwender betrifft. Sie tun das, was ihnen ausdrücklich aufgetragen wurde – meistens –, aber nur selten etwas anderes. Damit möchte ich meinem Zweifel Ausdruck verleihen, daß sie sich mit anderen Problemgebieten als jenen befassen dürften, die von ihren gegenwärtigen Instruktionen definiert wurden.«

»Komm schon, Beek«, protestierte Narrisch. »Du hast ihn doch gehört. Die stecken auch so schon unter gewaltigem Zeitdruck, wenn sie nur die Automaten hinbekommen sollen. Jede Ausweitung ihres Auftrags würde die Sache nur verlangsamen.«

»Dann dürften Sie gezwungen sein, für die anderen Problemgebiete zu Alternativlösungen zu gelangen ... Sir«, sagte der Butler unverblümt.

»Aber sie sind doch nur ...«, der Kommandant riß sich zusammen und brach ab, fuhr sich mit einer Hand über die Augen. »Also gut, Beeker. Heraus damit. Welche anderen Gebiete außer den Geldautomaten machen dir Sorgen?«

»Nun, wenn ich die Situation richtig begreife, Sir, so kontrolliert der Computer zugleich die Beleuchtung und das Beschallungssystem der Veranstaltungsbühne.«

»Das ist richtig. Und?«

»Ich gehe davon aus, Sir, daß der Veranstaltungssaal und die angekündigten Künstler eine der Hauptattraktionen des Casinos darstellen, mit der es seine Kundschaft anzulocken versucht. Kurzum, sollte es zu keiner Show kommen, nehmen an der Eröffnung möglicherweise auch weniger Leute teil, um an den Automaten zu spielen, was die Frage nach den Automatenprogrammen vergleichsweise irrelevant machen würde.«

»Ich verstehe«, sagte Narrisch. »Dann müssen wir ...«

»Des weiteren«, fuhr der Butler fort, als wäre er nicht unterbrochen worden, »glaube ich zu wissen, daß Herr Gunther Dee Dee Watkins für die Eröffnung gebucht hat, und ...«

»Wer?«

Beeker rollte in einem nicht sonderlich gespielten Entsetzen die Augen.

»Wirklich, Sir«, erwiderte er. »Sie sollten etwas öfter den Finanzteil lesen. Dee Dee Watkins ist schon seit Jahren als Holostar im Kommen, und sie hat gerade eine Nachtclubnummer zusammengestellt, mit der sie auf Tournee gehen möchte. Die Premiere soll hier im Rahmen der Galaeröffnung stattfinden.«

»Oh.«

»Noch etwas zu früh, Sir. Denn das ist noch nicht alles, Sir«, berichtigte ihn der Butler. »Wenn ich bisher auch noch nicht das Privileg gehabt habe, Fräulein Watkins' Vertrag persönlich durchgehen zu können, so hat mich meine jüngste Erfahrung mit Leutnant Rembrandt bei der Einstellung unserer eigenen Schauspieler zu der Vermutung geführt, daß eine Künstlerin ihres Kalibers mit Sicherheit eine Buchungsklausel in ihrem Vertrag haben dürfte, die ihr garantiert, daß sie ihr volles Honorar erhält, auch wenn sie nicht auftreten sollte, vorausgesetzt, daß der Grund dafür ein Versagen von seiten des Veranstalters ist, eine Bühnenausstattung zu stellen, die wenigstens minimalen professionellen Anforderungen entspricht – und das dürfte meiner Vermutung zufolge die Licht- und eine *funktionstüchtige* Tonanlage einschließen. Ich möchte weiterhin annehmen, daß ihr Honorar für diesen Auftritt, wiewohl vielleicht nicht von gleicher Größenordnung wie die potentiellen Verluste durch mehrfache Jackpot-Gewinne an den Video-

Geldautomaten, nichtsdestotrotz erheblich sein dürfte – und ich *weiß*, welche Abneigung Sie dagegen hegen, Leute dafür bezahlen zu müssen, daß sie ihren vertraglichen Verpflichtungen *nicht* nachkommen.«

Er machte eine Pause; dann nickte er seinem Arbeitgeber zu. »*Jetzt*, Sir.«

»Oh«, erwiderte Narrisch pflichtbewußt.

Während Beeker respektvoll wartete, daß sein Arbeitgeber diese Information verdaute, hing ein Schweigen in der Luft.

»Also gut«, sagte Narrisch schließlich. »Ich begreife, daß wir da etwas tun müssen. Hast du noch weitere Gemmen der Erkenntnis auf Lager?«

Es war eigentlich als Scherzfrage gemeint, doch in der Gesellschaft, mit der Narrisch Umgang pflegte, war das immer gefährlich.

»Um genau zu sein, Sir«, fuhr Beeker fort, »ist mir zudem der Gedanke gekommen, daß Sie darüber hinaus auch ein Überprüfungs- oder Sicherungssystem für die Hotelrezeption installieren sollten.«

»Die Rezeption?«

»Ich hege die Vermutung, daß der Computer in großem Umfang sowohl für die Reservierungen als auch für das Hotelrechnungswesen genutzt wird, und abgesehen von ärgerlichen Doppelbuchungen gibt es auch seit langer Zeit ein Gesetz, das die Hotels in einem solchen Fall dazu verpflichtet, den überschüssigen Gästen eine gleichwertige Unterkunft zu beschaffen *und* dafür aufzukommen.«

»Und es gibt sehr viele Reisegruppen, die angeblich eine Reservierung für die Eröffnung gebucht haben«, beendete Narrisch grimmig den Gedankengang.

Der Kommandant holte seinen Port-A-Brain-Minicomputer aus der Tasche und schob einen Stuhl vor das Zimmerholophon.

»Häng dich an die Strippe und bestell uns etwas Kaffee«, sagte er. »Wir haben viel Arbeit vor uns. Und Beek?«

»Ja, Sir?«

»Ich will keine Klagen mehr darüber hören, daß ich nicht genug Schlaf bekomme. Jedenfalls für eine Weile nicht.«

Es wäre eine Untertreibung gewesen, zu behaupten, daß Lawrence Bombest überrascht war, einen Holoanruf von Willard Narrisch zu empfangen. Wenn er auch einen zähneknirschenden Respekt für die Arbeit entwickelt hatte, die Narrisch leistete, als er seine heruntergekommene Kompanie der Weltraumlegion aufmöbelte, während sie vorübergehend im Plaza untergebracht gewesen waren, hätte er sich doch nicht einmal in seinen kühnsten Träumen zu dem Gedanken hinreißen lassen, daß die beiden sich irgendwie nahestehen könnten.

In seiner Position als Manager des Plaza Hotels, eines der ältesten, angesehensten Hotels auf Haskins Planet, hatte es zu seinen Pflichten gehört, als Hüter dieser stattlichen Unternehmung aufzutreten, und wenn die Legionäre sich auch sehr viel besser benommen hatten als ursprünglich befürchtet, waren er und ihr Kommandant deswegen doch mehr als einmal in die Rolle von Widersachern gezwungen worden. So sehr ihn schon der bloße Anruf an sich überraschte, reagierte er erst recht völlig perplex, als er erfuhr, um was es ging.

»Ich weiß, daß wir beide sehr beschäftigt sind, Bombest«, sagte das gespenstische Holobild, »deshalb komme ich gleich zur Sache. Wären Sie bereit, für eine kurze, befristete Zeit Abschied vom Plaza zu nehmen, um hier auf Lorely ein Hotel zu leiten? Sagen wir, für ungefähr einen Monat?«

»Ich . . . ich müßte erst darüber nachdenken, Herr Narrisch«, stammelte der Manager, den die Frage völlig unvorbereitet traf.

»Leider haben wir nicht die Zeit dazu«, widersprach das Abbild kopfschüttelnd. »Ja oder nein?«

»In diesem Fall befürchte ich, daß die Antwort wohl nein lauten müßte«, sagte Bombest. »Selbst wenn alles dafür spräche, so gestattet mir mein bestehender Arbeitsvertrag hier leider nichts Derartiges. Ich müßte um den erforderlichen Urlaub ersuchen, einen Stellvertreter besorgen . . .«

»Ich fürchte, Sie unterschätzen mich schon wieder, Bombest«, unterbrach Narrisch ihn. »Das ist schon alles geregelt. Ich habe es mit Reggie Page geklärt . . . Sie erinnern sich noch an den Namen? Der Generalmanager des Webber-Konzerns, dem die Hotelkette gehört? Jedenfalls habe ich ihm die Situation erklärt, und er hat eingewilligt, Ihnen Urlaub zu gewähren, natürlich bezahlten, und bis zu Ihrer Rückkehr für Ersatz zu sorgen. Übrigens hoffe ich, daß es keiner besonderen Erwähnung bedarf, daß Sie für Ihre Arbeit hier großzügig entlohnt werden, und ein Spesenkonto gibt es natürlich auch, so daß Ihr Doppeleinkommen für die fragliche Zeit erheblich sein wird.«

»Und das haben Sie alles schon im voraus arrangiert?« fragte Bombest.

»Es hatte ja wohl keinen Zweck, Sie zu fragen, wenn Sie nicht zur Verfügung hätten stehen können«, erwiderte das Abbild. »Und noch etwas, Bombest. Das ist nicht persönlich gemeint, aber ich dachte mir, daß ich wohl eine bessere Chance hätte, zu Reggie durchzukommen *und* eine zeitige Antwort zu erhalten, als Sie. Jedenfalls lautet die Frage nicht, ob Sie *können*, es geht darum, ob Sie *wollen*. Und das können nur Sie allein beantworten.«

»Ich verstehe. Wenn Sie meine Frage verzeihen mögen, Herr Narrisch, warum ich? Entschuldigen Sie bitte, aber ich hatte den Eindruck, daß wir nicht besonders gut miteinander ausgekommen sind, als Sie hier wohnten.«

»Oh, ich will gar nicht erst so tun, als würde ich Sie *mögen*, Bombest«, sagte Narrisch mit angespanntem Lächeln, »und ich erwarte auch von Ihnen nicht, daß Sie sich aus meiner Person besonders viel machen. Unser Arbeitsstil ist so verschieden, daß wir wohl nie ›gute Kumpels‹ werden könnten. Aber in Ihrem Tätigkeitsfeld, nämlich dem Umgang mit Hotelproblemen, sind Sie der Beste, dem ich bisher begegnet bin, und ich befinde mich zur Zeit in einer Klemme, in der ich Verwendung für ein derartiges Talent habe. Die Frage lautet also nicht, ob wir Freunde sein wollen oder nicht, sondern ob Sie bereit sind, mit mir zusammenzuarbeiten.«

Bombest schürzte die Lippen. »Ich gehe nicht davon aus, daß Sie im Zuge Ihrer Recherchen bereits die Frage geklärt haben, welche Flüge von Haskins nach Loreley gerade frei sind?«

»Ich bin, ehrlich gesagt, sogar noch etwas weiter gegangen«, erwiderte das Abbild. »Wenn . . . entschuldigen Sie, *falls* Sie bereit sind, abzureisen, werden Sie das Militärschiff des Gouverneurs am Raumhafen in Bereitschaft vorfinden, Sie direkt hierherzubringen. Wie ich schon sagte, unser Zeitplan ist ziemlich eng.«

Diese kleine Information sagte Bombest mehr als alles. Wenn man ihr Verhältnis auch nicht gerade als große Liebe bezeichnen konnte, so war es, verglichen zu der Beziehung des Legionskommandanten zum Militärgouverneur des Planeten geradezu rosig. Zwar wurden die Einzelheiten ihrer Begegnungen nie publik gemacht, doch war es ein offenes Geheimnis, daß sie einander bekämpften wie Katz und Hund, wo immer sich ihre Wege kreuzten. Die bloße Tatsache, daß Narrisch sich an den Gouverneur gewandt hatte, um sein Dienstraumfahrzeug benutzen zu dürfen, ganz zu schweigen von der Frage, was er wohl alles erst hatte tun müssen, um es tatsächlich zu bekommen, war ein deutliches Indiz dafür, wie sehr der Kommandant Bombests Dienste brauchte. Weitaus mehr als ein beiläufiger Anruf bei Reggie Page.

»Also gut, Herr Narrisch«, entschied sich der Hotelmanager. »Ich bin dabei. Ich muß noch ein paar Angelegenheiten erledigen, bevor ich losgehe, aber das dürfte kaum mehr als ein bis zwei Stunden dauern. Dann bin ich schon unterwegs.«

Das Abbild lächelte. »Hervorragend. Willkommen an Bord, Bombest. Ich freue mich, Sie hier begrüßen zu dürfen.«

Nachdem die Verbindung unterbrochen worden war, hatte Bombest einige Augenblicke über den Anruf nachgedacht, der seine unmittelbare Zukunft so radikal auf den Kopf gestellt hatte.

Zu seiner Überraschung mußte er feststellen, daß das angebotene Geld für seine Entscheidung nicht maßgeblich gewesen war, wenn es die Sache auch erleichtert haben mochte. Entscheidend war vielmehr die Tatsache gewesen, daß er sich davon geschmeichelt fühlte, welche Anstrengungen der Legionskommandant unternommen hatte, um sich seiner Dienste zu vergewissern. Wenn jemand von Willard Narrischs Kaliber und Erfahrung zu einem sagte, daß man auf dem eigenen Fachgebiet der Beste sei, den er kenne, *und* daß er einen brauche, war das genug, um einen dazu zu bringen, Himmel und Erde in Bewegung zu setzen, um Narrischs Einschätzung auch zu rechtfertigen.

Zum ersten Mal begann Bombest zu begreifen, wie es möglich war, daß Narrisch dienstfertige Loyalität für sich gewinnen konnte, wo andere schon Schwierigkeiten hatten, auch nur Gehorsam zu erzwingen.

Kapitel 10

Tagebucheintrag # 227

Zu behaupten, daß die letzten Tage vor der Galaeröffnung des Casinos eine Studie in Panik waren, wäre das gleiche, als würde man behaupten, daß Dschingis Khan sich vornehmlich als Immobilienmakler betätigte.

Es gab Zehntausende von Einzelheiten, die in Angriff genommen werden wollten, und mein Arbeitgeber mit seiner üblichen Neigung, sich selbst zum Mittelpunkt der Dinge zu machen, schaffte es auch, mit den meisten davon in Berührung zu geraten.

Und natürlich mußte alles auf der Stelle erledigt werden.

»Ich habe gehört, daß ich hier Hauptmann Joker finden kann?«

»Ist hier . . . aber in Konferenz. Darf nicht gestört werden.«

»Das wollen wir doch mal sehen!«

Dieser Wortwechsel fand in hinreichender Lautstärke statt, um durch die Zimmertür zu dringen, so daß die dahinter versammelten Legionäre früh genug von der Unterbrechung erfuhren, noch bevor die Tür geöffnet wurde.

Schoppen-Hauer war ausdrücklich dazu auserkoren worden, die Versammlung zu bewachen, weil schon sein bloßer Anblick genügte, um die meisten Störenfriede abzuschrecken. Leider genügte bloße Einschüchterung aber nicht, um das winzige Energiebündel abzuhalten, das nun durch die Tür platzte. Obwohl sie leger in Jeans und Pullover gekleidet war, hatte sie das Gehabe einer Königin an sich – oder, um genauer zu sein, einer verwöhnten Prinzessin, die gerade einen Tobsuchtsanfall erlitt. Der Anblick eines Dutzend schwarzgekleideter Legionäre, die über den ganzen Raum verteilt dasaßen und sie wie ein Rudel Panther anstarrten, war allerdings entnervend genug, um die junge Dame wenigstens zum Halten zu bringen.

»Hauptmann Joker?« fragte sie zögernd.

»Ja?«

Der Kommandant erhob sich träge vom Sofa.

»Ich muß sofort mit Ihnen sprechen. Man hat mir gesagt . . .«

»Entschuldigen Sie«, erwiderte Narrisch und hob lächelnd eine abwehrende Hand. »Nun, da Sie wissen, wer ich bin, darf ich vielleicht meinerseits fragen, wer *Sie* sind?«

Wenn sie auch mit der Zeit eine Abneigung dagegen entwickeln, von Heerscharen anonymer Bewunderer verfolgt zu werden, die in ihr Privatleben eindringen, sind berühmte Unterhaltungskünstler, was ihr Selbstwertgefühl betrifft, davon abhängig, daß man sie allgemein erkennt. Deshalb ist es für solche Menschen auch mehr als nur leicht irritierend, wenn sie sich mit jemandem konfrontiert sehen, der von ihrer Identität nicht nur unbeeindruckt bleibt, sondern von ihr nicht einmal Kenntnis erlangt hat.

»Na, so was«, murmelte die Störenfriedin leise vor sich hin. »Also gut, Hauptmann. Dann spielen wir eben nach Ihren Regeln. Ich bin Dee Dee Watkins, die absolute Attraktion der Eröffnungsgala dieses Casinos.«

»Aha«, antwortete Narrisch mit einem knappen Nicken. »Verzeihen Sie, daß ich Sie nicht erkannt habe, Fräulein Watkins. Ich bin zwar mit Ihrem Namen vertraut, aber ich habe nur selten Zeit für die Holos und bin schrecklich ignorant, wenn es um die verschiedenen Darbietungskünstler geht, erst recht, was ihre gegenwärtige Stellung in der Hackordnung betrifft. Also gut, womit kann ich Ihnen dienen?«

»Ich habe gerade den Veranstaltungssaal auf die Möglichkeit von Proben geprüft und erfuhr dort, daß ich mit einer Live-Bühnenmannschaft anstelle eines computerisierten Arrangements auftreten soll – und zwar auf *Ihre* ausdrückliche Anweisung hin.«

»Das ist richtig«, bestätigte der Kommandant. »Stellt das ein Problem dar?«

»Abgesehen von der Tatsache, daß Live-Mannschaften nie zweimal auf dieselbe Weise mit ihren Stichworten umgehen, keineswegs«, antwortete die Sängerin sarkastisch. »Hören Sie, Hauptmann, es ist schon lange her, seit ich das letzte Mal vor Publikum aufgetreten bin. Ich werde auch so schon alle Hände voll damit zu tun haben, mir meine *eigenen* Stichworte und Einsatzzeichen zu merken, ohne auch noch darüber nachgrübeln zu müssen, ob der nächste Scheinwerfer auf mich gerichtet sein soll oder auf das Klavier.«

»Ich schätze, da bin ich wohl falsch informiert worden«, erläuterte Narrisch. »Man hat mir mitgeteilt, daß Sie es ausgesprochen *vorziehen* würden, mit einer Live-Mannschaft zu arbeiten ... natürlich unter der Voraussetzung, daß es sich um kompetente Leute handelt.«

»Ach ja?« Dee Dee sah ihn fragend an. »Wer hat Ihnen denn das erzählt?«

»Ich fürchte, das warst du selbst, Liebste.«

Sie drehte sich zu dem Sprecher um und hätte sich vor Schreck fast überschlagen.

»Lex? Mein Gott, bist du das? Habe dich gar nicht erkannt, in dieser Verkleidung. Hast du dich zum Militärdienst gemeldet oder so was?«

Der Schauspieler warf Narrisch einen kurzen Blick zu, bevor er antwortete.

»Das ist nur ein vorübergehendes Arrangement, das kann ich dir versichern«, sagte er mit einem Lächeln, das zu leger war, um echt sein zu können. »Was jedenfalls die Bühnenmannschaft betrifft ... wäre es dir vielleicht eine Hilfe, wenn ich dir meine *persönliche* Garantie gäbe, daß alles so laufen wird, wie es sein soll?«

»Soll das heißen, daß *du* zur Truppe gehörst?« fragte Dee Dee ungläubig.

Lex' Lächeln verrutschte ein wenig.

»Ich *koordiniere* die Bühnentruppe«, berichtigte er, »aber ich habe schon lange genug mit den Leuten zusammengearbeitet, um sicher zu sein, daß sie damit klarkommen.«

»Ich wußte gar nicht, daß du etwas von der technischen Seite des Theaters verstehst.«

»Ich habe bei einigen Sommertheatertourneen mitgearbeitet«, erklärte der Schauspieler achselzuckend. »Da muß man von allem etwas machen. Eine Woche hat man die Hauptrolle, die nächste Woche ist man Beleuchter . . .«

»Es tut mir leid, wenn ich diese Wiedervereinigung stören muß«, unterbrach der Kommandant, »aber wir haben noch viele Dinge zu besprechen. Haben Sie noch weitere Fragen, Fräulein Watkins?«

»Könnten Sie mich für den Rest der Besprechung entschuldigen, Hauptmann?« fragte Lex. »Wir haben bereits die Dinge besprochen, die mich betreffen, und ich möchte noch einige Sachen mit Dee Dee durchgehen, solange sie noch frei ist . . .«

»Nur zu«, sagte Narrisch und ließ sich wieder auf das Sofa sinken. »Aber melden Sie sich danach wieder bei mir zurück. Ich möchte sichergehen, daß ich über alle eventuellen Änderungen Ihres ursprünglichen Plans informiert werde.«

Der Schauspieler nickte und ging, die neidischen Blicke genießend, die ihm die anderen Männer im Raum nachwarfen.

»Die Unterbrechung tut mir leid«, sagte Narrisch, als wäre er verantwortlich für die Störung durch die Sängerin gewesen. »Und nun . . . zurück an die Arbeit. Ich möchte, daß Sie in der Kompanie durchgeben, daß ich die Dienste eines Fälschers brauche. Ich wiederhole, eines *Fälschers*, keines Falschmünzers . . .«

»Entschuldigung . . . Herr Beeker . . . Sir?«

Sichtlich unwillig, sich in seiner seltenen Freizeit stören zu lassen, blieb der Butler dennoch stehen, als er gerufen wurde, um Bombest zu erblicken, der hastig hinter dem Rezeptionspult hervorkam.

»Einfach nur ›Beeker‹, Sir«, sagte Beeker.

»Ja, natürlich«, erwiderte der Manager zerstreut. »Ich wollte Sie fragen, ob ich Sie vielleicht einen Augenblick sprechen kann.«

»Zu welchem Behufe, Sir?«

»Nun« – Bombest blickte sich um, als würde er Lauscher befürchten –, »ich bin die Reservierungen durchgegangen – manuell, wie es Herr Narrisch empfahl –, und ich fürchte, daß wir für die Eröffnung hundert zusätzliche Zimmer brauchen werden.«

»Weshalb?«

Der Manager zuckte die Schultern. »Ich kann nur vermuten, daß es ein Computerfehler ist. Die meisten Reservierungen wurden zwar korrekt eingegeben, aber sie erscheinen auf keiner Liste . . .«

»Ich meinte, weshalb tragen Sie *mir* das vor . . . Sir?« wollte Beeker wissen. »Ich besitze in diesen Angelegenheiten keine Autorität. Gewiß hat man Ihnen doch ein Procedere anempfohlen, wie Sie etwaige Unregelmäßigkeiten durch die normalen Kanäle weiterleiten können.«

»Das hat man«, gestand der Manager, »aber . . . na ja, ehrlich gesagt, habe ich bisher gezögert, Herrn Narrisch direkt anzusprechen. Er scheint mir doch sehr ausgefüllt von den Vorbereitungen auf die Eröffnung, und ich möchte ihn nur ungern stören, sofern es nicht außerordentlich wichtig ist.«

»Ich bin überzeugt, daß er dies für wichtig genug halten wird, um eine Störung zu rechtfertigen«, meinte der Butler. »Immerhin hielt er es doch auch für wichtig genug, Sie ausdrücklich für diese Aufgabe einfliegen zu lassen, nicht wahr?«

»Ich . . . ich glaube schon«, sagte Bombest zögernd. »Aber seit meiner Ankunft habe ich kaum ein Wort mit ihm gewechselt. Ich habe ja nicht gerade mit einem Empfang durch eine Blaskapelle gerechnet, nicht, daß Sie das von mir glauben, aber der Mangel an Kontakt hat mir den Eindruck vermittelt, daß Herr Narrisch von anderer Arbeit in Beschlag genommen ist, die eine höhere Priorität hat als die meine.«

»Es scheint mir doch wahrscheinlicher, daß es ein Indiz für das große Maß an Vertrauen ist, das er in Sie setzt, Herr Bombest«, erwiderte Beeker gelassen. Er war es schon seit langem gewöhnt, die zerzausten Gefieder und verletzten Gefühle zu beschwichtigen, die unweigerlich der Spur seines Arbeitgebers folgten. »Zweifellos ist er der Auffassung, daß Sie Ihre Pflichten mit einem bloßen Minimum an Führung oder Anweisung durch ihn wahrnehmen können.«

Die Haltung des Managers, die man ohnehin als ausgesprochen korrekt bezeichnen konnte, verbesserte sich zusehends bei diesen Worten.

»So habe ich es noch nie betrachtet«, gestand er.

»Falls es Ihnen dennoch Unbehagen bereiten sollte, sich direkt an meinen Arbeitgeber zu wenden«, fuhr der Butler geschmeidig fort, »darf ich Ihnen empfehlen, sich an einen seiner Offiziere zu richten. An Leutnant Armstrong oder Leutnant Rembrandt, vielleicht? Ich stelle fest, daß Sie einen der Armbandkommunikatoren der Kompanie tragen. Ich bin sicher, daß Mutter Sie entweder mit einem der Leutnants verbinden kann oder, falls sie verhindert ist, Ihre Nachricht an sie weiterleiten wird.«

Bombest warf einen Blick auf den Kommunikator an seinem Handgelenk, als sähe er ihn zum ersten Mal; dann schnitt er eine Grimasse.

»Ich nehme an, anders geht es nicht«, räumte er ein. »Wissen Sie, Beeker, das ist auch ein Teil des Problems.« Er klopfte mit dem Zeigefinger auf den Kommunikator. »Als Herr Narrisch mich wegen dieses Auftrags ansprach, war ich bereit, als Hotelmanager zu arbeiten, aber manchmal fühle ich mich hier eher wie ein Geheimagent. Zwischen dem Armbandkommunikator und den Intrigen – verdeckt arbeitende Leute, die ich vorgeblich nicht einmal kennen darf, der Casinomanager, dem ich nichts verraten soll – habe ich das Gefühl, daß ich bis über beide Ohren... in etwas hineingerutscht bin, dem ich normalerweise aus dem Weg gehen würde wie der Beulenpest.«

Beeker gestattete sich ein leises Lächeln.

»Falls es Ihnen ein Trost sein sollte, Sir, dieses Gefühl ist nicht sehr ungewöhnlich bei jenen, die in Herrn Narrischs Diensten stehen. Er hat die Neigung, sich mitreißen zu lassen, und er verfügt über das Charisma, um andere gleich mitzureißen. Ich bin überzeugt davon, daß Sie es schon meistern werden, nachdem der Anfangsschock erst einmal abgeflaut ist.«

»Wie machen Sie das eigentlich?«

»Sir?«

»Sie sind doch ein ziemlich normaler Bursche, nicht so wie Herr Narrisch oder die uniformierten Fanatiker, mit denen er Umgang pflegt. Wie machen Sie Ihren Job?«

»Sehr gut, Sir.«

»Wie bitte?«

Der Butler schüttelte den Kopf. »Verzeihen Sie. Es war der Versuch, einen kleinen Scherz zu machen – ein Versuch, der verunglückt ist, wie ich zugeben muß.«

Der Manager blinzelte verwirrt; dann lächelte er kurz. »Ach so. Ja, ich verstehe.«

»Was Ihre Frage betrifft«, fuhr Beeker fort, »so könnte ich mir vorstellen, daß meine Position der Ihren nicht unähnlich ist, und zwar dergestalt, daß es sich dabei nicht um eine Arbeit handelt, die mit sehr viel Anerkennung und hoher Qualifikation verbunden ist, weshalb Menschen dazu neigen, anzunehmen, sie sei leicht zu bewältigen. In Wahrheit ist unsere Arbeit jedoch extrem schwer. Ein besonderer Typ Individuum ist davon abhängig, daß wir täglich außerordentlich belastende Entscheidungen fällen, will es überleben oder gar gedeihen. Wir müssen das Gleichgewicht zwischen Kühnheit und Umsicht finden, zwischen Schauspielerei und Ernsthaftigkeit. Wir müssen jene Aufgeschlossenheit und Kreativität an den Tag legen, die erforderlich ist, um unvorhergesehene Situationen zu bewältigen. Wie Sie wissen, Herr Bombest, gibt es für unsere Art von Arbeit keine Handbücher oder Studiengänge. Beide mußten wir unser Regelbuch aus persönlicher Erfahrung heraus selbst schreiben, um dann bereitzustehen, gegen diese Regeln zu verstoßen, sobald die Umstände es erfordern.«

»Sie haben recht, Beeker«, gestand der Manager nachdenklich. »Ich nehme an, ich habe das schon die ganze Zeit gewußt, wenn auch nicht in diesen genauen Worten. Ich vergesse es nur immer wieder. Danke, daß Sie mich daran erinnert haben.«

Er streckte die Hand aus, und der Butler tat nach einer winzigen Pause das gleiche, um sie zu schütteln.

Beeker dachte über sein Gespräch mit dem Hotelmanager nach, als er in eines der Casinocafés schlenderte.

So eng, wie er mit seinem Arbeitgeber zusammenarbeitete, war es manchmal schwierig, sich noch einmal vor Augen zu halten, wie einschüchternd schon der bloße Name und erst recht die Anwesenheit von Willard Narrisch auf die meisten Leute wirkte. Es bedurfte besonderer Anstrengungen, solche Menschen zu beruhigen, damit sie ihre volle Arbeitskraft entfalteten, und Bombest stellte ein typisches Beispiel dafür dar.

Glücklicherweise besaß Narrisch eine einfache Formel, um mit solchen Situationen fertig zu werden. Er glaubte ehrlich daran, daß alle Menschen etwas Besonderes waren, auch wenn sie meistens dazu neigten, ihre eigenen Vorzüge zu übersehen. Er brauchte sie nur auf das hinzuweisen, was ihm selbst offensichtlich erschien, um seine Wertschätzung auszudrücken, und schon reagierte der Betreffende mit einer geradezu welpenhaften Begeisterung.

Der Butler nahm sich eine Tasse Kaffee und winkte der Kellnerin zu, die seine Geste mit einem Lächeln erwiderte. Inzwischen war er hier bekannt, und alle vom Personal wußten, daß er seine Selbstbedienung nicht vom Trinkgeld abziehen würde.

Es hatte für Beeker keine große Leistung dargestellt, dem Hotelmanager die erforderlichen Streicheleinheiten zukommen zu lassen. Wenngleich er die Philosophie seines Arbeitgebers hinsichtlich des Wertes eines jeden Individuums nicht vollständig teilte, war er doch mit ihr vertraut und hatte ihre praktische Anwendung so häufig miterlebt, daß er bei Bedarf diese Rolle ohne Mühe auch selbst übernehmen konnte. Was ihm im Augenblick Sorgen machte, war vielmehr die Tatsache, daß so etwas nicht hätte erforderlich sein sollen.

Bei diesem Auftrag verlangte Narrisch sich selbst außerordentlich viel ab, noch mehr, als bei ihm ohnehin schon üblich.

Obwohl Beeker sich schon längst mit der Besessenheit abgefunden hatte, die für das Wesen seines Arbeitgebers charakteristisch war, empfand er dieses neue Muster doch als beunruhigend. Der Schlafmangel machte Narrisch reizbar, vor allem dann, wenn er an irgendeine kleine Aufgabe oder Entscheidung erinnert wurde, die er im Zuge seines hektischen, verzettelten Arbeitsplans verabsäumt hatte. Wenn es auch einem oberflächlichen Betrachter vielleicht nicht auffiel, so war es für jene, die normalerweise mit ihm zusammenarbeiteten, doch ganz offensichtlich. Nach allem, was Beeker gehört und belauscht hatte, wuchs die Tendenz unter Narrischs Untergebenen, selbständig zu handeln anstatt ›den Hauptmann mit Kleinigkeiten zu belästigen‹. Noch schlimmer war, daß sie versäumten, ihn darüber zu informieren, ja, ihm sogar wissentlich Informationen über ihre Aktivitäten vorenthielten.

Wenn Beeker auch nie eine vertrauliche Mitteilung mißbrauchen oder versuchen würde, seinem Arbeitgeber einen Rat aufzuzwingen, war er sich doch der Tatsache bewußt, daß er im Rahmen seiner Möglichkeiten würde eingreifen müssen, falls sich die Situation noch wesentlich verschlimmern sollte.

Wie er sich im Café umsah, stellte Beeker mit einiger Befriedigung das Fehlen schwarzer Uniformen fest. Auch wenn er stets dazu bereit war, für die Probleme und Beschwerden der Legionäre ein offenes Ohr zu haben, war er doch auch froh, gelegentlich einen ruhigen Augenblick für sich allein genießen zu können.

Er wollte sich gerade eine unbesetzte Nische aussuchen, als er eine einsame Gestalt an einem zurückgesetzten Tisch erblickte und seinen Kurs wechselte, um auf sie zuzugehen.

»Guten Morgen«, sagte er herzlich und nahm sich einen Stuhl. »Haben Sie etwas dagegen, wenn ich Ihnen Gesellschaft leiste?«

Dunkle Augen hoben sich von dem Buch, in dem sie gerade gelesen hatten, und starrten ihn aus einem wie aus Stein gehauenen Ebenholzgesicht kalt an.

»Wie bitte? Kennen Sie mich?«

Der Frost in der Stimme übertraf noch den des Blicks und setzte die Antwort auf die Frage bereits voraus, noch während sie gestellt wurde.

»Nur vom Hörensagen«, erwiderte der Butler und nahm Platz. »Ich habe mir allerdings gedacht, daß ich die Gelegenheit nutzen könnte, Sie einmal persönlich kennenzulernen. Wenn ich mich nicht täusche, sind Sie Laverna und befinden sich gegenwärtig in den Diensten von Maxine Pruet.«

Die schlanke Frau lehnte sich auf ihrem Stuhl zurück, verschränkte die Arme vor die Brust und legte die Beine übereinander.

»Und wer sind Sie, wenn ich fragen darf?«

»Aha. Offensichtlich eilt mir mein Ruf nicht im selben Umfang voraus wie Ihnen.« Der Butler lächelte, von Lavernas abwehrender Körpersprache oder der in ihrer Stimme angedeuteten Herausforderung ungerührt. »Gestatten Sie mir, mich vorzustellen. Mein Name ist Beeker. Ich bin Angestellter von Herrn Narrisch – oder Hauptmann Joker, falls Sie das vorziehen sollten –, in einer Funktion, die nicht ungleich der Ihren sein dürfte, wiewohl ich mir vorstellen kann, daß sie bei mir mit einem erheblich geringeren Einkommen verbunden sein dürfte.«

»Sie sind *was*?«

»Ich bin sein Butler«, erwiderte Beeker. »Ich butlere.«

Die Tischtemperatur sank noch tiefer in den Keller.

»Und jetzt wollen Sie also hier an *meinem* Tisch herumsitzen und mich nach Informationen über Frau Pruet ausquetschen?« Ihr Tonfall machte aus ihren Worten eher eine Feststellung als eine Frage. »Hören Sie, Herr Beeker, ich habe nur selten Zeit für mich allein, und *jetzt* ist eine solche Gelegenheit. Ich habe kein Verlangen danach, mit irgendeinem Narren das Spiel ›zwanzig Fragen beantworten‹ zu spielen ... *oder* mit Herrn Narrischs Butler.«

Beeker musterte sie für einen Augenblick gelassen; dann erhob er sich und nahm dabei seine Kaffeetasse auf.

»Verzeihen Sie, daß ich Sie belästigt habe, Fräulein Laverna«, sagte er. »Es scheint, ich habe mich getäuscht.«

»Spielen Sie jetzt bloß nicht die beleidigte Leberwurst«, sagte Laverna mit einem abfälligen Gesichtsausdruck und griff wieder nach ihrem Buch.

»Beleidigt? Nein. Nur verärgert«, berichtigte der Butler sie. »Und eher über mich selbst als über Sie.«

»Wieso das?«

»Ich schmeichele mir selbst wegen meiner Menschenkenntnis, Fräulein Laverna«, erklärte Beeker. »Offen gestanden, hängt meine Effizienz davon ab. Deshalb empfinde ich es als ärgerlich, wenn sich herausstellt, daß ich jemanden falsch eingeschätzt habe – vor allem dann, wenn es sich um *Über*schätzung handelt.«

»Herr Beeker, ich bin jetzt seit annähernd dreißig Stunden auf den Beinen«, sagte Laverna. »Wenn Sie mir irgend etwas zu sagen haben, dann müssen Sie es schon geradeheraus tun – und zwar in einfachen Worten. Im Augenblick kann ich komplizierteren Sachverhalten nicht allzugut folgen.«

Der Butler hielt inne; dann atmete er tief und abgehackt durch.

»Verzeihen Sie mir«, sagte er. »Ich bin selbst ziemlich müde. Ich meinte nur, daß ich nach dem, was ich über Sie und Ihre Position gehört habe, davon ausgegangen bin, daß Sie eine hochintelligente Person sein müßten – intelligent genug, um zu begreifen, daß ich nicht von Ihnen erwarten würde, irgendwelche Informationen über Ihre Arbeitgeberin preiszugeben, ebensowenig wie ich Informationen über meinen Arbeitgeber preisgeben würde. Leute in unserer Position halten sich nicht lange, wenn sie mit Vertraulichkeiten nachlässig umgehen. Das notwendige Vertrauen muß erworben und gepflegt werden, und daher ging ich davon aus, daß ich bei jemandem, der eine ähnliche Position einnimmt wie die meine, Vertrauenswürdigkeit voraussetzen und erwarten könnte und daß dies im umgekehrten Fall ebenso wäre.«

Schweigend überdachte Laverna seinen Wortschwall.

»*Weshalb* sind Sie denn dann herübergekommen?« fragte sie schließlich.

Beeker gewährte ihr ein reumütiges Lächeln.

»So seltsam es vielleicht auch erscheinen mag, wenn man die ständigen Anforderungen an unsere Zeit bedenkt, fühlte ich mich etwas einsam und glaubte, daß es Ihnen vielleicht ähnlich erginge. In unserer Position als Feldadjutanten von Menschen mit einem ausgeprägt starken Willen schien es mir, daß wir wahrscheinlich mehr miteinander gemeinsam hätten als mit unseren jeweiligen Arbeitgebern.«

Ein plötzliches Lächeln erschien auf Lavernas Gesicht, was für jeden, der sie kannte, höchst ungewöhnlich war.

»Nehmen Sie Platz, Herr Beeker«, sagte sie und rückte den Stuhl neben dem ihren vom Tisch. »Vielleicht haben wir doch etwas, worüber wir uns unterhalten können. Unspezifische Dinge, natürlich.«

»Natürlich«, bekräftigte der Butler und nahm auf dem angebotenen Stuhl Platz. »Und nennen Sie mich ›Beeker‹ . . . nicht ›Herr Beeker‹.«

Meine erste Konversation mit Laverna war angenehm, wenngleich von Ironie gefärbt.

Natürlich erwähnte ich nichts, was einen Hinweis darauf hätte geben können, daß mein Arbeitgeber sich des geplanten computerisierten Angriffs auf das Casino durch ihre Arbeitgeberin bewußt war, noch deutete ich an, daß Albert und seine Kammerjäger gerade fieberhaft daran arbeiteten, den Angriff zu verhindern, während wir uns unterhielten.

Sie für ihren Teil ließ während unseres Gesprächs auch keine Andeutung fallen, daß soeben ein unruhestiftender Vorfall im Gange war . . .

Wir rechneten damit, daß Maxine in dieser Phase eine gewisse Anzahl Ablenkmanöver anordnen würde. Wenn schon zu nichts weiterem, so sollten sie wenigstens dazu dienen – jedenfalls glaubte sie dies –, die Aufmerksamkeit meines Arbeitgebers von ihrem eigentlichen Angriff abzulenken und ihn davon zu überzeugen, daß er die Situation voll im Griff habe. Um im Gegenzug sie *davon zu überzeugen, daß ihre Strategie funktionierte, waren mein Arbeitgeber und seine Truppe dazu gezwungen, jedes dieser Spiele mitzuspielen, sobald es sich andeutete.*

Es ist jedoch einer Anmerkung wert, sowohl für den unbedarfteren Leser als auch für den Erforscher militärischen Verhaltens, daß eine Ablenkung, so unbedeutend oder symbolisch sie auch sein mochte, für die unmittelbar daran Beteiligten äußerst *wirklich war.*

»Man sollte meinen, daß die inzwischen Lunte gerochen hätten«, sagte Kong King und sah zur Tür neben der Laderampe, als der elektrische Lieferwagen davonfuhr. »Das ist schon die dritte Lieferung, die wir zurückgehen lassen.«

»Die werden schon früh genug dahinterkommen.« Stilman drehte sich nicht einmal um. »Restaurants brauchen nun mal ständig frische Lebensmittel. Bist du sicher, daß du deine Anweisungen genau kennst?«

Kong kannte seine Order – wie auch seine vier Kumpane. Sie hatten sie schließlich oft genug zu hören bekommen: Nicht weniger als ein dutzend Mal, sogar noch einmal, kurz bevor sie vor dem Lieferanteneingang des Casinos Posten bezogen hatten. Es war eher etwas beleidigend, daß der Anführer es für erforderlich hielt, ihnen das Vorgehen so oft zu erläutern. Doch Kong ließ sich seine Verärgerung nicht anmerken. Er hatte schon einige Male mit Stilman gearbeitet und wußte, daß man dem ehemaligen Astroballspieler nicht so ohne weiteres den Mund verbieten konnte.

»Als erstes unterbrechen wir die Belieferung der Küche solange, bis ein Wachmann auftaucht«, sagte Kong, als geschehe es zum ersten Mal. »Dann lassen wir uns von ihm abführen. Keine gewalttätigen Reaktionen. Nur ein paar harte Worte und vielleicht ein bißchen Geschubse.«

»Richtig«, sagte Stilman mit einem winzigen Kopfnicken. »Und vergiß das nicht. Keine gewalttätigen Reaktionen.«

»Diese Wachposten... die haben in ihren Gewehren doch nur Betäubungspfeile. Richtig?«

Stilman drehte sich ganz langsam um, bis er dem Schläger ins Gesicht sehen konnte, der ihm diese Frage gestellt hatte.

»Das habe ich euch doch schon gesagt«, sagte er. »Hast du irgendwelche Probleme damit?«

Normalerweise wäre der Mann durch diese Reaktion eingeschüchtert gewesen, doch er zuckte nur die Achseln und wandte den Blick ab.

»Ich wollte nur nur sichergehen, daß diese ›Keine gewalttätigen Reaktionen‹-Regel auch in beide Richtungen gilt«, knurrte der Ganove. »Ich bin nicht scharf darauf, auf einem Schießstand für nervöse Wachen die Tontaube zu spielen.«

»Das sind keine gewöhnlichen Wachen«, widersprach einer den anderen. »Das sind irgendwelche Armeetypen.««

»Ach ja?« Der fragende Ganove fixierte Stilman mit vorwurfsvollem Blick. »Davon hast du uns bei der Einweisung aber nichts erzählt.«

»Das ist überall in den Medien breitgetreten worden«, erläuterte Stilman ungerührt. »Ich bin davon ausgegangen, daß ihr das wißt. Es bedeutet lediglich, daß sie normalerweise nicht so schnell losballern dürfen, wie es normale Wachposten täten.«

»Wie dem auch sei, mir gefällt es nicht.«

»Es braucht dir auch nicht zu gefallen. Wenn das der Fall wäre, bräuchten wir nicht dafür zu bezahlen, damit du deine Arbeit tust.«

Kong spannte sich an; er erwartete, daß Stilman die Rebellion nicht nur verbal, sondern auch körperlich niederschlagen würde. Doch zu seiner Überraschung blickte der Anführer nur den Mann an, der sich beklagt hatte.

»Falls es dich trösten sollte«, brummte er, »mir gefällt es auch nicht. Aber das ist Maxines Befehl, und solange ich mich von ihr bezahlen lassen, gibt sie den Ton an.«

Kong versuchte, sich an eine zweite Gelegenheit zu erinnern, bei der Stilman sich offen gegen einen Befehl von Max ausgesprochen hatte, doch es fiel ihm keine ein. Aus seinem Munde hatte die beiläufige Beschwerde eine gewaltige Bedeutung.

»Da kommt schon wieder einer.«

Einer der kleinen elektrischen Lieferwagen, die das Rückgrat des Versorgungsnetzes der Raumstation darstellten, kam gerade aus dem Haupttrakt in die Ladezone gefahren. Diesmal war es ein Fleischtransporter.

Die Männer warteten schweigend, bis er sich rückwärts in Position gebracht hatte; dann lösten sie sich von der Wand, an der sie gelehnt hatten, und traten vor, als der Fahrer gerade um das Fahrzeug kam, um die Heckluke zu öffnen.

»*Hey!* du kannst hier nicht entladen!«

»Wer will mir vorschreiben . . .«

Die Stimme des Fahrers erstickte, als er sich umdrehte und die sechs Muskelmänner erblickte, die zwischen ihm und dem Tor standen.

»Sachte, sachte, ich will keinen Ärger«, sagte er und wich mit erhobenen Händen ein Stück zurück.

»Keinen Ärger, Freund«, sagte Stilman gelassen. »Du hast nur die falsche Adresse erwischt, das ist alles.«

Der Fahrer runzelte die Stirn. »Das hier ist doch das Casino Fette Chance, nicht?«

»Vielleicht hörst du nicht gut«, meinte Kong und trat ein Stück vor. »Der Mann hat gesagt, daß du die falsche Adresse erwischt hast! Stimmt irgendwas mit deinen Ohren nicht? Irgendwas, das wir vielleicht in Ordnung bringen sollten?«

»Was, zum Teufel, geht hier vor?«

Kong schaffte es, eine ausdruckslose Mine zu bewahren, als die Männer sich umdrehten, um den Koch anzuschauen, der in seiner weißen Schürze gerade aus der Küchentür gestürzt kam. Es wurde langsam Zeit, daß irgend jemand im Gebäude die Aktivitäten auf der Laderampe bemerkte. Der Wachdienst müßte gleich folgen.

Das Verlangen zu grinsen verflog abrupt, als Kong sich wieder Maxines ›Keine gewalttätigen Reaktionen‹-Befehl ins Gedächtnis rief.

»Hier wird nichts und niemand mehr entladen, bis ihr Gewerkschaftsmitglieder eingestellt habt«, sagte Stilman und trat vor, um sich direkter mit dem Koch befassen zu können.

»Was sagst du da?« fragte der Koch. »Auf Loreley gibt es doch keine Gewerkschaften!«

Kong ließ sich durch eine kleine, dunkelhäutige Gestalt vom Gespräch ablenken, die hinter dem Koch aus der Küchentür getreten war. Der kleine Mann ignorierte den Streit völlig und schritt zum offenen Lieferwagen hinüber, wo er sich ein Rinderviertel auf die Schulter lud und sich wieder der Küche zuwandte.

Dem Ganoven fiel ein, daß er dieser Entladungsaktion ein Ende setzen müßte, oder daß er Stilman wenigstens darauf aufmerksam machen sollte, aber er zögerte, sich in das verbale Handgemenge einzumischen oder selbständig in Aktion zu treten, solange der Anführer dabei war. Glücklicherweise wurde ihm die Entscheidung aus der Hand genommen. Die beladene Gestalt mußte auf dem Weg zurück in die Küche dicht an den beiden streitenden Männer vorbeigehen, wo sie von Stilman bemerkt wurde.

»*He!* Was glaubst du, was du da tust?« bellte der Anführer ihn an und brach die Debatte ab.

Der kleine Mann blieb stehen und drehte sich zu ihm um, sah ihn aus dunklen Augen unbewegt an.

»Muß Fleisch reinbringen«, sagte er. »Nicht gut, draußen lassen. Zu warm. Kann schlecht werden.«

»Vielleicht hast du nicht richtig kapiert, was ich gerade gesagt habe«, versetzte Stilman und trat näher. »Du kannst das Zeug nicht entladen, solange wir hier sind.« Der kleine Mann wackelte mit dem Kopf.

»Gut. Dann du nehmen.«

Mit diesen Worten drückte er Stilman das Fleischstück entgegen, schob es nach vorn, als das Gewicht von seiner Schulter glitt. Der Anführer war völlig unvorbereitet auf die schwere Masse, die ihm dergestalt aufgezwungen wurde, bekam sie aber gerade noch rechtzeitig zu packen – mehr aus Verblüffung denn aus Absicht.

Der kleine Mann ignorierte Stilmans Reaktion, ging an ihm vorbei und wandte sich an die wie betäubt dastehenden Ganoven.

»Du . . . und du«, sagte er und wies mit einem stechenden Finger auf die beiden größten Muskelmänner. »Holt Fleisch raus und folgt mir.«

Da fand Stilman endlich die Sprache wieder.

»Zum Teufel damit!« brüllte er, schleuderte das Fleisch zu Boden und klopfte sich seinen Anzug ab.

Da er dem anderen dabei den Rücken zukehrte, konnte er nicht sehen, was als nächstes geschah, ganz zu schweigen von einer Möglichkeit, etwas dagegen zu unternehmen. Kong blickte zwar in die richtige Richtung, doch selbst er hatte hinterher Schwierigkeiten, genau zu beschreiben, was danach geschehen war.

Mit einem panthergleichen Satz war der kleine Mann von hinten auf Stilman zugesprungen. Metall blitzte, um zu einem langen Schlachtermesser zu werden – das erst sichtbar wurde, als es sich mit der Schneide gegen die Kehle des Anführers preßte.

»Du nicht werfen Fleisch auf Boden!« zischte der kleine Mann, die Augen wütend verengt. »Jetzt ist verdorben! Nicht gut! *Verstehen?*«

Kong und die anderen Ganoven standen wie tiefgefroren da. Sie konnten erkennen, daß das Messer gegen Stilmans Hals drückte, daß das Fleisch zu beiden Seiten der Klinge hervorquoll, und sie wußten, auch ohne daß man es ihnen erst erläutern mußte, daß die leiseste Bewegung durch das Messer oder durch Stilman ihm die Kehle aufschlitzen würde.

»Bitte nicht bewegen, meine Herren.«

Jetzt wurde ihre Aufmerksamkeit von einer weiteren Gestalt in Anspruch genommen, die nun auf der Bühne erschienen war.

»Was, zum Teufel, ist *das denn?*« fragte einer der Ganoven und gab damit den Gedanken wieder, der die ganze Gruppe durchschoß.

»Lassen Sie sich nicht von meinem Aussehen täuschen, meine

Herren«, fuhr die melodische Singsangstimme fort, obwohl sie nun erkennen konnten, daß das Geräusch tatsächlich aus einer mechanischen Kiste kam, die um den Hals des Eindringlings hing. »Ich kann Ihnen versichern, daß ich, wiewohl meine Gestalt nicht dem Menschenstandard entspricht, an den Sie gewöhnt sind, Mitglied der Sicherheitstruppe des Casinos bin und in dieser Eigenschaft Befugnis habe, mit Störungen so umzugehen, wie ich es für angebracht halte.«

Der Sprecher war eine schneckenähnliche Kreatur mit spindeldürren Armen und Stengelaugen. Auf einem Kindergleitbrett balancierend und in eine Röhre aus schwarzem Tuch gehüllt, die die vertraute Uniform der Weltraumlegion mehr andeutete als imitierte, sah das Wesen eher nach einer bizarren Werbefigur als nach einer Autoritätsperson aus.

»Nein, ich meinte, was du da hältst?« berichtigte sich der Ganove. »Das sieht mir nicht nach einer Betäubungskanone aus.«

Der Sinthianer hatte sich einen bedrohlich aussehenden Mechanismus unter den Arm geklemmt. Der röhrenähnliche Lauf, der auf die Ganoven gerichtet war, schien gut einen Zoll Durchmesser zu haben, obwohl sie aus eigener Erfahrung wußten, daß die Mündung einer Waffe immer größer aussah, wenn sie auf einen selbst gerichtet war.

»Das hier?« zirpte der Legionär und beugte einen Augenstengel herab, um sein Gerät zu betrachten. »Sie gehen richtig in der Annahme, daß es sich um eine Waffe handelt. Sie wird jedoch magazinbeladen, was es mir ermöglicht, die Ladung entsprechend der jeweiligen Situation zu wählen.«

Er richtete die Waffe plötzlich auf das am Boden liegende Fleischstück, und sie explodierte mit einem sanften Paffen.

Die Ganoven konnten zwar eine Aufprallinie auf dem Fleisch erkennen, doch schien es keinen nennenswerten Schaden erlitten zu haben. Da sahen sie plötzlich, wie die Oberfläche zu schäumen begann, und ein scharfes Zischen ertönte in ihren Ohren.

»Wie Sie sehen«, sagte der Sinthianer gerade, »habe ich es heute versäumt, meine Betäubungspfeile zum Dienst mitzubringen, eine Nachlässigkeit, die mir sicherlich einen Tadel einbringen wird, sollte sie gemeldet werden. Alles, was ich dabei habe, sind Säureprojektile – und natürlich hochexplosive Munition.«

Er zielte mit der Waffe wieder auf die bewegungslos dastehenden Männer.

»Sollte Ihre Neugier somit befriedigt sein, meine Herren, schlage ich vor, daß Sie mit dem Entladen des Lieferwagens beginnen, wie von Ihnen erbeten. Ich fürchte, daß diese Tätigkeit zwar Ihre Garderobe ruinieren dürfte, aber Sie hätten sich eben dem Anlaß entsprechend kleiden sollen.«

Die Ganoven blickten zu Stilman empor.

»Tut, was er sagt«, krächzte der Anführer, dem immer noch das Messer an der Gurgel saß.

»Und bezahlen für verdorbenes Fleisch, bevor du gehen«, fügte sein Peiniger hinzu.

»Aber ich habe doch gar nicht . . .«

»Du schmeißen Fleisch auf Boden, du dafür bezahlen!« knurrte der kleine Mann und verstärkte seinen Griff. »Ja?«

»Okay, okay!« keuchte Stilman. »Bezahlt den Mann . . . sofort!«

In meiner privilegierten Position war es mir gestattet, nicht nur einen, sondern gleich zwei Berichte über den Ladezonenvorfall zu vernehmen: Jenen, der im offiziellen Bericht stand, und den anderen, den sich die Legionäre bei Drinks und Kaffee erzählten. So konnte ich nicht umhin zu bemerken, daß in der Schilderung, die meinem Arbeitgeber vorgetragen wurde, sowohl Escrimas Rolle als auch der Gebrauch der Säurepatronen diplomatisch übergangen wurde.

Durchaus wichtiger erschien mir allerdings zu sein, daß dies ein Beleg für anwachsendes böses Blut zwischen den von meinem Arbeitgeber geführten Kräften und jenen war, die Lavernas

Arbeitgeberin Bericht zu erstatten hatten. Es bereitete mir Sorge, da meines Wissens beide Führer sich der Spannung nicht bewußt zu sein schienen, die sich in ihren jeweiligen unteren Rängen aufzubauen begannen.

Kapitel 11

Tagebucheintrag # 234

Um die Befriedigung, die ein Kommandant empfindet, wenn ein Plan schließlich gelingt, wird häufig viel hergemacht.

Nun wird es dem geneigten Leser einleuchten, daß ich keine Stellungnahme über das Verhalten sämtlicher oder auch nur der Mehrheit militärischer Kommandanten unter derlei Umständen abzugeben vermag, doch das Verhalten meines Arbeitgebers am Tage der Eröffnung des Casinos Fette Chance zeigte wenig von dieser passiven Freude. Statt dessen wirkte er eher wie eine verunsicherte Gastgeberin auf einer Party, eilte mal hier-, mal dorthin und beschäftigte sich selbst mit zahllosen Einzelheiten, wobei er sowohl wichtige als auch geringfügige Pflichten mit gleicher Intensität anging.

Huey Martin war gerade dabei sich anzukleiden, als ihn ein verstocktes Hämmern an der Tür zu seiner Suite unterbrach. Das war zugleich ärgerlich und verwunderlich, da man ihn nur selten in seinem Zimmer aufsuchte und das auch nur nach vorheriger Anmeldung.

»Wer ist da?« rief er und beeilte sich, sein Hemd zuzuknöpfen.

Anstelle einer Stimme hörte er das Geräusch eines Schlüssels in seinem Türschloß. Bevor er protestieren konnte, wurde die Tür aufgerissen, und der Kommandant der Wachmannschaft trat ins Zimmer, dicht gefolgt von zwei Wachmännern . . . und Gunther Rafael persönlich!

Ein plötzlicher Anflug von Furcht stach dem Casinomanager in die Eingeweide, doch seine Spielerreflexe bewahrten ihn davor, seine Gefühle offen zu zeigen.

»Was ist los?« fragte er empört. »Ich will mich gerade für die Eröffnung fertigmachen.«

»Das wird nicht erforderlich sein«, erwiderte der Kommandant gleichgültig. »Sie sind Ihrer Pflichten enthoben. Mit sofortiger Wirkung.«

»Ich ... ich verstehe nicht«, sagte Huey und blickte den Casinobesitzer in gespieltem Erstaunen an.

»Es funktioniert nicht, Huey«, sagte Gunther angespannt. »Wir wissen alles über Ihre Arbeit für Max – *und* über die Croupiers, die Sie eingestellt haben.«

»Wir haben einige interessante Bänder, die von den Deckenkameras aufgenommen wurden«, ergänzte Narrisch. »Ihre Lieblingscroupiers haben uns mit einem ganzen Katalog von Tricks und Betrügereien versorgt, oft während Sie selbst an der Kamera standen und die Croupiers beobachteten. Die werden wir übrigens bei ihrem Dienstantritt gebührend empfangen. Wir hielten es für das Beste, daß Sie während der Eröffnung nicht im Hause arbeiten. Statt dessen bekommen Sie eine Woche unbezahlten Urlaub. Danach werden wir uns wieder mit Ihnen unterhalten, um festzustellen, ob Sie bereit sind, *ohne* Betrügereien und Unterschlagungen für uns zu arbeiten.«

»Aber dann haben Sie doch keine Croupiers mehr, um aufmachen zu können!« wandte der Manager ein, doch im selben Augenblick merkte er, daß er damit auch das Ausmaß seines Verrats eingestand.

Der Kommandant lachelte humorlos. »Das würde stimmen, wenn wir nicht im voraus Ersatzleute für die Croupiers besorgt hätten ... *und* für Sie.«

Huey war wie gelähmt von dem Geständnis, daß diese Aktion gegen ihn nichts Spontanes an sich hatte, sondern vielmehr das Ergebnis langfristigen Wissens und massiver Vorausplanung war.

»Und was heißt das jetzt für mich?« fragte er, sowohl aus Neugier wie auch, um seine Verwirrung zu überspielen.

Gunther musterte den Kommandanten.

»Sie werden hier festgehalten«, erklärte Narrisch, »und zwar ohne Kontakt zur Außenwelt.«

Beim Sprechen zeigte er mit einem Nicken auf die Legionäre,

die sich daraufhin sofort in Bewegung setzten und in der Suite sämtliche Telefonstecker aus den Dosen zogen.

»Wenn die Eröffnungsfeier vorbei ist«, fuhr der Kommandant fort, »können Sie gehen. Ihre Anstellung hier ist, vorsichtig ausgedrückt, beendet.«

»Das können Sie nicht machen«, sagte der Manager kopfschüttelnd. »Ich habe einen Vertrag, der mir eine Kündigungsfrist und einen Anteil am Casino einräumt.«

Der Kommandant runzelte die Stirn und warf dem Casinobesitzer einen Seitenblick zu.

»Haben Sie eine Kopie dieses Vertrages?« fragte er. »Den würde ich gerne einmal sehen.«

Huey holte das Dokument aus einer Schreibtischschublade und reichte es dem Kommandanten, der damit ans Licht trat, um ihn besser lesen zu können.

»Warum haben Sie das getan, Huey?« fragte Gunther, und in seiner Stimme klang die Verletztheit mit. »War die Vereinbarung, die wir getroffen haben, denn nicht gut genug?«

»He, das ist nichts Persönliches«, wehrte der Manager ab. »Es ist nur so, daß meine Mami mich habgierig erzogen hat. So wie es aussah, hätte ich sowohl durch unsere Abmachung *als auch* durch Max absahnen können, und nach meiner Rechnung sind zwei Gehaltsschecks nun mal besser als einer. Wie ich schon sagte, nichts Persönliches.«

»Entschuldigen Sie«, unterbrach Narrisch und wandte sich ihnen wieder zu, »aber ich kann hier nichts über Kündigungsfristen oder über Ihren Anteil an dem Casino finden.«

»Natürlich steht das da drin«, antwortete Huey und riß ihm den Vertrag aus den Händen. »Warten Sie, ich zeige es Ihnen. Es steht direkt . . .«

Er begann das Dokument durchzublättern; dann verzog er das Gesicht und blätterte ein Stück zurück, um es eingehender zu untersuchen.

»Das verstehe ich nicht«, murmelte er. »Ich weiß doch genau, daß die Klauseln da drin stehen.«

»Glauben Sie mir, Herr Martin«, widersprach der Kommandant, »ich habe den ganzen Vertrag gerade durchgelesen, und sie stehen nicht drin.«

Plötzlich blitzte ein Bild vor dem geistigen Auge des Managers auf: das Bild von Narrisch, wie er sich abgewandt hatte, um den Vertrag zu studieren.

»Sie haben ihn vertauscht!« beschuldigte er ihn, als er das Manöver plötzlich begriffen hatte. »Das ist nicht derselbe Vertragstext, den ich Ihnen gegeben habe!«

»Quatsch«, widersprach Narrisch. »Das hier ist doch wohl Ihre Unterschrift auf der letzten Seite, nicht wahr?«

Huey würdigte die fragliche Seite kaum eines Blickes.

»Das könnte sie sein ... sieht mir aber mehr nach einer Fälschung aus«, fauchte er. »Entweder das, oder Sie haben die letzte Seite abgetrennt und an ein neues Vertragsformular geheftet. Bilden Sie sich bloß nicht ein, daß Sie damit durchkommen!«

»Das ist aber ein interessanter Vorwurf«, meinte der Kommandant ungerührt. »Obwohl ich den Verdacht hege, daß er sich vor Gericht wohl schwer beweisen ließe. Aber sollten Sie damit *tatsächlich* vor Gericht zu gehen versuchen, müßten wir natürlich unsererseits die Bandaufzeichnungen publik machen, um zu belegen, daß wir Sie zu recht fristlos gefeuert haben. Das würde es Ihnen ziemlich erschweren, noch einmal eine Anstellung zu finden, denn ich bezweifle, daß die Medien die Angelegenheit auf sich beruhen lassen werden, bis Sie über den Vorfall mindestens ein Dutzendmal berichtet haben.«

Als der Manager sich vorstellte, wie sein Konterfei und seine Missetaten weltraumweit die Runde machten, schien sich das Zimmer um ihn herum plötzlich um die eigene Achse zu drehen.

»Sie ... das wagen Sie nicht«, stammelte er.

»Wir würden es natürlich nur dann tun, wenn wir es für erforderlich hielten, um unsere Interessen zu wahren«, widersprach Narrisch. »Ich persönlich würde vorschlagen, daß Sie für eine Kündigung optieren, um den Schaden in Grenzen zu halten. Vielleicht können Sie Herrn Gunther danach auch davon überzeugen, Sie später wieder einzustellen. Nach der Eröffnung, natürlich.«

»Soll das ... Wäre das wirklich noch möglich?« fragte Huey und sah dabei den Casinobesitzer an.

Gunther zuckte die Schulter. »Vielleicht. Aber nur, wenn ... wie haben Sie das noch einmal formuliert, Willie?«

»Nur wenn es Ihnen gelingt, Herrn Rafael davon zu überzeugen, daß Ihre Loyalität dort sitzt, wo sie hingehört«, half der Kommandant ihm aus.

»Wie kann ich das tun?«

»Nun, Sie könnten beispielsweise damit anfangen, uns alles mitzuteilen, was Sie über Maxines Pläne wissen, beginnend mit den ›Spezialgästen‹, die zu der Galaeröffnung eingeladen wurden«, erläuterte Narrisch. »Das würde zumindest schon einmal die Brücken zwischen Ihnen und Ihren früheren Spießgesellen abbrechen.

Übrigens sollten Sie es uns ohnehin sagen. Wir haben sowieso genug zusammengetragen, daß ich befürchte, Max wird annehmen, Sie hätten sie verraten, ob es stimmen mag oder nicht. Ich schlage vor, daß Sie einmal überprüfen, welche Informationen Sie noch auf Lager haben, um sie gegen etwas Protektion einzutauschen.«

»Hier ist Ihr Zimmerschlüssel, Herr Shuman – Zimmer 2339. Und willkommen im Casino Fette Chance. *Dienst!*«

Mit der Geschmeidigkeit, die das Produkt jahrelanger Übung war, schlug der Stationsbedienstete auf die kleine Glocke auf seinem Pult und rief damit einen Pagen herbei, bevor die Gäste ihn daran hindern konnten.

»Folgen Sie mir bitte zu den Aufzügen, meine Dame, mein Herr«, sagte der Page, als plötzlich zwischen dem älteren Ehepaar und ihrem einzigen Gepäckstück materialisierte.

Geschmeidig nahm er den Koffer auf, um vorauszugehen, so daß den beiden nichts anderes übrig blieb, als ihm zu folgen.

»Na, Mutter, jetzt sind wir endlich da!« verkündete der rundliche Herr und legte kurz den Arm um seine Frau, als sie dem Pagen nachgingen.

»Henry ... was glaubst du, wie alt der junge Mann an der Rezeption wohl sein mag?« fragte die altmodisch wirkende Frau an seiner Seite.

»Ich weiß es nicht«, antwortete der Mann und warf einen Blick zurück. »Ende zwanzig, Anfang dreißig, schätze ich. Das kann man bei den Kindern heutzutage kaum sagen. Warum fragst du?«

»Reine Neugierde«, sagte seine Frau achselzuckend. »Er schien mir ein bißchen jung für ein Hörgerät zu sein.«

Auch Shuman hatte das Gerät im Ohr des Rezeptionsbediensteten bemerkt, obwohl er sich eingeredet hatte, daß es bedeutungslos sei.

»Ich glaube nicht, daß das ein Hörgerät war«, meinte er. »Eher irgendeine Art von Hausfunk oder eine Verbindung zur Telefonanlage. Ich bin nicht so recht auf dem laufenden, was diese ganzen neumodischen elektronischen Wundergeräte angeht.«

»Wahrscheinlich hast du recht«, meinte die Frau und erwiderte die Umarmung, als hätte die seine soeben erst stattgefunden. »Ist *wirklich* kaum zu glauben, daß wir jetzt hier sind, nicht? Nach all den Jahren!«

Obwohl diese Bemerkung den Eindruck erweckte, als habe das alte Ehepaar sein ganzes Leben darauf gespart, sich einmal einen Urlaub leisten zu können, verbarg sich darin auch der wirkliche Grund.

In Wahrheit waren sie schon seit beinahe fünf Jahren fast überall mit einer Casinosperre belegt worden. Ihre Maske des pensionierten, schlichten Großelternpaars war ebenso perfekt wie entwaffnend, was es ihnen erlaubte, verschiedenste Formen des Betruges zu praktizieren, von Taschenspielereien bis zu komplizierten Systemen, die man ihnen auf den ersten Blick bestimmt nicht zugetraut hätte. Tatsächlich hatten sie die Mehrzahl der größeren Glückspielzentren um beachtliche Summen erleichtert, bis es den Casinos gelungen war, ihre Aufzeichnungen zu vergleichen und zu ermitteln, daß die beiden doch nicht die harmlosen Touristen waren, als die sie sich ausgaben.

Sie waren mit einem Versprechen aus ihrem ›Ruhestand‹ gelockt worden, das in diesem Casino allerdings nicht eingehalten werden würde; ebenso mit einem dicken Geldscheinbündel, um ihren Auftritt zu finanzieren. Obwohl sie es natürlich sehr aufregend fanden, den angesetzten Staub abschütteln zu können und wieder ihrem früher lange Jahre ausgeübten Handwerk nachzugehen, mußten sie doch auch gegen die Nervosität ankämpfen, daß sie jeden Augenblick wiedererkannt werden könnten.

»Wirklich beeindruckend hier, nicht?« sagte Henry und reckte ostentativ den Hals in alle nur möglichen Richtungen, als sie zu einem der Aufzüge begleitet wurden.

»Aufzug aufhalten!« Der Aufzugführer fing die Lifttür mit der Hand ab, als er den Ruf vernahm, und ein in eine schwarze Uniform gekleideter, breitschultriger junger Mann mit wie aus Stein gehauenen Gesichtszügen stürzte herein.

»Verzeihen Sie die Unannehmlichkeit«, verkündete er in einem gelassenen Tonfall, der ganz und gar nicht entschuldigend wirkte, »aber ich muß für einen Augenblick die Aufzugführung übernehmen.«

Während er sprach, schob er einen Schlüssel in die Kontrollkonsole und betätigte einen Knopf. Die Aufzugtür schloß sich, und die Kabine setzte sich in Bewegung – allerdings abwärts statt hinauf.

Shuman unterdrückte einen leisen Anflug der Reizbarkeit, weil er befürchtete, daß es nicht zu seiner Rolle passen würde, jetzt zu protestieren.

»Stimmt etwas nicht?« fragte er statt dessen.

»Keine Sorge. Alles unter Kontrolle«, versicherte der Mann und gewährte ihm nur einen kurzen Blick, bevor er wieder auf die Stockwerkanzeige sah.

»Ich wußte gar nicht, daß es hier einen Keller gibt«, sagte seine Frau und klammerte sich etwas fester an Henrys Arm. »Sind wir hier nicht auf einer Raumstation?«

Henry merkte, daß sie nur Small talk machte, um ihre Nervosität zu überspielen, stimmte aber ein.

»Ich nehme an, die haben da unten einen Lagerraum«, meinte er. »Alle Zimmer sind . . .«

Er brach ab, als der Aufzug anhielt und die Türen aufglitten. Eingerahmt von der Ausstiegsöffnung stand eine weitere schwarzgekleidete Gestalt vor ihnen, ein älterer Mann mit Glatze und einem theatralischen Schnauzbart.

»Habe wieder zwei für Sie, Feldwebel«, verkündete ihr Mitpassagier und nickte dem Aufzugführer zu, der ihren Koffer unzeremoniös aus dem Lift warf.

»Gut!« erwiderte der kahlköpfige Mann und gewährte dem Paar nur einen flüchtigen Blick, als er auf das Klemmbrett schaute, das er in der Hand hielt. »Mal sehen, Sie sind also Henry und Louise Shuman . . . oder soll ich Sie lieber Herr und Frau Welling nennen?«

Als er seinen richtigen Namen hörte, verlor Henry jede Hoffnung, die er noch gehegt haben mochte, sich mit verwirrter Empörung aus der Situation zu bluffen.

»Wie auch immer«, sagte er, nahm seine Frau am Arm und führte sie mit so viel Würde aus dem Aufzug, wie er nur aufbringen konnte, als sich die Tür auch schon hinter ihnen schloß.

»Ich nehme nicht an, daß Sie schwerhörig sind, oder, Herr Feldwebel?« fragte seine Frau ihren gemeinsamen Wärter.

»Wie bitte? Ach so, das hier meinen Sie?« Moustache tippte an das Gerät an seinem Ohr. »Nein, das ist eine Direktverbindung zu den Leuten an der Rezeption. Herr Bascom hat auch eine. Er sitzt an der Videoüberwachung, und wenn er ein vertrautes Gesicht erblickt, benachrichtigt er den Empfang, und wir bringen die Leute hierher nach unten.«

»Bascom?« Henry runzelte die Stirn. Meinen Sie etwa Tullie Bascom? Ich dachte, der wäre pensioniert?«

»Das stimmt auch, Sir«, bestätigte der Feldwebel.

»Sieht so aus, als seien Sie beide nicht die einzigen alten Schlachtrösser, die für dieses Scharmützel reaktiviert wurden.«

»Ich verstehe«, antwortete Henry. »Na ja, dann grüßen Sie ihn doch bitte von uns, falls Sie Gelegenheit dazu bekommen sollten.«

»Das werde ich tun, Sir«, erwiderte Moustache mit knappen Lächeln. »Und wenn Sie sich jetzt bitte den anderen anschließen würden, es wird nicht lange dauern.«

Dabei zeigte er auf eine Ansammlung von Sesseln und Sofas, die man im Gang des Versorgungstrakts aufgestellt hatte. Eine ungewöhnliche Sammlung verschiedenster Individuen saß hier, vom scheinbaren Geschäftsmann über frischverheiratete junge Paare bis zu kleinen alten Damen und offenkundigen Blaukragenarbeitern.

Wenn Henry auch niemanden wiedererkannte, wies die studierte Gelassenheit ihrer Posen und ihr einheitlich flacher, nichtssagender Blick, den sie nun auf ihn und seine Frau richteten, sie alle als aus dem selben Holz geschnitzt aus. Es waren Falschspieler und Trickbetrüger, die sich wie die Wellings in den Maschen des Sicherheitsnetzes verfangen hatten. Obwohl das Ambiente einigermaßen angenehm war, wenn man die Umstände bedachte, und obwohl es keine Anzeichen dafür gab, daß man die also Festgesetzten mißhandelte, wurde Henry doch die flüchtige Illusion nicht los, in den Trakt eines Kriegsgefangenenlagers hineinzublicken, was möglicherweise an den schwarzuniformierten bewaffneten Posten lag, die markant an den Wänden aufgestellt waren.

»Was haben Sie mit uns vor, Feldwebel?« fragte Henry, als er den Blick über die Versammlung schweifen ließ.

»Sie brauchen sich keine Sorgen zu machen, Sir«, erwiderte Moustache und lächelte wieder kurz. »Nachdem wir einige weitere Herrschaften aufgegriffen haben, werden Sie alle in einen Zubringerbus verfrachtet und zurück zum Raumhafen gebracht.«

»Sie meinen, wir werden zwangsausgewiesen?«

»Überhaupt nicht«, widersprach der Feldwebel. »Es ist eher ein Kundenservice . . . vorausgesetzt, natürlich, daß Sie vorhaben sollten abzureisen. Sollten Sie es allerdings vorziehen, auf

Loreley zu bleiben, so ist Ihnen das freigestellt. Solange Sie sich vom Fette Chance fernhalten.«

Henry hatte plötzlich ein Bild vor Augen, wie er und seine Frau Flugkarten und Startkapital von Maxine Pruet entgegennahmen, um danach zu versuchen, ihre Betrugsnummer ausgerechnet in einem ihrer anderen Casinos anstelle desjenigen, auf das man sie ausdrücklich angesetzt hatte, abzuziehen. Er brachte das geistige Bild sofort zum Stillstand, bevor es in einem greifbar unangenehmen Schluß endete.

»Nein, wir fahren«, sagte er hastig. »Ich vermute, daß unser Empfang in den anderen Casinos ungefähr der gleiche sein dürfte wie hier ... nur möglicherweise weniger höflich. Kompliment, übrigens. Von allen Rauswürfen, die wir in Casinos erlebt haben ... meinst du nicht auch, Liebes?«

Seine Frau nickte brüsk, schaffte es aber nicht zu lächeln oder sich seinem Enthusiasmus in anderer Form anzuschließen.

»Es war die Idee des Hauptmanns, um genau zu sein«, erklärte Moustache, »aber ich werde nicht versäumen, ihm mitzuteilen, daß es Ihnen gefällt. Und wenn Sie jetzt bitte Platz nehmen möchten. Es stehen Getränke und Schmalzkringel zur Verfügung, während Sie warten, oder, falls Sie Interesse haben sollten, im hinteren Teil auch ein Black-Jack-Tisch, damit Sie vor Ihrer Abreise wenigstens noch ein paar Spielchen machen können.«

»Zu den üblichen Hauschancen?« fauchte die Frau und unterbrach ihr Schweigen. »Werden Sie nicht albern, junger Mann. Wir waren keine *Spieler*. Sehen wir etwa dämlich aus?«

»Nein, gnädige Frau. Verzeihen Sie, gnädige Frau.«

»Leutnant Armstrong!«

Als Armstrong aus dem Fahrstuhl trat, blickte er sich um und entdeckte den Kompaniechef, der gerade auf ihn zugeeilt kam. Ohne Verzögerung nahm er die steife Habachtstellung ein und gab seinen zackigsten Salut ab.

»Jawohl, *Sir!*«

Eine der ersten Maßnahmen, die der Hauptmann ergriffen hatte, nachdem er das Kompaniekommando übernahm, hatte darin bestanden, Armstrong dazu zu bringen, etwas lockerer zu werden, etwas menschlicher zu sein und nicht mehr so sehr die Karikatur eines Rekrutierungsplakats zu spielen. Mittlerweile war das zwischen den beiden Männern zu einer Art bleibendem Witz geworden. Diesmal allerdings wirkte der Kommandant zerstreut; er erwiderte den Gruß mit vagem Winken anstatt zu lächeln oder die Augen zu rollen, wie es üblich geworden war.

»Irgendwelche Meldungen?« fragte er und musterte unruhig die Empfangshalle. »Wie läuft es bisher?«

»Keine Probleme, Sir«, erwiderte der Leutnant und gab seine soldatische Haltung von allein auf, da sein Versuch eines Scherzes ignoriert worden war. »Bisher haben wir vier Busladungen zum Raumhafen zurückbefördert und werden gleich die fünfte abfertigen.«

»Gut«, erwiderte Narrisch und schritt mit leicht gesenktem Haupt langsam weiter, den Fußboden musternd, während er sich auf die Meldung seines Offiziers konzentrierte. »Was ist mit dem Veranstaltungssaal? Muß ich mit einem weiteren Besuch von Fräulein Watkins rechnen?«

»Die erste Vorstellung ist völlig reibungslos verlaufen«, antwortete Armstrong und nahm neben seinem Hauptmann Tritt auf. »Es heißt sogar, daß ihr stehend applaudiert wurde und sie drei Zugaben geben mußte.«

»Also keine Probleme«, meinte der Kommandant. »Das ist ja beruhigend.«

»Na ja . . . jedenfalls nicht mit der Show als solche.«

Narrisch Kopf ruckte hoch.

»Was soll denn *das* nun schon wieder heißen?« fragte er. Der Leutnant schluckte nervös.

»Äh . . . es gab da einen Bericht, der mir etwas Sorgen bereitet hat«, erläuterte er. »Anscheinend hat sie während einer der Vorhänge Lex hinter der Bühne hervorgezerrt und ihn dem Publikum als Bühnenmanager der Show und als alten Freund vorgestellt, den sie noch aus ihrer Theaterzeit kenne und der nun vorübergehend Dienst bei der Weltraumlegion täte.«

»Ist ja fantastisch«, knurrte der Kommandant. »Als hätte ich nicht schon genug Sorgen!«

»Um gerecht zu sein, Sir, kann man es ihr nicht einmal verübeln. Niemand hat sie darauf vergattert, unsere Köderkollegen zu verheimlichen.«

»Ich bin nur nicht auf den Gedanken gekommen, daß sie so etwas tun könnte«, meinte Narrisch. »Ach, was soll's.. es ist vorbei, und wir können es nicht mehr ändern. Hoffen wir nur, daß niemand von der Gegenseite an der ersten Vorführung teilgenommen hat ... oder daß sie es nicht ungewöhnlich finden, daß wir in unserer Kompanie einen Schauspieler haben. Aber beauftragen Sie Lex, ihr zu sagen, daß sie es nicht noch einmal tun soll.«

»Wird gemacht«, versicherte Armstrong.

»Einen Augenblick mal, Leutnant ...«

Der Kommandant machte einen kleinen Abstecher an die Empfangstheke des Hotels.

»Herr Bombest«, rief er und winkte den Manager zu einer Kurzbesprechung herbei. »Wie ich höre, läuft alles hervorragend. Haben Sie jetzt genügend Zimmer zur Verfügung?«

»Ja, Herr Narrisch.« Bombest sah ein wenig ausgezehrt aus, schaffte es aber immerhin, seinen Wohltäter anzulächeln. »Die Ausdünnung der Gästeliste dürfte genügend freie Zimmer bereitgestellt haben. Ich habe da ein paar Leute, deren Check-in ich hinauszögern mußte, bis einige der ›Spezialgäste‹, die frühzeitig eingetroffen sind, aus ihren Zimmern entfernt wurden. Keine große Sache. Habe ich voll im Griff.«

»Gut ... gut«, sagte Narrisch und wollte sich gerade abwenden. »Leutnant Armstrong hat mir mitgeteilt, daß Sie saubere Arbeit leisten. Bleiben Sie dabei, dann werden wir diese Eröffnung schon schaffen.«

Der Manager strahlte. »Danke, Herr Narrisch. Ich hoffe, es war zufriedenstellend, wie ich mit der Reporterin verfahren bin.«

Der Kommandant blieb stehen und legte neugierig den Kopf schräg. »Der was?«

»Der Reporterin«, wiederholte Bombest. »Die von Haskins Planet, mit der Sie sich zu treffen pflegten, als Sie dort noch stationiert waren.«

»Jennie Higgens? *Die* ist hier?«

Jetzt war Narrischs Interesse mehr als nur beiläufig geweckt.

»Aber ja ... ich dachte, Sie wüßten davon«, fuhr der Manager fort. »Ich erkannte sie, als sie sich zusammen mit ihrem Kameramann anmeldete, und da fiel mir ein, daß sie möglicherweise einige Ihrer Soldaten wiedererkennen könnte – die verdeckt arbeitenden, meine ich –, also habe ich es mit meinem Armbandkommunikator an Ihre Kommunikationsoffizierin weitergeleitet. Ich ... ich hatte angenommen, daß Sie darüber informiert waren.«

»Nein ... aber ich denke, man wird es *gleich* nachholen«, erwiderte der Kommandant grimmig und blickte Armstrong finster an, der damit beschäftigt war, seinem Blick auszuweichen. »Leutnant Armstrong ... auf ein Wort?«

»Stimmt etwas nicht?« fragte Bombest in besorgtem Tonfall.

»Nicht, daß ich wüßte.« Narrisch lächelte. »Warum fragen Sie?«

»Na ja ... für einen Augenblick schienen Sie ... verärgert zu sein ... da dachte ich, ich hätte was falsch gemacht.«

»Ganz im Gegenteil«, widersprach der Kommandant, und sein Lächeln wurde immer breiter. »Ich könnte gar nicht zufriedener mit Ihrer Arbeit sein. Leutnant, warum teilen *Sie* Herrn Bombest nicht mit, was für eine ausgezeichnete Arbeit er da leistet?«

»Sie leisten eine ausgezeichnete Arbeit, Herr Bombest«, rezitierte Armstrong gehorsam. »Tatsächlich ist Ihnen die ganze Kompanie noch etwas schuldig für das, was Sie getan haben.«

Der Manager legte die Stirn in Falten. »Wie bitte?«

»Ich glaube, da waren Sie wohl nicht deutlich genug, Leutnant«, bemerkte Narrisch.

»Ich meinte ... *Dank* schuldig«, berichtigte der Legionär.

»Wir wären nicht dort, wo wir sind, wenn Sie nicht gewesen wären.«

»Oh. Äh . . . danke«, stammelte Bombest mit einem etwas zögerlichen Lächeln.

»Nun, da das erledigt wäre, Leutnant«, sagte Narrisch immer noch grinsend, »wollten wir uns doch unterhalten, nicht wahr?«

»Äh . . . eigentlich, Sir, dachte ich, daß ich . . .«

»*Sofort*, Herr Leutnant.«

»Jawohl!«

Mit dem forschen Schritt eines Mannes, der auf dem Weg zum Schafott war, folgte Armstrong seinem Kommandanten in eine der abgeschiedeneren Nischen der Hotellobby. »Nun denn, Leutnant«, bemerkte Narrisch mit angespanntem Lächeln, »es scheint, daß Sie in Ihrem ›Keine Probleme‹-Bericht mindestens eine Einzelheit ausgelassen haben. Was wissen Sie über diese Reportersache?«

»Der Vorfall fand während Leutnant Rembrandts Schicht statt, Sir«, berichtete Armstrong. »Eigentlich wäre sie die geeignetere Person, um Sie ausführlicher . . .«

»Ich habe nicht gefragt, *wann* es passiert ist«, unterbrach ihn der Kommandant. »Ich habe gefragt, was *Sie* darüber wissen.«

Obwohl er seine ausdruckslose Miene als Schutzpanzer beibehielt, wand Armstrong sich innerlich. Es gab in der Weltraumlegion eine Tradition, derzufolge es zwar anerkannt war, daß die Legionäre gegenüber Außenstehenden mit der Wahrheit ruhig Fußball spielen konnten und dies auch taten, daß sie aber in ihren eigenen Reihen die Wahrheit sagen mußten. Als Reaktion darauf hatten die Legionäre sich zu wahren Meistern der Kunst ausweichender Antworten und schamlosester Themenwechsel entwickelt, was auch in der Regel funktionierte, solange sie nicht, wie es jetzt der Fall war, beharrlich mit einer direkten Frage konfrontiert wurden.

»Äh . . . da kam ein Anruf, wie Sie gerade hörten, von Bombest, daß eine Reporterin und ein Kameramann von Haskins Planet sich gerade im Hotel eintrugen«, erklärte der Leutnant stockend. »Leutnant Rembrandt entschied, und ich stimmte mit ihr überein, daß . . .«

»Einen Augenblick mal. Wann war das alles?«

Armstrong schaute lange auf die Uhr, bevor er antwortete.

»Vor ungefähr fünfzehn Stunden, Sir.«

»*Vor fünfzehn Stunden?* Warum hat man mich nicht informiert?«

»Das hatte ich auch vorgeschlagen, Sir. Aber als wir versuchten, uns zu Ihnen durchstellen zu lassen, informierte uns Mutter, daß Sie erst vor einer knappen Stunde den Funkverkehr eingestellt hätten, um etwas Schlaf zu finden, und da meinte Remmie . . . entschuldigen Sie, Leutnant Rembrandt, daß Sie sie dazu angehalten hätten, mehr eigenständige Entscheidungen zu treffen. Daher beschloß sie, die Sache selbst in die Hand zu nehmen, ohne Sie damit zu behelligen . . . Sir.«

»Ich verstehe«, sagte Narrisch und schnitt eine Grimasse. Dann musterte er den Leutnant mit erhobener Augenbraue. »Das hört sich so an, als wären Sie bei der ganzen Angelegenheit dabei gewesen. Haben Sie nicht gesagt, daß es während Leutnant Rembrandts Schicht geschah?«

»Jawohl, Sir. Ich . . . ich habe gewissermaßen ein bißchen dort herumgelungert, bevor ich meine offizielle Schicht antrat. Jedenfalls war ich wach, Sir, und ich dachte, ich könnte ihr zur Hand gehen, wenn ich doch ohnehin auf war. Sie hat auch schon mehrmals das gleiche für mich getan.«

»Sie sollten Ihre Freizeit dazu verwenden, ein bißchen zu schlafen und sich anderweitig zu entspannen, Leutnant. Deshalb haben wir die Dienstpläne auch so aufgestellt. Sonst sind Sie möglicherweise nicht voll auf dem Damm, sollte während Ihres Dienstes tatsächlich etwas passieren.«

»Jawohl, Sir. Ich werde mich daran halten, Sir.«

»Und nun erzählen Sie mir . . .«

»Natürlich wäre es uns eine große Hilfe, wenn der Herr Hauptmann mit gutem Beispiel voranginge . . .«

Der Kommandant musterte ihn einen Augenblick.

»Leutnant«, sagte er schließlich, »versuchen Sie etwa, das Thema zu wechseln?«

»Jawohl, Sir.«

»Gut, dann vergessen Sie das mal. Ich will wissen, was mit der Reporterin geschehen ist.«

»Sie wird unter Bewachung in ihrem Zimmer festgehalten, Sir. Ihr Kameramann ebenfalls. In einem angrenzenden Zimmer, um genau zu sein, Sir.«

»Was?«

Obwohl Narrisch beinahe mit dieser Antwort gerechnet hatte, war er trotzdem wie gelähmt.

»Es fiel uns nichts besseres ein, um sie daran zu hindern.«

»Sie haben eine Vertreterin der interstellaren Presse gekidnappt? Gegen ihren Willen?«

»Es schien uns unpraktisch, erst zu warten, bis wir es *mit* ihrem Willen tun könnten, Sir.«

Der Kommandant schoß seinem Offizier einen scharfen Blick zu, doch Armstrong verzog die Lippen nicht einmal zu einem Schmunzeln.

»Also gut, Leutnant. Wenn Sie schon dabei sind, schlaue Antworten zu formulieren, können Sie mir vielleicht auch mal erklären, weshalb ich nicht darüber informiert wurde, wo ich doch wach und erreichbar war. Diese Sache hat sich während *Ihrer* Schicht abgespielt, oder?«

»Ich wollte es Ihnen ja sagen, Sir«, erwiderte Armstrong und behielt seine ausdruckslose Miene bei. »Aber da waren Sie gerade damit beschäftigt, die Expedition anzuführen, die den Casinomanager gegen seinen Willen in seinem Zimmer festsetzen sollte. Wenn der Herr Hauptmann sich erinnern wollen, bat ich ihn um einen Augenblick Zeit, worauf er mich fragte, ob es wichtig sei.«

Stirnrunzelnd erinnerte sich Narrisch dunkel an den kurzen Wortwechsel. »Und Sie hielten das nicht für wichtig?«

»Ich ging davon aus, daß der Herr Hauptmann meinte, ob meine Frage zeitlich dränge, und das war nach bestem Wissen und Gewissen meiner Überzeugung nach nicht der Fall. Der

Herr Hauptmann möge bedenken, daß die Reporterin zu diesem Zeitpunkt schon seit mehreren Stunden festgehalten worden war, und ich hielt es für unwahrscheinlich, daß ein paar weitere Stunden die Situation oder die Laune signifikant verändern würde ... Sir.«

»Ich schätze, das entbehrt nicht einer gewissen Logik, auch wenn sie etwas krumm sein mag.«

»Danke, Sir.«

»Das läßt aber immer noch die Frage offen, warum Sie es nicht gerade *eben* erwähnten, als ich Sie um Ihren Bericht bat.«

»Ich ... ich wollte gerade darauf zu sprechen kommen, Sir«, sagte Armstrong. »Ehrlich.«

Narrisch blickte ihn einen Augenblick finster an; dann seufzte er schwer.

»Na ja, was geschehen ist, ist geschehen«, meinte er. »Für die Zukunft möchte ich aber klarstellen, daß sowohl Sie *als auch* Leutnant Rembrandt bitte davon ausgehen werden, daß jeder wichtige Vorfall, wenn er mit der Presse zu tun hat, sofort an mich gemeldet wird. Und mit *sofort* meine ich *in Realzeit*, ob ich gerade schlafe oder nicht. Habe ich mich deutlich ausgedrückt?«

»Jawohl, Sir. Ich werde es beachten, Sir.«

»Also gut. Gibt es noch irgendwelche anderen kleinen Vorfälle, von denen ich erfahren sollte?«

»Entschuldigen Sie, Sir, aber es gibt noch eine Sache, die Sie über Jennie wissen sollten.«

»Was wäre das?«

»Als wir sie informierten, daß sie in ihrem Zimmer eingesperrt werden würde, sagte sie ... na ja ... *unter anderem* deutete sie an, daß sie bereits davon wußte, daß wir einige unserer Soldaten durch Ersatzleute ausgetauscht haben.«

»Ach ja?« Narrisch blickte nachdenklich drein. »Wie hat sie das wohl rausbekommen? Wahrscheinlich waren zu viele unbekannte Gesichter in den Berichten über unsere Ankunft zu sehen. Na schön. Ich darf nicht versäumen, sie danach zu fragen, wenn ich erst einmal Zeit finde, mit ihr zu sprechen.«

»Soll das heißen, daß Sie sich nicht sofort der Angelegenheit annehmen werden . . . Sir?«

Der Kommandant feixte. »Wie Sie es schon so logisch auszudrücken belieben, kann sich der bereits angerichtete Schaden nicht mehr signifikant verschlimmern, wenn die Reporterin noch ein paar Stunden länger warten muß. Im Augenblick müssen wir uns um Angelegenheiten kümmern, die *wirklich* zeitlich drängen.«

Maxine liebte Casinos.

Sie besaßen ihren eigenen Rhythmus, beinahe wie das Pulsieren und Atmen eines riesigen Tieres, eines Raubtieres auf Beutezug.

Kleine weiße Kugeln rasselten in den sich lautlos drehenden Roulettekesseln, und Karten wurden aus ihren Schuhen auf Filz geklatscht, begleitet vom monotonen Singsang der Tischcroupiers; die unentwegte Wiederholung der Worte verlieh dem ganzen Vorgang einen fast rituellen, religiösen Charakter, der nur durch das gelegentliche Frohlocken oder Fluchen der Spieler unterbrochen wurde. Alle zwanzig Minuten wechselte die Hand, traten die Ersatzleute ihren Dienst an, ohne einen Herzschlag des Tischrhythmus auszusetzen. Wenn die ausgeruhten Mannschaften zurückkehrten, wurden sie an einem anderen Tisch eingesetzt, so daß jemand, der zuvor beim Blackjack gegeben hatte, nun am Roulettekessel arbeitete, während die Tischcroupiers mit ausdruckslosen Augen darauf achteten, ob irgend jemand einem bestimmten Croupier von Posten zu Posten folgte.

Ja, ein gut funktionierendes Casino war ein lebendiges, atmendes Raubtier . . . und seine Beute war Geld. Maxine musterte den Spielsaal, sog förmlich den elektrischen Strom der Erregung auf, der von den Tischen ausstrahlte. Sie trug ein elegantes Abendkleid, wie sich es für eine Galaeröffnung schickte, doch selbst wenn sie in Lumpen und Fetzen oder gar nichts angehabt hätte – niemand hätte es bemerkt. Die Göttin Fortuna war eine grausame Kokotte, die vollständige Aufmerksamkeit und Konzentration ihrer Verehrer verlangte.

Es gab kein Anzeichen dafür, daß etwas nicht stimmte, doch das war nicht überraschend. Wenn die verschiedenen importierten Falschspieler auch nur halb so gut sein sollten, wie ihr Ruf besagte, würde ihr Vorgehen unbemerkt bleiben, vor allem mit der Unterstützung durch die eingeschleusten, gekauften Croupiers. Wenn das Casino ein Tier war, dann waren sie die Blutsauger, die ihm leise das Geld aus den Adern saugten, von dem es lebte, bis es kraftlos taumelte und schließlich zu Boden stürzte. Das Casino mochte sich selbst zwar als Raubtier gefallen, doch diesmal war das Fette Chance in Wahrheit ein gemästetes Kalb.

»Ich sehe keine großen Gewinner«, sagte Stilman und brach sein Schweigen, als er neben ihr stand. »Sind Sie sicher, daß das funktioniert?«

Maxine warf ihm einen verächtlichen Blick zu.

Stilmans Smoking war maßgeschneidert und paßte ihm hervorragend, aber er trug ihn wie einen Trainingsanzug. Doch selbst dem flüchtigen Beobachter fiel auf, daß er ohnehin gerade einmal soviel Grazie und Stil besaß wie ein Pinguin auf Eiern.

»Ich sage Ihnen immer wieder, Herr Stilman«, antwortete Max, »daß es sich hierbei um eine subtile Operation handeln soll. Subtil im Gegensatz zu offensichtlich. Sie sollten inzwischen wissen, daß das mein Vorgehensstil ist. Wenn ich auch die Handwerklichkeit und Ausbildung zu schätzen weiß, die für Ihr Spezialgebiet der physischen Aktion erforderlich sind, so ziehe ich es doch vor, sie nur als Ablenkungsmanöver oder als letzten Ausweg einzusetzen.«

Nachdem das erledigt war, widmete Maxine ihre Aufmerksamkeit einmal mehr dem Spielsaal. Doch leider hatte Stilmans Grollen ihr den Keim der Sorge eingepflanzt, und so ertappte sie sich dabei, wie sie versuchte, große Gewinner oder dauerhafte Gewinnersträhnen an den Tischen in ihrer unmittelbaren Sichtweite ausfindig zu machen.

»Was meinst *du* dazu, Laverna?« fragte sie schließlich und wandte sich im buchstäblichen wie übertragenen Sinne an ihre Finanzberaterin und Vertraute, die sie auch an diesem Abend begleitete.

Laverna hatte die Förmlichkeit der Eröffnungsfeier ignoriert und trug einen ihrer gewöhnlichen Einteiler; ein Paar Diamantohrringe waren die einzige Konzession, die sie an das Besondere der Situation gemacht hatte. Obwohl sie entspannt bis gelangweilt wirkte, waren ihre Augen doch beschäftigt, nahmen unentwegt Daten auf und analysierten sie, wie es ihre Gewohnheit war, wann immer sie und Maxine sich in einem Casinospielsaal aufhielten.

»Schwer zu sagen«, meinte sie mit leisem Achselzucken und ließ den Blick durch das Casino huschen. »Es sieht mir alles ziemlich normal aus . . . vielleicht etwas mehr Geldfluß in Richtung Kundschaft als gewöhnlich. Aber ich müßte es erst eine Weile beobachten, bis ich ein richtiges Gespür dafür entwickelt habe. Natürlich kann man es erst sicher sagen, wenn man nähertritt, um festzustellen, in welche Richtung sich die Chips bewegen.«

Damit spielte sie darauf an, daß erfahrene Spieler nur selten immer die gleichen Einsätze machten. Wenn man das tat, würden die Chancen des Hauses auf lange Sicht gegen einen arbeiten, und man würde verlieren. Statt dessen pflegten die Spieler ihre Einsätze zu variieren, setzten über lange Zeit nur geringe Summen, um sie plötzlich drastisch zu steigern, sobald sie das Gefühl hatten, daß ihre Chancen besser standen oder eine Glückssträhne zu ihren Gunsten eingesetzt hatte. Deshalb konnte ein Spieler gleich viele Spiele gewinnen wie verlieren, am Ende aber doch mit Gewinn oder Verlust herauskommen, abhängig davon, ob sich seine größeren Einsätze rentiert hatten oder nicht.

»Also wissen wir nicht wirklich, ob dieser grandiose Plan funktioniert oder nicht«, meinte Stilman böse.

Überrascht von der Reizbarkeit, die in seiner Stimme lag, sah Maxine ihn an und bemerkte zum ersten Mal, daß er sich nervös umschaute und unruhig war ... etwas, das ganz und gar nicht seinem gewöhnlicherweise ablehnenden Verhalten entsprach.

»Sie scheinen unruhig zu sein, Herr Stilman«, bemerkte sie. »Bereitet Ihnen irgend etwas Sorgen?«

Der Muskelmann sah sich noch einmal um, bevor er antwortete.

»Ich bin mir nur nicht sicher, wie glücklich das Personal sein wird, mich hier zu sehen, das ist alles«, meinte er. »Nach dem Fiasko auf der Laderampe würde es mich nicht wundern, wenn die versuchen würden, mich rauszuwerfen – ob mit Smoking oder ohne.«

»Ich glaube, die Wachmannschaft von Herrn Narrisch hat Stilman ein bißchen erschreckt, Max«, versetzte Laverna mit einem Augenzwinkern und Grinsen.

Stilman richtete einen kalten, unbewegten Blick auf sie.

»Das ist gar nicht komisch«, erwiderte er. »Eure Soldatenjungen haben mir bisher noch nicht allzuviel vorgeführt, aber eins kann ich feststellen, dieses Casino besitzt einige der härtesten *Angestellten,* die ich je zu Gesicht bekommen habe. Wo hat Huey die überhaupt aufgetrieben?«

»Das sollten Sie ihn beim nächsten Mal fragen, wenn Sie mit ihm sprechen«, wies Max ihn an und unterdrückte dabei ein Lächeln. »Aber nicht heute abend. Ich glaube zwar nicht, daß es irgendwelche Schwierigkeiten geben wird, solange Sie hier nur als Gast anwesend sind, dennoch wäre es wohl unklug, wenn Herr Martin dabei gesehen würde, wie er sich heute abend mit uns oder irgend jemandem unterhält, von dem man weiß, daß er in Verbindung zu uns steht.«

»Na ja ... schön ... Sie haben leicht reden, mir zu sagen, ich soll mir keine Sorgen machen«, knurrte Stilman und sah sich erneut um, »aber hinter *Ihnen* wird man ja auch nicht her sein, falls Sie sich irren sollten. Ich weiß immer noch nicht, weshalb ich hier sein muß.«

»Das wissen Sie tatsächlich nicht«, bestätigte Maxine. »Aber da ich ja weiß, was Sie und Ihre Männer im Zuge unserer verschiedenen Ablenkungsmanöver alles an Demütigungen und harter Behandlung durchmachen mußten, dachte ich, daß Sie es vielleicht genießen würden, dermaßen den ›Gnadenstoß‹ mitzuerleben.«

»Wie bitte? *Das* hier?« Stilman wies mit einer knappen Geste auf den Spielsaal. »War vielleicht nett gemeint, aber das ist ungefähr so aufregend wie dem Gras beim Wachsen zuzusehen.«

Maxine hob eine herrscherliche Braue, als sie ihn musterte. »Ich weiß, daß Sie mich manchmal für langweilig halten, Herr Stilman, und vielleicht mag ich das verglichen mit der Aufregung auf einem Astroballplatz ja auch sein. Sie sollten sich allerdings ebenfalls in Erinnerung rufen, daß ich eine Vorliebe für das Dramatische hege. Seien Sie versichert, daß es hier schon bald sehr viel lebhafter zugehen wird – genaugenommen in ungefähr fünfzehn Minuten, würde ich sagen.«

»Wie meinen Sie das ... lebhafter?«

Maxine richtete ihren Blick wieder auf den Spielsaal. »Spielen Sie jemals an den Automaten, Herr Stilman?«

»Nicht seit ich zum ersten Mal hierherkam«, erwiderte Stilman. »Ich habe sie einmal ausprobiert, weil man so was in einem Casino ja wohl tut, aber die Dinger erschienen mir immer als Glücksspiel für Doofe.«

»Das ist völlig richtig«, bestätigte Max nickend. »Bei den Touristen sind sie sehr beliebt, weshalb sie auch jedem Casino einen überraschend hohen Anteil am Gewinn einbringen. Doch selbst das Lockmittel eines großen Jackpots ändert nichts an der Tatsache, daß die Gewinnchancen des einzelnen Spielers erschreckend niedrig sind.«

»Ja. Und?« setzte Stilman nach, doch Maxine ließ sich nicht drängen.

»Nehmen Sie beispielsweise diese Automateninsel dort drüben«, sagte sie und wies mit einem Kopfnicken auf eine Automatengruppe. »Die Geräte nehmen zwar nur Fünfzig-Dollar-Chips an, sind aber auch an einen progressiven Jackpot angeschlossen, der einen garantierten Minimalgewinn von zehn

Millionen Dollar anbietet. Natürlich muß man, wenn man das kleingedruckte auf den Apparaten liest, das Maximum von fünf Chips einsetzen *und* eine sehr seltene Bildkombination bekommen, um sich für den großen Jackpot zu qualifizieren.«

»Wollen Sie damit sagen, daß heute abend jemand den Jackpot gewinnen wird? Zehn Millionen Dollar?« Stilman reckte den Hals, um die Automaten genauer betrachten zu können; offensichtlich war er beeindruckt.

Maxine lächelte. »Ich weiß, daß ich es Ihnen schon mal gesagt habe, Herr Stilman, aber Sie denken gewohnheitsmäßig viel zu kleinkariert. Sie werden bemerken, daß Herr Gunther, wie es heutzutage alle Casinos tun, Video-Geldautomaten und keine der alten mechanischen Geräte einsetzt. Das reduziert nicht nur die erforderliche Wartung, weil es weniger Verschleißteile gibt, es ermöglicht dem Haus auch, die Gewinnchancen besser im Auge zu behalten, da alle Geräte an den Zentralcomputer angeschlossen sind, der die Gewinnausschüttung steuert – an jenen Computer, in den einzudringen wir erhebliche Summen investiert haben, wie Sie sich erinnern werden.«

Sie machte eine Pause und blickte wieder auf die Uhr.

»Nun wird sich in ungefähr dreizehn Minuten ein latentes Programm, das wir in den Computer eingegeben haben, aktivieren und die Gewinnchancen dieser Automatengruppe auf eins zu fünfzig erhöhen. Und ich denke, daß wir *dann* wirklich etwas Aufregendes zu sehen bekommen werden.«

»Soll das heißen, daß die dann *alle* Geld ausspucken werden? Zehn Millionen Dollar das Stück?« Selbst Stilmans legendäre Ruhe war erschüttert, so, wie er Maxine mit weit offenem Mund angaffte.

»Realistischerweise fürchte ich, daß es nur wenige Male funktionieren wird, bevor man die Stromversorgung anschaltet«, antwortete sie. »Ich vermute, der erste Jackpot wird noch für Aufregung sorgen, und die Casinoleitung wird die Sache an die große Glocke hängen, um damit zu werben. Der zweite wird sie erschrecken, aber sie werden immer noch versuchen, sich großzügig zu geben.«

Sie verengte die Augen leicht zu Schlitzen. »Beim dritten Jackpot allerdings werden sie erkennen, daß irgend etwas schiefläuft, und werden das System abschalten. Natürlich braucht eine solche Entscheidung Zeit, sowohl um sie zu fällen als auch, um sie auszuführen. Mit etwas Glück erleben wir noch zwei oder mehr Jackpots, bevor sie dem ganzen ein Ende setzen können.«

»Dreißig bis fünfzig Millionen Dollar«, sagte Stilman und sprach die Worte mit sanfter, fast ehrfüchtiger Stimme aus.

»Bevor Sie fragen«, fügte Max mit einem Lächeln hinzu, »es sind natürlich *unsere* Leute, die gerade an den Automaten stehen. Warum sollte man so viel Geld in die falschen Hände geraten lassen.«

»Bei zehntausend Dollar in der Minute«, warf Laverna ein.

Max blinzelte. »Was war das, Laverna?«

»Fünf Fünfzig-Dollar-Chips pro Spiel, mal zehn Maschinen, mal mindestens vier Durchgänge pro Minute, ergibt zehntausend Dollar in der Minute, die nach meiner Rechnung im Moment in diese Geräte gepumpt werden«, erläuterte ihre Beraterin.

»Ich gehe davon aus, daß sie bis zum richtigen Zeitpunkt nur Minimumeinsätze tätigen, aber selbst wenn sie nur zehn Minuten nach dem Startsignal durchmachen, setzen sie damit schon einhunderttausend Dollar ein.«

»Der Gewinn, der unter dem Strich bleiben wird, rechtfertigt diese Investition ja wohl mehr als deutlich«, sagte Maxine barsch, verärgert über die Unterbrechung ihrer Erklärung. »Also, Herr Stilman, wie ich schon sagte ... Sie begreifen, daß so viele hohe Jackpots Herrn Rafaels Kasse ernsthaft belasten werden. Er wird es nicht wagen, die Gewinne nicht auszubezahlen, denn die damit verbundene negative Publicity würde ihn aus dem Geschäft treiben. Zusammen mit den anderen Verlusten, die wir für ihn an den Tischen eingeplant haben, dürfte er allerdings nicht mehr in der Lage sein, das erforderliche Geld für die Rückzahlung des Darlehens aufzutreiben. Darüber hinaus werden die zahlreichen Jackpots sicherlich genug Medienrummel auslösen, um etwaige Geldgeber gründlich abzuschrecken.«

Maxine lächelte wieder. Ein liebliches, großmütterliches Lächeln.

»Kurzum, Herr Stilman, wenn die Jackpotglocken zu läuten beginnen, dann ist es das Signal dafür, daß das Casino Fette Chance gerade beginnt, in unsere Registrierkasse zu rutschen.«

»Max?«

»Ja, Laverna?«

»Wir haben ein Problem.«

Maxine folgte dem Blick ihrer Beraterin und sah die unverwechselbare Gestalt von Willard Narrisch, dem Kommandanten der Casinosicherheit. Narrisch beobachtete die Aktivitäten an der Automatenzielgruppe.

»Ich dachte, Huey sollte ihn irgendwie beschäftigen, wenn das Programm sich aktiviert.«

»Das sollte er auch«, sagte Maxine mit dünnen Lippen, »aber offensichtlich hat er es nicht getan. Nun, da können wir nur eins tun.«

»Und das wäre?« fragte Laverna, als Max sich in Bewegung setzte.

»Ich muß selbst für die Ablenkung sorgen«, erklärte die Gangsterchefin mit kurz aufblitzendem Lächeln.

»Außerdem denke ich, daß es an der Zeit ist, daß wir beide uns mal Auge in Auge unterhalten.«

»Guten Abend, Hauptmann Joker.«

Der Legionskommandant drehte sich um und lächelte unbestimmt, als er bei seinem Namen angesprochen wurde.

»Guten Abend«, sagte er in höflichem Reflex.

»Ich wollte fragen, ob ich Sie zu einem Drink einladen darf?« fuhr die Frau fort.

Der Legionär lächelte. »Vielen Dank, aber ich bin im Dienst.«

»Ich verstehe. Aber ich dachte, Sie könnten diesmal vielleicht eine Ausnahme machen. Mein Name ist Maxine Pruet.«

Wie erwartet, fesselte das Narrischs ganze Aufmerksamkeit, obwohl er sich anstrengte, sich äußerlich nichts anmerken zu lassen.

»Selbstverständlich«, antwortete er. »Entschuldigen Sie, daß ich Sie nicht von Ihrem Bild her wiedererkannt habe.«

»Welches Bild ist das gewesen, Hauptmann?«

»Nun, genaugenommen waren es zwei«, erklärte Narrisch. »Eine Profilaufnahme und eine Frontalansicht.«

Für einen Moment verengten sich Maxines Augen gefährlich; dann riß sie sich zusammen und lächelte weiter, wenn auch leicht gequält.

»Es gibt keinen Grund, beleidigend zu werden, Herr Narrisch«, sagte sie gelassen. »Sie wissen wahrscheinlich ebensogut wie ich, daß ich noch nie festgenommen wurde.«

»Sehr richtig.« Der Kommandant nickte, und für einen Augenblick zeigte sich Müdigkeit auf seinem Gesicht. »Es tut mir leid ... das war wirklich nicht sehr höflich. Sie haben mich nur etwas überrascht, das ist alles. Also gut, ich nehme Sie beim Wort, was diesen Drink betrifft.«

Während es sprach, hielt Narrisch eine der Cocktailkellnerinnen mit einer Geste an und nahm zwei Gläser von dem Gratis-Champagner, den die Frau gerade verteilte.

»Hier«, sagte er und reichte eines davon an Maxine weiter. »Worauf wollen wir trinken? Irgendwie kann ich mir nicht vorstellen, daß Sie erpicht darauf sein sollten, auf den Erfolg des Fette Chance anzustoßen.«

»Vorläufig jedenfalls nicht«, schnurrte Max. »Wie wäre es mit ›auf ehrenwerte Feinde und unehrenhafte Freunde‹?«

»Ich glaube, das könnte ich akzeptieren.« Der Kommandant gluckste leise und hob das Glas zu einem gespielten Toast. »Soviel scheinen wir wenigstens gemeinsam zu haben.«

Maxine verbarg ihre Verwirrung, als sie seine Geste erwiderte. Sie hatte gehofft, Narrisch in eine der Cocktailbars entführen zu können; statt dessen standen sie nun direkt neben der angepeilten Automatengruppe . . . viel zu nahe, als daß sie sich dabei wohl gefühlt hätte.

»Vielleicht könnten Sie mir eine Frage beantworten, Herr Hauptmann?« fuhr sie fort und schlenderte ein Stück den Gang entlang, als wollte sie eine bessere Sicht auf die Tische bekommen.

»Das hängt von der Frage ab«, antwortete Narrisch, folgte ihr aber; er schien nicht zu bemerken, daß sie sich bewegten.

»Warum sind Sie überhaupt in die Weltraumlegion eingetreten?« Der Kommandant lächelte.

»In der Legion«, erwiderte er, »gilt es allgemein als unhöflich, diese Frage zu stellen.«

»Wie interessant«, meinte Maxine. »Nun bin ich aber *nicht* in der Legion, und ich habe mich auch nie sonderlich darum bemüht, höflich zu sein.«

Narrisch zögerte; dann zuckte er die Schultern.

»Ach, nennen Sie es einfach die Laune eines reichen Jungen«, sagte er wegwerfend.

»Es fällt mir sehr schwer, das zu glauben«, hakte Max nach, die von dem Thema nicht ablassen wollte.

»Wieso?«

»Um es mal ganz einfach auszudrücken, Herr Narrisch, ich bezweifle, daß jemand in Ihrer Position so weit gekommen wäre, wenn er nur seinen Launen und einem vordergründigen Denken folgte. Nein, ich glaube, daß Sie mit fast allem, was Sie tun, etwas Bestimmtes verfolgen, *einschließlich* Ihres Eintritts in die Weltraumlegion.«

Der Kommandant blickte sie scharf an.

»Sehr aufmerksam beobachtet«, meinte er. »Natürlich haben Sie recht. Soviel will ich zugeben. Ich fürchte allerdings, daß ich meine Gründe für mich behalten werde. Ich kann es Ihnen zwar nicht verübeln, gefragt zu haben, aber Sie müssen sich auch der Tatsache bewußt sein, daß Leute in meiner Position nicht *bleiben* wo sie sind, wenn sie ihre Pläne mit anderen teilen, ganz besonders nicht mit der Gegenseite.«

»Gegenseite«, wiederholte Maxine naserümpfend. »Also

wirklich, Herr Narrisch. Sie haben vielleicht eine delikate Art, Dinge auszudrücken! Sie müssen *unbedingt* einmal Laverna kennenlernen. Vielleicht ist das ja auch das Ergebnis Ihrer gemeinsamen Herkunft aus dem Reich der Finanzmanöver, aber Sie scheinen beide die Neigung zu haben, lieber verbal um ein Thema herumzuschleichen als es geradeheraus anzugehen.«

Wieder mußte Narrisch lächeln, und er stellte fest, daß er Maxine immer mehr mochte.

»Ich schätze, alte Gewohnheiten sterben nicht so leicht aus«, meinte er. »Natürlich bestärkt die Legion dieses Vorgehensmuster auch noch, indem sie Doppeldeutigkeiten fördert oder gar verlangt. Aber wie würden *Sie* denn unsere Beziehung beschreiben?«

»Na ja, wir sind rivalisierende Kommandanten in einem Bandenkrieg um die Kontrolle über dieses Casino. Was denn sonst?« sagte Max mit beiläufigem Achselzucken, bis sie sein Stirnrunzeln bemerkte und fortfuhr: »Kommen Sie, Herr Narrisch. Sie sehen darin doch wohl nicht den Kampf zwischen den Mächten des Lichts und der Dunkelheit, wobei Sie selbst auf der Seite der Guten kämpfen?«

»Eigentlich dachte ich eher daran, daß Sie schon die zweite Person sind, die mich in letzter Zeit als Anführer einer Verbrecherbande beschrieben hat«, erläuterte der Kommandant mit einem schiefen Lächeln. »Aber wenn es auch kein Geheimnis ist, daß Legionäre oft eine zweifelhafte Vergangenheit besitzen, hatte ich doch auf ein etwas besseres öffentliches Image gehofft.«

»Zweifelhafte Vergangenheit«, rief Max mit einem kurzen bellenden Lachen. »Da fangen Sie schon wieder an, Herr Narrisch, versuchen verbal ein Schleifchen um den Hals eines schuftenden Maultiers zu binden. Wir bieten einem Pack von Kriminellen das Know-how und die Führung, und leben dementsprechend vom Profit. Anders läßt sich das nicht präzise beschreiben.«

»Es tut mir leid, aber dem kann ich nicht zustimmen«, widersprach der Legionär kopfschüttelnd, »obwohl ich mir sicher bin, daß Sie es als Kompliment betrachten, mich als Ebenbürtigen zu sehen. Ich ziehe es vor, das, was ich tue, als eine Hilfeleistung für bestimmte Individuen zu sehen, um zu einer konstruktiven, förderlichen Anwendung ihrer Talente zu gelangen. Als Beleg dafür möchte ich Sie darauf aufmerksam machen, daß wir vom *rechtmäßigen* Besitzer des Casinos *gerufen* wurden, um es zu beschützen, und daß wir über unseren normalen Sold hinaus keine Gewinne aus unseren Bemühungen erwarten dürfen.«

»Ich schätze, da haben Sie wohl recht, Herr Hauptmann«, erwiderte Maxine unbekümmert. »Allerdings könnte ich nicht ehrlicherweise behaupten, daß ich in Ihrer Position eine Verbesserung der meinen erkenne. Ich habe immer die Feststellung gemacht, daß Leute härter arbeiten, wenn unmittelbare Vorteile dabei herausspringen, als um eines festen Lohnes willen.«

Der Kommandant nickte. »In diesem Punkt stimmen wir überein. Doch vielleicht könnten Sie sich ja irgendwann einmal mit der Frage befassen, ob es nicht auch unmittelbare Vorzüge für den einzelnen geben kann, die über den bloßen Geldgewinn hinausgehen. Tja, wenn Sie mich bis dahin entschuldigen würden – die Pflicht ruft. Es war mir ein Vergnügen, mich mit Ihnen zu unterhalten.«

Da sie begriff, daß Narrisch nicht nur das Gespräch abbrechen würde, sondern daß es bisher auch noch kein Anzeichen dafür gab, daß der erwartete Ansturm auf die Automaten begonnen hatte, hielt Maxine eilig Ausschau nach einem anderen Vorwand, um das Gespräch in die Länge zu ziehen.

»Einen Augenblick noch, Herr Hauptmann«, sagte sie und legte ihm die Hand auf dem Arm. »Da ist jemand, mit dem ich Sie gern bekanntmachen möchte.«

Ohne weitere Erklärung führte sie den Legionskommandanten zur Schlange an der Kasse, die natürlich ein weiteres halbes Dutzend Meter von den Automaten entfernt war.

»Entschuldigen Sie ... Jonesy?« sagte sie und tippte einem der Männer, der gerade auf weitere Chips wartete, leicht auf die Schulter.

Der junge Orientale drehte sich lächelnd um, zuckte aber deutlich zusammen, als er die schwarzuniformierte Gestalt neben Max erblickte.

»Ich glaube, Sie sind noch nicht vorgestellt worden«, fuhr Max mit der Geschmeidigkeit einer Gastgeberin bei einem Empfang fort. »Jonesy, das ist Hauptmann Joker, Kommandant der Sicherheitsmannschaft dieses Casinos. Hauptmann Joker, das ist Jonesy.« Ihr Lächeln gab einige weitere Zähne frei. »Natürlich ist das nicht sein richtiger Name, das ist ja offensichtlich, aber er hat uns gebeten, ihn so zu nennen.«

»Hauptmann Jocker.«

»Jonesy.«

Die beiden Männer beäugten einander in unverhohlener Vorsicht. Keiner streckte die Hand aus.

»Jonesy ist auf Besuch von . . . ich schätze, sie würden es eine unserer Schwesterorganisationen nennen.« Maxine lächelte. »Seine Vorgesetzten haben außerordentliches Interesse daran bekundet, wie Sie und ich mit unseren . . . Differenzen umgehen.«

Der Orientale verneigte sich leicht. »Ich fürchte, Herr Hauptmann, daß Neugier für Menschen in unserem Geschäft nur zu natürlich ist. Sollten wir uns jemals . . . wie soll ich es ausdrücken? . . . in einer ähnlichen Beziehung zu Ihnen wiederfinden, wie Sie Frau Pruet hat, dann vertraue ich darauf, daß Sie davon ausgehen werden, daß es dabei nicht um persönliche Abneigungen geht. Ich bin sicher, daß *Sie* wohl der erste sein dürften, der Verständnis dafür aufbringt, daß Geschäft eben Geschäft ist.«

»Natürlich«, antwortete Narrisch schmallippig. »Darf ich Ihnen im Gegenzug den Rat geben, Ihren Vorgesetzten etwas auszurichten? Sollten sie die Absicht haben, nach Loreley zu kommen, um unsere Methoden aus erster Hand zu studieren, werde ich mein Bestes tun, daß sie mit derselben Gastfreundschaft behandelt werden, wie wir sie Frau Pruet und ihrer Organisation angedeihen lassen.«

Jonesy Blick flackerte leicht.

»Das werde ich gewiß nicht versäumen, Hauptmann«, sagte er mit einer leichten Verneigung. »Wenn Sie mich jetzt entschuldigen wollen. An einem der Spieltische wird ein Platz für mich freigehalten.«

»Ich glaube, er mag Sie nicht, Hauptmann«, sagte Max leise, während sie dem Orientalen nachsahen.

Narrisch lächelte humorlos. »Ich glaube, damit kann ich leben. Andererseits habe ich auch nicht den Eindruck, daß er sonderlich glücklich über Sie war, wie Sie ihn auf diese Weise bloßgelegt haben.«

Maxine stieß ein undamenhaftes Schnauben aus.

»Ob Sie es mir glauben oder nicht, Herr Narrisch, die Möglichkeit, daß Jonesys Geschäftspartner auf Loreley auftauchen, erscheint mir noch weniger erwünschenswert als Ihnen. Wie ich vorhin schon sagte, ›ehrenwerte Feinde und unehrenhafte Freunde‹. Ich hielt es lediglich für eine Frage der Höflichkeit, Sie darauf aufmerksam zu machen, womit Sie es eines Tage zu tun bekommen könnten.«

»Ich verstehe«, meinte der Kommandant und blickte sie nachdenklich an. »Also gut, da ist es wohl an mir, den Gefallen zu erwidern. Sehen Sie den Mann, der dort hinten auf der rechten Seite am Ende des Black-Jack-Tisches sitzt? Der blasse Kerl?«

Maxine reckte den Hals ein Stück; dann nickte sie.

»Nun, angesichts Ihrer Sammelleidenschaft, was Casinos betrifft, möchte ich darauf hinweisen, daß das jemand ist, auf den Sie in Zukunft ein Augenmerk halten sollten.«

»Wirklich?« sagte Max und studierte den bezeichneten Mann. »Was ist er denn? Ein Kartenbetrüger?«

»Wohl kaum«, antwortete Narrisch gleichmütig. »Ehrlich gesagt, haben wir einige Vorkehrungen getroffen, um so viele bekannte Falschspieler wie möglich auszusieben – das ist ja auch Teil unseres Auftrags als Sicherheitsmannschaft, wie Sie wissen. Es mag Sie interessieren, daß wir allein am heutigen Tag schon mehr als hundert von ihnen zum Raumhafen zurückbefördert haben.«

Schweigend verdaute Maxine diese Nachricht einige Augenblicke.

»Das ist ja eine kühne Behauptung, Hauptmann«, sagte sie schließlich mit langsamen, sorgfältig betonten Worten. »Darf ich fragen, wie es Ihnen gelungen ist, diese Leute zu entlarven?«

»Das war nicht so schwer«, meinte der Kommandant. »Wir haben die meisten von ihnen bereits im Laufe der letzten Woche ausfindig gemacht, zusammen mit den Croupiers, die sie mit schlechten Sätzen und zusätzlichen Chips versorgten. Tullie Bascom, der neue Casinomanager, hat uns dabei geholfen, den Rest herauszupicken. Es scheint, daß er die meisten von ihnen vom Ansehen kennt. Nachdem wir sie erst einmal identifiziert hatten, war es nur eine Frage des richtigen Zeitpunkts, um sie auszusieben, ohne die anderen Gäste in Aufruhr zu versetzen. Und ich hatte das Gefühl, daß heute dieser richtige Zeitpunkt ist.«

»Tullie Bascom.« Max sprach den Namen aus, als verursachte er ihr einen schlechten Geschmack im Mund. »Ich dachte, der wäre pensioniert. Übrigens hatte ich bisher den Eindruck, daß Huey Martin der Manager sei.«

»Das war er auch«, bestätigte Narrisch. »Leider wurde auch er heute ... ausgesiebt. Falls ich den Vorgang richtig begriffen habe, wurde die Frage aufgeworfen, ob er nun *für* oder gegen das Haus arbeite.«

»Ich verstehe.«

»Aber ich wollte Ihnen ja eigentlich etwas über den Herrn am Black-Jack-Tisch erzählen«, fuhr der Kommandant fort, als bemerkte er Maxines Reaktion auf diese Enthüllung nicht. »Sein Name ist Albert. Er ist Chef eines Teams von Computerprüfern – einige der besten, mit denen ich je zusammengearbeitet habe.«

»Computerprüfer«, wiederholte Maxine tonlos.

»Ja. Ich kann ihn sehr empfehlen, sollten Sie jemals das Bedürfnis haben, die Programmierung Ihres Zentralcomputers überprüfen zu lassen.« Narrischs Blick verschränkte sich für einen Moment mit dem seiner Rivalin. »Ich weiß, daß es Ihnen schwerfallen wird, es zu glauben, aber Albert hat entdeckt, daß irgend jemand sich am Computer des Fette Chance zu schaffen gemacht hat. Er meint, es sei ein zeitgesteuertes Programm, das heute um Mitternacht die Auszahlungsquoten dramatisch verändern sollte.« Er sah ostentativ auf die Uhr. »Natürlich haben wir Albert dieses Programm desaktivieren lassen, aber ich war doch neugierig festzustellen, wer diese Spielautomaten gegen Mitternacht beobachten und welche Reaktionen dieser Unbekannte zeigen würde, wenn die Geräte einfach nur weiterhin das Geld verschlingen, anstatt die Millionen auszuspucken, die man erwartet hat. Nun, jetzt ist es schon fast halb eins, und ich habe die ganze Zeit nur mit Ihnen geredet. *C'est la guerre*, schätze ich. Ich muß jetzt wirklich gehen, aber es war mir ein *großes* Vergnügen, meine Zeit mit Ihnen zu verbringen, Frau Pruet.«

Mit diesen Worten legte er in gespieltem Salut den Zeigefinger an die Schläfe, machte kehrt und ging lächelnd davon.

Maxine, die ihm hinterhersah, teilte sein Lächeln nicht. Stattdessen war der Blick, den sie an seinen Rücken geheftet hatte, nicht unähnlich dem einer Schlange, die einer vermeintlich flugunfähigen Mahlzeit hinterher blickte, wie sie gerade in den Wolken verschwand.

»Max . . . ich glaube, wir haben Probleme«, zischte Laverna und erschien gleichzeitig an ihrer Seite.

»Was ist los, Laverna?« Maxine blinzelte, riß den Blick von Narrischs verschwindendem Rücken fort.

»Ich sagte, wir haben Probleme«, wiederholte ihre Beraterin. »Es ist schon fast eine halbe Stunde nach Mitternacht, und diese verdammten Apparate wollen einfach nicht . . .«

»Ich weiß«, erwiderte Max zornig und schnitt ihr das Wort ab. »Sag diesen Idioten, sie sollen damit aufhören, *unser* Geld in die Tresore des Hauses zu schmeißen. Und mach dir gar nicht erst die Mühe, subtil vorzugehen. Das Gambit ist aufgeflogen und gekontert.«

»Ach, wirklich?«

»*Geh* einfach«, drängte Maxine. »Komm danach auf mein

Zimmer, dann erkläre ich dir die Einzelheiten. Im Augenblick kostet uns jede Minute nur unser Geld, wie du vorhin so richtig bemerktest.«

»Schon unterwegs«, sagte Laverna und schoß mit einer Geschwindigkeit auf die Spielautomaten zu, die in krassem Gegensatz zu ihrer üblichen gemächlichen Gangart stand.

»*Herr Stilman!* Darf ich Sie einen Augenblick sprechen?«

Als er ihren Ruf vernahm, kam der ehemalige Astroballspieler sofort auf sie zugeschwebt.

»Ja, Frau Pruet?«

»Ich möchte, daß Sie für eine Weile die Saaloperation übernehmen«, sagte sie. »Versuchen Sie, irgendeinen Vorfall zu inszenieren, der Herrn Narrischs Truppe daran erinnert, daß wir sie noch nicht vollkommen vergessen haben. Ich brauche etwas Zeit, um die Sache zu überdenken.«

»Stimmt was nicht?«

»Es scheint, als hätte ich unseren Herrn Narrisch unterschätzt . . . und zwar gründlich«, gestand Max kopfschüttelnd. »Ich bin mit Laverna in meiner Suite und überlege mir, wie wir weiter vorgehen sollen.«

Vertieft in ihre eigenen Gedanken, als sie sich in Richtung Fahrstuhl in Bewegung setzte, versäumte Maxine es, ihren Gewaltspezialisten noch einmal zu betrachten, nachdem sie ihn dergestalt angesprochen hatte. Hätte sie das getan, so hätte das seltene, träge Lächeln, das nun über Stilmans Antlitz kroch, vielleicht Alarmglocken in ihrem Innern zum Läuten gebracht.

Kapitel 12

Tagebucheintrag # 236

Man sollte annehmen, daß der Wendepunkt dieses spezifischen Auftrags das Ereignis war, welches im letzten Kapitel dokumentiert wurde, nämlich die Galaeröffnung des Casinos Fette Chance, bei der es den Kräften meines Arbeitgebers gelungen war, den vielschichtigen Angriff von Maxine Pruet auf Gunther Rafaels finanzielle Ressourcen zurückzuschlagen.

Wiewohl sich die Bedeutung dieses Scharmützels gewiß nicht leugnen läßt, so muß ich doch aus jener übergeordneten Sicht, die zu meinen Privilegien zählt, feststellen, daß die Ereignisse, die unmittelbar auf die Eröffnung folgten, *in vielerlei Hinsicht für den schlußendlichen Ausgang der Konfrontation weitaus gewichtiger waren.*

Unter Spielern waren Spitznamen sehr beliebt. Darüber hinaus kehrten bestimmte Spitznamen auch immer wieder, bis sie gewissermaßen zu einer Tradition geworden waren. So kam es, daß jeder mit dem Namen Edward in Spielerkreisen unweigerlich die Bezeichnung »Schneller Eddie« erhielt.

Lucas hatte es jedoch geschafft, die naheliegende Titulierung »Lucki Luke« zu vermeiden und war seinen Kumpanen stets nur als »Lucas« bekannt. Das lag teilweise daran, daß er in den Casinos einen gewissen Grad der Anonymität anstrebte und auch erreichte, indem er sich wie ein Buchhalter oder Registrator auf Urlaub kleidete und benahm. Doch vermied man den Spitznamen hauptsächlich deswegen, weil Lucas sich selbst nicht als Spieler betrachtete. Er hielt sich für einen Ganoven, und sein Erfolg hatte nichts mit Glück zu tun.

Er war ein sorgfältiger Planer, was er auch sein mußte, denn die Art des Diebstahls, die er bevorzugte, verlangte die Beachtung der Details und sorgfältigste Zeiteinteilung. Tatsächlich hatte er das Fette Chance erst eine knappe Woche ausgekundschaftet, bis er zu dem Schluß gelangt war, daß es hier ein Dutzend Möglichkeiten für ihn gab, und bis er den Mitgliedern seiner Mannschaft, die sich über die anderen Casinos von Loreley verstreut hatten, eine entsprechende Nachricht zukommen ließ.

Lucas' Plan verlangte, daß fünf Leute in enger Kooperation zusammenarbeiteten, obwohl man natürlich große Sorgfalt darauf verwendete, sicherzustellen, daß die Tischchefs und die Casinowachen nicht mitbekamen, daß Lucas und die anderen sich kannten, geschweige denn, daß sie als Einheit vorgingen. Ihr Ziel war der Craps-Tisch, wo die Chancen für den Spieler ohnehin am günstigsten waren, noch günstiger aber mit ihrem System. Es war ein kompliziertes System, bei dem der Spieler einen der Würfel beim Wurf, hoffentlich unbemerkt, in der Hand behielt, während ein anderer einen präparierten Würfel auf den Tisch fallen ließ, als sei es der zweite des Paars. Ein dritter Spieler griff dann nach den Würfeln und warf sie zum ersten Spieler zurück, wobei er sie heimlich gegen »saubere« Würfel austauschte, damit das Haus selbst im Falle des Verdachts und einer Untersuchung nur feststellen konnte, daß die Würfel nicht präpariert waren. Zwei weitere Spieler standen mit dem ausschließlichen Auftrag am Tisch, in den entscheidenden Augenblicken für Ablenkung zu sorgen, während der fünfte, Lucas, den Einsatz tätigte.

Das Schöne an diesem System war, daß die große dafür erforderliche Anzahl von Spielern dic Tischcroupiers nicht so schnell auf den Gedanken kommen ließ, daß man sie reinlegte. Derjenige, der den Einsatz tätigte, war nicht derselbe wie der Werfer, der nur das Tischminimum riskierte, und der Werfer konnte auch nie mit dem manipulierten Würfel erwischt werden. Wenn sie diesen Trick auch nur einige Male unauffällig im selben Casino ausführen könnten, so wären diese wenigen Male angesichts solcher »korrigierter Chancen« in der Regel vollauf genug.

Zu diesem Betrugsplan gehörte des weiteren auch ein nachlässiger Croupier, weshalb Lucas im Laufe der vergangenen

Woche auch die meiste Zeit damit verbracht hatte, nach einem solchen Ausschau zu halten. Das war auch der Grund, weshalb er diesen Zeitpunkt ausgewählt hatte, um mit seiner Mannschaft endlich zur Tat zu schreiten.

Die Gästeschar der Eröffnungsfestivitäten war inzwischen soweit ausgedünnt, daß es an verschiedenen Tischen mehrere freie Sitzplätze gab. Wichtiger noch: Die Mannschaften an den Tischen waren inzwischen von dem Ansturm erschöpft und blickten bereits unverhohlen auf ihre Uhren, als könnten sie die Zeit mit reiner Willenskraft schneller verstreichen lassen.

Lucas hatte schon fast eine Stunde am Zieltisch gesessen und sorgfältig das Bild von einem allmählichen Verlierer aufgebaut, der gelegentlich mit hohen Einsätzen scheinbar versuchte, seine Verluste wieder auszugleichen. Der Croupier benahm sich so, wie er es die letzten Nächte auch getan hatte: Er teilte seine Aufmerksamkeit zwischen dem Dienst am Tisch und einer wohlgeformten Cocktailkellnerin auf, die ihm gegen Ende ihrer gemeinsamen Schicht im Vorbeigehen immer häufiger zuzwinkerte. Lucas wußte nicht, ob die beiden nur flirteten oder Liebhaber waren; es war ihm auch gleichgültig. Wichtig war, daß der Croupier nicht seine volle Aufmerksamkeit auf das Geschehen an seinem Tisch richtete.

Nacheinander kam seine Mannschaft zusammen und nahm mit gespielter Beiläufigkeit ihre Positionen ein, bis schließlich nur noch ein Mitglied fehlte, bevor sie loslegen konnten. Trotz seiner Zuversicht und Selbstbeherrschung spürte Lucas, wie die Erregung in ihm wuchs. Noch fünfzehn Minuten, und sie hätten entweder ihren Treffer gelandet oder sich wieder verteilt, um sich ein anderes Ziel auszusuchen.

»Ihre Würfel, Sir.«

Lucas nahm die Würfel auf und begann sie langsam in Vorbereitung auf den Wurf zu schütteln. Das war natürlich noch nicht die große Nummer. Wenn es soweit war, würde er setzen und nicht werfen. Er wollte lediglich Zeit schinden und seinen Reihenplatz unter den Werfern einnehmen, bis seine Mannschaft vollzählig versammelt war.

Im Augenwinkel sah er, wie das letzte Mannschaftsmitglied auf ihren Tisch zukam, gelegentlich an anderen Tischen stehenblieb, um das Geschehen zu beobachten und seine Indifferenz zu zeigen. Gleich würde es losgehen.

»Komm schon, *Sieben*«, sagte Lucas fast automatisch, als er die Hand zum Wurf hob und...

»Einen Augenblick, Sir!«

Ein bösartiger Griff umschlang plötzlich sein Handgelenk. Erschrocken sah Lucas sich um und stellte fest, daß er von einem schwarzuniformierten Sicherheitsmann festgehalten wurde, der von zwei weiteren begleitet wurde.

»Was...«

»Zeigen Sie uns einmal diese Würfel... Alle Einsätze einfrieren!«

Mit echter Verwunderung reichte Lucas dem Wachmann mit dem roten Schnauzbart seine Würfel. Er hatte keine Ahnung, was diese Unterbrechung herbeigeführt haben mochte, da er nichts getan hatte, was Verdacht erregen konnte – gerechtfertigt oder nicht.

Der Wächter würdigte die Würfel nur eines kurzen Blickes.

»Genau wie ich dachte«, erklärte er. »Sieh in seiner Tasche nach, Schubidu... die linke Jackentasche.«

Bevor Lucas sich zusammenreißen konnte, um zu protestieren, hatte der ölig aussehende Wächter neben ihm schon die Hand in die besagte Tasche gesteckt und wieder hervorgeholt. Darauf lagen...

»Da sind sie, Herr Feldwebel. Genau wie Sie dachten.«

Lucas gaffte das Paar Würfel an, die der Wächter nun hochhielt. *In dieser Tasche waren überhaupt keine Würfel gewesen... und er hatte auch sonst keine am Leib gehabt!*

»Aber...«

»Haben wohl geglaubt, Sie könnten ein paar kleine Austauschgeschäftchen machen, wie, Sir?« Der Wachmann mit dem Schnauzbart lächelte. »Ich denke, es ist Zeit, daß Sie gehen... wenn Sie mir bitte folgen wollen. Nichts passiert, Leute! Wir sorgen nur dafür, daß es an den Tischen im Fette

Chance ehrlich zugeht. Nehmen Sie Ihre Einsätze zurück, und reichen Sie die Würfel an den nächsten Werfer weiter!«

Lucas bemerkte kaum die schockierten Gesichter der anderen Mannschaftsmitglieder, als sie hinter ihm in der Casinomenge verschwanden. Seine gesamte Aufmerksamkeit blieb auf die kräftigen Hände gerichtet, die seine Arme festpreßten, als man ihn nun sanft aber unbeugsam in Richtung Casinoausgang schob.

»Aber ich bin doch Gast in diesem Hotel!« brachte er schließlich hervor und versuchte immer noch, zu begreifen, was eigentlich geschehen war.

»Jetzt nicht mehr, Sir«, informierte ihn der Feldwebel. »Draußen werden Sie Ihr Gepäck vorfinden.«

»Aber ich habe doch gar nichts getan! Ehrlich nicht!«

Wenn er auch das übliche Risiko seines auserwählten Berufs akzeptierte, teilte Lucas doch den Glauben und die Empörung des Durchschnittsmenschen, wenn er eines Verbrechens überführt wurde, obwohl er doch tatsächlich unschuldig war.

»Ich weiß, Sir.« Der Feldwebel zwinkerte ihm zu. »Wir waren es nur müde, auf Sie warten zu müssen. Würden Sie nun bitte hier entlang gehen?«

Plötzlich rückten sich die Dinge in Lucas' Geist zurecht.

»Einen Augenblick mal«, sagte er. »Wenn mein Gepäck bereits auf mich wartet, dann muß es doch jemand schon gepackt haben, bevor Sie . . .«

Er riß sich frei, blieb abrupt stehen und richtete wütend den Zeigefinger auf den Feldwebel.

»Sie haben mich reingelegt!« rief er. »Mit den Würfeln, die ich in der Hand hatte, war alles in Ordnung! Und der da . . . der hat das zweite Paar in meine Tasche *bugsiert*!«

»Stimmt genau, Sir«, bestätigte Moustache lässig. »Aber die Würfel waren *tatsächlich* Ihre. Wir haben uns nur die Freiheit genommen, sie von Ihrem Zimmer in Ihre Tasche zu befördern, das ist alles.«

»Von meinem Zimmer?«

»Jawohl, Sir. Wenn Sie mir den Hinweis gestatten, Sir, es ist unklug, zwei Dutzend Extrawürfel in Ihrem Gepäck aufzubewahren, wenn Sie in einem Casino wohnen. Das macht unangenehme Burschen wie uns mißtrauisch, und nicht jeder ist so nett und verständnisvoll wie wir.«

»Was ... Sie haben mein Gepäck durchsucht? *Bevor* ich überhaupt irgendwas getan habe?«

»Wir haben nur die Interessen des Besitzers wahrgenommen, Sir«, sagte der Feldwebel.

»Aber das ist doch ... das ist ...«

»Ungesetzlich? Ganz recht, Sir. Es sieht so aus, als seien Sie nicht der einzige Ganove auf Loreley, aber das wissen Sie natürlich schon. Der *eigentliche* Trick besteht darin, sich nicht erwischen zu lassen, Sir. Würden Sie nun bitte hier entlang gehen?«

An einem Tisch in der Nähe des offenen Teils einer Casinobar gefläzt, sahen Doc und Tiffany, wie die Prozession vorbeimarschierte.

»Weißt du«, sagte Doc, »das sieht wirklich so aus, als könnte es Spaß machen. Vielleicht sollte ich ein Gesuch einreichen, gelegentlich auch mal regulären Dienst zu schieben. Wäre dann wenigstens ein Vorwand, die ganze Zeit diese Uniformen tragen zu dürfen.«

Die Schauspielerin zog eine Schnute, als sie an ihrem Drink nippte.

»Das ist *mit Sicherheit* angenehmer, als Dee Dee fünfmal am Tag mit Make-up zu beschmieren«, meinte sie. »Ist doch nicht zu fassen, erst macht sie so einen Riesenaufstand, daß sie nicht mit einer Live-Mannschaft auf die Bühne will, und jetzt, nachdem der Computer in der Reinigung war, besteht sie darauf, daß wir bei den Auftritten weitermachen.«

»Ich muß zwar nur die Vorhänge bedienen«, sagte Doc, »aber ich weiß, was du meinst. Trotzdem, es kommt dem Showbusiness immer noch näher, als herumzustehen und den ganzen Tag zu beobachten, wie Betrunkene ihr Geld verlieren.«

»Für dich vielleicht, Doc. Aber du bist es ja auch gewöhnt,

hinter den Kulissen zu arbeiten. Für jemanden wie mich, der immer in der einen oder anderen Form im Mittelpunkt gestanden hat, ist das ein echter Abstieg. Wache zu schieben wäre wenigstens eine Art von Rollenspiel.«

Der Stuntman hob eine Augenbraue. »Du klingst etwas niedergeschlagen, Tiff. Irgendwelche Sorgen?«

»Ach, ich habe mir nur etwas anderes vorgestellt, als ich unterschrieben habe«, sagte sie und verzog das Gesicht. »Oder *nach* unserer Überraschungseinweisung.«

»Ich verstehe«, erwiderte Doc; dann veränderte er seine Sitzhaltung, um ostentativ an die Decke zu blicken. »Das hat wohl nicht zufälligerweise etwas mit deinen Bemühungen zu tun, unseren Hauptmann zu bezirzen?«

Tiffany funkelte ihn einen Augenblick böse an; dann brach sie in ein wehmütiges Lächeln aus.

»Bingo!« Sie lachte. »Nun, als wir unterwegs auf dem Schiff waren, habe ich geglaubt, daß er nur beschäftigt ist, weil er diese Operation plante, und daß ich mehr von ihm zu sehen bekommen würde, wenn wir uns hier erst einmal eingerichtet hätten. Aber jetzt, da wir im Showsaal arbeiten, bekomme ich noch weniger von ihm zu sehen als an Bord.«

Lächelnd signalisierte Doc dem Barkeeper, ihnen eine weitere Runde zu bringen. »Um ehrlich zu sein, Tiffany«, sagte er, »ich glaube nicht, daß es einen großen Unterschied machen würde. Nach allem, was ich gesehen habe, ist unser *Furchtloser* Führer mit seiner Arbeit so gut wie verheiratet. Alle, mit denen ich gesprochen habe, sagen ungefähr dasselbe – daß sie nicht so viel Zeit mit dem Hauptmann verbringen können, wie sie es gerne täten – während sie sich gleichzeitig darüber beklagen, daß er sich möglicherweise übernehmen könnte. Alles in allem glaube ich, daß er nicht gerade ein Spielgefährte ist, egal wie verlockend der Köder sein mag oder wie oft man ihm zuwinkt.«

Mit einem Lächeln legte die Schauspielerin ihm die Hand auf den Arm.

»Danke, Doc«, sagte sie. »Das hilft mir schon ein bißchen.

Vielleicht liegt es ja auch daran, daß ich dieser Tage so viel Zeit am Schminktisch zubringe. Jedenfalls erwische ich mich immer öfter dabei, wie ich in den Spiegel schaue und mich frage: ›Bist du nicht mehr attraktiv? Ist deine Zeit abgelaufen?‹ Ich schätze, ein bißchen Unsicherheit gehört wohl zu dem Job . . . oder auch dazu, eine Frau zu sein, wenn man es genau nimmt.«

»Nun, was immer es auch sein mag, *ich* finde dich ausgesprochen attraktiv«, bemerkte der Stuntman mit einem Augenzwinkern. »Und das ist auch nicht nur *meine* Meinung. Falls du es noch nicht bemerkt haben solltest, Junior hat es ernsthaft auf dich abgesehen.«

»Ich *weiß*!« rief Tiffany augenrollend. »Ich will dir was sagen, Doc, ich weiß nicht, was ich mit ihm machen soll. Jedesmal, wenn ich mich umdrehe – wo auch immer –, steht er da und erbietet sich, irgendwelche Besorgungen für mich zu erledigen, oder er starrt mich einfach nur an, als wäre ich gerade einer Muschelschale entstiegen oder so was. Ich meine, er ist ja wirklich ein netter Junge, aber mehr auch nicht. Ein Kind!«

Doc grinste. »*So* jung ist er nun auch wieder nicht. Du solltest dich mal mit ihm unterhalten. Geistig ist er schon recht reif. Und es könnte ihm auch helfen, wenn er dich mehr als Person und weniger als Göttin sieht.«

»Ja, das könnte ich mal versuchen. Weißt du, wenn man alles bedenkt, ist er wirklich irgendwie . . .«

»Entschuldigen Sie bitte.«

Die beiden brachen ihr Gespräch ab, als eine junge Frau in einem kurzen, engen Rock, möglicherweise eines der Showgirls, an ihren Tisch trat.

»Ich dachte, Sie sollten es erfahren . . . da draußen liegt ein Verletzter.«

»Was?« Doc starrte sie verständnislos an; er war etwas verwirrt von dem plötzlichen Themenwechsel.

»In der Seitenstraße neben dem Casino«, erklärte die Frau, »liegt ein Mann auf dem Boden.«

»Wie kommen Sie darauf, daß er verletzt ist?«

»Ich weiß es nicht . . . er bewegt sich nicht. Vielleicht ist er auch nur betrunken. Ich bin nicht so dicht an ihn rangegangen. Ich dachte nur, ich sollte es jemandem melden, und Sie sind die ersten Leute in Uniform, denen ich begegnet bin.«

»Danke«, sagte Doc. »Wir kümmern uns drum.«

»Wir?« fragte Tiffany und legte den Kopf schräg, als die Frau wieder fortging.

»Na klar. Warum denn nicht?« fragte der Stuntman, stand auf und fischte in seinen Taschen nach Geld für die Rechnung. »Haben wir uns denn nicht beide gerade eben noch darüber beklagt, daß wir nur Kulissen schieben dürfen? Außerdem, vergiß nicht, was die Gäste betrifft, gehören wir ebenso zum Sicherheitspersonal wie alle anderen in schwarzer Uniform. Wir würden aus der Rolle fallen, wenn wir jetzt noch jemand anderen suchten, den wir losschicken könnten, anstatt selbst hinzugehen.«

Die Schauspielerin sah sich im Casino um, doch von den regulären Soldaten war niemand in Sicht.

»Du hast wahrscheinlich recht«, sagte sie und nahm ihre Geldbörse auf. »Ich schätze, wir werden es schon deichseln.«

»Natürlich werden wir das«, versicherte Doc. »Wir sind zu zweit, und er ist allein, und außerdem ist er ja angeblich betrunken. Und falls er irgendwelchen Ärger macht, ich bin ja schließlich bewaffnet, nicht wahr?«

Er tätschelte die Betäubungspistole in seinem Hüfthalter.

Tiffany rollte mit den Augen.

»*Bitte*, fang bloß nicht an, bei mir den Macho zu spielen, Doc. Du spreizt dich doch sonst nicht wie ein Pfau. Und das gefällt mir.«

»Tut mir leid«, entschuldigte sich der Stuntman gleichmütig. »Mit Schauspielern und Militärtypen zusammen zu sein, scheint in mir den Hang zum Melodramatischen zu wecken. Aber im Ernst, Tiff, ich schätze, wir brauchen nur mal nachzusehen, worum es geht, dann können wir mit unseren Armbandkommunikatoren die entsprechende Hilfe anfordern – sofern sie überhaupt nötig ist. *Das* sollten wir ja nun wirklich schaffen, was?«

Obwohl es technisch gesehen immer noch ›innen‹ war, war die frische Luft auf dem Strip eine angenehme Abwechslung für die falschen Legionäre, nachdem sie tagelang im Veranstaltungssaal des Casinos eingesperrt gewesen waren. Groß, wie das Fette Chance war, brauchten sie einige Minuten, bis sie die Seitenstraße erreicht hatten – eigentlich war es eine Auffahrtrampe zur Ladezone. Sie nutzten es aus, indem sie ohne große Eile dahinschlenderten, den Anblick der Leuchtreklamen von Lorely genossen und die Geräusche in sich aufnahmen.

»Weißt du, das ist schon ein beeindruckender Ort«, bemerkte Doc, als er den Blick von den hoch am Himmel hängenden Lichtreklamen senkte und die Passantenscharen auf dem Strip musterte. »Ich weiß schon gar nicht mehr, wann ich das letzte Mal draußen war. Wenn man immer hinter der Bühne arbeitet, vergißt man offensichtlich leicht, wo die Bühne überhaupt steht.«

»Nimm all die Lichter und den Glanz weg, und was übrig bleibt, sind noch mehr Lichter und Glanz«, stimmte Tiffany ihm zu, doch dann runzelte sie die Stirn. »Sag mal, da wir gerade vom Draußensein sprechen, hat der Hauptmann nicht etwas darüber gesagt, daß sich unsere Vollmacht nur auf den Bereich *innerhalb* des Komplexes erstreckt?«

Der Stuntman überlegte einige Augenblicke.

»Weißt du, da könntest du recht haben«, sagte er schließlich. »Irgend etwas war da in einer der Besprechungen. Aber es waren schon so viele, daß ich mir nicht mehr sicher bin. Ach, komm, jetzt sind wir schon so weit gegangen, da können wir wenigstens mal nachschauen, bevor wir wieder umkehren.«

Ein paar Dutzend Schritte die Seitenstraße entlang wurde das Licht abrupt dunkler. Die Leuchtreklamen der Casinos dienten dazu, die Touristen und nicht das Personal auf den Strip zu locken, und so hatte es wenig Sinn, Werbung in Seitenstraßen zu machen, auf denen sich nur Ortsansässige und Angestellte aufhielten. Die Seitenstraße entlangzugehen war, als würde man eine andere Welt betreten, ein Land voller Schatten und blinder Flecken, die dem Ganzen eine derartige Atmosphäre der

Düsternis und Bedrohlichkeit verliehen, daß man sich kaum vorstellen konnte, nur einen Steinwurf weit entfernt die Lichter und das Brodeln der Touristenmassen erlebt zu haben.

»Ich kann niemanden sehen«, sagte Tiffany und spähte nervös in die fast undurchdringlichen Schatten hinein, die sich rechts und links der Rampe befanden.

»Vielleicht ist der Mann aufgestanden und weitergegangen«, meinte Doc. »Wir gehen nur noch ein kleines Stück, dann – oh!«

»Was ist los, Doc?«

»Geh einfach weiter, Tiffany. Guck dich nicht um.«

Zu erschrocken, um noch klar denken zu können, warf die Schauspielerin sofort einen Blick zurück zur Straßenmündung.

Dort gingen nun drei Männer, gesichtslos in der düsteren Beleuchtung, aber unübersehbar groß und breitschultrig. Sie folgten den falschen Legionären. Als sie bemerkten, daß Tiffany sie gesehen hatte, beschleunigten sie ihr Tempo, als wollten sie das Paar einholen.

»Doc . . .«

»Einfach weitergehen, Tiff.«

»Sollten wir nicht Hilfe anfordern?«

»Vielleicht ist es ja nichts«, sagte der Stuntman, obwohl seiner Stimme anzuhören war, daß er selbst nicht so recht daran glaubte. »Und wenn doch, dann werden die Typen uns nicht genug Zeit lassen, um unsere Armbandkommunikatoren zu benutzen. Nein, ich glaube, es ist am besten, die Laderampe zu erreichen und dann – *Scheiße*!«

Eine einsame Gestalt erschien plötzlich vor ihnen und versperrte den Weg . . . eine Gestalt, die deutlich größer war als die drei Verfolger hinter ihnen. Es schien, als wäre der Mann plötzlich aus den Schatten materialisiert, obwohl er so reglos dastand, daß er ebensogut schon die ganze Zeit dort gewartet haben konnte, ohne daß sie ihn bemerkt hatten.

»Also gut, hör mir genau zu, Tiff. Wir haben jetzt keine Zeit für Diskussionen«, murmelte Doc. »Vorne sehen unsere Chancen immer noch besser aus als hinten. Ich werde mir diesen

Burschen vorknöpfen, und du gehst einfach weiter. Kapiert? Bleib nicht stehen, blick dich nicht um, bis du die Laderampe erreicht hast. Wenn du erst einmal drinnen bist, geh auf Funk und sag den anderen, wo ich bin und was los ist – aber erst *nachdem* du drinnen angekommen bist.«

»Aber . . .«

»Tu es einfach!« zischte der Stuntman; dann begann er langsam, sich davonzubewegen.

»Stehenbleiben, Bursche!« rief er der Gestalt vor ihm zu, die plötzlich in einem merkwürdig schwebenden Gang auf sie zugelaufen kam. *»Ich habe gesagt, stehenbleiben!«*

Die Gestalt kam immer noch näher, und Doc griff nach seiner Betäubungspistole . . . viel, viel zu spät.

Der Stuntman hatte es im Laufe seiner Karriere mit vielen Kampfszenen und Stürzen zu tun gehabt, die in den Holos zwar äußerst beeindruckend wirkten, tatsächlich aber minutiös geplant und choreographiert worden waren, um das Risiko schwerer Verletzungen zu verringern. Die wenigen wirklichen Handgemenge, die er hatte durchstehen müssen, waren Kneipenschlägereien gewesen – und auch die lagen schon lange zurück, seit er nach seiner Heirat um einiges häuslicher geworden war. Doch nichts in seiner Vergangenheit hatte ihn darauf vorbereitet, die Geschwindigkeit und Beweglichkeit eines professionellen Athleten erfolgreich zu kontern oder auch nur als solche zu erkennen . . . selbst wenn dieser sich schon im Ruhestand befand.

Docs Hand hatte kaum den Griff der Betäubungspistole berührt, als die nahende Gestalt ihre Geschwindigkeit in schwindelerregendem Tempo steigerte. Doc konnte nicht einmal zur Seite ausweichen, da spürte er schon, wie ihm die Luft aus den Lungen gepreßt wurde, als der Mann seine massige Schulter in seinen Rumpf rammte, ihn von den Beinen riß und zurückwarf, immer noch vorpreschend, wobei er dem Gewicht des Stuntmans so wenig Aufmerksamkeit zollte, wie es ein Stier getan hätte, dem man ein Handtuch über die Hörner geworfen hatte. Irgend etwas krachte gegen Docs Rücken; dann verlor er glücklicherweise auch schon das Bewußtsein.

Tiffany sah entsetzt zu. Sie hatte den Befehl, weiterzulaufen, schon wieder vergessen, als der Angreifer von der Wand zurücktrat, noch immer Docs inzwischen erschlafften Körper tragend, um diesen schließlich zu Boden zu schleudern. Mit keuchendem Atem, den man nur noch als tierisches Grunzen bezeichnen konnte, starrte der Mann Tiffanys gestürzten Kollegen einen Augenblick an; dann verpaßte er ihm einen bösartigen Tritt in die Seite.

Das durchbrach Tiffanys Trance.

Sie riß ihre eigene Betäubungspistole aus dem Halfter und feuerte auf das bedrohliche Ungetüm.

Ein leises *Pfttt!* von entweichender Preßluft, als sie den Abzugshahn betätigte – doch davon abgesehen gab es nicht das geringste Zeichen, daß irgend etwas passiert war.

Sie feuerte erneut ... dann wieder ...

Keine Wirkung.

Wütend warf sie die Waffe beiseite und stürzte sich auf den Rücken des Mannes. Der hörte sie herankommen und schleuderte sie mit einem Rückhandstoß aus der Luft wie ein lästiges Insekt. Tiffany segelte wie eine Stoffpuppe zu Boden und blieb still liegen.

»Große böse Soldatenbuben, wie?« fragte einer der Männer, die die beiden verfolgt hatten, und trat aus dem Schatten. »So zäh sind die gar nicht.«

Stilman, der immer noch den Adreanlinschub des Kampfes spürte, konnte zur Antwort nur grunzen.

»He! Die Mieze sieht ja richtig scharf aus!« rief einer der anderen Männer und drehte Tiffany mit der Fußspitze um. »Schätze, da können wir endlich mal Geschäft und Vergnügen miteinander verbinden.«

Stilmans Kopf ruckte roch.

»Kein Wort mehr davon!« sagte er scharf. »Wir verpassen denen ein paar Knautschbeulen, um sie daran zu erinnern, daß sie hier in der falschen Liga spielen, aber das ist auch *alles.*«

»Ich dachte, Max hätte gesagt, wir könnten endlich die Seidenhandschuhe ausziehen«, grollte der Mann.

Stilman war sich nicht einmal sicher, daß Max auch nur das billigen würde, was sie hier *tatsächlich* taten. Er hatte den Überfall vor sich selbst damit begründet, daß Max ihm *nicht* ihre übliche Ermahnung ›Keine harten Sachen!‹ hatte angedeihen lassen. Ein paar von den Sicherheitsleuten auszuschalten, würde schon in Ordnung sein, und es war auf jeden Fall eine willkommene Abwechslung für die Jungs, bei Prügeleien nicht ständig die Hände in die Tasche stecken zu müssen. Trotzdem – Max war eine Frau, und Stilman war sich fast sicher, daß sie sich tierisch aufregen würde, wenn seine Leute sich *allzu viele* Freiheiten mit der Legionärin herausnehmen sollten.

»Vergiß gefälligst, was Max gesagt hat«, fauchte er. »*Ich* sage euch, wie ihr die Sache handhaben sollt. Also, keine Faxen. Wir schicken diesen Burschen bloß eine Nachricht, daß sie Leine ziehen sollen, und das will ich nicht durch andere Dinge verkomplizieren. Wir heizen ihnen bloß ein bißchen ein – *Punkt!* Kapiert?«

»Ja. Alles klar.«

Stilman drehte sich zu seinem ersten Opfer um, hob den Fuß und stemmte die Sohle mit hartem Stoß gegen das Bein des am Boden liegenden Mannes.

Das Krachen des Knochens hallte kurz von den Wänden der Seitenstraße wider.

»Macht irgendwas mit dem Gesicht der Frau«, rief er, über die Schulter gewandt. »Bei so was sind die Weiber empfindlich.«

»Hier Beeker.«

»Hoi, Beeker! Ich bin's . . . Schokoladen-Harry.«

Harry, der neben dem öffentlichen Fernsprecher der hinteren Wand der Bar lehnte, grinste, als würde der Butler vor ihm stehen und sich nicht am anderen Ende der Telefonleitung befinden.

»Hallo, Schoko. Tut mir leid, aber Hauptmann Joker ist im

Augenblick nicht da. Wenn Sie dranbleiben, lasse ich Sie durch Mutter mit ihm verbinden.«

»Hoppla! Immer mit der Ruhe, Sportsfreund! Wollte mit Ihnen sprechen, nicht mit dem Haup'mann.«

Der große Mann ließ den Blick durch die Bar schweifen, um sicherzugehen, daß niemand ihn belauschte; aber bis auf ein Pärchen, das noch ein spätes Sandwich und ein Bier zu sich nahm, war alles leer.

»Ich verstehe. Nun, was kann ich für Sie tun, Harry?«

»Habe hörensagenderweise aufgeschnappt, wie Sie sich an das Eisbiest rangemacht haben und dachte, ich sollte Ihnen mal 'ne freundliche Warnung geben. Das ist 'ne echte Betonpunz, mit der Sie da rummachen, Bwana. Verstehen Sie mich nicht falsch ... Sie sind wirklich 'n verteufeltes Exemplar von einem Mannsbild und so, aber diese Pussy wird Sie bei lebendigem Leib mit Haut, Haaren und Manieren auffressen.«

Eine kurze Pause am anderen Ende der Leitung.

»Beziehen Sie sich möglicherweise auf Fräulein Laverna?«

»Genau.«

»Nun denn, ich weiß ihre Sorge und Ihren Rat zu schätzen, Harry, aber genaugenommen ist es so, daß Laverna und ich recht gut miteinander auskommen. Tatsächlich mußte ich feststellen, daß sie einer der warmherzigsten, gütigsten Menschen ist, denen ich seit langem begegnet bin.«

»Kein Scheiß?« Der ehemalige Schwebemotorradfahrer war ernsthaft beeindruckt. »Beeker, entweder sprechen wir von verschiedenen Frauen, oder ich wäre ihnen sehr verbunden, wenn Sie mir mal bei 'n paar Bierchen 'n paar technische Tips geben könnten.«

»Es wird mir ein Vergnügen sein«, ertönte die Stimme des Butlers. »Aber ich bin nicht davon überzeugt, daß ich Ihnen wirklich eine große Hilfe wäre. Ich habe mein Verhalten Damen gegenüber eigentlich nie als ›Technik‹ betrachtet. Statt dessen bemühe ich mich darum, eher ich selbst zu sein, als zu versuchen, sie zu beeindrucken, und bis dato waren die Reaktionen darauf meistenteils positiv.«

»Hmmm. Ich weiß nicht. Da muß doch noch mehr dahinterstecken«, meinte Harry. »Denn jedes Mal, wenn *ich* bei den Damen versuche, so zu sein, wie ich bin, neigen die eher dazu, Ausschau nach den Bullen zu halten.«

Das trug ihm einen Lacher Beekers ein.

»Bedauerlich, Harry. Aber Sie sollten bedenken, daß sie und ich, wenn es darum geht, wir selbst zu sein, eindeutig unterschiedliche Menschen sind. Dennoch bin ich gerne bereit, mit Ihnen irgendwann einmal über das Thema zu plaudern, wenn Sie wünschen.«

»Also gut, bester Mann, das ist 'n Wort. Sagen Sie nur wann und wo, dann kreuz' ich sofort mit 'nem Notizblock auf.«

»Das wird wahrscheinlich warten müssen, bis dieser Auftrag abgeschlossen ist«, erwiderte Beeker. »Ich habe den Eindruck gewonnen, daß wir, solange er noch aktuell ist, einander um der Geheimhaltung willen Kontakt in der Öffentlichkeit meiden sollten.«

»Ja, ich weiß.« Harry seufzte schwer. »Na schön, geben Sie mir Bescheid, wenn Sie meinen, daß es passen könnte.«

Wieder eine kurze Pause.

»Fehlt Ihnen etwas, Harry?« fragte der Butler schließlich, und ein Unterton der Besorgnis schlich sich in seine Stimme. »Verzeihen Sie, wenn es zudringlich sein sollte, aber Sie hören sich an, als seien Sie etwas niedergeschlagen.«

»Ich glaube, das bin ich auch ... 'n bißchen«, gab Harry zu.

»Was ist denn los? Gibt es irgend etwas, worüber Sie gerne sprechen würden?«

»Ich weiß nicht ... es ist nur, daß ...« Harry druckste eine Weile herum; dann aber gingen die Schleusentore auf, und die Worte sprudelten nur so hervor. »Ich fühl' mich hier draußen einfach nur 'n bißchen ausgeschlossen ... raus aus der Informationsschleife, verstehen Sie? Eine der Sachen, die ich am Haup'mann immer geschätzt habe, war, daß er bis jetzt dafür gesorgt hat, daß ich wußte, was gerade los war, auch wenn es mich nicht direkt was anging. Aber jetzt erfahre ich immer nur von 'n paar Sachen, die passieren, und auch dann immer erst, nachdem es vorbei ist. Ich stehe die meiste Zeit hier rum und poliere Gläser und frage mich, was wohl mit der Mannschaft los sein mag. Ich will Ihnen was sagen, Beeker, das geht mir an die Nieren. Wissen Sie, ich fange immer öfter an, irgendwas zu quasseln oder über irgendwas nachzudenken und mich an meinen Nebenmann zu wenden, um es ihm zu erzählen. Nur daß eben kein Nebenmann da ist. Ich meine, hier sind zwar jede Menge Leute und so, aber niemand, mit dem ich mich unterhalten kann. Wissen sie, was ich meine?«

»Ohne das Offensichtliche strapazieren zu wollen, Harry«, bemerkte der Butler, als der Bockfahrer seinen Wortvorrat erschöpft hatte, »hört es sich so an, als seien Sie einsam.«

Harry dachte ein paar Takte nach; dann brach sein Gesicht in ein gewaltiges Lächeln aus.

»Verdammt! Wissen Sie was, ich glaube, Sie haben recht, Beeker! Teufel aber auch! Das ist mir überhaupt nicht eingefallen... wahrscheinlich deswegen, weil ich noch nie einsam gewesen bin.«

»Entschuldigen sie, Harry« – Beekers Stimme klang sanft – »aber wollten Sie nicht eigentlich sagen, daß Sie bis vor kurzem *immer* einsam waren?«

Hätte irgendein anderer so etwas behauptet, Harry hätte ihn einfach nur ausgelacht, aber er hegte sehr großen Respekt für Beeker, deshalb dachte er ernsthaft darüber nach.

»So habe ich es noch nie gesehen«, meinte er schleppend, »aber... wissen Sie, das ist komisch. Als ich zum ersten Mal von diesem Auftrag hörte, habe ich mich wirklich darauf gefreut, wieder allein arbeiten zu können... raus der der Uniform und so, und mich vielleicht auch 'n bißchen unter solche Leute mischen, wie ich sie früher gekannt habe. Aber irgendwie komme ich nicht richtig rein. Hier ist sogar noch 'n anderer Bockfahrer, der mit mir ständig über die alte Zeit quatschen will, aber ich hab' Schwierigkeiten, den richtigen Schwung aufzubringen und damit rumzuprahlen, wie böse der alte Club doch war. Und je mehr ich darüber nachdenke, um so mehr sieht es so aus, als hätten wir damals nur Scheiße gebaut – wie wir die ganze Zeit damit beschäftigt waren, uns gegenseitig einzureden, was für harte Burschen wir doch wären, damit bloß nie jemand glaubte, wir hätten Angst. Tatsache ist, daß der einzige Ort, wo ich mich wohl fühlen konnte, wenn ich so sein durfte, wie ich bin, der Haup'mann und die Truppe waren.«

»Ich kann nicht behaupten, daß mich das sonderlich überrascht, Harry«, antwortete der Butler. »Nun bin ich natürlich schon sehr lange bei Herrn Narrisch und habe die Wirkung beobachten können, die er auf diejenigen hat, die ihn umgeben. Lassen Sie mich Ihnen versichern, daß Sie mit Ihrer Reaktion nicht allein dastehen. Wenn man ein Leben lang das Gefühl hatte, daß man immer so tun müßte, als wäre man jemand anders, und dann jemandem begegnet, der die Leute nicht nur so akzeptiert, wie sie sind, sondern sogar schätzt, dann erzeugt das häufig . . .«

»Entschuldigung, Beeker«, unterbrach ihn Harry. »Bleiben Sie bitte dran.«

Die lebhafte Aktivität, die nun an der Tür einsetzte, fesselte die Aufmerksamkeit des ehemaligen Schweberadfahrers. Vier Männer waren soeben eingetreten, und Stilman war ihr offenkundiger Anführer. Ohne Harry zu beachten, nahmen sie an einem Tisch Platz und riefen lautstark nach einer Runde.

»Ist okay, Beeker«, sagte Harry. »Nur eine kleine Feindbewegung. Was sagten Sie gerade?«

»Nur, daß viele Menschen, die sich schon seit langem damit abgefunden haben, allein zu sein und in einer Gruppe den Außenseiter darzustellen, plötzlich feststellen, daß . . .«

Harry hörte nur mit halbem Ohr zu, während er in scheinbarer Nachlässigkeit den Tisch mit den Schlägertypen im Auge behielt.

Sie schienen in guter Stimmung zu sein, klopften einander auf den Rücken, gaben sich die Hände, und er sah, wie Stilman unter den anderen drei dicke Briefumschläge verteilte, die wahrscheinlich mit Geld gefüllt waren.

»Bleiben Sie dran, Beeker«, sagte Harry, immer noch zu dem Tisch hinüberschielend. »Möglicherweise ist hier etwas im

Gange. Vielleicht sollten Sie die Meldung durchgeben, daß . . .« Er brach mitten im Satz ab, als ihm das Blut plötzlich in den Adern gefror.

Stilman hatte zwei Gegenstände aus der Tasche geholt und hielt sie nun hoch, um sie zu inspizieren. Von seinem Standort im hinteren Teil des Raums konnte Harry sie zwar nicht so genau sehen, aber das war auch nicht nötig. Die Dinger würde er noch kilometerweit erkennen. Das war auch kein Wunder . . . schließlich hatte er genügend von diesen Apparaten ausgegeben.

Stilman hielt gerade zwei Armbandkommunikatoren der Kompanie in der Hand.

»Harry?« ertönte Beekers Stimme. »Sind Sie noch dran? Was ist los?«

»Hören Sie gut zu, Beeker«, knurrte Harry in den Hörer und erkannte seine eigene Stimme kaum wieder. »Möglicherweise kann ich es nicht mehr wiederholen . . . Haben Sie verstanden? Sagen Sie dem Haup'mann, er soll die Mannschaftsstärke der Kompanie überprüfen. Und zwar schnell. Ich glaube, da ist jemand in Schwierigkeiten. Nur . . . Hören Sie zu, Beek, vergessen Sie auf keinen Fall, ihm zu sagen, daß er dabei *nicht* den Armbandkommunikator benutzen soll. Sagen Sie ihm, er soll vorsichtig damit sein, was über Funk durchgegeben wird. Klar? Es sieht so aus, als ob die Gegenseite zwei von den Dingern erbeutet hat. Deshalb ist es sehr wahrscheinlich, daß sie uns abhören werden . . . Jedenfalls für 'ne Weile. Haben Sie verstanden?«

»Verstanden, Harry«, schoß der Butler zurück. »Soll der Hauptmann sich danach mit Ihnen in Verbindung setzen?«

»Sagen Sie ihm, er soll sich nicht die Mühe machen. Ich melde mich später bei ihm, wenn ich kann.«

»Harry, sind Sie in Schwierigkeiten? Sie klingen . . .«

»Sagen Sie es einfach nur dem Haup'mann«, sagte Harry hastig und brach die Verbindung ab.

Stilman war gerade aufgestanden und schritt nach einer letzten Runde des Händeschüttelns auf die Tür zu.

Harry mußte sich mit Gewalt beherrschen, um sich möglichst zwanglos zu bewegen, als er hinter der Theke hervorschlenderte.

»Kannst du kurz mal für mich einspringen, Willie, Kumpel?« fragte Harry. »Muß mal 'ne Minute raus.«

»Schätze, schon«, erwiderte der andere Barkeeper. »Ist ja nicht gerade viel los hier, oder – he! Was gibt's?«

Harry hatte unter der Theke herumgewühlt; doch nun stand er auf, ein abgesägtes Billardqueue locker in der Hand schwenkend. Genauer gesagt war es ein bleibeschwerter Schlagstock, der zur raschen Beendigung von Handgreiflichkeiten gedacht war, und zufällig war es auch eine von Harrys Lieblingswaffen.

»Das willst du nicht wirklich wissen«, sagte er augenzwinkernd. »Genaugenommen hast du überhaupt nichts gesehen, nicht wahr?«

»Wenn du meinst.« Willie zuckte die Achseln und kehrte ihm betont den Rücken zu.

Die Waffe eng an die Seite gepreßt, damit sie nicht so auffällig war, verließ Harry die Bar und legte etwas Tempo zu, um den Vorsprung aufzuholen, den Stilman inzwischen gewonnen hatte.

Wie sie auf dem Klinikbett so ausgestreckt dalag, sah Tiffany noch kleiner aus, und der Anblick zerriß Narrisch das Herz und das Gewissen, wie er es auch nicht anders erwartet hatte. Er hatte den Krankenbesuch hinausgezögert, nachdem er das Urteil des Arztes über das Ausmaß der Verletzungen der Schauspielerin vernommen hatte. Er hatte deswegen sogar sein Gespräch mit Doc in die Länge gezogen.

Der Stuntman war überraschend munter gewesen, was angesichts seiner beiden gebrochenen Beine bemerkenswert schien, und hatte es sogar geschafft, den Legionskommandanten wegen des Vorfalls einigermaßen zu beruhigen. Dieses Gefühl war jedoch sofort gewichen, als er den ersten Blick auf Tiffanys bandagiertes Gesicht geworfen hatte. Es war fortgespült worden, als hätte jemand in seinem Geist einen Stöpsel gezogen und seinen hastig ausgehobenen Verteidigungsgräben das Wasser abgesaugt.

Sie schien zu schlafen, und nach einigen stummen Augenblicken wandte Narrisch sich zum Gehen.

»Hallo, Hauptmann.«

»Hallo, Tiffany.« Er zwang sich zu einem Lächeln, als er sich wieder zu ihr umdrehte.

»Sie wissen wahrscheinlich auch nicht, ob jemand eine Hauptdarstellerin für *Die Braut der Mumie* sucht, wie?«

Die Schauspielerin hob die Hand, um ihren Verband zu berühren.

»Ich ... ich weiß nicht, was ich sagen soll, Tiffany«, stammelte Narrisch. »Ein Satz wie ›Es tut mir leid‹ drückt nicht annähernd aus, was ich empfinde.«

»Was tut Ihnen leid?« fragte Tiffany und richtete sich etwas auf ihrem Kissen auf. »Sie haben uns davor gewarnt, daß es gefährlich werden könnte, als Sie uns die erste Einweisung gaben, und Sie haben uns damals auch die Gelegenheit geboten, einen Rückzieher zu machen. Wenn überhaupt, dann ist es *unsere* Schuld, weil wir gegen Ihre ausdrückliche Anweisung gehandelt haben. Wir waren es, die beschlossen haben, auf eigene Faust Soldat zu spielen, das Hotel zu verlassen und niemanden von Ihren Regulären mitzunehmen.«

Der Kommandant schüttelte den Kopf.

»Ich hätte nie geahnt, daß es dazu kommen würde«, wandte er ein. »Wenn ich das gewußt hätte, hätte ich niemals ...«

»Hören Sie mir zu, Hauptmann«, unterbrach ihn die Schauspielerin. »Es ist *unsere* Schuld, nicht Ihre. Alles klar? Wenn *ich* Ihnen schon keine Vorwürfe mache, dann machen Sie sich gefälligst auch keine. Ich hätte es nie zulassen sollen, daß Doc mich dazu überredet, mit ihm zu gehen.«

»Ich bin sicher, daß Doc auch nicht geglaubt hat ...«

»Halt, halt! Ich versuche ja auch gar nicht, es jetzt Doc in die Schuhe zu schieben«, beeilte sich Tiffany hinzuzufügen. »Ich habe schon seit langem immer meine eigenen Entscheidungen getroffen und die Konsequenzen getragen, die guten wie die schlechten. Ich bin inzwischen ein großes Mädchen geworden, falls Ihnen das noch nicht aufgefallen sein sollte.«

»Oh, das ist mir durchaus aufgefallen«, erwiderte Narrisch und mußte lächeln. »Glauben Sie nicht, daß ich *völlig* unsensibel oder blind wäre. Es ist nur, daß die Führung dieses Ladens mehr von meiner Zeit und Aufmerksamkeit in Anspruch nimmt, als ich erwartet hatte. Deshalb kann ich im Augenblick wirklich keine Ablenkung gebrauchen.«

»Eine Ablenkung, wie? Na, das ist ja immerhin etwas«, murmelte die Schauspielerin.

»Wie bitte?«

»Was? Ach, nichts.« Sie schaffte es, ihn mitansehen zu lassen, wie sie ein Augenlid zu einem kräftigen Zwinkern schloß. »Wenigstens weiß ich jetzt endlich, was ein Mädchen tun muß, um Sie in sein Schlafzimmer zu locken.«

Das Lächeln verschwand von Narrischs Antlitz, als hätte jemand das Licht ausgeschaltet.

»Da Sie schon wach sind, Tiffany, wollte ich Ihnen nur mitteilen, daß Sie sich keine Sorgen zu machen brauchen wegen ... wegen des Schadens in Ihrem Gesicht. Ich habe bereits einen plastischen Chirurgen angefordert, und wir werden für alle Unkosten aufkommen *und* Ihr Gehalt solange weiter zahlen, wie es dauert, bis die letzten Spuren dieses Zwischenfalls beseitigt sind.«

»Ich weiß. Der Arzt hat es mir gesagt. Nur ...« Die Schauspielerin drehte dem Kommandanten ihr Gesicht zu. »Wissen Sie, es ist irgendwie komisch. Ich war ja noch ziemlich benommen von den Schmerzmitteln, die er mir gegeben hat, aber ich glaube, er hat irgendwas davon gesagt, daß Maxine Pruet für alle Unkosten aufkommen würde.«

Narrischs Miene verrutschte ein wenig.

»Ich weiß«, antwortete er. »Mir hat man dasselbe gesagt. Aber das werden wir noch sehen. Sie sollten sich jetzt einfach nur ausruhen und sich darauf konzentrieren, gesund zu werden, und Sie sollten sich auch keine Gedanken darüber machen, wo das Geld herkommt. Um die Verhandlungen mit Frau Pruet werde *ich* mich schon kümmern.«

Er setzte sich in Richtung Tür in Bewegung.

»Und bis dahin«, fuhr er fort und zwang sich zu einem heiteren Tonfall, »versäumen Sie nicht, mich wissen zu lassen, wenn ich irgend etwas für Sie tun kann.«

»Na ja . . . da wäre schon was, Herr Hauptmann.«

»Was denn?«

»Wenn Sie mit dem Chirurgen sprechen . . . ob es wohl möglich wäre, daß er sich gleich auch ein wenig um meine Nase kümmert? Ich fand sie immer etwas zu groß, und wenn er sowieso schon operiert . . .« Sie verstummte.

»Betrachten Sie es als bereits geschehen.« Narrisch lächelte. Er war sich jetzt sicherer, daß Tiffany nicht nur ihm zuliebe geschauspielert hatte. »Ich werde dafür sorgen, daß er sich vorher mit Ihnen darüber bespricht, wie das Endergebnis aussehen soll, und sie können alle Korrekturen ausführen lassen, die Sie wünschen.«

»Danke, Hauptmann«, sagte sie. »Ich weiß ja, daß es wahrscheinlich albern klingt, aber . . .«

»Entschuldigen Sie. Herr Hauptmann?«

Sie blickten sich um und sahen Docs Sohn in der Türöffnung stehen.

Tiffany winkte. »Hallo, Junge! Willkommen in der Horrorshow.«

»Hallo, Tiffany.«

»Hallo, Junior«, sagte Narrisch. »Ihr Vater ist ein Stück den Gang hinunter untergebracht. Vorhin war er wach, als ich mit ihm gesprochen habe.«

»Ich weiß, Hauptmann«, erwiderte der Jüngling. »Ich war schon bei ihm, danke. Ich habe Sie gesucht.«

»Ach ja?« Der Kommandant warf einen kurzen Blick auf Tiffany. »Ich war gerade fertig. Wenn Sie mit mir in den Gang kommen wollen . . .«

»Nein, hier ist es schon in Ordnung. Ich möchte sogar, daß Tiffany das auch mitbekommt.«

»Also gut. Was liegt Ihnen auf dem Herzen?«

»Nun . . . die anderen haben mich gebeten, mit Ihnen zu sprechen, da ich sowieso hierher wollte, um Paps zu besuchen.« Plötzlich wirkte der Junge verunsichert. »Worum es geht, ist . . . nun, wir sind Ihnen alle sehr dankbar für das, was Sie uns mitgeteilt haben, daß Sie uns ausbezahlen und nach Jewell zurückschicken wollen, aber . . .«

»Was? Einen Moment mal!« unterbrach Tiffany. »Davon haben Sie *mir* aber nichts erzählt, Hauptmann.«

»Weil es Sie nicht betraf«, erwiderte der Kommandant angespannt. »Jedenfalls vorläufig nicht. Was wollten Sie sagen, Junior?«

»Nun, Sir«, fuhr der Junge fort und nahm dabei die Schulter ein Stück zurück, »wir wollten Sie bitten, Ihre Entscheidung noch einmal zu überdenken. Wir möchten bleiben, bis die Sache erledigt ist. Was uns betrifft, so hat sich seit unserer ursprünglichen Vereinbarung nichts geändert.«

»Nichts, sagen Sie?« knurrte Narrisch. »So würde *ich* das, was mit Ihrem Vater und Tiffany geschehen ist, allerdings nicht beschreiben.«

»Für Tiffany kann ich zwar nicht sprechen«, meinte der Junge. »Aber mein Vater hat sich schon öfter Knochen gebrochen. Das gehört zu unserem Beruf. Und was die anderen betrifft, so sind wir über die Risiken dieser Abmachung rechtzeitig aufgeklärt worden, und wir haben sie auch akzeptiert. Nur weil daraus nun Wirklichkeit geworden ist, heißt das doch nicht, daß sich deswegen auch die anderen Vertragsbedingungen ändern würden. Wir alle sind bereit, weiterhin für Sie zu arbeiten, falls Sie uns das gestatten.«

»Alle?«

»Nun, wir hatten bisher noch keine Gelegenheit, uns mit Tiffany zu besprechen«, gestand der Junge. »Deshalb wollte ich die Angelegenheit in ihrem Beisein zur Sprache bringen.«

»Du kannst mich getrost dazuzählen, Junge«, sagte die Schauspielerin entschieden. »Sieht ohnehin so aus, als würde ich noch eine Weile hier festsitzen, aber . . .« Sie setzte sich auf und legte die Arme um die Knie, um das Gleichgewicht halten zu können. »Lassen Sie mich Ihnen einmal etwas sagen, *Herr* Narrisch. Sie mögen ja vielleicht eine große Nummer in der Geschäftswelt oder sogar beim Militär sein, aber es sieht ganz danach aus, als hätten Sie noch eine Menge zu lernen, was das Showgeschäft betrifft.«

»Das stimmt, nehme ich an«, gestand der Kommandant mit leisem Kopfschütteln. »Hätte einer von Ihnen die Güte, mich aufzuklären?«

Tiffany stieß ein undamenhaftes Schnauben aus.

»Sie scheinen dem gängigen Vorurteil aufzusitzen, daß alle Unterhaltungskünstler Sensibelchen sind, die man ständig bemuttern und beschützen muß. Nun, nichts könnte der Wahrheit ferner liegen als das. Unser Beruf ist gesellschaftlich nie wirklich akzeptiert worden, und jeder, der seinen Unterhalt in dieser Branche verdient, muß sich normalerweise mit sehr viel körperlicher und geistiger Mißhandlung abfinden, und das nicht etwa nur im Ausnahmefall. Sie mögen ja vielleicht glauben, daß das Theater etwas Hochkulturelles und Künstlerisches ist, aber unsere Wurzeln liegen beim fahrenden Volk. Sie haben mehr mit dem Karneval und der Jahrmarktsbude zu tun als mit Eröffnungsgalas im Nadelstreifenanzug.«

»Wir sind es *gewöhnt*, mit den Einheimischen Streit zu bekommen«, ergänzte Docs Sohn gelassen. »Es ist fast so, als wären wir Zigeuner, und so wird es uns nach einer Weile geradezu zur Gewohnheit, bedrängt oder ausgebeutet zu werden – *oder* für immer als erste beschuldigt zu werden, wenn in der näheren Umgebung etwas schiefgeht. Meistens müssen wir kuschen und uns anpassen, sonst wirft man uns aus der Stadt, aber *diesmal* haben wir die Macht der Behörden ausnahmsweise mal auf unserer Seite. Herrje, wir *sind* die Macht der Behörden.«

»Was der Junge Ihnen mitteilen möchte, Hauptmann«, fügte die Schauspielerin hinzu, »ist, daß wir vielleicht temperamentvoll sind und unsere Arbeit gelegentlich aus einem Impuls heraus hinschmeißen mögen, aber daß uns *niemand* von einer

Bühne vertreiben kann ... möglicherweise mit Ausnahme des Regisseurs oder des Besetzungsleiters. In diesem Fall sind *Sie* das. Wenn Sie uns nun mitteilen sollten, daß unsere Leistung mangelhaft ist oder daß Sie den Etat kürzen müssen, dann ist das eine Sache. Aber erzählen Sie uns bitte nicht, daß Sie uns aus der Besetzung nehmen, nur weil es zu unserem eigenen Besten wäre. Sie haben uns eingestellt, weil wir alle Profis sind ... ›Eine echte Truppe‹, wie es so schön heißt. Diese Trampel können sich ja nicht mal eine Situation *vorstellen*, die schlimm genug sein könnte, damit wir aufgeben, solange *Sie* meinen, daß wir weiterhin unsere Arbeit tun können.«

»Die Show muß immer weitergehen, wie?« Narrisch lächelte schief.

»So ungefähr«, meinte der Junge.

»Also gut.« Der Kommandant seufzte, fällte seine Entscheidung. »Dann geben Sie bitte durch, daß jeder Schauspieler, der hierbleiben möchte, auch bleiben kann. Ach ja, und noch etwas, mein Junge ...«

»Ja, Sir?«

»Es gibt eine Tradition in der Weltraumlegion, daß ein Rekrut sich bei seinem Eintritt einen neuen Namen wählen kann, und mir ist plötzlich unbehaglich bei dem Gedanken zumute, Sie weiterhin mit ›Junior‹ ansprechen zu sollen. Möchten Sie vielleicht nicht irgendwie anders heißen?«

Der Junge zeigte ein plötzliches Lächeln.

»Na ja, Sir«, antwortete er, »ich glaube, ich werde das Stichwort aufgreifen, das mir die schöne Dame hier geliefert hat. Warum nennen Sie mich nicht einfach ›Trooper‹?«

»Betrachten Sie es als geschehen«, erwiderte Narrisch. »Geben Sie das durch. Und vergessen Sie nicht, jedem meinen persönlichen Dank auszurichten.«

»Jawohl, Sir!«

Der Junge warf sich in die Brust und salutierte schneidig.

»Ich danke *Ihnen*, Trooper«, berichtigte der Kommandant ihn lächelnd und erwiderte den Salut.

»Das war nett, Hauptmann«, sagte die Schauspielerin, nachdem der Junge gegangen war. »Wäre es furchtbar aufdringlich, wenn ich Sie bäte, Ihnen ein Kuß geben zu dürfen, bevor Sie gehen?«

»Tiffany«, antwortete Narrisch in gespielter Feierlichkeit, »es wäre mir ein Vergnügen!«

Da klingelte das Telefon auf dem Nachttisch.

»Verdammt!« fauchte die Schauspielerin; dann riß sie sich zusammen und lächelte wieder. »Gehen Sie nicht weg, Hauptmann. Ich nehme Sie beim Wort, was diesen Kuß betrifft.«

»Ich bleibe«, versprach der Kommandant.

Das Telefon läutete wieder, und die Schauspielerin griff nach dem Hörer.

»Hallo? . . . Wer? . . . Oh . . . Nein, mir geht es gut, danke. Nett von Ihnen, daß Sie nachfragen.«

Als sie Narrischs Blick auffing, deckte sie die Sprechmuschel mit einer Hand ab und formte mit den Lippen stumm einen Namen.

»Maxine Pruet.«

Die Miene des Kommandanten verhärtete sich, und er streckte eine Hand nach dem Hörer aus.

»Frau Pruet?« sagte er. »Hier spricht Hauptmann Joker.«

»Guten Abend, Hauptmann.« Maxines Stimme ertönte erst nach einer winzigen Pause. »Ich wollte Sie ohnehin als nächsten anrufen. Aber ich hätte mir eigentlich denken können, daß Sie dort sein würden.«

»Ja . . . Nun, ich wollte Ihnen nur mitteilen, daß wir zwar ihre Geste zu würdigen wissen, die Übernahme der Behandlungskosten anzubieten, aber das wird von der Weltraumlegion erledigt. Wir sorgen für die Unseren.«

»Dessen bin ich mir bewußt, Hauptmann . . . und inzwischen mehr denn je, fürchte ich.«

»Wie bitte?«

»Ich wollte mich eigentlich persönlich bei Ihnen für das entschuldigen, was heute nacht geschehen ist, und Ihnen versichern, daß es nicht auf meinen Befehl geschah. Aber es hat den

Anschein, als wäre meine Entschuldigung doch etwas voreilig gewesen . . . wenn man alles berücksichtigt.«

»Verzeihen Sie, Frau Pruet, aber ich weiß nicht, wovon Sie sprechen.«

»Ach, kommen Sie, Hauptmann. Ich bin mir sicher, daß keiner von uns an den Zufall glaubt. Erwarten Sie wirklich von mir, daß ich es als Zufall durchgehen lassen soll, daß Herr Stilman so kurz nach seinem Angriff auf die Mitglieder Ihrer Truppe brutal zusammengeschlagen wurde?«

»Sie können glauben, was Sie wollen«, erwiderte Narrisch hart, »aber was immer geschehen sein mag, ich weiß nichts davon.«

»Ich verstehe.« Max' Stimme klang nachdenklich. »Also gut, Hauptmann, ich werde Ihnen glauben . . . und wenn es auch nur aus dem Grund ist, daß ich mir nicht vorstellen kann, weshalb Sie Ihre Verantwortung abstreiten sollten, da es ja schließlich eindeutig eine Provokation unsererseits gegeben hat. Ich gebe zu, daß es mir schon merkwürdig vorkam, daß Sie sich der Hilfe von Außenstehenden bedienen sollten, anstatt Ihre eigene Mannschaft einzusetzen. Zu Ihrer Information möchte ich Ihnen jedoch mitteilen, daß die Person, die für den Angriff auf Ihre Leute heute nacht verantwortlich ist, Herr Stilman – ich vermute, daß Sie mit dem Namen, wenn schon nicht mit der Person selbst, vertraut sein dürften – sich im Augenblick wegen einer zerschmetterten Kniescheibe und mehrfacher Kieferfraktur einer medizinischen Behandlung unterziehen muß. Wie ich schon sagte, dieses seltsame Zusammentreffen ist alles andere als glaubwürdig. Deshalb schlage ich Ihnen vor, bei Ihrer eigenen Truppe Erkundigungen einzuziehen, wer den Angriff befohlen hat.«

»Entschuldigen Sie, sagten Sie gerade, er ist hier? In dieser Klinik?«

»Nein, Hauptmann. Er befindet sich in einem anderen Haus. Wir haben auf Loreley mehrere Kliniken, auch wenn das nicht an die große Glocke gehängt wird. Ich war der Meinung, daß es die Situation nur unnötig verkompliziert, wenn er in derselben Institution behandelt würde wie Ihre Leute. Statt dessen werde ich ihn mit dem nächsten verfügbaren Schiff von der Station fortbringen lassen, um ihm eine intensivere Behandlung zu ermöglichen. Wenn ich auch alles andere als erfreut über sein eigenmächtiges Handeln bin, so sorgen doch auch *wir* für die Unseren.«

»Ich verstehe.« Narrisch legte die Stirn in Falten. »Ich hatte eigentlich gehofft, mit ihm persönlich sprechen zu können, um zu erfahren, wer ihn angegriffen hat.«

»Seine Verletzungen machen es ihm unmöglich, zu sprechen, Herr Narrisch.« Maxines Stimme strahlte ganz kurz eine spürbare Kälte aus. »Aber er kann noch schreiben. Ich empfehle Ihnen, daß Sie Ihre Nachforschungen auf Ihre eigenen Leute beschränken, um festzustellen, wer den Angriff befohlen hat. Wer ihn *ausgeführt* hat, wissen wir bereits.«

»Wer war es denn?«

»Ich sagte schon, daß es keiner von Ihren Legionären war, Hauptmann. Und da der Überfall nicht auf dem Grundstück des Fette Chance stattfand, glaube ich kaum, daß die Angelegenheit in Ihren Zuständigkeitsbereich fällt. Wenn Sie mich jetzt entschuldigen wollen, ich muß mich mit dringenden Angelegenheiten befassen.«

Damit beendete sie die Verbindung.

Narrisch blickte den Hörer für einige Sekunden grübelnd an, bevor er ihn wieder sanft auf die Gabel legte.

»Was ist los, Hauptmann?« fragte Tiffany, als sie seinen Gesichtsausdruck bemerkte.

»Ich weiß es nicht genau«, gestand der Kommandant. »Es sieht so aus, als hätte man die Person, die Sie und Doc angegriffen hat . . .«

Er wurde von einem schrillen Piepen seines Armbandkommunikators unterbrochen. Trotz der Dringlichkeit des Tons starrte Narrisch das Gerät einige weitere Augenblicke an, bevor er auf das Signal antwortete. Es gab nur wenige Befehlskommunikatoren, wie er einen trug, so daß die befohlene Funkstille die Nutzung der reservierten Kanäle nicht beeinträchtigte. Dennoch – er hatte Mutter den Befehl gegeben, ihn während seines Besuchs in der Klinik nur bei einem dringenden Notfall zu benachrichtigen.«

»Narrisch«, sagte er schließlich und gab den Kanal frei.

»Tut mir leid, daß ich Sie belästigen muß, Hauptmann«, ertönte Mutters Stimme ohne ihre üblichen Scherze, »aber hier im Casino platzen gewissermaßen die Seifenblasen, und ich dachte, daß Sie das erfahren sollten. Zuerst einmal haben wir die beiden fehlenden Kommunikatoren wieder, und . . .«

»Einen Moment mal. Wer hat sie zurückgebracht?«

»Es war der Feldwebel . . . Schokoladen-Harry, meine ich.«

»Harry! Das hätte ich wissen müssen.« Narrisch zog eine Grimasse. »Hören Sie, Mutter. Geben Sie die Meldung durch: Ich will, daß Harry *so schnell wie möglich* zurückgezogen wird! Die Gegenseite sucht nach ihm. Es ist mir egal, ob wir einen Trupp losschicken müssen, um ihn unter Begleitschutz einzuholen, aber wir müssen . . .«

»Das versuche ich Ihnen gerade zu sagen, Herr Hauptmann«, unterbrach ihn Mutter. »Er ist bereits da. Wir haben ihn oben in Ihrer Suite untergebracht. Er ist verletzt, will aber nicht, daß wir einen Arzt rufen. Sie sollten so schnell wie möglich zurückkommen.«

Der Versorgungsfeldwebel lag ausgestreckt auf dem Sofa der Suite, von Beeker und einer Gruppe herumstehender Legionäre bewacht, als Narrisch in sein Zimmer kam. Harry war bis zur Hüfte unbekleidet, und der Kommandant konnte schon von der Türöffnung aus die gewaltige, purpurn angelaufene Schramme erkennen, die sich sogar von seiner dunklen Haut abhob und sich von der Achselhöhle bis zur Hüfte und über einen großen Teil des Brustkorbs zog.

»Hallo, Schoko«, sagte er. »Es ist schön, Sie wiederzusehen.«

»Hallo, Haup'mann«, ertönte die matte Antwort. »Wie läuft's?«

Der Feldwebel verlagerte seine riesige Gestalt, und Narrisch begriff plötzlich erschrocken, daß er versuchte aufzustehen.

»Bleiben sie bloß, wo Sie sind«, befahl er und eilte an Harrys Seite. »Na, wie ich höre, waren Sie heute nacht nicht gerade untätig.«

»Davon haben Sie schon gehört, was?« Schoko grinste und ließ sich wieder in seine Kissen zurücksinken. »Tätiger als erwartet, soviel ist sicher. Mann, war der Bursche vielleicht schnell! Wenn ich ihn nicht sofort mit dem ersten Schlag an der Kniescheibe erwischt hätte, hätte er glatt meinen Speicher gelöscht. Er hat mir aber auch so ganz schön eins übergebraten, bis ich ihn schließlich schlafenlegen konnte.«

Mit der anderen Hand zeigte er in die ungefähre Richtung seiner Verletzung.

»Das sehe ich«, meinte Narrisch streng. »Ich will, daß ein Arzt sich das anschaut, Harry. Keine Widerrede!«

»Tun Sie das nicht, Haup'mann«, schnaufte Harry kopfschüttelnd. »Ich bin schon öfter vermöbelt worden, und das hier sind nur 'n paar gebrochene Rippen. Ich bin mir ziemlich sicher, daß Max die Medicos hier am Ort alle im Sack hat, und wenn Sie dann einen von denen hierher holen, dann *weiß* sie sofort, daß ich zu Ihnen gehöre, und dann schnüffelt sie möglicherweise herum, wo vielleicht sonst noch Legionäre in Zivil rumlaufen könnten ...«

Der Kommandant zögerte.

»*Bitte,* Haup'mann«, drängte der Feldwebel. »Das geht schon in Ordnung ... wirklich. Lassen Sie mich nur ein bißchen schlafen, dann bin ich wieder so gut wie neu.«

Narrisch schürzte die Lippen dann nickte er.

»Beeker«, sagte er, »ich möchte, daß Sie sich heute nacht in Harrys Nähe aufhalten. Passen Sie gut auf ihn auf. Sollte es irgendwelche Anzeichen geben, daß es ihm doch schlimmer geht, als er uns erzählt hat, dann rufen sie mich an ... nein, streichen Sie das. Dann rufen Sie erst einen Arzt an und *danach* mich.«

»Sehr wohl, Sir.«

»Und was die anderen betrifft – raus hier, lassen Sie den Mann jetzt zur Ruhe kommen! Wir halten Sie über seinen Zustand auf dem laufenden.«

»Da ist noch etwas, Haup'mann«, sagte der verwundete Feldwebel und hob unter Schmerzen den Kopf.

»Was denn, Harry?«

»Das kugelsichere Material unserer Uniformen... Na ja, Stilman hat dasselbe Zeug getragen... Es gehört also wahrscheinlich auch auf der Gegenseite zur Standardausrüstung. Ich glaub' nicht, daß unsere Betäubungskanonen was dagegen ausrichten können.«

»Keine Sorge, Schoko«, erwiderte Narrisch grimmig. »Ich hatte ohnehin schon vor, alle mit schwereren Waffen auszurüsten und Gunther rund um die Uhr bewachen zu lassen. Es sieht so aus, als würde die Situation langsam haarig.«

»Ja, nun... vielleicht stöbern Sie den Verkäufer auf und schauen mal, ob Sie wenigstens einen Teil Ihres Geldes zurückkriegen.« Harry grinste humorlos, als er den Kopf wieder sinken ließ. »Das Zeug mag vielleicht den Durchschlag verhindern, aber gegen Stöße nützt es nicht viel. Und wenn er sich deswegen streiten will, möchte ich wetten, daß es vier Leute gibt, die ihm nur zu gern mit einer Vorführung beweisen würden, daß er sich irrt!«

Kapitel 13

Tagebucheintrag # 224

Trotz der unheilvollen Wende, die die Angelegenheit genommen hatte, verliefen die folgenden Tage ohne Zwischenfälle. Wenn dies sich auch lediglich als Ruhe vor dem Sturm herausstellen sollte, gab es meinem Arbeitgeber doch die Gelegenheit, sich ein paar der zivilisierteren Aspekte des Lebens zu widmen.

Damit beziehe ich mich auf das Essen, was für mich beinhaltet, sich in aller Ruhe hinzusetzen, um etwas Nahrung aufzunehmen, anstatt einfach nur ein Sandwich herunterzuschlingen, einen Hamburger oder irgendeine andere Form von ›Energiepille‹ des Fastfood, während man unverändert seinen Pflichten nachgeht. Dies war ein Luxus, den sich, wie ich bemerkte, mein Arbeitgeber in letzter Zeit immer seltener leistete.

Ich hatte schon lange meine Bemühungen eingestellt, ihn davon zu überzeugen, daß es besser für ihn sei, sich mehr als ein bis zwei Stunden Schlaf zu gönnen.

»Ich muß jetzt aber *wirklich* bald los«, erklärte Narrisch und blickte wieder auf die Uhr. »Ich komme ohnehin zu spät zur Truppeninspektion.«

»Immer mit er Ruhe, Hauptmann«, sagte Sidney und griff einmal mehr nach der Weinflasche. »Ihre Haudegen können sehr gut auf sich selbst aufpassen, auch ohne daß Sie die Glucke spielen . . . jedenfalls *sollten* sie es können. Außerdem habe ich immer gedacht, daß die einzige Funktion Ihrer prachtvollen Kommunikatoren, die Sie immer mit sich herumschleppen, darin bestünde, daß Ihre Leute sich sofort mit Ihnen in Verbindung setzen könnten, wenn etwas Wichtiges geschieht.«

»Ich glaube, Sie haben recht«, sagte der Kommandant, obwohl er dabei unwillkürlich zur Restauranttür blickte. »Ich bin wohl etwas übernervös, seit Tiffany und Doc angegriffen wurden, und ich bin mir nicht sonderlich sicher, daß die Truppe immer erst Rücksprache mit mir halten wird, bevor sie in Aktion tritt, wie Sie beide ja nur zu gut wissen.«

»Erinnern Sie uns nicht auch noch daran, Willard«, sagte Jennie Higgens und rümpfte leicht die Nase, als sie ihrem Kameramann das Glas zum Einschenken hinhielt. »Ich meine, wir haben Ihre Entschuldigung akzeptiert und so weiter, aber drücken Sie lieber nicht zu sehr auf die Tube. Wissen Sie, ich werde einfach das Gefühl nicht los, daß wir uns immer noch unter Bewachung den Hintern abkühlen würden, wenn Ihnen nicht eingefallen wäre, daß ich einmal auf der Schwesternschule war, bevor ich in die Glitzerwelt des Nachrichtenjournalismus überwechselte. Übrigens, wie geht es Harry?«

»Er scheint sich gut zu erholen«, erwiderte Narrisch. »Jedenfalls wird es immer schwieriger, ihn in der Horizontale zu behalten, während seine Genesung Fortschritte macht. Zum Glück hat er in Beeker seinen Meister gefunden. Übrigens wollte ich Ihnen noch dafür danken, daß Sie ihn bandagiert haben.«

»Darin habe ich eine Menge Übung, obwohl ich bei Knochenbrüchen besser bin«, erwiderte die Reporterin. »Nur falls das Thema mal angesprochen werden sollte, lassen Sie sich bloß nicht von irgend jemandem den Bären aufbinden, daß Feldhockey ein damenhaftes Spiel wäre. Das kann genauso hart oder sogar noch härter sein als Lacrosse – jedenfalls so, wie *wir* es zu spielen pflegten.« Sie hielt inne und musterte den Legionskammandanten mit erhobener Augenbraue. »Vielleicht sollte ich es ja lieber nicht erwähnen, aber *Sie* sind sich doch bewußt, daß das jetzt schon das fünfte oder sechste Mal ist, daß Sie mir dafür danken, daß ich den Feldwebel bandagiert habe?«

»Ach, wirklich?« Narrisch schnitt eine Grimasse und rieb sich mit dem Finger die Stirn. »Tut mir leid. Ich wollte mich nicht wiederholen. Ich scheine in letzter Zeit ein bißchen vergeßlich zu sein. Vermutlich bin ich etwas übermüdet.«

Die Reporterin und der Kameramann blickten sich an. Die

Müdigkeitsfalten in Narrischs Gesicht waren wirklich nicht zu übersehen, obwohl sie sich darum bemüht hatten, sie unerwähnt zu lassen.

»Na ja.« Der Legionskommandant zuckte die Schultern und zwang sich zu einem Lächeln. »Wofür ich Ihnen jedenfalls gar nicht genug danken kann, ist Ihre Bereitschaft, diese Story zurückzuhalten – jedenfalls für eine Weile. Ich weiß, was das für Sie bedeuten muß.«

»Nein, das wissen Sie nicht«, brummte Sidney und wandte den Blick ab, als er an seinem Wein nippte.

Jennie schoß ihm einen finsteren Blick zu; dann kehrte sie wieder zur Konversation zurück.

»Es ist nett von Ihnen, uns zu danken«, meinte sie lässig, »aber Reporter sind nicht *völlig* unsensibel, Willard, was Sie auch gehört haben mögen – jedenfalls nicht die Guten. Es ist leicht zu begreifen, daß eine Veröffentlichung über das, was Sie machen, Ihre verdeckt arbeitenden Leute gefährden würde. Deshalb fällt es uns auch nicht schwer, uns eine Weile zurückzuhalten.«

»Nun, Jennie«, sagte Narrisch vorsichtig, »im Gegensatz zum allgemein vorherrschenden Glauben bin auch *ich* nicht völlig unsensibel. Was haben Sie da gerade gesagt, Sidney, daß ich nicht wüßte, was diese Story Ihnen bedeutet?«

»Wie?« Der Kameramann zuckte zusammen, als er sich plötzlich in den Mittelpunkt des Gesprächs gestellt sah. »Ach . . . nichts.«

Der Legionskommandant lehnte sich in seinem Stuhl zurück, die Arme vor der Brust gefaltet, um nacheinander seine beiden Tischgenossen zu mustern.

»So, jetzt hören Sie mir mal zu«, sagte er. »Ich habe Ihnen beiden gegenüber in dieser Sache kein Blatt vor den Mund genommen – was ich wahrscheinlich nicht hätte tun sollen. Daher finde ich, daß es wohl nicht zuviel verlangt ist, wenn ich Sie bitte, mir diesen Gefallen zu erwidern. Also – was weiß ich noch nicht über Ihre Verwicklung in diese Story?«

Für einen Augenblick hing ein unbehagliches Schweigen in der Luft. Dann zuckte die Reporterin die Schultern.

»Sag es ihm, Sidney«, forderte sie ihren Begleiter auf.

Der Kameramann schnitt eine Grimasse, bevor er sprach.

»Ich schätze, ein lockeres Mundwerk bedeutet wirklich den sicheren Tod«, meinte er. »Also gut, Hauptmann. Was ich so unachtsam angedeutet habe, ist die Tatsache, daß unserer beider Stellung von diesem Auftrag abhängt. Der Nachrichtenredakteur war nicht besonders überzeugt davon, daß hier eine gute Story zu holen wäre, aber Jennie hat ihm solange eingeheizt, bis er schließlich einwilligte, uns hierherzuschicken – aber mit der Einschränkung, daß wir gar nicht erst zurückzukehren brauchen, wenn wir nichts mitbringen, was die Reisekosten rechtfertigt. Und sollte dem so sein, werden unsere noch ausstehenden Gehälter und Sozialleistungen mit den Unkosten der vergeblichen Jagd ins Blaue verrechnet.«

»Warum, Jennie?« wollte Narrisch wissen.

»Ach, er hat mich einfach aufgeregt«, gestand die Reporterin. »Er hat sich verhalten, als würde ich die ganze Sache nur erfinden, damit die Nachrichtenagentur mir und Sidney einen leidenschaftserfüllten Urlaub auf Loreley bezahlt. Ich habe immer wieder versucht, ihn davon zu überzeugen, daß es um eine echte Story geht und . . . na ja, als er dann schließlich sein ›Friß oder Stirb‹-Angebot unterbreitete, konnte ich es schlecht ablehnen, denn sonst hätte es so ausgesehen, als ob er von Anfang an recht gehabt hätte.«

»Interessant«, meinte der Kommandant. »Aber ich habe etwas anderes gemeint. Warum wollten Sie mir nichts davon erzählen?«

Jennie zuckte die Schultern. »Ich weiß nicht. Schätze, ich wollte nicht, daß es so aussieht, als wären Sie uns zu irgendwas verpflichtet. Sie haben so eine Angewohnheit, für alles und jeden um Sie herum die Verantwortung zu übernehmen, Willard, und ich hatte befürchtet, daß es so rüberkommen würde, als versuchten wir, auf Ihre Großzügigkeit zu spekulieren . . . oder auf Ihr Schuldgefühl.«

»Na, dieser Auftrag hat mich doch ein wenig älter werden lassen«, versetzte Narrisch, und die Andeutung eines Lächelns huschte über sein Gesicht. »Wie mir jemand vor gar nicht allzu langer Zeit sagte, gehe ich davon aus, daß Sie beide erwachsene Menschen und fähig sind, Ihre eigenen Entscheidungen zu treffen *und* mit den Konsequenzen zu leben. Sie haben sich beide auf ein Geschäft eingelassen, und ich vermute, daß Sie dabei durchaus berücksichtigt haben, wieviel Sie zu riskieren und zu verlieren bereit waren. Damit ist das Ihre Angelegenheit und nicht meine.«

Die Reporterin lächelte. »Danke, Willard. Das weiß ich zu schätzen.«

»Natürlich«, fügte der Kommandant bedächtig hinzu, »hoffe ich, daß Sie nicht zögern werden, mir zu erlauben, Ihnen zu einer neuen Anstellung zu verhelfen, sollte sich herausstellen, daß Sie beide am Ende *doch* in den Reihen der Arbeitslosen enden. Soviel wäre ich bereit für Sie zu tun, völlig unabhängig davon, ob die fragliche Story mich und die Meinen betrifft oder nicht.«

»Wir werden sehen.« Jennie grinste spitzbübisch. »Noch sind wir nicht tot.«

»Eine Sache noch, Sidney«, warf Narrisch ein, »sofern Sie mir die Frage gestatten. Mir ist aufgefallen, daß Sie Ihre Holokameraausrüstung dabei haben, und das sind doch ziemlich teure Geräte. Gehören die Ihnen oder der Nachrichtenagentur? Müßten Sie sie zurückschicken, wenn die Dinge sich ungünstig entwickeln sollten?«

»Nein, die gehören mir«, erläuterte der Kameramann. »Es ist zwar nicht das neueste, was es auf dem Markt gibt, aber im Laufe der Jahre habe ich mir eine ausreichende Ausrüstung zusammengestellt. Ich dachte mir, daß eines Tages vielleicht einmal die Zeit käme, da ich ganz allein ausziehen müßte und . . . entschuldigen sie, aber ist das jemand, den Sie kennen, Herr Hauptmann? Sie scheint hierherzukommen.«

Der Kommandant folgte Sidneys Blick und sah eine matronenhafte Frau in einem lockeren, weiten, wallenden schwarzen Kleid, die auf ihren Tisch zusteuerte. Obwohl sie ihm irgendwie vertraut vorkam, konnte er sie einfach nicht unterbringen.

Doch als ihre Blicke sich trafen, war es die Frau selbst, die ihn wiedererkennend anlächelte.

»Guten Abend, Hauptmann Joker. Darf ich Ihnen Gesellschaft leisten?«

Die Stimme fegte alle Zweifel beiseite.

»Frau Oberst Streitaxt?« japste er und sprang reflexartig auf die Beine. »Was tun . . . bitte . . . nehmen Sie Platz.«

Großmütig nahm die Frau Oberst den Stuhl an, den er für sie vom Tisch rückte, als hätte sie die ganze Zeit darauf gewartet.

»Ich . . . entschuldigen Sie, ich glaube, Sie kennen sich noch nicht«, brachte der Kommandant hervor und versuchte immer noch, sich von dem Schock zu erholen, mitten in der Durchführung eines Auftrages auf Streitaxt zu treffen. »Das sind Jennie Higgens und Sidney Nolan.«

»Ah ja, die Reporterin«, sagte Streitaxt und lächelte lieblich, als sie der Frau die Hand schüttelte. »Ich glaube, wir sind uns auf Haskins Planet einmal kurz begegnet.«

»Das ist richtig«, bestätigte Jennie. »Das war während der Untersuchung von Willards Vorgehensweise bei der Alien-Invasion.«

»Ich glaube, *wir* sind uns aber noch nicht begegnet. Jedenfalls nicht persönlich«, unterbrach Sidney und streckte seinerseits die Hand aus. »Ich stand an diesem Tag hinter der Kamera.«

»Natürlich«, erwiderte die Frau Oberst. »Ich habe nie Gelegenheit gehabt, Ihnen beiden für Ihre Berichterstattung zu danken. Es hat uns unsere Arbeit ja *so* sehr erleichtert, daß uns die halbe Galaxie dabei über die Schulter lugte . . .«

»Äääh . . . was führt Sie auf Loreley, Frau Oberst?« warf Narrisch in dem verzweifelten Versuch ein, das Thema zu wechseln, bevor Blut zu fließen begann.

»Genaugenommen Sie, Hauptmann.« Streitaxt lächelte und zeigte ein paar Zähne mehr. »Sie und Ihre fröhliche Bande von Halsabschneidern. Ich denke allerdings, daß unsere diesbezügliche Diskussion auf ein anderes Mal vertagt werden sollte –

sagen wir, mehr im Privatrahmen? Ich möchte Ihre Gäste nicht mit Legionstratsch langweilen.«

»Wir ... äh ... wir wollten sowieso gerade gehen, nicht wahr, Sidney?« sagte Jennie und stand abrupt auf.

»Das stimmt«, bestätigte der Kameramann und folgte ihrem Beispiel. »Danke für das Essen, Herr Hauptmann. War nett, Sie wiederzusehen, Frau Oberst.«

»Das war wirklich unnötig, Frau Oberst«, murmelte Narrisch, als die beiden gegangen waren. »Jennie und Sidney sind in Ordnung.«

»Verzeihen Sie mir, wenn ich Ihre Liebe zu den Medien nicht teile, Herr Hauptmann«, knurrte Streitaxt, wobei ihr aufgeklebtes Lächeln wegrutschte, »aber meine eigenen Erfahrungen mit den Vertretern des fünften Standes waren bisher alles andere als angenehm.«

»Also gut. Um auf meine ursprüngliche Frage zurückzukommen«, fuhr der Kommandant fort, »was tun Sie auf Loreley. Verzeihen Sie mir, aber ich hatte nicht erwartet, Sie hier vorzufinden – oder sonst jemanden vom Hauptquartier, um genau zu sein.«

»Ich war in Brookston, als ich die Medienberichte über Ihre Ankunft hier mitbekam«, erklärte die Frau Oberst, »und da wurde mir plötzlich klar, warum Blitzkrieg so erpicht darauf war, daß ich meinen Urlaub nehme. Da ich ohnehin nicht so recht wußte, was ich mit meiner Zeit anfangen sollte, dachte ich mir, ich könnte mal vorbeischauen, um nachzusehen, wie die Dinge so laufen.«

Narrisch führte stumm einige Kopfrechnungen durch und kam zu dem Schluß, daß Streitaxt, um per Linienflug von Brookston hierherzukommen, praktisch sofort nach der Nachrichtensendung aufgebrochen sein mußte. Trotz seiner Überraschung über ihr Auftauchen war er doch gerührt von ihrer offensichtlichen Sorge um ihn und seine Truppe.

»Es war freundlich von Ihnen, zu kommen«, sagte er, »aber wir haben die Dinge ziemlich gut unter Kontrolle. Ich kann Ihnen bestimmt ein Zimmer hier verschaffen, wo Sie den Rest

Ihres Urlaubs verbringen können. Ich habe bei der Hotelführung gewissermaßen einen Stein im Brett, und Loreley ist wirklich ein bemerkenswerter Ort.«

Er lächelte warmherzig, was Streitaxt aber nicht erwiderte.

»Aha«, machte sie. »Und nun erzählen Sie mir mal den Rest, Hauptmann. Und zwar *alles.* Was genau geht hier vor?«

Narrisch zögerte einen Moment; dann seufzte er schwer.

»Sie haben also davon gehört, wie? Nun, sagen wir, daß es weit von dem lauen Lenz im Paradies entfernt ist, als den uns der General diesen Auftrag verkauft hat.«

»Könnten Sie sich etwas genauer ausdrücken, Hauptmann?« fragte Streitaxt und nahm sich etwas von dem verbliebenen Wein. »Vergessen sie nicht, ich bin gerade erst eingetroffen.«

»Nun ... wieviel wissen Sie denn schon?«

»Nicht das geringste«, erwiderte die Frau Oberst.

»Aber woher wissen Sie denn dann ...«

»Daß die Situation haarig ist?« beendete Streitaxt seinen Satz. »Hauptmann Joker, gestehen Sie mir doch bitte wenigstens *ein bißchen* Intelligenz zu. Es war wirklich nicht schwer, sich das auszurechnen. Zum einen ist da die Tatsache, daß Blitzkrieg Ihnen nicht einmal mitten in der Wüste auch nur einen Tropfen Wasser geben würde, wenn kein Gift darin wäre. Das in Verbindung mit dem Zeitpunkt der Auftragserteilung ... den er abgepaßt hat, bis er sich direkt an Sie wenden konnte, ohne es über mich zu tun – machte die ganze Angelegenheit von Anfang an suspekt.«

Sie legte eine Pause ein, um einen Schluck Wein zu nehmen.

»Zum anderen ... ehrlich gesagt, Hauptmann, Sie sehen furchtbar aus. Wenn ich auch weiß, daß Sie dazu neigen, sich selbst zu schinden, passen Sie doch normalerweise etwas besser auf sich auf – oder wenigstens tut Ihr Kammerdiener es für Sie. Es sieht so aus, als hätten Sie schon eine Woche nicht mehr geschlafen, und ich gehe jede Wette ein, daß das daran liegt, daß hier alles schlimm genug ist, um Ihnen das Gefühl zu geben, alles *persönlich* beaufsichtigen zu müssen – bis zu einem Punkt, da es Ihr eigenes Wohlbefinden beeinträchtigt.

Das mag vielleicht eine bewundernswerte Dienstauffassung sein, zeigt aber dennoch, daß irgendwas an diesem Auftrag verdammt schiefläuft. Und schließlich...« Die Frau Oberst fixierte den Kommandanten mit stahlhartem Blick. »Ich habe es mir zum Anliegen gemacht, mich über die Legionäre unter Ihrem Kommando auf dem laufenden zu halten, Hauptmann. Ich habe ihre Akten studiert und regelmäßig Ihre Berichte gelesen. Doch schon in der kurzen Zeit, seit ich hier bin, ist mir aufgefallen, daß es hier zahlreiche mir unbekannte Gesichter in der Uniform der Weltraumlegion gibt, während ich einige von Ihrer degenerierten Truppe unter dem Hotelpersonal erblickt habe. Da ich nun weiß, daß die Leute Sie als eine Art Bandenführer betrachten und nicht einmal ein Gänschen erschrecken würden, ohne das vorher mit Ihnen abgesprochen zu haben, hielt ich es für das Beste, mich gleich an die Quelle zu begeben, um Informationen zu erhalten.« Sie lehnte sich zurück. »Nun sind Sie an der Reihe, Herr Hauptmann. Ich möchte zur Abwechslung einmal die Wahrheit darüber wissen, was mit diesem Auftrag los ist, *bevor* ich erst aus den Medien darüber erfahre.«

Narrisch zog eine Schnute und schüttelte wehmütig den Kopf. »Das ist eine lange Geschichte, Frau Oberst.«

Streitaxt winkte nach einem Kellner und bestellte eine neue Flasche Wein.

»Ich habe Zeit«, sagte sie und lehnte sich gemütlich zurück.

Einmal mehr sehe ich mich in meiner Berichterstattung dadurch beeinträchtigt, daß es mir an Wissen um die genauen Einzelheiten eines Ereignisses oder eines Gespräches mangelt, das in meiner Abwesenheit stattfand.

Ich meine jedoch mit einiger Sicherheit sagen zu können, daß der folgende Wortwechsel ungefähr in dem hier behandelten Zeitrahmen stattfand. Ich stütze die Mutmaßung auf die schlichte Tatsache, daß Maxine Pruet als entschlossene Führerin gilt, und es scheint mir zweifelhaft, daß sie allzu lange ge-

zögert hätte, eine Entscheidung umzusetzen, nach dem diese erst einmal gefällt worden war.

»Scheiße!« erklärte Laverna und warf den Bleistift auf den Stapel Tabellen und Notizen, der vor ihr lag. Wie so viele Vertreter ihres Berufes zog sie die alte, manuelle Form des Drudelns und der Zahlenexperimente vor, wenn sie versuchte, eine Aufgabe zu bewältigen.

»Ich weiß ja, daß du das nicht gerne hörst, Max, aber meine beste Empfehlung kann nur lauten, das Handtuch zu werfen und unsere Verluste hinzunehmen.«

»Wieso das?« wollte ihre Arbeitgeberin vom Sofa aus wissen.

Laverna tippte mehrmals mit dem Finger auf die Tabelle und ordnete erst ein wenig ihre Gedanken, bevor sie weitersprach.

»Der Zeitfaktor bricht uns das Genick«, sagte sie schließlich. »Wir könnten vielleicht etwas anderes in die Wege leiten, um Rafael finanziell weh zu tun, aber nicht mehr rechtzeitig, um ihn daran zu hindern, deinen Wechsel auszulösen.«

»Überhaupt nicht?«

»Na ja, wir könnten den Laden natürlich abfackeln, damit er an den Tischen keine Spielgewinne mehr einbringt, aber dann müßtest du ihn nach der Übernahme wieder neu aufbauen . . . *und* dir etwas ausdenken, wie du der schlechten Publicity begegnen willst, die so ein Brand einbringen würde. Außerdem hat er wahrscheinlich eine Versicherung gegen Betriebsausfälle, so daß nicht einmal *das* ihn aufhalten muß.«

»Wie auch immer. Ich denke jedenfalls nicht, daß wir *so* weit gehen sollten«, erwiderte Maxine mit leisem Lächeln. »Nein, ich neige dazu, dir zuzustimmen, Laverna. Ehrlich gesagt, bin ich gestern bereits zu demselben Schluß gekommen.«

»Ach, wirklich?« Ihre Beraterin machte keine Anstalten, ihre Überraschung zu verbergen. »Warum hast du mich dann . . .«

»Es hätte ja noch eine Option geben können, die ich übersehen habe«, erklärte Max. »Einmal das, und dann habe ich wohl auch gezögert, es laut auszusprechen. Es ist zwar nicht das erste Mal, daß ich ausmanövriert wurde, aber das macht mich trotzdem nicht glücklicher, die weiße Fahne hissen zu müssen.«

Sie erhob sich und schritt ans Fenster. »Was mich am meisten irritiert«, sagte sie und blickte dabei auf den unvermeidlichen Strom vorbeiziehender Touristen, »ist die Tatsache, daß ich einfach nicht begreife, wie er es geschafft hat.«

»Das ist ganz einfach«, meinte Laverna und nahm ihre Notizblätter auf. »Der Mann setzt sein Geld besser ein als du.«

»Was meinst du damit?«

»Nun, es ist nicht zu übersehen, daß er unter dem Personal sehr gründlich Bestechungsgelder verteilt hat – oder zumindest besser als wir. Es ist unmöglich, daß er all das tun konnte, ohne über eine Menge Insider-Informationen zu verfügen.«

»Meinst du? Das ist ja interessant. Ich hatte geglaubt, daß Huey Martin ihn mit allen Informationen versorgt hat, die er brauchte.«

»Nein. Er muß auch andere Informationen erhalten haben, die Huey ihm gar nicht verkaufen konnte. In diesem Komplex gibt es mit Sicherheit weitere Leute, die als seine Augen und Ohren Dienst tun – und damit meine ich nicht die Wachmannschaft.«

»Da wir schon dabei sind«, warf Maxine ein, »gibt es eigentlich irgendwelche Neuigkeiten über den Verbleib von diesem Barkeeper? Dem Burschen, der Herrn Stilman so gründlich von der Bühne entfernt hat?«

»Noch nicht«, antwortete Laverna. »Es scheint so, als hätte der Mann sich in Luft aufgelöst. Mehr weiß ich auch nicht. Er hat Loreley weder als Passagier noch als Besatzungsmitglied auf irgendeinem Raumschiff verlassen. Soviel wissen wir von den Beobachtern am Raumhafen. Merkwürdig ist nur, daß er aber auch in keinem Hotel am Strip oder abseits davon aufgetaucht ist.«

»Das ist in der Tat merkwürdig«, meinte Maxine nachdenklich. »Wenn schon alles andere kein Problem ist, so dürfte es doch reichlich schwierig sein, sein Schwebemotorrad zu verstecken.«

»Das sollte man annehmen«, bestätigte ihre Beraterin. »Ich kann mir nur vorstellen, daß er bei jemandem untergetaucht ist – bei jemandem, der die Kunst, Dinge zu verstecken, besser beherrscht als wir die Kunst, Dinge aufzustöbern.«

»Wie beispielsweise der junge Herr Narrisch?«

Laverna musterte ihre Arbeitgeberin einen Moment.

»Entschuldige die Frage, Max, aber soll er von nun an für alles, was bei uns schiefläuft, die Schuld zugeschustert bekommen?«

»Ich werde nicht paranoid und auch nicht besessen – jedenfalls noch nicht. Denk doch mal einen Moment nach, Laverna. Es wäre völlig logisch. Wir haben über die ganze Raumstation ein Netz von Spähern verteilt. Wir sollten eigentlich jeden innerhalb kürzester Zeit aufspüren können, und doch entzieht sich dieser eine Herr, der doch von ziemlich unvergeßlichem Aussehen ist, unseren Nachforschungen. Aber wo befindet sich gegenwärtig unser blinder Fleck, oder wo ist unser Gespinst am dünnsten?«

»Genau hier im Fette Chance«, räumte Laverna ein.

»Richtig«, bekräftigte Max. »Nun rechnen wir einmal unseren Verdacht dazu, daß der Angriff auf Herrn Stilman kein reiner Zufall war – daß es zwischen unserem Flüchtling und den Kräften unter Herrn Narrischs Kommando irgendeine Verbindung gibt.«

»Ich dachte, er hätte dir gesagt, daß er nichts damit zu tun hatte.«

»Das könnte gelogen sein«, meinte Max, »obwohl ich es irgendwie bezweifle. Aber ganz genau hat er nur gesagt, daß er nichts davon *wußte.* Ich vermute, daß einer seiner Untergebenen ein bißchen eigenmächtig in Aktion getreten ist, so wie Herr Stilman seinen eigenen Überfall ja auch *allein* geplant hat. Wenn wir diese beiden Teile jedenfalls zusammennehmen – unseren Informationsmangel über die inneren Vorgänge im Fette Chance und die mögliche Verbindung zwischen unserem gesuchten Barkeeper und irgend jemanden innerhalb der Wachmannschaft, könnte man durchaus zu dem Schluß gelangen, daß er sich möglicherweise hier versteckt, in diesem Komplex.«

Laverna dachte darüber nach.

»Das ist möglich«, meinte sie schließlich. »Aber es irritiert mich immer noch, daß diese Legionäre freie Hilfskräfte bemüht haben sollen, anstatt sich Stilman selbst vorzuknöpfen. Das macht einfach keinen Sinn.«

»Möglicherweise haben sie es getan, um im Falle eines Scheiterns eine weiße Weste zu behalten«, wandte Max ein. »Außerdem war sich der junge Herr Narrisch bisher auch nicht zu schade, gelegentlich Spezialisten von außen anzuheuern. Denk doch nur an die Computerprüfer, die er uns untergeschoben hat.«

»Das stimmt«, bestätigte die Beraterin. »Weißt du, da ist auch noch etwas, was mir Sorge macht.«

»Was genau?«

»Na ja, für manche Aufgaben wie die Computer-Jockeys wenden sie sich nach draußen, aber für die Mannschaft, die im Showsaal auf der Bühne arbeitet, haben sie ihre eigenen Leute genommen. Da hätte ich eigentlich erwartet, daß sie auch dafür ein paar Spezialisten einstellen.« Sie schüttelte den Kopf. »Na ja, vielleicht hatte er lediglich ein paar Leute aus dem Showgeschäft in der Legion, aber niemanden, der sich wirklich mit Computern auskennt.«

»Einen Augenblick mal, Laverna.« Max wirkte plötzlich hellwach. »Sag das noch mal.«

»Was? Daß es in der Weltraumlegion keine Computerexperten gibt?«

»Nein, den Satz davor. Du hast gesagt, daß er irgendwelche Leute aus dem Showgeschäft in seiner Truppe haben muß.«

»Richtig. Na und?«

»Was wäre, wenn die Sicherheitsmannschaft gar nicht vollständig zur Weltraumlegion gehörte? Was, wenn einige von ihnen nur Schauspieler sind?«

»Du meinst Ersatzleute?« Laverna runzelte die Stirn. »Das ist interessant. Wenn dem so wäre, würde ich mich fragen, wo dann wohl die Soldaten sind, für die sie einspringen.«

Maxine starrte in die Ferne. »Ich erinnere mich gerade an etwas, was Stilman gesagt hat – daß die Wachmannschaft ihn nicht sonderlich beeindruckt hat, aber daß der Komplex das härteste *Personal* hätte, dem er je begegnet sei. Was, wenn der junge Herr Narrisch schon früh zu dem Schluß gelangt sein sollte, daß uniformierte Wachen nur von begrenztem Wert sind, und wenn er statt dessen einen Teil seiner Truppe abgestellt hat, um verdeckt zu arbeiten, und sie als Kellnerinnen oder Köche beim Personal eingeschleust hätte?«

»Oder als Barkeeper!« ergänzte Laverna. »Das würde den Burschen erklären, der Stilman angesprungen ist!«

»Natürlich würde das bedeuten, daß er sich nicht darauf beschränkt hätte, das Personal in diesem Komplex zu infiltrieren«, fuhr Maxine nachdenklich fort. »Er könnte überall seine Leute haben, auch unter den Gästen.« Plötzlich schnippte sie mit den Fingern. »Hast du nicht gerade noch gesagt, daß er mehr Informationen über unsere Pläne haben muß, als Herr Martin ihm geben konnte? Mit wem haben wir erst kürzlich unsere Pläne besprochen? In allen Einzelheiten?«

»Mit Jonesy!« erwiderte ihre Beraterin atemlos. »Du meinst – verdammt! Sich als jemand von der Jakusa auszugeben. Also das verlangt wirklich Mut!«

»An Mut scheint es dem jungen Herrn Narrisch nicht zu mangeln – und seiner Truppe auch nicht, wenn wir schon mal dabei sind«, meinte Max grimmig.

Die beiden Frauen verstummten, überdachten jede für sich diese neue Hypothese.

»Nun«, sagte Laverna schließlich, »ich glaube, damit ist die Sache wohl entschieden. Ohne zu wissen, wie viele Leute er gestreut hat oder wer sie sind, sehe ich keine Möglichkeit, wie wir bis zum Stichtag etwas anderes auf die Beine stellen sollen.«

»Na ja, es stimmt schon, daß wir wahrscheinlich unsere Bemühungen einstellen müssen, die Kontrolle über dieses Unternehmen an uns zu reißen«, bestätigte Maxine, »aber das heißt noch nicht, daß ich bereit bin, das Feld völlig kampflos zu räumen. Jedenfalls noch nicht gleich.«

Die Beraterin blickte sie fragend an. »Ich glaube, ich kann dir nicht folgen.«

»Es gibt noch einen Reserveplan, an den ich schon eine ganze Weile denke. Etwas, das uns wenigstens unsere Investitionen wieder einbringt *und* uns Gelegenheit gibt, dem jungen Herrn Narrisch seine Einmischung heimzuzahlen. Jetzt scheint mir die richtige Zeit zu sein, den Plan in die Tat umzusetzen.«

»Was ist das für ein Plan?«

»Es ist eigentlich nur eine schlichte Verlagerung unsere Ziels von einem geschützten Objekt auf ein ungeschütztes. Ehrlich gesagt, Laverna, verdienst du zumindest teilweise Anerkennung als eine Miturheberin dieses Plans. Du hast mich auf die Idee gebracht, als Herr Narrisch mit seiner Truppe auf Loreley eintraf.«

»Ach? Habe ich das?«

»Gewiß. Ich erinnere mich noch deutlich, wie du darauf hingewiesen hast, daß der junge Herr Narrisch aus einer wirklich *sehr* reichen Familie stammt.«

Das dissonante Schrillen des Telefons an seinem Bett riß Beeker aus dem Schlaf. Mit trübem Blick sah er auf seine Uhr, um festzustellen, wie lange er schon geschlafen hatte, gab es aber wieder auf, als er merkte, daß er sich nicht erinnern konnte, wann er zu Bett gegangen war. Nicht zum ersten Mal fühlte er sich vom Zeitrhythmus auf Loreley irritiert – oder dem Fehlen eines solchen, der es so gut wie unmöglich machte, zu irgendeiner Art von Regelmäßigkeit zu gelangen.

Das Telefon klingelte erneut.

Anstatt sofort nach dem Hörer zu greifen, nahm sich der Butler etwas Zeit, um sich zu sammeln. Vielleicht waren Wirtschaftsbosse ja dazu in der Lage, effizient zu arbeiten, während sie zugleich den Eindruck machten, gehetzt und getrieben zu sein. Doch für jemanden in seiner Position war dergleichen ausgeschlossen.

Wieder rasselte das Telefon.

»Hier Beeker.«

»Beeker! Was, zum Teufel, ist da los?«

Die Stimme war eine Überraschung. Weniger ihre Aussage, als vielmehr ihre Identität. Selbst in ihrem erregten Zustand hatte der Butler keine Schwierigkeiten, sie als das Organ von Paul Narrisch, dem Vater seines Arbeitgebers, zu identifizieren.

»Bedauerlicherweise, Sir, bin ich nicht in der Lage, diese Anfrage zu beantworten – zumindest solange nicht, bis sie sich hinreichend beruhigt haben, um sich ordentlich zu identifizieren.«

»Oh. Entschuldigung. Hier spricht Paul Narrisch, Beeker, und . . .«

»Ach ja. Guten Abend, Herr Narrisch. Wie kann ich Ihnen helfen?«

»Sie könnten damit anfangen, indem Sie mir erzählen, was da auf Loreley los ist!«

Der Butler rollte verärgert mit den Augen. Er hatte gehofft, daß der ältere Narrisch dadurch, daß er ihn dazu zwang, das förmliche Protokoll einzuhalten, sich zugleich dazu drängen lassen würde, sein Anliegen in einem etwas sachlicheren Tonfall mit ihm zu besprechen. Doch dem sollte eindeutig nicht so sein.

»Über Ereignisse auf Loreley wird von den Medien ausführlich berichtet, Sir«, sagte er. »Oder gibt es etwas Besonderes, worüber Sie Informationen wünschen?«

Am anderen Ende der Leitung setzte ein langes Schweigen ein.

»Hören Sie zu, Beeker«, meldete sich die Stimme schließlich wieder, diesmal grimmig, aber beherrscht. »Versuchen Sie gerade, den Schlaumeier zu mimen, oder wissen Sie wirklich nicht, was los ist? Ich habe gerade einen Anruf von einem alten Drachen erhalten. Die Frau behauptet, daß sie Willard in der Hand hätte, und wenn ich nicht hundert Millionen ausspucke, würde sie ihm mit der Axt den Schädel spalten oder ihn aus einer Luftschleuse stoßen oder was zum Teufel sonst erforderlich sein mag, um da draußen jemanden umzubringen.«

»Ich verstehe«, erwiderte der Butler. »Nein, Herr Narrisch.

Ich kann Ihnen versichern, daß ich jetzt zum ersten Mal davon höre.«

»Meinen Sie, daß da etwas dran sein könnte?«

»Jawohl, Sir. Ich glaube, ich kenne die beteiligten Parteien, und sie machen mir nicht den Eindruck, als würden sie bei einer Angelegenheit von dieser Größenordnung bluffen. Ich fürchte, die Wahrscheinlichkeit ist sehr hoch, daß die Ihren Sohn in ihrer Gewalt haben und ihn auch umbringen werden, sollten Sie das Lösegeld nicht bezahlen.«

»Verdammt, Beeker! Wie konnte das passieren? Er soll doch eigentlich einen ganzen Trupp Soldaten um sich haben. Nein – streichen Sie das. Nach allem, was ich über diese Weltraumlegion gehört habe, würde ich denen nicht einmal den Objektschutz für ein Sparschwein anvertrauen. Aber Sie! Wie konnten Sie das geschehen lassen, Beeker? Ich dachte immer, Sie wären einer der Besten in diesem Geschäft.«

»Ich bemühe mich, Sir«, erwiderte Beeker gleichmütig. »Das tun wir alle. Ihr Sohn jedoch hat seine eigenen Vorstellungen, wie auch eine etwas unglückliche Neigung zum Unorthodoxen. Wenn Sie das berücksichtigen, werden Sie sicherlich begreifen, welche Schwierigkeiten bei seiner Bewachung auftreten können.«

»Über seine Unabhängigkeit weiß ich alles«, knurrte der ältere Narrisch dunkel. »Ich schätze, ich habe gewußt, daß früher oder später so etwas passieren muß.«

»Verzeihen Sie meine Frage, Herr Narrisch«, warf der Butler ein und nutzte die Gesprächspause, »aber gehört es noch immer zur Firmenpolitik von Narrisch & Damlack und Ihnen persönlich, daß unter gar keinen Umständen Lösegelder gezahlt werden, um wen oder was es auch immer gehen mag?«

»Das ist richtig«, bestätigte die Stimme. »Wenn man erst einmal mit dem Zahlen anfängt, nimmt es kein Ende mehr. Wir bezahlen die Regierung, um uns zu schützen, und damit sollte die Sache eigentlich erledigt sein. Wenn mehr Leute dazu bereit wären, Kriminellen und Terroristen die Stirn zu bieten . . .«

»Ja, mit diesem Argument bin ich vertraut«, unterbrach Beeker. »Verzeihen Sie, Herr Narrisch, aber hieße es, Ihre Prinzipien allzusehr zu kompromittieren, wenn sie Ihre Weigerung für eine Weile zurückstellten – sagen wir, für achtundvierzig Stunden?«

»Nein. Die Kerle haben gesagt, daß sie wieder anrufen werden, und haben die Verbindung gekappt, bevor ich viel antworten konnte. Wenn die noch mal anrufen, kann ich versuchen, sie aufzuhalten, aber . . .«

»Hervorragend«, sagte der Butler und schnitt dem älteren Narrisch noch einmal das Wort ab. »Wenn Sie vielleicht die Güte hätten, die Leitung freizugeben, Sir, dann werde ich feststellen, ob sich von dieser Seite aus etwas unternehmen läßt, um die Situation zu einem befriedigenden Ende zu bringen.«

»In Ordnung . . . und, Beeker?«

»Ja, Herr Narrisch?«

Die Stimme am anderen Ende der Leitung klang plötzlich sehr müde, als wäre der Zorn ihre einzige Kraftquelle gewesen und als wäre nun, da diese Emotion ihren Ausdruck gefunden hätte, nichts mehr davon übrig.

»Seien Sie vorsichtig, damit nicht . . . ich meine . . . ich weiß ja, er und ich, wir hatten so unsere Differenzen, aber er ist immer noch mein Sohn, und . . .«

»Ich verstehe. Ich werde es versuchen, Sir.«

Kaum war die Verbindung unterbrochen, ließ der Butler jeden Anschein der Gelassenheit fahren.

Das Gesicht zu einer grimmigen Maske verzerrt, eilte er durch die Tür, die sein Schlafzimmer mit dem Hauptwohntrakt der Suite verband. Schokoladen-Harry lag schlafend auf dem Sofa, weil er sich beharrlich geweigert hatte, in eines der Betten zu ziehen, die von den Bewohnern der Suite normalerweise benutzt wurden. Beeker bewegte sich möglichst leise, um ihn nicht zu wecken. Er hatte die Absicht, das Schlafzimmer seines Arbeitgebers in der vergeblichen Hoffnung zu überprüfen, ob es sich nicht vielleicht doch um einen grausigen Scherz handelte, doch bevor er die andere Schlafzimmertür erreicht hatte, erregte etwas seine Aufmerksamkeit: Dort, auf dem Stuhl neben der Tür zum Gang, lag die Handfeuerwaffe, die der Legionskommandant normalerweise trug, ebenso seine Armbandkommunikatoren-Befehlseinheit.

Der Butler musterte die Gegenstände einige Augenblicke; dann sank er auf einen Stuhl und schaltete eine Lampe an.

»He, Beeker!« sagte Harry, der vom Licht wach wurde. »Was ist los?«

Beeker ignorierte ihn, beugte sich über seinen eigenen Armbandkommunikator und drückte den Rufknopf.

»Sind Sie das, Beeker?« ertönte Mutters Stimme. »Wieso sind Sie um diese Zeit schon auf? Ich dachte . . .«

»Machen Sie mir eine offene Leitung zu den Leutnants Armstrong und Rembrandt«, sagte der Butler angespannt. »Und – Mutter? Ich möchte, daß Sie mithören. Es liegt ein Notfall vor. Da hat es keinen Sinn, dieselbe Information zweimal erläutern zu müssen.«

Kapitel 14

Tagebucheintrag # 245

Soweit es sich meiner Beurteilung erschließt, ignorierte Maxine Pruet entweder die Präsenz der Kompanie der Weltraumlegion unter dem Kommando meines Arbeitgebers, oder sie operierte nach der alten, gängigen Annahme, daß man nur den Kopf zu entfernen brauchte, damit der Rest des Körpers einginge.

Das war, vorsichtig ausgedrückt, ein Fehlurteil.

Die Entfernung meines Arbeitgebers aus seiner Führungsposition bewirkte kein Verkümmern und Absterben der Kompanie, vielmehr bündelte und intensivierte es ihre ohnehin schon beachtlichen Energien. Will sagen, es hatte den Effekt, die Notbremse von einer Lokomotive zu entfernen und sie auf ein gerades, bergabwärts führendes Gleis zu leiten.

Man hatte einen der Konferenzräume des Fette Chance hastig zur Kommandozentrale des Notkriegsrats der Kompanie umfunktioniert, doch selbst dieser wurde langsam überfüllt. In dem Versuch, die Versammlung überschaubar zu halten, hatte man alle bis auf die Kader und die Offiziere aus dem Raum entfernt, also bis auf jene, die den Rang eines Hauptgefreiten oder darüber innehielten, sowie einige wenige betroffene Individuen wie den Voltronen Schoppen-Hauer, der sich weigerte zu gehen und den dennoch zu verjagen niemand die Energie oder den Mut besaß. Eine große Schar von Legionären hing jedoch draußen im Gang vor der Tür herum, und ihre Mitglieder brummten sich an, während sie darauf warteten, daß man einen Entschluß über das weitere Vorgehen faßte.

Alle verdeckt arbeitenden Legionäre waren zurückgerufen worden, wenn sich auch nicht alle von ihnen die Zeit genommen hatten, wieder ihre Legionsuniformen anzuziehen, so daß die Versammlung eher den Eindruck einer zwanglosen Party erweckte als den einer Planungssitzung. Dieser Eindruck hielt jedoch einem Blick in die Gesichter der Teilnehmer nicht stand. Die Mienen reichten vom Besorgten bis zum Grimmigen, und es war weit und breit kein einziges Lächeln zu sehen.

Die Gruppe konzentrierte sich auf die beiden Leutnants der Kompanie, die zur linken und rechten Seite des Konferenztisches standen und einen Stapel Bauzeichnungen durchgingen, stoisch die Gesichter ignorierend, die ihnen von Zeit zu Zeit bekümmert über die Schulter blickten.

»Ich weiß immer noch nicht, was das soll, Remmie«, grollte Armstrong und nahm ein weiteres Blatt von dem Stapel. »Wir wissen doch nicht einmal mit Sicherheit, daß er sich noch *innerhalb* des Komplexes aufhält.«

Obwohl er aus einer Militärfamilie stammte und daher mehr Erfahrung mit Planung hatte, machte gerade dies Armstrong zu einem Pedanten, was Protokoll und Befehlshierarchie betraf. Leutnant Rembrandts Patent war früher ausgestellt als seins, was sie zur älteren und damit ihm vorgesetzten Offizierin machte, und so ordnete er sich ihr sowohl aus eingeschliffener Gewohnheit wie aus Höflichkeit unter.

»Es ist immerhin ein Ausgangspunkt, nicht wahr?« blaffte Rembrandt zurück. »Ich glaube einfach nicht, daß wir erst die ganze Raumstation auseinandernehmen sollen, wobei wir auch noch unsere Kräfte zersplittern müßten, bevor wir sicher sind, daß man ihn *nicht* hier festhält. Ich halte es für am wahrscheinlichsten, daß er hier ist, denn ich kann mir nicht vorstellen, daß sie das Risiko eingegangen sind, dabei beobachtet zu werden, wie sie ihn aus dem Komplex geschafft haben. Das bedeutet, daß wir uns die Zeit nehmen müssen, alle Nischen und Ecken in diesem Komplex zu überprüfen, bevor wir uns nach draußen stürzen – und davon gibt es jede Menge.«

»Das kann man wohl sagen«, meinte Armstrong und musterte finster das Blatt in seiner Hand. »So lange wir auch schon hier sind, nie ist mir klargeworden, wie viele Zugangskorridore und Dienstbotentrakte es hier gibt.«

»He! Schau mal, wer da ist!«

»Schoko! Wie läuft's, Mann?«

Die Offiziere hoben den Blick, als sich der Versorgungsfeldwebel den Weg durch die wartende Menge bahnte, um ins Zimmer zu kommen, wobei er die Grüße, die sein Eintreffen begleiteten, lächelnd und winkend quittierte.

»Kommen Sie rein, Harry«, rief Rembrandt. »Schön, Sie wieder in Uniform zu sehen.«

Tatsächlich trug Schokoladen-Harry wieder seine Legionärsuniform einschließlich – oder ausschließlich, je nachdem, wie man es nahm – der abgerissenen Ärmel, die sein persönliches Markenzeichen waren.

»Schön, zurück zu *sein*, Leutnant«, erwiderte der massige Feldwebel. »He, Top! Siehst gut aus!«

Er winkte Brandy zu, die immer noch in ihrer Zimmermädchenuniform steckte und auf der gegenüberliegenden Seite des Raums ihr Gespräch mit Moustache lange genug unterbrach, um ihm ein Grinsen und Augenzwinkern zu schenken.

»Entschuldigen Sie, Feldwebel«, sagte Armstrong, »aber als ich zum letzten Mal von Ihnen hörte, waren Sie noch auf der inaktiven Liste. Sollten Sie sich nicht eigentlich erst erholen?«

»Was? Wegen diesem Kleinkram hier?« Harry zeigte auf die Bandagen um seinen Oberkörper, die durch die Ärmellöcher seiner Uniform spähten. »Ach was, kann mich kaum noch daran erinnern, daß ich getroffen wurde ... es sei denn, jemand will mich mal richtig kräftig umarmen.«

Er sprach mit leiser Stimme weiter, behielt aber sein Grinsen bei, obwohl seine Augen düster glitzerten, als er Armstrongs Blick mit hartem Starren begegnete.

»Außerdem wird mich nichts dazu bringen, die Sache hier einfach nur auszusitzen – nicht wenn der Hauptmann in Schwierigkeiten steckt. Und bei allem Respekt, Leutnant, ich rate Ihnen, gar nicht erst zu versuchen, mich davon zu überzeugen, es mir anders zu überlegen. Dafür sind Sie nicht groß genug – und auch nicht bösartig genug.«

Er wartete, bis Armstrong mit leisem, zögerndem Nicken zustimmte; dann sprach er wieder mit lauterer Stimme weiter.

»Außerdem hab' ich 'n paar Leckerchen mitgebracht, nur um sicherzugehen, daß ich auch willkommen bin. Das heißt, die müßten jeden ... *da sind sie schon! Bringt sie rein, Jungs!«*

Ein halbes Dutzend Leute aus Harrys Versorgungstrupp, die auch als die größten Diebe, Fledderer und Trickbetrüger der ganzen Kompanie galten, kamen gerade in den Raum und zogen und schoben dabei einen kleinen Wagen mit Schwebekisten. Selbst im versiegelten Zustand verriet ihr Äußeres, was sie enthielten, und die Menge stieß ein leises Johlen aus.

»Stellt sie einfach hier an der Wand ab!« befahl der Versorgungsfeldwebel, packte selbst die erste lange Kiste und bediente die Schwebeskala, bis die Kiste auf dem Teppichboden aufsetzte. Mit großer Geste drückte er eine Kombination auf der Tastatur des Schlosses, und der Kistendeckel öffnete sich zischend.

»Bedient euch!« rief er, doch dann überlegte er es sich anders. »Nein ... das streiche ich ersatzlos. In Linie antreten! Jason! Die sollen für alles unterschreiben, was die Kisten enthalten! Wir müssen sichergehen, wer was bekommen hat, damit wir ihnen einheizen können, wenn die Sachen nicht in gutem Zustand zurückkommen.«

Wie erwartet, enthielten die langen, flachen Kisten die Gewehre und andere Langwaffen, die beim Abmarsch der Kompanie von ihrem alten Dienstort im Sumpfland verpackt worden waren. In den quadratischen Kisten befand sich Munition.

»Nun, ich denke, damit wäre die Frage nach unserer Feuerkraft wohl gelöst«, meinte Rembrandt und sah mit gerunzelter Stirn zu, wie die Waffen ausgeteilt wurden, unternahm aber nichts und brachte auch keinen Einwand vor, als die Legionäre die Waffen ergriffen und sich im Raum verteilten, wo sich jeder daranmachte, die Waffe seiner Wahl auszuwickeln, zu überprüfen und zu laden.

»Ich dachte mir, was immer auch passieren mag, es kann nicht schaden, ein paar zusätzliche Argumente griffbereit zu haben.« Harry zwinkerte; dann wurde seine Miene wieder ernst. »Also gut, wie weit sind wir bisher?«

»Nicht sehr weit«, gestand der ältere Leutnant. »Bevor wir nicht wissen, wo man ihn festhält, können wir nicht allzuviel unternehmen. Das Problem ist, daß alle dabeisein wollen. Wir hatten schon große Mühe, auch nur die diensttuende Mannschaft auf ihrem Posten zu behalten, während wir daran arbeiten. Was mich übrigens an etwas erinnert . . .«

Sie hob ihren Armbandkommunikator an die Lippen und betätigte den Rufknopf.

»Hier Mutter!« ertönte die schnelle Antwort.

»Hier Rembrandt, Mutter«, sagte der Leutnant. »Wie kommen Sie zurecht?«

»Och, wenn nicht jedermanns Sohn und Tochter hier alle fünfzehn Minuten persönliche Auskünfte über den neuesten Stand der Dinge einholen würde, wäre es der reinste Urlaub.«

Der Leutnant lächelte trotz des Drucks, unter dem sie stand. »Brauchen Sie Hilfe?«

»Nein, ignorieren Sie mein Gejammer einfach. Ich habe die Sache im Griff – jedenfalls im Augenblick. Machen Sie damit weiter, herauszufinden, wo sich der Hauptmann aufhält, und überlassen Sie es mir, die Wölfe vorm Tor zu verscheuchen.«

»Also gut, Mutter. Aber melden Sie sich, wenn es Ihnen zuviel wird. Rembrandt Ende.«

Sie wandte sich wieder den Lageplänen zu.

»So, wie ich das sehe, sind die wahrscheinlichsten Stellen hier und hier.« Sie zeigte mit dem Finger auf zwei Punkte. »Wir müssen jemanden hinschicken, um die Sache kurz zu überprüfen . . . Brandy?«

»Hier, Leutnant«, sagte der Hauptfeldwebel und trat vor.

»Meinen Sie, wir könnten . . .«

»*Entschuldigen* Sie mich bitte!«

Der Butler des Kommandanten stand in der Tür.

»Was ist, Beeker?«

»Ich . . . ich wollte mich nicht einmischen«, sagte Beeker und sah dabei ungewohnt unbehaglich aus, »und wie Sie wissen, halte ich in Ihrer Organisation ja auch keinen Rang inne, aber in diesem Falle haben wir ein gemeinsames Interesse – nämlich das Wohlergehen meines Arbeitgebers –, und ich glaube, daß ich über eine Information verfüge, die Ihnen bei Ihrer Planung behilflich sein könnte.«

»Machen Sie sich mal keine Sorge um Ihren Rang bei uns, Beek«, erwiderte Rembrandt. Wie alle in der Kompanie hegte Rembrandt großen Respekt für den Butler – ja sogar mehr als die meisten anderen, seit er ihr dabei behilflich gewesen war, die Schauspieler zu rekrutieren. »Was haben Sie auf dem Herzen?«

»Ich ... ich kann Ihnen sagen, wo Herr Narrisch festgehalten wird.«

»Das können Sie wirklich?«

»Ja. Ich kann Ihnen mit Bestimmtheit sagen, daß er sich im Augenblick in Maxine Pruets Suite aufhält – Zimmer 4200. Jedenfalls war er vor fünfzehn Minuten noch dort.«

Rembrandt legte die Stirn in Falten. »He, Sushi! Ich dachte, Sie hätten gesagt, daß die Suite leer sei!«

»Als ich angerufen habe, ist niemand ans Telefon gegangen«, erklärte der Orientale. »Aber ich habe es nicht genauer überprüft.«

»Verstehe ... also gut. Brandy? Ich möchte, daß Sie Ihren Passepartout benutzen und nachsehen, ob ...«

»Entschuldigen Sie ... vielleicht habe ich mich nicht deutlich genug ausgedrückt«, unterbrach Beeker, und seine Stimme bekam einen harten Unterton. »Ich sagte, daß mein Arbeitgeber mit *Bestimmtheit* in dieser Suite gefangengehalten wird. Es sollte keine Bestätigung erforderlich sein. Tatsächlich könnte jeder Versuch eines Eindringens sowohl das Leben von Herrn Narrisch *als auch* derjenigen in Gefahr bringen, die zur Überprüfung dort hingeschickt würden.«

Der Leutnant schürzte die Lippen, um Armstrong schließlich einen Blick zuzuwerfen, den dieser mit einem leisen Achselzucken erwiderte.

»Also gut, Beeker«, sagte sie schließlich. »Ich will ja nicht behaupten, daß ich Ihnen nicht glaube, aber würde es Ihnen etwas ausmachen, mir zu erläutern, wieso Sie sich so sicher sind, wo er sich aufhält?«

Der Butler legte seine herablassende Kühle ab und musterte beunruhigt die versammelten Legionäre.

»Es ist... nun, es handelt sich dabei um eine geheime Technik, die ich entwickelt habe, um die Ausübung meiner Pflicht zur Verfolgung des Kommens und Gehens meines Arbeitgebers zu erleichtern. Ich möchte darum bitten, daß Sie alle das Folgende streng vertraulich behandeln, so wie ich selbst auch die Vertraulichkeit einiger Dinge respektiert habe, die Sie *mir* gelegentlich mitgeteilt haben.«

Er sah sich wieder im Raum um und erhielt ein Kopfnicken nach dem anderen zur Antwort. »Also gut. Ich habe mir die Freiheit genommen, in jedes Teil der Garderobe meines Arbeitgebers, sei sie ziviler oder militärischer Art, kleine Peilsonden einzunähen. Das verschafft mir eine rechtzeitige Benachrichtigung, wenn er kommt, damit ich vorbereitet sein kann, ihn willkommen zu heißen, und es gestattet mir, zu jedem beliebigen Augenblick seinen genauen Standort auszumachen.«

Armstrong war fassungslos. »Sie haben Wanzen in die Kleider des Hauptmanns eingenäht?« Zwischen Gelächter und Unglauben kämpfend, sprach er dem ganzen Raum aus der Seele.

Beeker verzog das Gesicht. »Man könnte es wohl auch so ausdrücken, Sir. Ich für meinen Teil ziehe es allerdings vor, darin eine erforderliche Technik zu sehen, die es mir ermöglicht, jene außerordentlichen Dienstleistungen zu erbringen, welche mein Salär rechtfertigen, das, wie Sie sich denken können, für jemandem meines Berufs weit über dem Durchschnitt liegt.«

»Wie auch immer!« sagte Rembrandt, die Lageskizzen durchblätternd. »Es läuft jedenfalls darauf hinaus, daß Sie sich *sicher* sind, daß er in der Suite des alten Drachen festgehalten wird.«

»Jawohl, gnädige Frau«, erwiderte der Butler. »Und wenn ich das noch hinzufügen darf, es hat den Anschein, daß außerdem vor ihrer Zimmertür ein recht muskulöser Herr postiert ist. Das wenigstens läßt sich mühelos durch jeden bestätigen, der sich die Zeit dafür zu nehmen bereit ist.«

Er warf Sushi einen ätzenden Blick zu, worauf dieser entschuldigend die Achseln zuckte.

»Nur ein Posten? Der gehört mir!« erklärte Brandy. »Dann kann ich diese blöden Mimi-das-Zimmermädchen-Klamotten wenigstens noch einmal ausnutzen, bevor ich sie endgültig auf den Müll werfe.«

»Brauchst du Hilfe, Top?« erbot sich Supermücke.

»Für *einen* Posten? Auf Tuchfühlung, wenn er nicht damit rechnet?« Die Hauptfeldwebel-Amazone streckte ihre beachtliche rechte Hand, um sie zur Faust zu ballen und breit zu lächeln. »Ich glaube nicht.«

»Also gut, dann haben wir wenigstens ein Zielgebiet!« erklärte Rembrandt und musterte das entsprechende Blatt Papier, nachdem sie es endlich gefunden hatte. »Mal sehen ... wir haben hier ein großes Wohnzimmer, seitlich davon zwei Schlafzimmer ... eine Tür, die ... ach, scheiß der Hund drauf!«

Sie schritt zur nächstgelegenen Wand und hielt einen Augenblick inne, während sie ihre Gürteltasche durchstöberte. Dann holte sie einen Lippenstift hervor und begann, eine Vergrößerung des Lageplans in langen, breiten Strichen direkt an die Wand zu malen.

»Also gut, alles versammeln!« rief sie, über die Schulter gewandt. »Der Gang verläuft hier, parallel zu den drei Zimmern. Sushi, weißt du, ob man die Möbel umgestellt hat? Oder stehen sie noch so, wie es hier in den Plänen eingezeichnet ist?«

»Mal sehen«, erwiderte der Orientale und trat an ihre Seite, um sich die Pläne genauer ansehen zu können. »Ich habe zwar nur das Wohnzimmer gesehen, aber ...«

»Was ist hier los?«

Oberst Streitaxt stand in der Tür. Sie trug noch immer ihr schwarzes Fledermauskleid, und der Zorn machte sie trotz ihrer geringen Körpergröße zu einer stattlichen Erscheinung, wie ein Dämon aus einer Oper, der durch Stimme und Präsenz den Raum beherrschte.

Die Legionäre saßen wie gelähmt da. Obwohl sie alle davon

gehört hatten, daß sich die Frau Oberst im Komplex aufhielt, hatte niemand damit gerechnet, daß sie auch zu ihrer Versammlung erscheinen würde.

»Mein Gott! Das sieht ja hier aus wie auf einer Waffenmesse! Die Hälfte dieser Waffen kenne ich ja nicht einmal!«

Wenngleich es allgemein bekannt war, daß Willard Narrisch die Ausrüstung seiner Kompanie aus seinem persönlichen Vermögen aufzustocken pflegte, war doch nicht jedermann mit der Tatsache vertraut, daß er seine Verbindungen zu seinem Vater, dem Munitionsbaron, dazu nutzte, neue Waffen anzuschaffen, die noch in der Prüfungsphase waren und schon gar nicht auf dem allgemeinen Markt erhältlich gewesen wären.

»Muß ich Sie daran erinnern, daß Sie Weltraumlegionäre sind und nur eine *begrenzte* Befugnis beim Einsatz *angemessener* Gewalt gegen Zivilisten haben?«

Die Kompanie wechselte nervöse Blicke; dennoch machte keiner eine Bewegung.

»Nun, diese Wildwest-Show hört mir SOFORT AUF! Ich befehle Ihnen, alle Waffen bis auf die Handfeuerwaffen wieder abzugeben und . . .«

»Einen Augenblick mal, Frau Oberst!«

Rot im Gesicht und mit steifen Gliedern, brach Leutnant Rembrandt die erstarrte Ölgemäldeszene auf. Die Menge teilte sich wie das Rote Meer, um einen Durchgang zu öffnen, an dessen beiden Enden je eine der Frauen stand.

Neben Trooper an die hintere Wand gelehnt, verfolgte Lex die Konfrontation mit professioneller Neugier und Interesse. Obwohl weder Streitaxt noch Rembrand laut sprachen, benutzten beide das, was man nur eine ›Befehlsstimme‹ nennen konnte, wozu eine kontrollierte Projektion aus dem Kehlverschluß gehörte, um die sie jeder Bühnenschauspieler beneidet hätte.

»In Hauptmann Jokers Abwesenheit«, erklärte Rembrandt, »bin *ich* der amtierende Kompaniechef dieser Truppe. Was gibt *Ihnen* das Recht, *meiner* Truppe Befehle zu erteilen?«

»Sind Sie *verrückt geworden?«* sprudelte es aus Streitaxt hervor. »Ich bin Oberst und der ranghöchste Offizier hier ...«

»... der sich zur Zeit auf Urlaub befindet und *kein* integrales Glied der gegenwärtigen Befehlskette ist!« brüllte Rembrandt. »Wir haben unseren ursprünglichen Marschbefehl von General Blitzkrieg bekommen. Für die Dauer dieses Auftrags haben Sie überhaupt keine Befehlsgewalt über uns! Tatsächlich sind Sie, was mich betrifft, nur eine ganz gewöhnliche *Zivilistin.«*

»WAS?!«

»Meine allgemeinen Befehle lauten, daß ich mein Kommando solange wahrzunehmen habe, *bis ich rechtmäßig davon enthoben werde,* und ich akzeptiere Sie oder was Sie sagen nicht als *rechtmäßige Enthebung!«*

Die Frau Oberst starrte sie einen Augenblick fassungslos an; dann klappte ihr Mund wieder zu.

»Die allgemeinen Befehle der Legion nach eigenem Ermessen auszulegen, liegt gewiß *nicht* in Ihrem Zuständigkeitsbereich, Frau *Leutnant!«*

»Dann stellen Sie mich doch vor das *Kriegsgericht!«* schoß Rembrandt zurück. »Aber bevor ich nicht für schuldig befunden und *offiziell* meines Kommandos enthoben wurde, steht diese Truppe unter *meinem* Befehl und nicht Ihrem!«

Streitaxt zuckte zurück; dann blickte sie sich im Raum um. Die Legionäre zeigten eine Reihe von Gemütsregungen, vom Mürrischen bis zum Amüsierten. Aber es war nicht zu übersehen, daß sie auf Rembrandts Seite standen und daß es hier für ihre eigene Position keine erkennbare Unterstützung gab.

»Ich verstehe«, sagte sie durch zusammengebissene Zähne. »Also gut, wenn Sie eine ordentliche Autorisierung haben wollen, dann werde ich eine beschaffen! Ein Anruf bei General Blitzkrieg sollte die Angelegenheit ein für allemal klären. Ich rate ihnen allen, nichts Überstürztes zu unternehmen, bevor ich zurückgekehrt bin.«

Sie wollte zur Tür gehen, blieb aber abrupt stehen, als Leutnant Rembrandts Stimme das plötzliche Schweigen durchbrach.

»Also gut! Ich möchte, daß Sie alle das folgende bezeugen: Mit *sofortiger* Wirkung setze ich hiermit kraft meiner Autorität das *Kriegsrecht* in Kraft!«

»*Was?*« kreischte Streitaxt und verlor ob ihrer Empörung jeden Anschein von Haltung oder Würde. »Das können Sie nicht machen! Niemand in der Weltraumlegion hat jemals . . .«

»*Ich* habe es soeben getan«, erwiderte Rembrandt grimmig, »und es gilt solange, bis ein anderer es wieder außer Kraft setzt. Jemand, der über mehr Feuerkraft verfügt als ich!«

»Aber . . .«

»Leutnant Armstrong!« brüllte Rembrandt plötzlich und kehrte der Frau Oberst den Rücken zu.

»Sir!«

»Es befindet sich eine *unbefugte Zivilistin* im Raum die unsere Operation behindert. Lassen Sie sie entfernen und stellen Sie sie unter Bewachung, bis Sie weitere Anweisungen erhalten.«

»Jawohl, *Sir!*«

»Sind Sie alle völlig . . .«

»Hauptfeld Brandy!«

»Verstanden, Sir. Harry?«

»Schon dabei, Top.«

Der Versorgungsfeldwebel schnippte mit den Fingern und zeigte auf einen seiner Leute. Der warf ihm sofort ein Repetierschrotgewehr zu, das Harry förmlich aus der Luft pflückte. Angesichts seiner Körpermasse wirkte die Waffe fast wie ein Spielzeug.

Streitaxt stand benommen da, ließ erneut den Blick durch den Raum schweifen. Diesmal lächelte niemand.

»Sie meinen das wirklich ernst, wie?« fragte sie.

Zur Antwort öffnete Schokoladen-Harry den Schlitten seines Schrotgewehrs und führte mit einem harten Geräusch, das im ganzen Raum widerhallte, eine scharfe Patrone ein, und plötzlich sah die Waffe überhaupt nicht mehr aus wie ein Spielzeug.

»Sachte, Harry«, befahl Rembrandt, deren Stimme immer noch angespannt klang. »Hören Sie, Frau Oberst. Wir holen uns den Hauptmann, egal, wer sich uns in den Weg stellt. Und nun geben Sie nach oder fallen Sie um! Sie haben die Wahl.«

»Sie wissen doch, daß die den Hauptmann höchstwahrscheinlich töten werden, wenn Sie versuchen, ihn mit Gewalt zu befreien?« Streitaxts Stimme klang plötzlich sehr sanft.

»Diese Möglichkeit besteht«, räumte der Leutnant ein. »Aber ebenso gibt es die Möglichkeit, daß sie ihn auch dann noch umbringen werden, wenn wir es nicht tun. Wissen Sie, sein Vater will nämlich das Lösegeld nicht bezahlen.«

»Das macht sowieso keinen Unterschied«, warf Schokoladen-Harry ein.

»Was war das, Feldwebel?«

»Ihr Leute mögt vielleicht mehr vom Militär verstehen als ich«, erläuterte Schoko, »aber ich will euch mal was über Kriminelle erzählen. Jetzt, da die Knilche auch noch 'ne Entführung auf dem Kerbholz haben, müssen sie mit einer ernstzunehmenden Anklage rechnen. Die werden keine Zeugen zurücklassen wollen, und der wichtigste Zeuge gegen sie ist der Haup'mann. Sie *müssen* ihn abmurksen, ob die Knete bezahlt wird oder nicht.«

»Wir sind die einzige Chance, die Hauptmann Joker hat, um aus der Sache lebend herauszukommen«, fuhr Rembrandt ruhig fort. »Wir müssen es wenigstens versuchen. Wenn wir einfach nur herumsitzen . . .« Sie schüttelte den Kopf und verstummte.

»Ich verstehe«, meinte Streitaxt nachdenklich. »Sagen Sie mir eins, Leutnant: Wenn Sie es schon nicht zulassen, daß ich Sie Ihres Kommandos enthebe, wären Sie vielleicht wenigstens dazu bereit, mich als zivile Beraterin zu akzeptieren?«

Leutnant Rembrandts Gesicht brach plötzlich in ein Lächeln aus.

»Ich bin immer gern bereit, mich beraten zu lassen, Frau Oberst«, sagte sie. »Ich bin auf diesem Gebiet noch ziemlich neu.«

»Sie schaffen das schon«, meinte Streitaxt. »Es gibt allerdings einen Punkt, den Sie meiner Meinung nach in Ihren Plänen berücksichtigen sollten und von dem ich den Eindruck habe, daß Sie ihn in Ihrem Enthusiasmus übersehen haben. In diesem Gebäudekomplex gibt es eine große Anzahl von Zivilisten, die nur unschuldige Außenstehende sind. Ich denke, es wäre auf lange Sicht das klügste, wenn man Anstrengungen unternähme, um sicherzustellen, daß sie nicht in Ihr Kreuzfeuer geraten.«

Die beiden Leutnants wechselten Blicke.

»Da hat sie recht, Remmie«, bestätigte Armstrong zögernd.

»Ich würde daher zu einer Form von Ablenkung raten«, fuhr die Frau Oberst fort. »Etwas, das Ihnen einen Vorwand bietet, Leute aus dem Komplex zu evakuieren oder zumindest aus der unmittelbaren Nähe ihres Operationsfeldes zu entfernen.«

»Das wäre wohl zu machen«, meinte Rembrandt und nagte, ohne es zu merken, an ihrer Unterlippe. »Vielleicht könnten wir für eine Bombendrohung sorgen oder einen Feueralarm . . .«

»Warum nicht einen Spielfilm?«

Die Offiziere blickten in die Richtung der neuen Stimme.

»Was war das, Lex?«

»Ich sagte: ›Warum nicht einen Spielfilm?‹« Lex grinste und gesellte sich zu ihnen. »Erzählen Sie doch einfach allen Leuten, daß Sie den Komplex für ungefähr eine Stunde schließen müssen, weil Sie Filmaufnahmen für ein neues Holo machen wollen. Glauben Sie mir, die werden schon kooperieren. Sie würden staunen, wie sich die Leute überschlagen, um zu helfen, wenn sie glauben, daß sie damit einen kleinen Einblick in die magisch-mystische Welt des Films bekommen.«

»Das hat was«, meinte Rembrandt und blickte Armstrong an.

»Ich weiß jedenfalls, daß ich selbst durchaus mitmachen würde, wenn ein Holo-Team mich bitten sollte, mal kurz aus dem Weg zu gehen«, gestand ihr Partner.

»Das ist besser als ein Bomben- oder Feueralarm«, setzte der Schauspieler nach. »Das vermeidet Panik und bringt dem Komplex auch eine gute Publicity ein. Außerdem haben wir alles, was wir brauchen, um die Sache glaubwürdig aussehen zu lassen.«

»Wieso?«

»Der Kameramann, den sie festgehalten haben, hat eine Holokameraausrüstung auf seinem Zimmer. Es ist zwar nicht dasselbe wie bei den großen Produktionen, aber wir können immer behaupten, daß es sich um eine kleine Produktion handelt oder daß wir erst Probeaufnahmen machen müssen. Wir haben sogar einen bekannten Holostar, den wir vor allen Leuten herumstolzieren lassen können, damit alles glaubwürdig wirkt.«

»Sie meinen Dee Dee Watkins?« fragte Armstrong.

»Glauben Sie, daß die mitmacht?«

»Überlassen Sie sie mir.« Lex zwinkerte. »Vergessen Sie nicht, ich spreche ihre Sprache. Es könnte allerdings ein bißchen was kosten.«

»In Ordnung, Lex«, entschied Rembrandt. »Genaugenommen übertrage ich Ihnen die Verantwortung für die gesamte Ablenkungsaktion, da Sie mehr von solchen Dingen verstehen als irgendein anderer von uns. Sollte Ihnen irgend jemand Ärger machen, dann sagen Sie, daß ich Sie unter Gefechtsbedingungen für die Dauer dieser Operation zum vorläufigen Feldwebel ernannt habe.«

Sie blickte zu Streitaxt hinüber, die mit einem Nicken einwilligte.

»Jawohl, *Sir*«, sagte Lex und grüßte zackig; dann wandte er sich ab, zögerte aber kurz. »Was ist mit dem Besitzer ... wie heißt er noch ... Gunther? Soll ich die Sache auch mit ihm klären?«

»Wenn du willst, Remmie, werde ich das übernehmen«, erbot sich Armstrong. »Ich habe den Eindruck, daß Herr Rafael aus irgendeinem Grund Angst vor mir hat.«

»In Ordnung, Leutnant«, erwiderte Rembrandt. »Aber nicht vergessen, nett zu fragen.«

Armstrong runzelte die Stirn. »Ich habe eigentlich nicht vorgehabt, ihn *zu bitten* ... ich wollte ihn lediglich informieren, was wir vorhaben.«

»Genau das habe ich auch gemeint«, lächelte Rembrandt lieblich. »Weitermachen, Leutnant. Sie auch, Feldwebel.«

Der Schauspieler tat ein paar Schritte; dann aktivierte er seinen Armbandkommunikator.

»Lex, du Lüstling«, ertönte Mutters Stimme. »Wie oft muß ich dir noch sagen, du sollst nicht die Kanäle blockieren? Du bist zwar ein gewaltiges Ungetüm von einem Mann, aber ich bin einfach nicht interessiert. Verstanden?«

Der Schauspieler errötete leicht, als die Legionäre, die dicht genug in der Nähe standen, um den Austausch mitzubekommen, zu kichern begannen, machte sich aber dann unbeirrt an seine neuen Pflichten.

»Hier spricht *Feldwebel* Lex, Mutter, und das ist ein *offizieller* Anruf.«

»Kannst du das mal wiederholen?«

»Ich sagte, hier spricht Feldwebel – also gut, *vorläufiger* Feldwebel Lex. Ich bin hier unten im Kriegsrat, und Leutnant Rembrandt hat mir soeben einen Spezialauftrag erteilt. Ich brauche deine Hilfe.«

»Wer nicht?« ertönte die launische Antwort. »Also gut, *vorläufiger* Feldwebel Lex, was kann ich für Sie tun?«

»Dee Dee Watkins müßte in den nächsten paar Minuten mit ihrem Auftritt fertig sein«, sagte der Schauspieler. »Laß sie von jemandem abfangen, wenn sie von der Bühne kommt, und hierher zum Kriegsrat bringen. Und dann schau mal, ob du diesen Kameramann findest, und schick ihn auch hierher. Ach ja, und laß auch die Reporterin herkommen, wenn du sie findest. Etwas Publicity kann nicht schaden, wo wir gerade schon dabei sind. Und informiere die diensttuende Mannschaft, daß in Kürze neue Befehle eintreffen werden. Wir werden den Komplex für eine Weile evakuieren. Alles mitbekommen?«

»Alles mitbekommen«, wiederholte Mutter. »Hört sich so an, als würden wir uns langsam in Marsch setzen.«

»Die Erklärungen überlasse ich Leutnant Rembrandt«, konterte Lex. »Gib einfach nur die Nachrichten durch und melde mir Vollzug, wenn du fertig bist. In Ordnung?«

»Schon dabei. Mutter Ende.«

Lex sah sich um, erblickte Trooper und winkte ihn heran.

»Ich muß ein paar Minuten raus«, sagte er. »Wenn Dee Dee oder die anderen auftauchen, bleib bei ihnen, bis ich zurück bin.«

»Wo gehst du denn hin, Lex?« fragte der Junge.

»Was den Kameramann betrifft, weiß ich es nicht«, erklärte der Schauspieler, »aber was ich *ganz bestimmt* weiß, ist, daß Dee Dee sich ohne Vertrag nicht mal die Nase pudern würde. Zum Glück habe ich ein paar Blankoformulare oben in meinem Zimmer.«

»Tatsächlich?«

»Ohne Blankoformulare gehe ich nie aus dem Haus, Junge, auch wenn ich es nur zum Nachschauen brauche«, meinte Lex zwinkernd. »Wie du siehst, weiß man ja nie, wann man auf seinen nächsten Job stößt.«

Kurz darauf hatte sich die Versammlung in kleinere Arbeitsgruppen aufgeteilt, die ihre jeweiligen Aufgaben vorbereiteten. Die Gespräche wurden mal lauter, mal leiser, als gelegentlich Streit über die eine oder andere Frage ausbrach, doch wurde dieser schnell behoben. Trotz ihrer gelegentlichen Differenzen verfolgten alle einhellig dasselbe Ziel – ihren Hauptmann zu befreien, bevor ihm Schaden zugefügt wurde –, und da gab es einfach keine Zeit, sich auf kleinlichen Hickhack einzulassen.

»Ich *weiß*, daß der Vertrag Lücken hat«, sagte Lex gerade zu Dee Dee. »Ich dachte nur, daß du wenigstens *irgendeinen* Vertrag haben willst. Wenn du möchtest, können wir das aber auch per Indianerehrenwort regeln.«

»Das schlag dir mal schön aus dem Kopf«, erwiderte das Starlet. »*Wirklich*, Lex, das ist doch ein Vertrag für Serien und nicht für einen Spielfilm.«

»Es ist eine Kopie *meines* letzten Vertrages«, erläuterte der Schauspieler, »und der war nun mal für Serien. Wir haben keine Zeit, um eine neue Vereinbarung aus dem Stand zu formulieren. Betrachte ihn doch einfach als Vertrag für eine Serie von *Spielfilmen.*«

»Zu *diesem* Honorar? Du machst wohl Witze«, sagte Dee Dee mit einem Schnauben.

»Herzblatt, ich erkläre dir doch gerade, daß es dabei gar nicht um einen richtigen Spielfilm geht. Wir wollen nur ein bißchen Lärm und Getöse veranstalten, damit die Touristen *denken*, daß wir einen Film drehen.«

»Trotzdem bin ich zehnmal mehr wert als das, was mir da angeboten wird.«

Lex ließ ein breites Lächeln aufblitzen.

»Ach, komm schon, Liebchen. Das mag vielleicht der *Pöbel* glauben, wenn du es in genügend vielen Kolumnen veröffentlichen läßt, aber du und ich, wir wissen doch beide, daß du, wenn du solche Preise verlangen könntest, bestimmt nicht hier wärst, um in einer Casino-Lounge aufzutreten.«

»Du bist wirklich ein mieser Knochen, Lex«, sagte das Starlet und bleckte die Zähne.

»Ach, sieh die Sache doch nicht so, als würdest du für einen Spielfilm *unterbezahlt*, sondern als würdest du für ungefähr eine Stunde Posieren kräftig *überbezahlt*. Also, willst du nun mitmachen oder nicht? Wir können auch jemand anders vor die Kamera stellen, weißt du, aber mir wäre es lieber, wenn es jemand wäre, den die einfachen Leute wiedererkennen.«

»Also gut, *gut!*« grollte Dee Dee und kritzelte ihren Namen neben Lex' Unterschrift auf das Dokument. »Und was ist nun mit der Garderobe? Worum soll es in dem Stück überhaupt gehen?«

»Wir haben uns überlegt: Das Grundthema ist die Frau, der Unrecht angetan wurde – nur daß du eine ehemalige Armee-Type bist, weshalb du dich mit einem Maschinengewehr oder so was rächst. Das würde dann auch die Uniformen und die tödliche Hardware erklären, die an uns herumbaumelt.«

»Nicht schlecht«, meinte die Schauspielerin vorsichtig. »Vor dem Hintergrund von Loreley könnten wir es *Der weite Schuß* nennen. Sag mal, soll das heißen, daß ich auch so eine Uniform bekomme, wie sie alle anderen tragen?«

Wenigstens dieser Teil der Konversation erregte die Aufmerksamkeit mehrerer Legionäre im Raum. Als sie den Blick auf Lex richteten, um zu überprüfen, wie er reagierte, bemerkten sie zu seiner Ehrenrettung, daß kurz ein Ausdruck des Widerwillens über seine Züge kroch, bevor er sich beherrschte und wieder sein zuversichtliches Lächeln aufsetzte.

»Um deine schönen üppigen Kurven in Drillichhosen zu verbergen?« fragte er geschmeidig. »Auf keinen Fall, Liebes. Wir wollen doch, daß allen Zuschauern gezeigt wird, wofür sie bezahlen. Wie wäre es denn mit diesem aufregend engen Kostüm, das du bei den Proben getragen hast?«

»Du meinst meinen alten Leotard?« Das Starlet runzelte die Stirn. »Der hat ein paar Risse und ist an einigen Stellen fast durchgescheuert ... einigen ziemlich *enthüllenden* Stellen.«

»Ganz genau.« Lex strahlte. »Natürlich geben wir dir ein paar richtig böse aussehende Waffen und vielleicht auch einen Munitionsgürtel ... Feldwebel Harry?«

»Yoh, Lex.«

»Könnten Sie Dee Dee mit ein paar großen, häßlichen Waffen ausstatten? Irgend etwas, das angsteinflößend aussieht, aber leicht genug zum Tragen ist?«

»Wird schon gehen«, meinte der Versorgungsfeldwebel und ließ den Blick über die Figur des Starlets gleiten. »Ich lasse einen der Jungs den Schlagbolzen entfernen, damit das Ding nicht aus Versehen losgehen kann.«

»Na, prima. Siehst du?«

»Aber ...«

»Dann husch, ab mit dir, Liebes. Hol die Klamotten. Ich glaube, es geht bald los.«

Schokoladen-Harry hatte in der Zwischenzeit seine eigenen Sorgen. Zwischen einem seiner Versorgungsleute und dem großen Voltronen Schoppen-Hauer entwickelte sich gerade ein Tauziehen.

»Komm schon, Schoppen-Hauer«, sagte Supermücke soeben

und versuchte es ihrem Partner auszureden. »Wir können doch mit etwas anderem losziehen.«

»Gebe mir Waffe – sofort!« beharrte der Voltrone und ignorierte die kleine Legionärin, während er einmal mehr an dem riesigen Gerät zog, an dem sich der Versorgungsgefreite festhielt, wobei er den Mann ein gutes Stück vom Boden hob.

»Hör schon auf, Hauer!« griff Schoko ein und trat vor. »Was gibt es für Probleme, Jason?«

»Er will eines von den Donnerkracher-Gürtelladerschrotgewehren«, beschwerte sich der Gefreite, der von der Anstrengung immer noch rot im Gesicht war. »Aber er hat das Ding noch nie benutzt!«

»Willst du das Ding wirklich haben, Hauer?« fragte der Versorgungsfeldwebel und machte sich nicht die Mühe, seine Überraschung zu verbergen. »Das ist doch eigentlich gar nicht dein Stil.«

Gürtellader-Schrotgewehre gehörten zu den tödlichsten, bösartigsten Waffen im ganzen Arsenal der Kompanie. Es war, vorsichtig ausgedrückt, eine sehr überraschende Wahl seitens des Voltronen, dessen pazifistisches Wesen jedem bekannt war.

»Hauptmann brauchen Hilfe. *Das* wird helfen!« grollte Schoppen-Hauer, ohne den Griff von der Waffe zu lösen.

»Gib sie ihm«, befahl Schoko seinem Versorgungsgefreiten.

»Aber Feldwebel . . .«

»Gib sie ihm. Ich werde ihn selbst einweisen.«

Mit einem Schulterzucken ließ der Gefreite die Waffe los und beobachtete, wie Schoppen-Hauer damit fortschlurfte, das Stück Bösartigkeit schützend in den Armen wiegend.

»Sag mir doch mal eins, Kumpel«, fragte der Feldwebel leise, »kennst du irgend jemanden in diesem Laden, der diese Waffe besser im Griff haben könnte als Schoppen-Hauer? Die hat doch einen Rückstoß wie eine Dampframme.«

»Na ja, eigentlich nicht. Aber . . .«

»Und außerdem. Hat dir deine Mami nie gesagt, daß es ungesund ist, sich mit jemandem zu streiten, der ungefähr eine Tonne schwerer ist als du?« fuhr Harry fort. »Ich sage dir, Jase, du mußt noch sehr viel lernen, was das Überleben betrifft.«

Damit wandte er sich zum Gehen, sah sich aber plötzlich Oberst Streitaxt gegenüber, die ihm den Weg versperrte. »Sagen Sie mir, Feldwebel«, warf sie ein, »nun, da wir einen Augenblick ungestört miteinander reden können. Diese Episode vorhin . . . hätten Sie mich *wirklich* erschossen?«

Harry hatte den Anstand, etwas geknickt dreinzublicken.

»Ich hätte es wohl tun müssen, Frau Oberst«, gestand er. »Die Wahrheit ist, ich hätte Sie viel lieber bewußtlos geschlagen, aber der Haup'mann meint, es gibt 'ne Vorschrift dagegen, daß sich Unteroffiziersdienstgrade mit Offizieren prügeln.«

»Entschuldigen Sie . . . Leutnant Rembrandt?«

»Ja, Beeker?«

»Darf ich für einen Augenblick Ihre Zeit in Anspruch nehmen?«

Der Leutnant blickte sich im Raum um, um sicherzugehen, daß alles reibungslos verlief – oder zumindest so reibungslos, wie man es erwarten konnte –, und nickte schließlich.

»Na klar, Beek. Was gibt's?«

»Gehe ich recht in der Annahme, daß Sie kurz davor stehen, Ihren Befreiungsversuch zu unternehmen?«

»Na ja, ich denke, sehr viel kürzer können wir nicht mehr davorstehen«, bestätigte Rembrandt.

»Ich habe bemerkt, daß Sie mich in Ihren Plänen nicht berücksichtigt haben«, sagte der Butler, »und ich weiß das auch zu schätzen. Ich glaube, mein Arbeitgeber wäre höchst unangenehm davon berührt, wenn er Grund zu der Annahme haben müßte, daß ich versuchen könnte, mir eine Stellung innerhalb der Befehlshierarchie der Kompanie anzumaßen.«

Der Leutnant lächelte. »Keine Sorge. Sie werden hier bei uns als Zivilist geführt – streng von allen Kampfhandlungen freigestellt.«

»Genau . . . nun, vielleicht doch nicht so ganz genau.« Beeker runzelte die Stirn. »Darüber wünschte ich mit Ihnen zu sprechen. Sehen Sie, ich bin der Auffassung, daß mein Vorgehensplan in dieser Angelegenheit sehr eindeutig ist. Außerdem ist es höchst unwahrscheinlich, daß mich irgend jemand davon abbringen könnte. Ich dachte jedoch, daß Sie darüber informiert werden sollten, was ich genau vorhabe, damit Sie es in Ihrer Planung mit berücksichtigen oder diese vielleicht darauf abstellen können.«

Der Butler beugte sich vor und begann mit einer Erklärung seiner Überlegungen. Zuerst schnitt Rembrandt eine Grimasse und schüttelte leicht den Kopf, doch als Beeker fortfuhr, kroch langsam ein breites Lächeln über ihr Gesicht.

Wie ich im Zuge dieses Berichtes mehrfach erwähnte, ging meine Rolle bei diesem Feldzug über das Maß des Gewöhnlichen hinaus. Das war auf keinem Gebiet deutlicher zu erkennen als bei dem Befreiungsversuch. Ich möchte mich jedoch beeilen hinzuzufügen, daß dies keineswegs bedeutet, daß ich mich der Weltraumlegion angeschlossen hätte, nicht einmal auf Zeit, und somit zu keinem Zeitpunkt unter ihrem Befehl oder ihrer Kontrolle stand. Ich bin ein Kammerdiener. Meine Loyalität gilt einem einzigen, ausgesuchten Individuum, und die Vorstellung, mich einer fremdbestimmten Autorität unterzuordnen, war mir stets ein Greuel. Vielmehr würde mir der Gedanke schon eher behagen, daß sich die Weltraumlegion vorübergehend mir anschloß.

Max teilte nicht den Geschmack, den Laverna an Holos fand. Sie zog es vor, in ihrer gelegentlichen Freizeit zu lesen. Dieser Beschäftigung ging sie auch soeben nach, da es viel Zeit auszufüllen gab, und so lag sie zusammengekringelt auf dem Sofa, und eine Lampe warf ihr Licht über ihre Schulter auf das Buch, in dem sie las. Dadurch verlieh Maxine der Suite fast eine Atmosphäre häuslicher Ruhe. Dieser Eindruck wurde allerdings durch die Anwesenheit der beiden Bewaffneten gestört, die sich mit ihr zusammen im Zimmer aufhielten. Sie trugen ihre Waffen offen in Schulterhalftern und schritten abwechselnd durch den Raum, spähten durch einen Vorhangspalt zum Fenster hinaus, nestelten mal hier und mal dort herum und blätterten lustlos in dem kleinen Zeitschriftenstapel des Hotelzimmers, sahen sich dabei eher die Bilder an als zu lesen.

Max betrachtete die zusätzliche Bewegung im Raum als irritierende Ablenkung, enthielt sich aber jeder Beschwerde. Es war nicht angebracht, ihre Wächter in diesem Stadium des Spiels mürrisch zu machen oder sie zu kränken.

In Wirklichkeit waren alle ziemlich nervös. Normalerweise verlangte ihr Betrieb von Maxine und jenen, die ihrem Kommando unterstanden, daß sie sich frei durch die Casinos und Straßen von Loreley bewegen konnten. Ein enges Eingesperrtsein wie jetzt war ungewöhnlich, und auch wenn Max das Wachkontingent auf vier Leute beschränkt hatte, mußte sie feststellen, daß sie die Anwesenheit zusätzlicher Menschen in ihrem Wohntrakt als unerwartete Belastung empfand. Gelegentlich dachte sie über die Ironie des Schicksals nach, die dazu geführt hatte, daß nicht nur ihr unfreiwilliger Gast, sondern auch sie selbst und ihre Leute durch die gegenwärtige Situation zu Gefangenen gemacht worden waren.

Max sah auf, als Laverna durch die Schlafzimmertür trat und sie sanft hinter sich schloß.

»Schläft er noch?« fragte Max, froh über die Unterbrechung.

»Und ob«, erwiderte ihre Beraterin kopfschüttelnd. »Manchmal könnte ich beschwören, daß wir dem Kind tatsächlich einen Gefallen tun. Er hat sich nicht mehr gerührt, seit er sich hingelegt hat.«

Als Narrisch unter Bewachung in Maxines Suite eingetroffen war, hatte er als erstes darum gebeten, ›sich ein paar Minuten hinlegen‹ zu dürfen, und seitdem schlief er. Anscheinend unbeeindruckt von seiner Gefangennahme, schien er die Situation zu nutzen, um den lange überfälligen Schlaf nachzuholen.

Laverna bemerkte den Blick eines der Wächter.

»Dein Kumpel dort drin möchte, daß ihn jemand für eine Weile ablöst«, sagte sie. »Er meint, es wird ihm ein bißchen fade, immer nur in der Dunkelheit herumzusitzen und nichts zu tun zu haben, als unserem Freund beim Pennen zuzusehen.«

Einer der Wächter zuckte die Schultern und wollte auf die Schlafzimmertür zugehen, doch Max winkte ab.

»Das wird nicht nötig sein«, widersprach sie. »Ich denke, unser Gast hat jetzt lange genug geschlafen. Außerdem wird es langsam mal Zeit für ein kleines Gespräch. Laverna, würdest du wohl Herrn Narrisch wecken und ihn bitten, uns Gesellschaft zu leisten?«

»Nein.«

Die plötzliche Heftigkeit in der Stimme ihrer Beraterin erschreckte Max fast ebensosehr wie die ungewohnte Befehlsverweigerung.

»Wie bitte, Laverna?« Sie blinzelte, mehr um Zeit zu gewinnen und ihre Gedanken zu sammeln, als um eine Wiederholung zu hören.

»Ich habe gesagt: Nein!« wiederholte Laverna kopfschüttelnd. »Ich halte mich ja meistens aus diesem Geschäft heraus und kümmere mich nur um die Bücher, und ich weiß, daß du ihn früher oder später wirst umbringen müssen« – sie fixierte Maxine mit einem harten Blick – »aber ich möchte Beeker niemals sagen müssen, daß ich mich an einer Mißhandlung seines Gentleman beteiligt habe, als er sich in unserer Obhut befand. Ich sage, wenn der Mann schlafen will, soll er schlafen! Sonst such dir jemand anderes, der ihn aufweckt. *Ich* werde es jedenfalls nicht tun.«

Bevor Maxine eine Entscheidung darüber gefällt hatte, wie sie mit dieser offenen Meuterei verfahren sollte, wurde sie ihr auch schon abgenommen. Die Schlafzimmertür ging auf und Narrisch trat heraus. Die Uniform sah zwar etwas zerknittert aus, doch ansonsten wirkte er entspannt und erfrischt.

»Kein Grund sich zu streiten, meine Damen«. Er lächelte, und seine Augen funkelten amüsiert. »Ich bin bereits wach. Dennoch, danke, Laverna. Ich werde es nicht versäumen, Beeker von Ihrer Fürsorglichkeit Meldung zu machen, wenn – oder sollte ich sagen *falls* – ich ihn wiedersehe.«

Er ignorierte den Wächter, der hinter ihm durch die Tür huschte, um sich den anderen anzuschließen, so wie die Wachen ihrerseits die Konversation im Zimmer meist ignorierten.

»Nehmen Sie Platz, Herr Narrisch«, sagte Maxine, legte das Buch beiseite und zeigte auf einen Sessel. »Ich nehme an, Sie haben Lavernas unglückliche Bemerkung über die Möglichkeit vernommen, Sie eliminieren zu lassen?«

»Das habe ich«, gestand Narrisch und ließ sich in den ihm zugewiesenen Sessel sinken, »aber das war ehrlich gesagt keine Überraschung für mich. Ich bin von Anfang an davon ausgegangen, daß man mich nur am Leben halten würde, damit ich, falls erforderlich, mit meinem Vater sprechen kann, um ihm zu versichern, daß ich bei guter Gesundheit bin. Wenn das Lösegeld erst einmal bezahlt worden ist . . .«

Er zuckte die Schultern und ließ den Rest des Satzes ungesagt.

»Dann glauben Sie also, daß er bezahlen wird?« hakte Max nach. »Verzeihen Sie meine Neugier, aber dies ist das erste Mal, daß ich mit jemandem vom Format Ihres Vaters zu tun bekomme.«

»Das weiß ich wirklich nicht«, meinte der Legionär gleichmütig. »Ehrlich gesagt, ich bezweifle es, aber er hat mich schon öfter überrascht.«

»Wenn Sie mir eine Bemerkung gestatten wollen, Herr Narrisch«, meinte Maxine. »Sie scheinen die Angelegenheit ziemlich gelassen hinzunehmen.«

»Ich betrachte sie als Preis für die Dummheit«, erwiderte Narrisch und verzog dabei das Gesicht. »Ich habe mich so sehr davon einfangen lassen, den Komplex *und* Gunther Rafael *und* meine Truppe zu sichern, daß ich vollkommen die Möglichkeit meiner eigenen Gefährdung übersah, bis ich die Tür öffnete und Ihre Assistenten dort mit ihren Waffen vor mir erblickte, die sie auf mich gerichtet hielten. Sie sind übrigens sehr gut.«

Er hielt inne, um den Wachen mit einem Nicken seine Anerkennung auszusprechen, doch die ignorierten ihn.

»Wie dem auch sei«, fuhr er fort, »ich sagte es bereits, es war eine dumme Nachlässigkeit, und Dummheit ist auf meiner Ebene unverzeihlich. Sie ist auch meistens tödlich, entweder physisch oder finanziell. Von Rechts wegen hätte ich schon im selben Augenblick tot sein müssen, da ich die Tür öffnete, ohne vorher nachzuschauen, und so betrachte ich angesichts der Möglichkeit meines Dahinscheidens alle Zeit, die ich noch lebe, als einen Bonus, anstatt mir Vorwürfe zu machen, zu resignieren oder es mit irgendwelchen fruchtlosen Heldentaten zu versuchen. Wir müssen schließlich alle einmal sterben, stimmt's?«

»Das stimmt«, bestätigte Maxine nachdenklich, »obwohl ich es irgendwie nie geschafft habe, die Sache so philosophisch hinzunehmen wie Sie. Aber wenn wir für einen Augenblick noch einmal auf Ihren Vater zurückkommen könnten . . .«

»Bitte«, sagte der Kommandant und hielt abwehrend eine Hand hoch, »falls das ein längeres Gespräch werden sollte, so würde ich zuvor doch gern erst etwas trinken. Ich bin etwas ausgetrocknet nach meinem Nickerchen. Ob wohl die Möglichkeit besteht, daß Sie mir etwas Kaffee oder Saft besorgen?«

»Ich gehe welchen holen«, sagte Laverna und schritt auf die kleine Wohnküche der Suite zu.

»Entschuldigung«, sagte einer der Posten plötzlich. Er stand gerade am Fenster und hatte den Vorhang mit einem Finger geteilt, um hinauszuspähen. »Hat irgend jemand einen Feueralarm gehört?«

»Nein«, antwortete Maxine im Namen aller. »Warum fragen Sie?«

»Da unten ist eine große Menschenmenge, die einfach nur dasteht und zum Casino hochstarrt. Sieht aus wie eine Feueralarmübung. Einige von den Leuten mit den schwarzen Uniformen halten gerade den Eingang frei.«

»Laß mich mal sehen«, meinte einer der anderen Bewaffneten und stellte sich neben ihn. »Nein, das muß eine Nachrichtensendung oder so was sein. Guck mal, die Scheinwerfer da . . . und da ist auch eine Kamera!«

Max spürte einen leisen, unbestimmten Anflug von Beunruhigung. Sie glaubte nicht wirklich an Zufälle, und daß ein Nachrichtenteam ausgerechnet dann erschien, während sie gerade eine megamillionenschwere Geisel festhielten . . .

»He! Guck dir die Mieze an! Die müssen irgendeine Werbesendung machen.«

»Ach ja?« fragte der dritte Wächter, plötzlich aufmerksam geworden. Bisher hatte er der Versuchung widerstanden, sich zu seinen Kollegen zu gesellen, und war auf seinem Posten auf der gegenüberliegenden Seite des Raumes geblieben. »Wie sieht sie denn aus?«

»Kann sie nicht allzugut erkennen«, lautete die Antwort. »Aber ich glaube, sie hat nur Farbe am Leib. Komm und sieh selbst.«

Ein hartes Klopfen an der Zimmertür ließ alle mit einem Schlag erstarren. Die Wachen am Fenster ließen den Vorhang zurückgleiten und standen, die Hände an die Waffen gelegt, bereit, Befehle zu empfangen.

Wieder klopfte es, und der Wächter, der der Tür am nächsten stand, warf Maxine einen fragenden Blick zu, worauf sie mit stummem Nicken antwortete.

Dicht an die Wand neben der Tür gepreßt, zog der Wächter seine Waffe, streckte den Arm aus und legte die Hand über das Guckloch, mit dem man sonst Besucher überprüfte. Es war ein alter Trick und eine übliche Vorsichtsmaßnahme dagegen, daß von außen jemand durch die Tür schoß, wenn er bemerkte, daß das von der anderen Seite sichtbare Licht sich verdunkelte, als würde jemand hinausschauen. Nichts geschah.

Mit einer vorsichtigen Bewegung drehte der Wächter den Türknopf; dann riß er die Tür mit einem Ruck auf.

»Guten Abend. Mein Name ist Beeker. Verzeihen Sie die Störung, aber ich . . . ah! Da sind Sie ja, Sir.«

Der Posten gaffte den Butler hilflos an, als dieser wortlos an ihm vorbeischritt und die Suite betrat.

»Hallo, Beek!« rief Narrisch zur Begrüßung. »Ich habe mich schon gewundert, wie lange Sie noch brauchen würden, bis Sie sich blicken lassen.«

»Es ist schön, Sie wiederzusehen, Sir«, sagte Beeker emotionslos. »Wenn Sie mir die Bemerkung gestatten, Sie sehen gut aus.«

»Beeker, was tun Sie denn hier?« wollte Laverna wissen, als sie aus der Küche kam.

»Oh, hallo, Laverna.« Der Butler ließ ein kurzes Lächeln aufblitzen. »Ich habe mir einfach . . .«

»Wenn ich mal kurz unterbrechen darf«, fuhr ihm Maxine ins Wort, und ihre Stimme troff nur so vor kaltem Sarkasmus, »könnte vielleicht jemand diesen Mann nach Waffen untersuchen, falls es nicht zu viele Umstände macht, und *die Tür dort schließen!*«

Ihre Worte brachen den Zauber, und die Wachen traten wie elektrisiert in Aktion. Die Tür zum Gang wurde hastig geschlossen, und einer der Wächter klopfte den Butler gründlich ab, während ein anderer mit schußbereiter Waffe daneben stand.

»Der Typ ist sauber«, meldete der Wächter, der den Butler durchsucht hatte, doch entging ihm der vernichtende Blick, mit dem sein Opfer diese Meldung quittierte.

»Also dann, Herr Beeker«, schnurrte Maxine, »ich glaube, Sie wollten gerade erklären, was Sie hierher führt.«

»Ah, Sie müssen Frau Pruet sein.« Beeker lächelte. »Ich habe schon viel von Ihnen gehört, daher ist es mir ein wirkliches Vergnügen, endlich persönlich Ihre Bekanntschaft zu machen. Nennen Sie mich bitte einfach nur ›Beeker‹.«

Er vollführte eine Verneigung in Max' Richtung.

»Was nun meine Anwesenheit betrifft«, fuhr er fort, »so glaube ich, daß der Grund dafür wohl offensichtlich sein dürfte – wenigstens für Fräulein Laverna. Ich bin Herrn Narrischs Butler, gnädige Frau, und mein Platz ist an seiner Seite, gleich unter welchen Umständen. Vereinfacht ausgedrückt, als Sie sich der Gesellschaft meines Arbeitgebers versicherten, haben sie uns beide eingekauft. Wiewohl ich mich dafür entschuldigen möchte, falls Ihnen dies irgendwelche Unannehmlichkeiten bereiten sollte, muß ich leider doch darauf bestehen. Es handelt sich gewissermaßen um eine Doppelpacklösung.«

»Ich ... äh ... denke, daß du deine Gewissenhaftigkeit vielleicht etwas übertrieben hast, Beek«, meine Narrisch, mußte aber trotz seiner Besorgtheit lächeln. »Deine Anwesenheit hier ist nicht wirklich erforderlich – oder auch nur angebracht. Deshalb schlage ich vor, daß du dich wieder entfernst.«

»Unsinn, Sir«, tadelte sein Butler ihn. »Wie Ihnen zweifellos bekannt ist, sehen die Bestimmungen unseres Arbeitsvertrages zwar vor, daß Sie meine Pflichten definieren können, daß es aber *meiner* Entscheidung überlassen bleibt, auf welche Weise ich sie wahrnehme.«

»Ich *könnte* dich auch feuern«, schlug der Kommandant vor, doch der Butler schüttelte wieder nur den Kopf.

»Völlig unmöglich, befürchte ich. Das würde die Einhaltung einer schriftlichen Frist verlangen, ganz zu schweigen ...«

»Es ist sowieso zu spät«, unterbrach Maxine den Wortwechsel. »Sehen Sie, Herr Narrisch, nun, da ... Beeker ... es für passend erachtet hat, uns Gesellschaft zu leisten, befürchte ich, daß ...«

Wieder wurden sie von einem Klopfen an der Tür unterbrochen.

Es war ein Indiz für die Verwirrtheit des Wächters, daß er die Tür einfach öffnete, ohne seine vorherigen Vorsichtsmaßnahmen zu ergreifen.

»Zimmerservice!«

»Ich denke, Sie haben sich geirrt«, widersprach der Wächter. »Wir haben nichts bestellt.«

Bestätigung heischend blickte er über die Schulter.

»Ich fürchte, *ich* habe es getan«, erklärte Beeker. »Verzeihen Sie, aber ich habe mir die Freiheit herausgenommen, für Herrn Narrisch eine Mahlzeit zu bestellen. Hierher, bitte!«

Der kleine dunkelhäutige Kellner in seinem weißen Frack fuhr den mit einem Tischtuch bedeckten Teewagen an dem glücklosen Wächter vorbei in den Raum.

Laverna legte die Stirn in Falten. »Was ist los, Beeker? Haben

Sie vielleicht geglaubt, wir würden ihm nichts zu essen geben?«

»Und? Haben Sie es denn getan?« fragte der Butler mit hochgezogener Augenbraue.

»Nun, ehrlich gesagt ... ich meine, er hat geschlafen ...«, stammelte sie, aber der Butler eilte sofort zu ihrer Rettung.

»Kein Grund sich zu entschuldigen«, meinte er. »Ich bin mir der Eßgewohnheiten von Herrn Narrisch bewußt, sofern man Sie als solche bezeichnen kann. Das war es auch, was mich dazu bewegte, eine Mahlzeit zu bestellen, ohne zuerst die Notwendigkeit dafür zu überprüfen. Manche Dinge lassen sich geradezu als gesichert voraussetzen.«

»Nun, darf *ich* meinerseits vielleicht voraussetzen, daß jemand einmal den *Kellner* durchsucht?« versetzte Maxine und machte nun aus ihrer Verärgerung keinen Hehl mehr. »Und würden Sie bitte *die Tür schließen!*« Die Wächter beeilten sich, ihren Anweisungen Folge zu leisten.

»Und wenn Sie schon dabei sind, überprüfen Sie gleich, ob auf diesen abgedeckten Tellern noch etwas anderes als Essen ist.«

Der Wächter, der soeben mit seiner Durchsuchung des Kellners fertig war, wollte nach einer der Metallhauben greifen, doch da schlug ihm der Kellner in plötzlichem Zorn die Hand beiseite.

»Fassen Essen nicht an!« fauchte er. »Sorgen selbst für Hauptmann. Hier ... *ich* zeigen euch Teller.«

Erschrocken von diesem plötzlichen Ausbruch, wich der Wächter einen Schritt zurück.

»Einen Augenblick mal!« rief Maxine und sprang auf. »Haben Sie gesagt, daß *Sie* das Essen zubereitet haben? Und woher wußten Sie ...«

Ihr Blick schoß zur Gangtür hinüber.

»Überhaupt«, sagte sie, »müßte nicht draußen vor der Tür eigentlich ein Posten stehen? Würde irgend jemand vielleicht die Güte haben, einmal nachzusehen ob ...«

Ein schrilles Geräusch unterbrach sie.

Alle Augen richteten sich auf Beeker, als der Butler seinen

Armbandkommunikator betrachtete, aus dem der Lärm drang.

»Ich fürchte, dafür ist es schon zu spät«, sagte er seelenruhig und zog sorgfältig seine Hosenbeine ein Stück hoch, bevor er sich abrupt auf den Boden setzte.

»Ehrlich gesagt würde ich Ihnen wärmstens empfehlen, daß niemand im Zimmer einen Teil seines Körpers über Hüfthöhe behält, nachdem das Geräusch verstummt ist. Wenn Sie mir Gesellschaft leisten wollen, Sir?«

Ohne zu zögern glitt Narrisch aus dem Sessel, um sich neben den Kellner zu legen, der bereits neben seinem Teewagen kauerte.

»Was, zum Teufel...?«

»Der Mann sagt *hinlegen*, Max!« rief Laverna und warf sich zu Boden.

»Also gut«, knurrte Maxine und ließ sich vorsichtig auf den Boden gleiten.

Die Wachen vergeudeten keine Zeit und stürzten sich zu Boden, als der Raum zu explodieren schien.

BA-BAM-BAM-BA-AMM-BAMM-BAMM-AMM-AMM-

Die Verkäufer von Narrisch & Damlack behaupteten, und das mit einiger Berechtigung, daß schon das bloße *Geräusch* einer ihrer Donnerkracher-Gürtelladerschrotgewehre genüge, um die meisten Gegner einzuschüchtern. Doch gab es nur wenige, die überhaupt den Versuch machten oder einen solchen auch nur in Erwägung zogen, die Wirkung von *dreien* dieser Waffen zu schildern, die gleichzeitig in einem abgeschlossenen Raum auf kurze Distanz abgefeuert wurden.

AMM-BAM-AM-AM-BAMM-AMM-BAMM-

Aus der Wand, die das Wohnzimmer vom Außengang trennte, wurden riesige Stücke herausgesprengt. Hätte es jemand gewagt, den Kopf zu heben, um nachzuschauen, so hätte er durch die Löcher Schoppen-Hauer, Moustache und Brandy erkennen können, wie sie nebeneinander standen und mit ihren mörderischen Waffen über die Wand mähten.

BAM-BAM-AMM-BAMM-AMM-AMM-

Noch nicht zufrieden mit den Löchern, feuerte das Trio weiter und riß einen langen, gezackten Schlitz in die Wand. Im Zimmer fielen Bilder zu Boden und Lampen explodierten, als immer mehr Projektile, nunmehr unbehindert von der zusammenbrechenden Wand, hereinprasselten. Noch während des Trommelfeuers erschienen Supermücke und der Sinthianer Louie, die beiden kleinsten Legionäre der Kompanie, aus ihrem Versteck auf dem unteren Brett des abgedeckten Teewagens und rollten sich seitwärts ab, um ihre Waffen auf die am Boden liegenden Verbrecher zu richten.

AM-BAM-BAMM-AMM-AMM-BAMM-!!

Plötzlich brach das Feuer ab, doch noch bevor sein Widerhall gänzlich verklungen war, erschienen eine Reihe von Legionären, die draußen an der Wand gelegen hatten, während die Schrotgewehre über ihren Köpfen ihre Arbeit taten, und schoben die Waffen durch die zertrümmerte Wand, um damit das gesamte Zimmer abzudecken.

»Keine Bewegung!«

Rembrandts Stimme überschlug sich leicht und wirkte nach dem ohrenbetäubenden Getöse erbärmlich schwach, doch niemand stand auf, um ihr zu widersprechen.

Es lag eine gewisse Ironie darin, daß trotz des klaffenden Lochs in der Wand erst jemand von innen die Tür öffnen mußte, damit die Soldaten eintreten konnten.

Während einige von ihnen die erschütterten Verbrecher entwaffneten und dabei Maxine auch ihre Ärmelpistole abnahmen, zogen andere die Vorhänge auf und winkten der Menge unten zu.

»Wir haben ihn! Er ist unversehrt!« riefen sie und erhielten ein gerade noch vernehmbares Jubeln zur Antwort.

Maxine wischte etwas Schutt von einem der Stühle; dann nahm sie darauf Platz, die Arme auf den Tisch gestützt, während eine Schar von Legionären sie sorgfältig im Auge behielt.

»Nun, Hauptmann«, sagte sie, »es sieht so aus, als ob ich Sie schon wieder unterschätzt habe.«

»Eigentlich glaube ich, daß Sie wohl eher meine Truppe unterschätzt haben«, berichtigte Narrisch sie und zwinkerte den Legionären zu, die prompt zurückgrinsten. »Die . . . und natürlich Beeker.«

»Natürlich«, meinte Max und warf dem Butler einen giftigen Blick zu. »Seine Rolle werde ich bestimmt nicht vergessen. Nun, beim nächsten Mal weiß ich es bestimmt besser.«

»Beim nächsten Mal?« Der Legionär sah sie nachdenklich an. »Ich glaube kaum, daß es ein nächstes Mal geben wird, Frau Pruet. Ich denke, die Anklage, die nun gegen Sie erhoben wird, dürfte Sie für eine ganze Weile aus dem Verkehr ziehen.«

»Unsinn, Hauptmann«, sagte Maxine und gewährte ihm ein überlegenes Feixen. »Glauben Sie, es ist Zufall, daß ich noch nie verhaftet wurde? Laverna! Bring mir etwas Papier und einen Schreibstift.«

»Glauben Sie wirklich, Sie können hier einfach frei herausspazieren?« fragte Narrisch und schüttelte ungläubig den Kopf. »Es gibt niemanden, der genug Einfluß hätte, um Sie vor dem Gefängnis zu bewahren.«

»Und was würde das wohl bewirken, Herr Narrisch?« fragte Max, nahm Stift und Papier, die Laverna ihr gebracht hatte, und begann zu schreiben, während sie sprach. »Das Verbrechenspotential auf Loreley ist viel zu groß, um nicht ausgebeutet zu werden. Wenn man mich aus meiner leitenden Position entfernt, dann geschieht nichts anders, als daß eben eine andere Person oder Gruppe an meine Stelle tritt – vielleicht jemand wie diese Organisation, als deren Mitglied Ihr Mann sich ausgegeben hat. Glauben Sie mir, Herr Hauptmann, es gibt Leute, die wesentlich unsanfter vorgehen würden, als ich es tue. Und was die Behauptung betrifft, daß es niemanden gäbe, der mich davor bewahren könnte, ins Gefängnis zu kommen, so täuschen Sie sich. Es gibt so eine Person, Herr Narrisch. Nämlich *Sie!*«

»Ich?«

»Gewiß. Wenn Sie darauf verzichten, Anklage gegen mich zu erheben oder meine Aktivitäten den Behörden oder Medien anzuzeigen, werde ich meinen Betrieb weiterführen können wie bisher.«

»Erwarten Sie ernsthaft, daß ich ein Auge zudrücke, nach allem, was Sie getan haben? Nur weil Sie Ihr Syndikat etwas zivilisierter führen als andere?«

»Nein, Hauptmann. Ich erwarte, daß Sie ernsthaft über einen Vorschlag nachdenken, der uns beiden zum Vorteil gereicht – über ein Bestechungsangebot, wenn Sie so wollen. Doch lassen Sie mich zuerst darauf hinweisen, daß Ihr *erklärtes* Ziel *nicht* darin bestand, mich aus dem Geschäft zu treiben, sondern mich bei dem Versuch zu behindern, die Kontrolle über das Fette Chance zu erlangen. Ich bin bereit, das im Austausch für meine Freiheit anzubieten.«

»Aus Ihrem Mund ist das aber ein überraschend schwaches Angebot, Frau Pruet«, erwiderte Narrisch steif. »Als Austausch dafür, daß ich Sie gehen lasse, wollen Sie mir schriftlich versichern, daß Sie nicht wieder versuchen werden, die Kontrolle über das Fette Chance zu erlangen – etwas, daß Sie bisher schon nicht geschafft haben und das Ihnen aus dem Gefängnis heraus doppelt so schwer fallen dürfte!«

»Seien Sie doch nicht so zynisch, Herr Narrisch!« versetzte Maxine und unterschrieb das Papier, das vor ihr lag, mit einem Schlenker, um danach den Stift wieder beiseite zu legen. »Ich habe hier ein Dokument, das Herrn Rafaels Darlehensvereinbarung mit mir an Sie überschreibt oder, genauer, an Ihre Kompanie der Weltraumlegion. *Das* wird mein Desinteresse an der Übernahme dieses Betriebes bekunden, von meiner Hauptwaffe ganz zu schweigen. Gestatten Sie mir, hier herauszuspazieren. Dann können Sie ja günstigere Darlehensvereinbarungen mit Herrn Rafael treffen, die terminlich vereinbarte Zahlung akzeptieren oder das Darlehen gänzlich aufkündigen.«

Sie hob das Blatt auf und reichte es dem Kommandanten.

»Nun, Hauptmann?« Sie lächelte. »Was meinen Sie dazu? Kommen wir ins Geschäft?«

Kapitel 15

Tagebucheintrag # 250

Mit Maxine Pruets Kapitulation endete der herausfordernde Teil dieses Auftrags. Alles, was danach noch blieb, war die Erledigung einiger weniger Einzelheiten und natürlich der normale Wachdienst.

Jeder, der des Glaubens sein sollte, daß ein Waffenstillstand, eine Kapitulation oder ein Friedensvertrag automatisch auch das Ende der Kampfhandlungen bedeutet, verfügt nicht einmal über die oberflächlichste Kenntnis der Militärgeschichte ... oder auch nur der allgemeinen Menschheitsgeschichte ...

Die Konferenz in Narrischs Suite war ursprünglich als formlose Abschlußbesprechung mit seinen Offizieren gedacht gewesen. Doch Oberst Streitaxt hatte eine große Flasche ausgezeichneten Brandys mitgebracht, und so bekam die Versammlung schon bald eine zwanglosere, geselligere Atmosphäre.

»Eins muß ich Ihnen lassen, Hauptmann Joker«, sagte die Frau Oberst, als sie das Glas hob – das letzte einer ganzen Reihe – und einen gespielten Trinkspruch ausbrachte. »Langweilig ist es bei Ihnen nie.«

»Hört, hört!« stimmte Leutnant Rembrandt zu und hob ihr eigenes Glas. Sie begann sich endlich von ihrer kurzen Dienstzeit als amtierender Kompaniechef zu erholen, und das Gemisch aus Branntwein und Erleichterung trieb ihr Aussehen ins Eulenhafte.

»Von allen möglichen Ausgängen dieses Debakels«, fuhr Streitaxt kopfschüttelnd fort, »hätte ich nie geglaubt, einmal Zeugin zu werden, wie Maxine Pruet Sie mit einer Empfehlung Ihrer Einheit ausstatten würde – noch dazu über das ganze stellare Netzwerk ausgestrahlt: ›Als Ausdruck der Dankbarkeit des Casinobesitzerverbandes von Loreley für die erfolgreiche

Verhinderung der Übernahme des Casinos Fette Chance durch das organisierte Verbrechen‹!«

Sie stieß ein plötzliches, bellendes Gelächter aus, wobei sie fast ihren Drink verschüttete.

»Ich fand, daß Max es recht ordentlich gehandhabt hat ... wenn man die Umstände bedenkt«, meinte Narrisch grinsend. »Tatsächlich war es jedoch ein logischer Schritt für sie, wenn Sie einmal genauer darüber nachdenken. Ich meine, sie *ist* nun mal die Präsidentin des Verbandes, was auch nicht weiter überraschen kann, da sie den Löwenanteil aller Casinos auf der Raumstation besitzt, eben *mit Ausnahme* des Fette Chance. Indem sie einen großen Staatsakt daraus macht, daß das organisierte Verbrechen vom Fette Chance ferngehalten wurde, wird impliziert, daß es auch anderswo auf Loreley keins gibt. Im Prinzip hat sie eine Menge Gratiswerbung aus einer für sie ungünstigen Situation herausgeschlagen. Sie ist ein raffinierter alter Kuckuck, das will ich ihr lassen. Nun ja, wenigstens hat Jennie ihre Exklusivstory bekommen.«

»Das ist richtig«, bestätigte die Frau Oberst. »Allerdings – so, wie sie die Ereignisse mit Halbwahrheiten und verzerrten Darstellungen aufpoliert hat, hätte sie wohl eine größere Zukunft als Autorin reißerischer Romane zu erwarten. *Ich* hatte ja schon Schwierigkeiten zu begreifen, was eigentlich alles passiert ist, und ich war doch dabei – jedenfalls die meiste Zeit.«

»Eine Sache habe ich nicht verstanden, Herr Hauptmann«, warf Armstrong auf seinem Sofa ein. »Was hat sie damit gemeint, als sie Sie als Mitglied des Casinobesitzerverbandes begrüßte?«

Der Kompaniechef verzog das Gesicht; dann nahm er noch einen Schluck, bevor er antwortete.

»Eigentlich wollte ich die Sache für eine Weile unter Verschluß halten«, sagte er, »aber es könnte sein, daß wir für befristete Zeit Teilhaber des Fette Chance bleiben müssen.«

Der Leutnant runzelte die Stirn. »Wieso das? Ich dachte, unser Anteil sollte an Rafael zurückgehen, sobald er seinen Kredit abbezahlt hat?«

»Das ist auch das Problem«, erläuterte Narrisch. »Ich hatte heute früh eine Besprechung mit Gunther, und es scheint, als könne er das Darlehen möglicherweise doch nicht zurückzahlen.«

»Warum nicht?« wollte Streitaxt wissen. »Ich dachte, Sie und Ihre schweren Jungs hätten die Betrüger und Kartenhaie so gut wie ausgeschaltet, die die Gewinne abschöpfen wollten.«

»Das haben wir auch«, erwiderte Narrisch. »Das Problem ist nur, daß es auch vorher schon nicht ganz so viel Profit gab. Gunthers großer Plan bestand darin, Kunden anzulocken, in dem er ihnen bessere Gewinnchancen bot als die anderen Casinos auf Loreley. Leider waren diese Gewinnchancen für die Gäste so günstig, daß seine Profitmarge fast null betrug. Der Grund, weshalb ich bisher nichts gesagt habe, ist der, daß ich immer noch nicht entschieden habe, wie wir weitermachen sollen. Sollen wir seine Wechsel prolongieren, oder sollen wir neunundvierzig Prozent vom Casino übernehmen?«

»Da gibt es etwas, das Sie ebenfalls überlegen sollten, Hauptmann«, meinte die Frau Oberst und starrte in ihr Glas, während sie es zwischen den Händen drehte. »Möglicherweise will Herr Rafael Ihre Aktien ja gar nicht zurückkaufen. Ich an seiner Stelle sähe durchaus Vorteile darin, Sie als stillen Teilhaber zu behalten, der ein eigenes Interesse am dauerhaften Erfolg des Fette Chance hat.«

»Seltsam, daß Sie das sagen.« Der Kommandant lächelte schief. »Beeker hatte schon denselben Einwand. Irgendwann möchte ich einmal eine schnelle Betriebsprüfung von Gunthers Büchern durchführen. Ich möchte wenigstens dafür sorgen, daß er seine Gewinnquoten verringert und sie an die der anderen Casinos zumindest halbwegs angleicht.«

»Wo ist eigentlich Beeker?« wollte Rembrandt wissen und sah sich mit spähendem Blick im Zimmer um, als erwarte sie, den Butler dabei zu ertappen, wie er sich hinter den Möbeln versteckte. »Ich würde ihm gerne einen Drink ausgeben, jetzt, wo sich die Lage etwas entspannt hat.«

»Er hat sich die Nacht freigenommen«, erklärte Narrisch. »Offengestanden hat er, wie ich glaube, eine Verabredung.«

»Sie meinen, schon wieder mit dem Eisbiest?« Rembrandt schnitt eine Grimasse. »Ich begreife nicht, warum Sie sich nicht mehr anstrengen, das zu unterbinden, Herr Hauptmann. Die Frau jagt mir Schauer über den Rücken.«

»Ich glaube, daß es doch wohl Beekers eigene Sache ist, mit wem er ausgeht«, widersprach der Kommandant. »Aber da Sie schon fragen ... so viel ich weiß, trifft er sich heute abend mit Dee Dee Watkins.«

»Also *das* ist ja nun wirklich ein Unding«, knurrte der Leutnant und füllte wieder das Glas. »Die passen doch gar nicht zusammen.«

»Warum? Haben sie etwas dagegen, daß sich ein Star für einen einfachen Kammerdiener interessiert?« fragte Narrisch, und seine Stimme wurde etwas eisig.

»Nein ... ich meine, ich begreife nicht, was *er* an *ihr* findet.«

»*Ich* schon«, feixte Armstrong.

Rembrandt streckte ihm die Zunge heraus.

»Wo wir gerade von Fräulein Watkins sprechen«, fuhr Armstrong fort, »da hat sich etwas entwickelt, über das Sie Bescheid wissen sollten, Herr Hauptmann.«

»Was denn jetzt schon wieder?«

»Nun, Sir«, Armstrong schoß Rembrandt ein verstohlenes Zwinkern zu, was ihm ein Grinsen eintrug, »was diesen falschen Holofilm betrifft, den wir uns ausgedacht haben, um einen Vorwand für die Evakuierung des Komplexes zu haben – es sieht so aus, als hätten wir eine ganze Menge Anrufe sowohl von Leuten bekommen, die den Film mitfinanzieren wollen. Auch von Firmen, die sich für die Rechte einer Exklusivvermarktung interessieren. Bisher hat Mutter immer nur Namen und Nachrichten aufgeschrieben, aber irgendwann muß jemand ja zurückrufen und den Leuten sagen, daß gar kein Film gedreht wird. Remmie und ich haben die Sache schon besprochen, und wir sind uns darin einig, daß Sie am besten dazu geeignet wären, diese Sache in die Hand zu nehmen ... Sir.«

Der Kommandant blickte ihn verständnislos an. »Warum?«

»Na ja, abgesehen von der Tatsache, daß Sie mehr Erfahrung mit Geldmenschen haben, ist da noch der Faktor . . .«

»Nein«, unterbrach ihn Narrisch. »Ich meine, warum sollte man den Leuten mitteilen, daß es keinen Film geben wird?«

»Sir?«

»Warum nicht einfach eine Filmgesellschaft gründen und den Film abdrehen? Wenn Sie Investoren und Distributoren zusammen haben, haben Sie schon die allerwichtigste Zutat: Geld. Für meine Begriffe hört sich das so an, als könnte es eine lohnenswerte Investition für die Kompaniekasse werden.«

»Aber wir verstehen doch überhaupt nichts vom Filmemachen!« protestierte Armstrong.

»Dann heuern Sie Leute an, die es für uns tun«, schlug der Kommandant vor. »Leute wie . . . sagen wir mal, Schauspieler und Stuntmen? Vielleicht sogar einen Kameramann? Ich wette, wenn die mit irgendeinem Problem überfordert sein sollten, kennen sie bestimmt jemanden, der etwas davon versteht.«

»Mein Gott!« sagte Streitaxt und fing an, unbeherrscht zu kichern. »Das ist so abartig, daß es sogar funktionieren könnte!«

»Es gibt keinen Grund, warum es nicht klappen sollte«, meinte Narrisch. »Es spricht eine Menge mehr dafür als für die meisten Gesellschaften, die ich gekauft oder gegründet habe, als ich anfing. Herrje, wir haben Dee Dee Watkins ja sogar für mehrere Filme unter Vertrag.«

»Die schreit mit Sicherheit Zeter und Mordio, wenn sie davon erfährt«, warf Rembrandt ein. »Darf ich es ihr sagen, Hauptmann? Bitte!«

»Lassen Sie mich zuerst den Vertrag mit Lex durchgehen«, winkte der Kommandant ab. »Ich denke, wir müssen da wohl etwas fairere Bedingungen aushandeln. Auf lange Sicht zahlt es sich nicht aus, wenn ein Vertragspartner mürrisch und verbittert ist, weil er glaubt, daß man ihn ausbeutet.«

»Och, dann macht das aber *gar* keinen Spaß!« maulte Rembrandt.

Narrisch grinste. »Sie würden überrascht sein, Leutnant. Ich habe ja nicht gesagt, daß wir Watkins ein Superangebot machen – eben nur ein Angebot, daß ein bißchen fairer ist als das, was sie bereits unterschrieben hat. Es kann ein Mordsvergnügen bereiten, mit jemandem einen neuen Vertrag auszuhandeln, der sich bereits auf eine schlechte Vereinbarung eingelassen hat, vor allem wenn er weiß, daß die alte Verpflichtung weiterhin gelten wird, wenn er sich nicht auf die neuen Bedingungen einläßt. Wenn Sie möchten, können Sie ja die ersten Verhandlungsrunden *dieser* Diskussionsphase übernehmen.«

»Danke, Sir!« Sie strahlte und warf ihm einen Kuß zu.

»Wissen Sie was, Hauptmann Joker«, warf Streitaxt ein, »je mehr ich davon höre, um so mehr denke ich darüber nach, selbst ein bißchen Geld in das Projekt zu investieren, falls es noch Platz für weitere Investoren gibt. Vielleicht können wir es ja beim Abendessen besprechen – das und ein paar andere Dinge.«

»Was für andere Dinge, Frau Oberst?« fragte Narrisch vorsichtig.

Streitaxt zögerte, musterte die Leutnants; dann zuckte sie die Schultern.

»Ich schätze, es kann wohl nicht schaden, es in der gegenwärtigen Gesellschaft wenigstens zu *erwähnen.*« Sie lächelte. »Nachdem ich Ihre jüngeren Offiziere in Aktion erlebt habe, denke ich, ist es an der Zeit, daß wir über ihre Beförderung reden. Sollten Sie damit einverstanden sein, so meine ich, daß sie langsam imstande sind, ihre eigenen Kommandos zu übernehmen.«

Von dieser unerwarteten Gesprächswende überrascht, wechselten die Leutnants Blicke miteinander.

»Ich . . . das ist wirklich nicht nötig, Frau Oberst«, stammelte Rembrandt. »Ich kann zwar nicht für Leutnant Armstrong sprechen, aber was mich betrifft, so bin ich sehr glücklich, wo ich gerade bin.«

»Sollte es mir freigestellt bleiben, Sir«, sagte Armstrong, »dann würde ich es vorziehen, meine Ausbildung unter Hauptmann Joker fortzusetzen.«

»Wir werden sehen«, sagte die Frau Oberst. »Und bis dahin ...«

Sie brach mit einer Grimasse ab, als Narrischs Armbandkommunikator eindringlich zu piepsen begann.

»Wirklich, Herr Hauptmann. Gibt es denn keine Möglichkeit, an das Ding ein ›Bitte nicht stören‹-Schild zu hängen?«

»Genau genommen habe ich das schon getan«, erwiderte Narrisch, als er einen Kanal einstellte. »Hier Joker!«

»He, Großer Papi!« zirpte ihn Mutters Stimme an. »Tut mir leid, daß ich Sie stören muß, aber ich habe General Blitzkrieg in der Leitung. Sind Sie in Stimmung, mit ihm zu sprechen, oder soll ich ihm lieber sagen, daß Sie die Nacht in einer Gefängniszelle verbringen?«

»Ich übernehme«, sagte der Kommandant. »Warten Sie einen Augenblick.«

»Sollen wir gehen, Hauptmann?« erbot sich Armstrong und wollte aufstehen.

»Machen Sie sich nicht die Mühe«, verneinte Narrisch. »Aber es wäre vielleicht besser, wenn Sie sich alle auf die andere Seite des Zimmers begeben könnten, damit die Holokameras Sie nicht einfangen.« Er wartete einen Augenblick, bis seine Besucher sich mit ihren Getränken an der Wand aufgebaut hatten; dann gab er die Leitung frei.

»Also gut, Mutter«, sagte er. »Stellen Sie ihn über die normale Kommunikationsleitung durch.«

»Schon geschehen. Da kommt er.«

Narrisch trat vor die Kommunikationskonsole, die überall, wo er war oder hinging, zum Mobiliar seines Quartiers gehörte, und wenige Sekunden später materialisierte vor ihm das Abbild von General Blitzkrieg.

»Guten Abend, General«, sagte er.

»Ich habe Ihren Showauftritt in den Medien gesehen, Hauptmann Joker«, knurrte Blitzkrieg ohne jeden Gruß oder Einleitung. »Sieht so aus, als wären Sie wieder blütenweiß daraus hervorgegangen ...«

»Danke, Sir«, erwiderte Narrisch ernst. »Es war ...«

»Natürlich«, fuhr der General fort, die Antwort ignorierend, »habe ich *außerdem* noch einen Vorbericht über einen neuen Holofilm gesehen, der dort auf Loreley gedreht werden soll ... Nur daß einige von *Ihren* Soldaten darin vorkamen und dort einen schier unglaublichen Schaden an eben jenem Gebäudekomplex anrichteten, den Sie doch eigentlich bewachen sollen!«

»Kein Grund zur Sorge, General«, erwiderte Narrisch geschmeidig. »Der Bewohner des fraglichen Zimmers hat eingewilligt, für die erforderlichen Reparaturen und Renovierungen aufzukommen.«

»Warum sollte er das tun?« Blitzkrieg starrte ihn wütend an. »Es ist doch wohl eindeutig, daß es *Ihre* Rasselbande war, die den Schaden angerichtet hat.«

»Nun, da wäre da zum einen die Tatsache, daß jeder, der sich ein Zimmer mietet, für eventuelle Schäden aufzukommen hat«, erklärte Narrisch. »Und was die Tatsache betrifft, daß meine Soldaten den fraglichen Schaden verursacht haben, so sieht es in Wirklichkeit so aus, daß Sie gewissermaßen dazu *eingeladen* wurden, so vorzugehen, und zwar vom Bewohner des Zimmers selbst – und das ist übrigens eine Sie, Sir, kein Er. Tatsächlich handelt es sich dabei um dieselbe Frau, die Sie gesehen haben, wie sie mich und meine Einheit mit einer Lobeshymne vorstellte.«

»*Gewissermaßen* eingeladen?« knurrte der General, dem die vorsichtige Formulierung nicht entging. »*Darüber* hätte ich gerne ein paar Einzelheiten mehr erfahren, wenn Sie nichts dagegen haben. Aber zunächst einmal möchte ich wissen, was Ihre Soldaten in *Uniformen der Weltraumlegion* in einem Holofilm zu suchen haben.«

»Das läßt sich leicht erklären, Sir«, erläuterte der Kommandant. »Wie Sie selbst gerade sagten, Sir, handelte es sich lediglich um einen Vorbericht. Meine Soldaten sind einfach nur eingesprungen, als man die Kamerawinkel berechnet hat. Ich kann dem Herrn General versichern, daß sie nicht in der Endfassung auftreten werden, wenn diese gesendet wird.«

»Ich verstehe«, sagte Blitzkrieg grimmig. »Nun, Hauptmann, da ich Sie gerade in der Leitung habe, gibt es noch ein paar andere Angelegenheiten, über die ich informiert werden möchte. Beispielsweise . . .«

»Guten Abend, General«, sagte Streitaxt, verließ ihre Stellung an der Wand und trat vor die Kameras.

Der General gaffte sie an. »Oberst Streitaxt! Was tun *Sie* denn da? Ich dachte, Sie wären . . .«

»In Urlaub?« schnurrte die Frau Oberst. »Das war ich auch . . . wie Sie nur zu genau wissen. Zufälligerweise gehörte zu meiner Reise auch ein Stopp auf Loreley. Sie können sich meine Überraschung vorstellen, als ich hier auf Hauptmann Joker und seine Truppe gestoßen bin, vor allem, da ich ja kein Wort über seinen neuen Auftrag erfahren hatte, bevor ich das Hauptquartier verließ.«

»Hmmm . . . Ja, natürlich«, murmelte Blitzkrieg, dem nun offensichtlich unbehaglich zumute war. »Dann hatten sie also das Kommando, als das alles passiert ist?«

»Ganz und gar nicht.« Streitaxt lächelte. »Ich bin lediglich eine Touristin auf Urlaub. Ehrlich gesagt, hat man alle Anstrengungen unternommen, um bekanntzumachen, daß ich hier kein Teil der Befehlshierarchie war.«

»Ich . . .«

»Es gibt keinen Grund, sich zu entschuldigen, General«, fuhr die Frau Oberst fort. »Ich begreife ja Ihre Sorge, daß ich möglicherweise unwissentlich Ihre Autorität usurpiert hätte, aber ich kann Ihnen versichern, daß Sie *immer noch* für alles verantwortlich zeichnen, was Hauptmann Joker und seine Truppe in Erfüllung ihres Auftrages tun.«

»Was soll das heißen?« Der General sah aus wie vom Schlag gerührt.

»Ich erinnere Sie nur daran, daß Sie als derjenige, der Hauptmann Joker mit diesem Auftrag in Marsch setzte, für die Dauer desselben sein unmittelbarer Vorgesetzter sind und daher auch die Verantwortung für alles tragen, was er unter Ihrem direkten Kommando tun oder nicht tun mag«, erläuterte Streitaxt. »Solange keine Untersuchungsausschüsse gebildet werden und keine zivilen oder Legionsbehörden seine Aktivitäten offen in

Zweifel ziehen, wird sich natürlich in den Berichten auch nichts Ungewöhnliches niederschlagen, und der ganze Auftrag wird als Routineaktion abgeheftet. Verstehen sie, worauf ich hinaus will, General?«

»Ja, ich verstehe«, knurrte Blitzkrieg.

»Das habe ich nicht anders erwartet. Und falls es nichts Dringendes mehr zu besprechen gibt, möchte ich Sie fragen, was Sie davon hielten, wenn wir dieses Gespräch nun beenden? Hauptmann Joker und ich waren nämlich gerade damit beschäftigt, *in seinem Zimmer* gemütlich einen Drink zu uns zu nehmen.«

Der General blickte entsetzt drein.

»Oh... ich wußte nicht... natürlich. Alles andere kann auch zu einem passenderen Zeitpunkt besprochen werden. Gute Nacht, Frau Oberst... Herr Hauptmann. Versäumen Sie nicht, mich darüber zu informieren, wenn die neuen Rekruten eingetroffen sind.«

»Einen Augenblick mal. Neue Rekruten?« Plötzlich war Narrisch ganz Ohr. »Entschuldigen Sie, General Blitzkrieg, aber ich glaubte, Sie hätten eingewilligt, alle neuen Rekruten oder Versetzungen zurückzustellen, bis ich eine Chance gehabt habe, meine Truppe auf Vordermann zu bringen.«

»Das habe ich auch«, erwiderte Blitzkrieg mit bösem Grinsen. »Aber ich denke nicht, daß Sie gegen diese Rekruten Einwände haben werden – jedenfalls gegen die meisten nicht. Und gegen die anderen *konnen* sie keine erheben.«

»Könnten Sie das vielleicht etwas näher erläutern, Sir?«

»Na ja... ich möchte sie ja nicht stören, deswegen fasse ich mich kurz. Sie bekommen ein Trio von Gambolten... Sie wissen schon, die Katzen? Es sind die ersten Gambolten, die sich jemals in die Weltraumlegion eingeschrieben haben, anstatt sich bei ihrer eigenen Einheit in der Regulären Armee zu bewerben – was durchaus eine Auszeichnung für uns bedeutet. Aber sie haben sich unter der ausdrücklichen Bedingung zum Dienst gemeldet, daß sie in Ihrer Einheit Dienst tun können. Es scheint, daß Ihre medienwirksamen Auftritte langsam Früchte zu tragen beginnen.«

»Ich denke, wenn ...«

»Der nächste ist eigentlich gar kein richtiger Rekrut«, fuhr der General fort. »Es ist ein Beobachter, der von den Zenobiern geschickt wurde, um unsere Taktik *und Ethik* zu studieren, bevor die Zenobier mit uns ein Abkommen unterzeichnen. Sie erinnern sich doch noch an die Zenobier, nicht wahr, Hauptmann? Diese kleinen Echsen, mit denen Sie auf Haskins Planet zu tun bekommen haben?«

»Natürlich, Sir. Ich ...«

»Da Sie der erste Mensch waren, mit dem sie in Kontakt gekommen sind, war die Regierung der Ansicht – und ich habe sie darin unterstützt –, daß Sie daher auch logischerweise der Richtige sind, um sich mit ihrem Beobachter zu befassen. Er kennt Sie übrigens noch. Hat sich sogar namentlich nach Ihnen erkundigt ... allerdings erinnert er sich an Sie als ›Hauptmann Clown‹.«

»Ich verstehe.« Narrisch blickte ihn finster an. »Ist das alles, Sir?«

»Nicht ganz.« Der General grinste. »Der letzte, den wir Ihnen schicken, wurde ausdrücklich von *Ihnen* angefordert.«

»Von mir angefordert, Sir?«

»Ja. Ich habe es hier stehen.« Blitzkrieg hielt ein Blatt Papier hoch. »Ich habe einen Weile gebraucht, bis ich den richtigen Legionär gefunden hatte, der Ihren Wünschen und Bedürfnissen entspricht, Hauptmann, da ich ja weiß, wie wählerisch Sie sind, aber ich denke, ich habe jetzt, was Sie brauchen. Sie baten um einen Feldkaplan für ihre Kompanie, und ich schicke Ihnen einen. Behaupten Sie bloß nicht, daß Ihnen das Hauptquartier nicht die Unterstützung zuteil werden ließe, die Sie verdient haben. Blitzkrieg Ende.« Stumm starrten die vier Offiziere den Platz an, den das Abbild des Generals zurückgelassen hatte, nachdem er die Verbindung kappte.

»Sir?« fragte Armstrong schließlich. »Ein Feldkaplan?«

»Das ist eine lange Geschichte, Leutnant«, erwiderte Narrisch und rieb sich mit einer Hand die Stirn. »Um ehrlich zu sein, ich hatte die Anforderung schon wieder ganz vergessen.«

»Ich an Ihrer Stelle wäre vorsichtig, Hauptmann«, riet ihm Oberst Streitaxt. »Die Abneigung, die der General gegen Sie hegt, scheint sich im Laufe der Zeit nicht abzumildern.«

»Wir kommen schon zurecht«, meinte der Kommandant. »Doch möchte ich zu Ehren des Generals *und* zur Feier des gelungenen Auftrags gerne einen Toast ausbringen. Er ist zwar schamlos geklaut, aber irgendwie scheint er mir zu passen.«

Er hob das Glas und prostete seinen Kollegen zu.

»Auf ehrenwerte Feinde und unehrenhafte Freunde!«

In einem Casinorestaurant an einer anderen Stelle auf Loreley fand gerade eine gänzlich andere Diskussion statt.

»Ich muß zugeben, Max«, sagte Laverna soeben, »du nimmst die Sache doch sehr viel gelassener auf, als ich erwartet habe.«

Maxine blickte sie verständnislos an. »Was soll ich gelassener aufnehmen?«

»Du weißt schon ... vor Willard Narrisch und seiner Mannschaft zurückweichen zu müssen. Ich weiß, daß es dir gegen den Strich geht, das Handtuch zu werfen.«

»Sei nicht albern, Laverna.« Max lächelte. »Wir sind noch lange nicht fertig mit dem jungen Herrn Narrisch. Ich dachte, das hättest du begriffen.«

Überrascht legte Laverna den Kopf schräg.

»Du willst dein Wort nicht halten? Das habe ich bei dir noch nie erlebt, Max.«

»Wer sagt denn, daß ich mein Wort nicht halten will?« fragte die Gangsterchefin. »Ich habe nur versprochen, meine Bemühungen aufzugeben, die Kontrolle über das Fette Chance zu übernehmen – ein Plan, den wir, wie du dich erinnerst, ohnehin schon fast aufgegeben hatten. Natürlich wissen du und ich, daß das Fette Chance, nur weil es vor *mir* sicher ist, deshalb noch lange nicht grundsätzlich in Sicherheit sein muß. Und überhaupt, was das ›sicher‹ betrifft, so habe ich nichts davon gesagt, daß ich Herrn Narrisch und seine Truppe in Frieden lasse.«

»Das stimmt«, räumte Laverna ein.

»Ich könnte mir vorstellen, daß eine Menge Leute die heutige Sendung gesehen haben, in der ich ja effektiv allen und jedem mitgeteilt habe, daß das Fette Chance außerhalb meiner Einflußsphäre liegt.«

»Du meinst, du denkst daran, daß auch einige der anderen Familien die Sendung gesehen haben könnten?«

»Oder die Yakusa«, bestätigte Max. »Vergiß nicht, wir beide hielten die Geschichte, die uns unser hochstaplerischer Jonesy erzählte, für wahrscheinlich genug, um ihn ernst zu nehmen. Aber nur für den Fall, daß sie es verpaßt haben sollten, schicke ich ihnen eine Kopie des Bandes mit einer persönlichen Nachricht. Selbst wenn sie sich nicht für das Fette Chance interessieren sollten, bin ich davon überzeugt, daß sie von der Nachricht fasziniert sein werden, daß sich jemand als ihr Vertreter ausgegeben hat. Ich lasse auch gerade Erkundigungen einziehen, ob ein gewisser Barkeeper tatsächlich jemals mit dem Renegaten-Schwebemotorradclub gefahren ist oder nicht, und wenn ja, unter welchen Umständen er den Verein verlassen hat.«

Laverna lehnte sich auf ihrem Sitz zurück und musterte ihre Arbeitgeberin.

»Diesmal ziehst du wirklich alle Register, wie?«

»Wie du schon angemerkt hast, Laverna, verliere ich nicht gern. Allerdings scheint dir das zweifelhafteste von allen Manövern, die ich in Angriff genommen haben, gänzlich entgangen zu sein. Das ist freilich nicht sonderlich überraschend. Auch der junge Herr Narrisch hat es anscheinend übersehen.«

»Welches meinst du denn?«

Maxines Augen verengten sich zu Schlitzen, als sie in die Ferne blickte.

»Denk mal einen Augenblick nach, Laverna«, sagte sie. »*Du* solltest doch wohl am besten wissen, wieviel unverhältnismäßiges Interesse und Mißtrauen das Finanzamt Casinos und ihren Besitzern entgegenbringt. Nun, die Sendung heute nachmittag hat nicht nur *unsere* Kollegen darüber informiert, welche Gelegenheit im Fette Chance nur auf sie wartet, sie hat auch einige unserer herkömmlicheren Gegner darauf hingewiesen, daß Herr Narrisch nun zur Schar der Casinobesitzer gehört ... und ich glaube nicht, daß er auch nur *angefangen* hat zu begreifen, was ihm da noch blüht.«

ENDE